Ralf H. Dorweiler, geboren 1973, lebt mit seiner Opern singenden Frau, seinem Sohn, den Bassets Dr. Watson und Peppi und vielen weiteren Tieren seit acht Jahren in einem der südlichsten und wohl auch schönsten Zipfel Deutschlands, dem Wiesental. Er arbeitet als Redakteur für eine Tageszeitung. Im Emons Verlag erschienen »Mord auf Alemannisch«, »Ein Teufel zu viel«, »Schwarzwälder Schinken« und »Badische Blutsbrüder«.

RALF H. DORWEILER

Schwarzwälder Schinken

DER BADISCHE KRIMI

emons:

Umschlagzeichnung: Heribert Stragholz
Druck und Bindung: CPI – Clausen & Bosse, Leck
Printed in Germany 2009
Erstausgabe 2008
ISBN 978-3-89705-608-4
Der Badische Krimi 16
Originalausgabe

Für Willi Gierok, Krimikönig und
bester Schwiegervater der Welt

»Ein leerer Magen ist ein schlechter Ratgeber.«
Albert Einstein

EINS

Anna zupfte verlegen ein paar Grashalme von der Wolldecke. Sie lächelte. Jonas lächelte glücklich zurück. Zwischen ihnen stand ein Weidenkorb, dessen Inhalt auf der Decke verteilt war: ein angeschnittenes Bauernbrot, zwei Marmeladengläser, ein Stück Butter, das in der Wärme dieses Maitages bereits ganz weich geworden war. Die Erdbeermarmelade an dem Messer hatte ein paar Ameisen angelockt, die aufgeregt über die Wolldecke spazierten. Jonas' Teller zierten nur noch ein paar Krümel. Auf dem von Anna lag noch das Brot, das er ihr geschmiert hatte. Eine leere Flasche Cola lag neben ihnen im tiefen Gras. Anna schaute auf ihre Armbanduhr und zog die Stirn kraus.

»Hast du es eilig?«, fragte er sie und rückte näher zu ihr rüber. Eine seiner Dreadlocks fiel ihm schwer ins Gesicht, und er hob die Hand, um die Strähne hinter sein Ohr zu klemmen. Als er die Hand wieder aufsetzte, berührten seine Fingerspitzen Annas kleinen Finger. Er drehte den Kopf und war ihr plötzlich ganz nah. Für eine Sekunde berührten seine Lippen die ihren. Als er noch näher rückte, wich sie aber zurück. War er zu weit gegangen? Ihr schüchternes Lächeln zeigte ihm, dass Anna wohl nicht böse war. Sie schaute auf die Decke und strich sie glatt. Die jungen Blätter des Kirschbaums warfen tanzende Schatten auf ihr Haar.

»Ich muss jetzt«, sagte Anna.

»Bist du mir böse? Ich meine, weil ich dich geküsst habe?«, fragte Jonas.

»Was? Nee! Es ist nur, es wird schon spät. Ich muss einfach weg.«

Das Lächeln in ihrem hübschen Gesicht war verschwunden. Sie schaute noch einmal auf die Uhr.

»Kein Problem«, sagte Jonas und machte eine wegwerfende Handbewegung, die ihm selbst gekünstelt vorkam. »Du kannst dein Brot ja mitnehmen.«

»Ich hab irgendwie gar keinen Hunger«, sagte sie und packte die Marmeladengläser in Jonas' Korb. Er lächelte ihr zu und half beim Einpacken.

»Schade«, sagte er. »Meinst du, wir können vielleicht mal öfter was zusammen machen?«

Anna wurde etwas rot. Sie nickte eifrig.

Als sie das kleine Picknick eingepackt hatten – Jonas trug den Korb und die zusammengerollte Wolldecke, Anna ihr Brot –, folgten sie dem Feldweg ein kurzes Stück durch den im warmen Frühjahr gerade erwachten Wald bis zu einer geteerten Straße. Die gingen sie zusammen abwärts in Richtung Maulburg. Plötzlich blieb Jonas erschrocken stehen.

»Hast du das gehört?«

Anna machte neben ihm halt.

»Was?«, fragte sie und lauschte in den Wald hinein.

»Ich glaube, hier gibt es gefährliche Tiere«, flüsterte Jonas. Er musste lachen, als er Annas empörten Blick sah. Sie boxte ihm gegen den Oberarm.

»Hilfe«, rief er theatralisch und rannte los. Der Korb schaukelte wild an seinem Griff.

Anna lief ihm ein Stück nach, schüttelte dann den Kopf und ging in normalem Tempo weiter.

Als Jonas nach einer Kurve seinen Fiat an der Seite des Weges stehen sah, schaute er nach hinten. Anna war noch nicht da. Er war ein wenig enttäuscht, dass sie ihm nicht den ganzen Weg nachgelaufen war. Dann würde er sie eben noch ein bisschen mehr ärgern! Er warf Korb und Decke auf den Rücksitz und sprang in den Wagen. Nachdem er ihn gewendet hatte, wartete er mit laufendem Motor und beobachtete im Rückspiegel die Stelle, an der sie gleich erscheinen musste. Da war sie. Ihr zarter kleiner Körper stapfte auf den Wagen zu. Sie hob drohend die Hand, aber lächelte dabei. Jonas staunte, wie schön sie aussah. Als sie gerade neben dem Wagen war, gab er Gas. Lachend fuhr er den Berg hinab und sah sie im Rückspiegel ihm nachlaufen. Sie verschwand aus seinem Blickfeld, als er um die nächste Kurve bog. Genug geärgert, dachte er sich. Er wollte sie gleich noch einmal küssen, als Entschuldigung für seinen Spaß. Jonas hielt an und stieg aus. Möglichst cool drapierte er sich am Wagen und wartete darauf, dass sie um die Ecke kommen würde. Mit jeder Sekunde, die er so stand, wuchs die Vorfreude in ihm auf den Kuss. Jetzt musste sie gleich kommen. Sie würde ihn wieder knuffen, und er würde sie in den Arm nehmen. Wie im Film. Und sich nach dem kurzen ersten Kuss einen zweiten, längeren holen.

»Anna«, rief er fröhlich. Sie machte absichtlich langsam, dachte er. Als er außer dem Rascheln der Blätter in der sanften Brise nichts hörte, löste er sich von seinem Wagen. So war das also: Sie lief ihm nicht einfach hinterher, sondern ließ ihn kommen. Das gefiel ihm. Er ging los. Lukas und Sven würden Augen machen, dass er mit ihr zusammen war. Und Daddy würde richtig stolz sein, dass sein Sohn so eine schöne Freundin hatte. Oder war sie ihm vielleicht doch böse?

Als er um die Kurve bog, lag der schattige Asphalt leer vor ihm. »Anna?« Diesmal klang sein Rufen weniger fröhlich. Es kam jedoch noch immer keine Reaktion. »Hey, Anna, mach keinen Scheiß. Das war doch nur Spaß! Wo bist du?«

Jonas schritt schneller aus, weiter den Berg hinauf, wobei sein Blick auch den steilen Hang über ihm und den etwas weniger steilen unter ihm streifte. Aber weder auf dem Weg noch zwischen den Bäumen war eine Spur von ihr zu sehen.

»Anna!« Er war sich eigentlich sicher, dass sie gleich hinter einem Baum hervorspringen musste. Aber es passierte nicht. Auch hinter der nächsten Kurve war keine Spur von ihr zu sehen. »Anna, es tut mir leid. Mensch, ich wollte dich doch bloß ein bisschen ärgern. Wo bist du?« Er eilte bis ganz nach oben, bis auf das Plateau, wo der Wald aufhörte und man weit schauen konnte. Anna war nicht zu sehen.

»Anna, jetzt komm endlich raus.« Er lief wieder zurück und bog in den Waldweg ein, aus dem sie gekommen waren. Bis zu ihrem Picknickplatz lief er und rief immer wieder ihren Namen. Außer Atem blieb er stehen. Im nahen Wald knackte ein Ast. Jonas schaute auf und ging zu dem Wäldchen, das ihm jedoch durch dichtes Unterholz den Eingang verwehrte. Jonas rief noch einmal, mittlerweile wütend über sich und über das Mädchen, das ihn so zum Narren hielt. Fluchend suchte er sich einen Weg durch die dichten Büsche. Ein Ast kratzte ihm dabei die Wange auf. Mit dem Handrücken wischte er sich über die pochende, leicht blutende Stelle.

Als er es durch das Unterholz geschafft hatte, ging er bis auf die andere Seite des schmalen Waldstreifens und spähte über die Wiesen, aber auch da war nichts von ihr zu sehen. Dann wurde ihm klar, welches Spiel sie mit ihm trieb. Er lächelte wieder. Natürlich, er würde jetzt zurück zum Auto gehen und sie würde da lässig auf dem Beifahrersitz warten. »Wo warst du so lange«, würde sie sagen.

Ein bisschen missmutig ging er zurück.

Von hinten konnte Jonas Anna noch nicht sehen, was ihn wieder beunruhigte. Er lief auf den Fiat zu, achtete dabei nicht auf den Weg und stolperte. Fast wäre er gefallen, aber er fing sich wieder. Sekunden später war er am Auto angekommen und riss die Tür auf. Der Wagen war leer.

»Anna«, sagte er wieder. Diesmal war seine Stimme viel leiser.

Dr. Watson hatte beschlossen, seinem Herrchen keine Ruhe zu gönnen. Rainer Maria Schlaicher versuchte seit einer guten Stunde, sich auf die vor ihm auf dem niedrigen Couchtisch liegenden Pläne, Karten und Notizzettel zu konzentrieren. Aber der Basset-Hound war alleine in der letzten halben Stunde dreimal lautstark die Holztreppe vom unteren Bereich der Wohnung nach oben zur Galerie getapert, wo Schlaicher auf dem Sofa saß, um zu arbeiten. Der schwere Basset war dann jedes Mal auf die Couch gesprungen, hatte sich genüsslich grunzend auf den Rücken gewälzt und dabei mit seinen kurzen, aber starken Beinen heftig gegen sein Herrchen getreten, was keinesfalls aus Versehen geschah. Diese Taktik wandte er an, um Aufmerksamkeit zu erregen. Sie war in Dr. Watsons Augen aber auch hervorragend geeignet, um unliebsame Couchbesetzer zu vertreiben. Schlaicher hatte Dr. Watson jedes Mal unter großem Kraftaufwand vom Sofa schieben müssen – immerhin wog das Tier dreiunddreißig Kilogramm, die sehr leicht zu gefühlten hundert Kilogramm werden konnten, wenn der Basset auf stur schaltete. Dr. Watson reagierte auf die Verbannung vom Sofa stets mit einem beleidigten Blick, bevor er die Treppe wieder nach unten kletterte.

Einmal musste Schlaicher hinuntergehen, weil der Basset auf seinen Befehl, den Mülleimer in Ruhe zu lassen, nicht reagierte. Ein anderes Mal nagte der Hund an dem Weidenkörbchen, das Schlaicher ihm vor Kurzem gekauft hatte. Normalerweise ließ er es links liegen, weil er das Sofa gemütlicher fand. Gerade war Dr. Watson zum vierten Mal oben angekommen und saß vor Schlaicher auf dem Boden. Seine hängenden Ohren schienen noch länger zu sein als sonst. Er legte den Kopf schief, als überlege er, mit welcher Taktik er diesmal die Couch zurückerobern sollte. Dann stand er auf und schüttelte sich, wobei er mit dem Kopf anfing und sich der Schwung von vorne nach hinten durch den langen Körper fortsetzte. Fast mit der letzten Bewegung löste sich ein Sabberfaden und flog in weitem Bogen auf die Karte des Wiesentals. Bei Wieslet befand sich jetzt ein länglicher See weißen Schaums. Eigentlich wollte Schlaicher sofort wütend losschimpfen, aber das hätte der Basset sicherlich nicht verstanden. Schlaicher stand also auf und ging die Treppe runter, um im Badezimmer einen Streifen Toilettenpapier zu holen. Wieder oben wischte er den Plan sauber, der sich an der feuchten Stelle ein bisschen gewellt hatte. Dr. Watson schnarchte auf dem Sofa.

Schlaicher quetschte sich seufzend neben seinen Hund und versuchte erneut, sich auf die Pläne zu konzentrieren. Neben der Karte der Gegend um Schopfheim hatte er mehrere Ausdrucke von Routenplanern vor sich liegen, einen Stapel bekritzelter Zettel, einen etwas kleineren Stapel mit ordentlich geschriebenen Zusammenfassungen und einen Stadtplan von Schopfheim. Sein Auftrag hatte ihn bereits mehr als einen Monat Vorbereitungszeit gekostet, und übermorgen war es so weit. Bis auf ein paar Kleinigkeiten hatte er alles zusammen, was er für seinen Plan brauchte. Eigentlich war er ja Testdieb, stahl auf Wunsch seiner Kunden in deren Geschäften. Aber die Aufträge waren in den letzten Monaten nicht unbedingt in Massen eingelaufen. Darum hatte er diese eher außergewöhnliche Aufgabe angenommen.

Wenig später war es nicht Dr. Watson, sondern das Klingeln des Telefons, das Schlaicher erneut aus seiner Konzentration riss.

Schnurlose Telefone schienen immer da zu liegen, wo man selbst gerade nicht war. In diesem Fall bimmelte es in der Küche. Schlaicher lief hinunter.

»Schlaicher?«, meldete er sich.

»Hallo, Rainer! Na, schon aufgeregt?« Die warme, wohlklingende Stimme gehörte Martina Holzhausen, seiner Assistentin. Die sehr patente junge Frau arbeitete seit einem halben Jahr für ihn und war im Bereich Ladendiebstahl gewissermaßen ein Naturtalent. Zudem sah sie noch sehr gut aus. Was wollte man mehr.

»Was für eine Frage! Ich habe noch nie einen Raub gemacht, da ist es doch klar, dass ich aufgeregt bin«, sagte er leicht gereizt.

»Ja, ich weiß. War doch nur Spaß. Ich rufe eigentlich nur wegen dem Wagen an. Die Jungs waren heute wieder pünktlich.«

»Das ist gut. Kannst du das morgen noch mal kontrollieren?«

Martina wirkte jetzt etwas genervt: »Rainer, ich bin seit fast zwei Monaten an der Sache dran. Und die letzten beiden Wochen habe ich fast jeden Tag hier gestanden. Die Jungs waren immer pünktlich!«

»Ja, ich weiß. Aber wir haben so lange daran gearbeitet, und ich will wirklich nicht, dass wir alles aufs Spiel setzen, weil wir vielleicht doch etwas übersehen haben.«

Martina atmete hörbar durch: »Sag mir lieber, was Erwin macht.«

Erwin Trefzer war Schlaichers Nachbar in Maulburg. Der Rentner wohnte auf der anderen Seite der Straße, Schlaicher direkt gegenüber.

»Ist noch nicht raus. Sonst kann er einem alles besorgen, was man nicht haben will, aber wegen dem blöden Schild stellt er sich an.«

»Meinst du denn, es wird klappen?«

»Ich gehe gleich noch mal rüber zu ihm und mache ein bisschen Druck.«

»Alles klar. Ich schaue nachher noch bei dir vorbei. Okay?«

Anstelle einer Antwort grunzte Schlaicher zustimmend. Er legte auf und freute sich auf ihren Besuch.

Der Basset lag so lang gestreckt auf dem Sofa, dass Schlaicher vor seinem improvisierten Arbeitstisch keinen Platz mehr zum Sitzen hatte. Er wollte den Hund gerade wegdrücken, als es an der Tür klingelte. Dr. Watson schnellte hoch und war noch vor Schlaicher auf der Treppe. Sein Herrchen folgte ihm.

Unten angekommen, stand Dr. Watson bellend im Flur, und irgendjemand hämmerte unablässig von außen gegen die Tür. Den Jungen, dem Schlaicher mitten im Klopfen die Tür vor der Nase aufgerissen hatte, hatte er schon einmal gesehen. Allerdings nicht in diesem Zustand. An seiner Wange klebte Blut, sein T-Shirt war am Ärmel zerrissen, und in den langen Dreadlocks steckte ein kleiner Zweig.

»Hallo, Herr Schlaicher. Ist Lars da?«

»Nein, der ist mit Sarah weg. Jonas, stimmt's?« Der Junge war auf der gleichen Schule wie Schlaichers Sohn Lars.

»Scheiße«, sagte Jonas, ohne auf Schlaichers Frage einzugehen. Er fummelte nervös an einer seiner Dreadlocks herum. Dabei fiel der kleine Zweig aus seinen Haaren.

»Du blutest«, sagte Schlaicher.

Jonas stand noch immer in der Tür und trat von einem Fuß auf den anderen: »Kann ich bei Ihnen telefonieren?«

Schlaicher ging zur Seite. Dr. Watson blieb so stehen, dass der junge Mann über ihn steigen musste.

»In der Küche. Was ist denn los? Ist irgendetwas passiert?«

»Meine Freundin ist weg.«

Ah, dachte Schlaicher. Ein Liebesproblem. Und jetzt wollte er wohl Lars anrufen, um ihn um Rat zu fragen.

Jonas ging zum Telefon und wählte eine längere Nummer. Schlaicher schloss die Tür und folgte ihm.

»Scheiße«, schimpfte Jonas gerade erneut. Dann sagte er: »Hallo, Anna. Hier ist Jonas. Wo bist du? Ich wollte nur Spaß machen. Es tut mir leid. Meld dich bitte, ich mach mir echt Sorgen um dich, ja? Also, ich bin jetzt bei Lars. Also Lars Schlaicher. Mein Handy ist leer. Ruf bitte hier an, ja? Ich will nur wissen, dass alles okay ist. Ich hab dich schon überall gesucht.«

Schlaicher stand still in der Küche und hörte sich die kurze Ansprache an, die Jonas offenbar auf einen Anrufbeantworter sprach. Irgendwie klang das anders, als Schlaicher erwartet hatte. Es hörte sich eher so an, als sei seine Freundin wirklich weg, nicht, als habe sie ihn verlassen.

»Was ist denn los?«, fragte Schlaicher beiläufig und reichte Jonas ein Glas Wasser.

»Kann ich hier warten? Vielleicht ruft sie ja gleich an.«

»Wer?«

»Meine … eine Freundin. Sie war plötzlich weg.«

»Was heißt das denn, weg?«

Jonas trank das Glas in einem Zug leer. Er stellte es ab und schaute sich verlegen um.

»Habt ihr euch gestritten?«

Jonas schüttelte den Kopf. Dann sagte er aber: »Doch, vielleicht. Ich meine, sie hat wohl was falsch verstanden.« Er erzählte, was passiert war. Am Anfang sprach er noch ruhig, aber bald immer aufgeregter.

»Solli, Rainer«, rief Trefzer über die Straße und winkte.

Schlaicher hatte Dr. Watson an der Leine und Jonas im Schlepptau. »Hallo, Erwin«, sagte er und ging mit den beiden zu seinem Nachbarn hinüber. Sie folgten Trefzer in seine mit weiß gestrichenen Nut- und Federbrettern verschalte Scheune. Auf den vier Tischen in der Mitte der Scheune, drei davon alte Büroschreibtische aus den Achtzigern und einer eine umfunktionierte Werkbank, stapelten sich alle möglichen Waren. Schlaicher erkannte ein paar der wohl aus China stammenden Teddybären mit Schlitzaugen wieder, die noch vor einer Woche die halbe Fläche ausgefüllt hatten, mittlerweile aber wohl fernöstliche Spielkultur in Maulburgs Kinderzimmern verbreiteten. Daneben stapelten sich Kartons voller Druckerpapier. Der neuste Clou waren aufblasbare Paddelboote. Trefzer stellte sich an einen der Tische und hielt Schlaicher einen kleinen Pappkarton hin.

»Se, das isch öbbis für dii Sohn. Wenn de Lars sii Velo rebariere will, drno het er do alles binander, was er bruucht.«

»Erwin, wir brauchen das nicht. Was ich dringend brauche ist das Schild. Übermorgen soll es losgehen.«

Trefzer stellte den Karton zurück und grinste: »Jo, dii Schild isch kei Problem. De Marco het mr versproche, dass er mir's morn z'Oobe bringt.«

»Morgen Abend«, überlegte Schlaicher laut. Klar, das war früh genug. Wenn es denn wirklich morgen Abend da war.

»Und du bist bis dahin auf jeden Fall aus Stuttgart zurück?«

»Hejoo!« Trefzer machte eine wegwerfende Handbewegung.

»Und da kann ich mich drauf verlassen?«

»Sell chaasch du. Genau eso wie uff das do.« Damit kramte er eine weitere kleine Pappschachtel hervor, auf der irgendein technisches Gerät abgebildet war. Was es sein sollte, konnte Schlaicher nicht erkennen, zumal die Schrift auf der Schachtel kyrillisch war.

»Das isch e Alarmaalag für di neus Audo. Ganz liicht zum selber iibaue. Choschtet numme drissig Stutz.«

»Nein«, sagte Schlaicher fest.

»Isch dä Fiat do dusse diine?« Trefzer hatte sich in Jonas' Richtung umgedreht, der irritiert nickte.

»Lass den Jungen in Ruhe«, ging Schlaicher schnell dazwischen. »Wir müssen jetzt los auf den Dinkelberg. Ihm ist seine Freundin abhanden gekommen.«

»Wiä, isch si dr abg'haue?«, lachte Trefzer. »So sin si, d'Maidli.«

Jonas, dem das Thema sichtlich unangenehm war, brummte nur etwas Unverständliches.

»Er wollte sie ärgern und ist ihr weggefahren, und als er dann wieder zurück ist, war sie weg«, erklärte Schlaicher.

»Ich habe sie ja schon gesucht, aber sie war nirgends mehr.« Jonas klang, als wolle er sich rechtfertigen.

»Und dann ist er hierher gekommen, um zu telefonieren«, ergänzte Schlaicher.

Trefzer machte ein ernstes Gesicht: »So öbbis Ähnlichs isch vor zwanzg Johre au schon emol passiert. Das Maidli het mr nie meh wiederg'funde.«

»Scheiße«, stöhnte Jonas.

»Erwin, das ist ein absolut geschmackloser Scherz«, schimpfte Schlaicher.

Trefzer aber schüttelte den Kopf und presste seine Lippen aufeinander. Er wirkte ganz und gar nicht so, als würde er scherzen.

»Anna!«, rief Schlaicher. Etwa zweihundert Meter weiter hörte er Trefzers brummige Stimme nach dem Mädchen rufen. Sein Nachbar hatte es sich nicht nehmen lassen, bei der Suche zu helfen. Schlaichers neuer Dienstwagen, ein Opel Vectra Kombi, mit dem er vor drei Monaten seinen alten, ziemlich heruntergekommenen Frontera aus dem Leasingvertrag getauscht hatte, parkte ein gutes Stück oberhalb des Maulburger Friedhofes an der kleinen Einbuchtung, wo zuvor Jonas' Wagen gestanden hatte. Der Junge wartete mit hängenden Schultern auf halbem Weg zwischen Schlaicher und Trefzer und schaute den Berg mal hinauf und mal hinunter. Dr. Watson hielt immer wieder schnüffelnd an exponiert stehenden Grasbüscheln an und war bislang nicht die Hilfe gewesen, die Schlaicher sich von einem Spürhund erhofft hatte. Was vielleicht auch daran lag, dass der Basset mit seiner großen Nase zwar alle Voraussetzungen mitbrachte, Spuren zu lesen, aber in keiner Weise dazu ausgebildet war. Schlaicher zog den widerspenstigen Hund weiter den Berg hinauf und rief noch einmal nach Anna. Wieder bei Jonas angekommen, fragte er: »Wo hast du sie denn zum letzten Mal gesehen?«

»Genau hier«, war die Antwort.

Schlaichers Handy klingelte. Einer dieser altmodischen Klingeltöne mit nerviger Frequenz. Das Geräusch ließ Jonas zusammenzucken, und auch Schlaicher war mittlerweile so nervös, dass er hastig in seine Hosentasche griff. Er hatte zu Hause eine Rufumleitung auf sein Handy eingestellt, das er sonst nur selten benutzte. Jonas wäre sonst nicht dazu zu bewegen gewesen, das Haus zu verlassen. Er wollte Annas Anruf nicht verpassen.

Bevor sie aufgebrochen waren, hatte Jonas noch einmal auf Annas Handy angerufen, aber diesmal hatte ihm eine Computerstimme mitgeteilt, dass der Anschluss vorübergehend nicht zu erreichen war. Bei ihr zu Hause hatte sich ebenfalls niemand gemeldet. Schlaicher glaubte zwar noch immer, dass es sich um einen Scherz handelte, war aber mittlerweile von der Sorge des jungen Manns angesteckt worden.

»Ja, hallo, Rainer Maria Schlaicher«, meldete er sich angespannt.

»Hallo? Isch do de Herr Schlaicher? Wo sin Sie denn?« Es war eine Frauenstimme, aber die war deutlich zu alt für ein fünfzehnjähriges Mädchen.

»Wer ist denn da?«, fragte Schlaicher ungeduldig.

»Jo, hänn Si mi denn vergesse? I chumm von de Perlekette. Eine Perle auch für Sie.«

An die hatte Schlaicher tatsächlich nicht mehr gedacht. Seit Erwin Trefzers Frau Helga einen Nebenjob bei einer Agentur für Haushaltshilfen angenommen hatte, redete Trefzer auf ihn ein, diesen »Sörwiss«, wie er es nannte, doch auch mal zu probieren. In der letzten Woche hatte er bei der Agentur angerufen. In all dem Planungstrubel momentan konnte er Unterstützung in seinem Männerhaushalt wirklich gut gebrauchen.

»Ah ja, äh, ich bin gleich da. Können Sie vielleicht zehn Minuten warten? Ich beeile mich.«

»Jo sicher, aber das lauft scho ganz normal uff Ihri Zit«, sagte die Frau freundlich, aber bestimmt und legte auf.

»Es war nicht Anna«, bemerkte Jonas. Schlaicher schüttelte den Kopf.

»Ich bin bis ganz nach oben gegangen«, sagte der Junge.

Erwin Trefzer bog gerade rufend um die nächste Kurve, während Dr. Watson Schlaicher den Waldabhang hinunterzerrte.

»Bleib!«, befahl Schlaicher, was aber auf Dr. Watson die gleiche Wirkung hatte wie ein Mückenstich auf einen Ochsen. Erst als er kräftig an der Leine ruckte, gab der Hund auf.

»I weiß nit.« Erwin Trefzer kam wieder um die Kurve zurück. »Viellicht isch das Maidli jo vom Weg abchoo.«

»Da hab ich auch gesucht«, sagte Jonas fast weinerlich.

Dr. Watson versuchte erneut, den anvisierten Abhang zu erreichen. Er warf sich mit seinem ganzen Gewicht in Richtung eines Buchenstammes, der etwa anderthalb Meter unterhalb des Weges stand. Schlaicher konnte das Tier gerade noch halten, fragte sich aber doch, ob Dr. Watson vielleicht mehr wollte, als nur den Baum zu markieren.

»Versuchen wir es mal hier«, sagte Schlaicher und kletterte dem kräftig an der Leine ziehenden Hund hinterher.

»Da war ich auch schon«, quengelte Jonas, folgte aber dem Gespann aus Hund und Herrchen. Dr. Watson stoppte an der

Buche und klebte ein paar Sekunden mit der Nase daran, bevor er sein Bein hob. Schlaicher war gleichzeitig enttäuscht und erleichtert. Während der Basset weiter den Hügel hinabtapste, läutete wieder das Handy. Schlaicher wäre fast die Böschung hinabgestürzt, als er versuchte, Dr. Watson zu zügeln und gleichzeitig das Telefon hervorzuholen.

»Ja?«

»Dad? Ich hab grad eine Lady reingelassen. Die hat irgendwas gesagt von wegen sie sei heute unsere Perle. Sie meint, sie hätte gerade mit dir telefoniert.«

»Ah, Lars, das ist gut, dass du da bist. Ja, das ist richtig. Sag mal, weißt du zufällig, wo Anna ist?«

»Welche Anna?«

»Die Freundin von ...« Schlaicher schaute zu dem Jungen, der sich an einen Baumstamm lehnte und auf den Boden blickte.

»... Jonas«, fiel ihm der Name wieder ein.

»Der ist doch gar nicht mit der zusammen«, antwortete Lars.

»Ach so«, sagte Schlaicher verwirrt, setzte dann aber nach: »Und du weißt nicht, wo sie ist?«

»Nein, woher sollte ich. Was ist denn los?«

»Erklär ich dir nachher«, sagte Schlaicher und legte auf.

»Er weiß es auch nicht«, tippte Jonas.

Schlaicher nickte.

Sie kletterten den bewaldeten Hügel hinab. Das frische Grün der Buchen warf pastellfarbene Schatten in der späten Nachmittagssonne. In Schlaicher keimte der Verdacht auf, dass Dr. Watson einem Reh oder einem Fuchs auf der Fährte war. Er hatte den Basset von der Leine losgelassen, weil es stellenweise sehr steil hinabging. Er brauchte beide Hände, um sein Gleichgewicht zu halten. Dr. Watson kletterte mit seiner Nase dicht am Boden weiter und blieb immer wieder an einem Baum stehen, um ihn zu wässern. Mal ging er wieder etwas zurück bergauf, mal tapste er auf der Höhe bleibend den Hang entlang. Erwin Trefzer hatte bei der ersten steileren Stelle aufgegeben, aber Jonas war noch bei ihnen. Dr. Watson schien den ungewöhnlichen Spaziergang zu genießen und schaute nur auf, wenn Schlaicher oder Jonas nach

Anna riefen. Nach einer Weile lief er plötzlich vor. Er sprang ein kleines Stück Abhang hinunter, kam auf der Nase auf und rannte auf das flacher werdende Gelände weiter voraus.

»Watson, bleib!«, rief Schlaicher, aber die erhoffte Wirkung blieb wieder aus.

Schlaicher eilte dem Basset nach. Der blieb mit einem Ruck stehen und schnupperte an etwas, das er auf dem Boden gefunden hatte. Als Schlaicher näher kam, sah er Dr. Watson schlingen.

»Dr. Watson, aus!« Schlaicher packte ihn mit einer Hand an der Nase und presste die noch immer zu kauen versuchenden Kiefer auseinander, was dem Hund gar nicht gefiel. Schließlich aber plumpste der Rest einer breiigen Masse aus seinem Maul.

»Das muss das Brot sein, das ich ihr gegeben habe!«, rief Jonas und brüllte Annas Namen mit neu gewonnener Energie.

»Du hast ihr ein Brot mitgegeben?«, fragte Schlaicher nach.

»Ja, mit Marmelade. Wir waren doch picknicken, und sie hatte kaum was gegessen.«

Jetzt erkannte Schlaicher auch Reste von Butter und einer roten, klebrigen Marmelade.

»Sie ist also hier runter«, überlegte Jonas.

»Wahrscheinlich wollte sie sich wirklich nur dafür rächen, dass du sie geärgert hast«, beruhigte Schlaicher den jungen Mann. »Das Brot ist ihr wohl hingefallen, und sie ist weitergelaufen.«

Es waren nur noch ein paar Meter, bis der Wald aufhörte. Schlaicher machte Dr. Watson fest und ging mit ihm und Jonas weiter.

Als sie zwischen den Bäumen hervortraten, waren sie unten im Tal angekommen. Vor ihnen erstreckte sich eine eingezäunte Wiese, auf der ein paar Kühe grasten. Die Weide ging auf der anderen Seite der Talsohle, die durch einen kleinen Bach gebildet wurde, wieder bergan und wurde durch einen dünnen Elektrozaun von der Straße begrenzt, die Maulburg und Adelhausen miteinander verband. Nachdem Dr. Watson das Brot gefunden hatte, schien er an einer Fortsetzung des Spaziergangs nicht weiter interessiert zu sein. Er watschelte langsam an der Leine und zog ab und zu nach hinten.

Der Boden war nach zwei sonnigen Wochen trocken. Obwohl Schlaicher konzentriert schaute, konnte er keine weiteren Spuren finden. Dass das Mädchen diesen Weg genommen hatte, war anzunehmen, aber wohin sie dann gegangen sein mochte, wusste Schlaicher nicht.

»Deine Anna ist sicher längst zu Hause und fragt sich, ob du wohl nach ihr suchst«, sagte Schlaicher zu Jonas. Wahrscheinlich würden sie nachher noch lange telefonieren und dabei über ihr abenteuerliches Picknick lachen.

Schlaicher fiel sein eigenes Abenteuer ein, das ihn übermorgen erwartete. Ein Coup, der alles bisherige bei Weitem in den Schatten stellen würde. Statt wegen des Streichs eines Mädchens so viel Zeit zu verlieren, sollte er besser zu Hause sitzen und die genaue Zeiteinteilung noch einmal überdenken.

»Lass uns gehen«, sagte Schlaicher zu Jonas. Der nickte langsam. »Ich glaube, Sie haben recht. Aber Ihr Nachbar hat mich irgendwie ziemlich nervös gemacht.«

»Ach, ich denke, der hat das auch eher so zum Ärgern gesagt«, meinte Schlaicher und klopfte Jonas aufmunternd auf die Schulter.

»Ah, do ischer jo!«, begrüßte sie eine laute Frauenstimme. Die Dame, der das Organ gehörte, war etwa einen Meter fünfzig groß und sicherlich genauso breit. Wenn sie wirklich gedacht hatte, mit dem extrem weiten, aufdringlich bunten Oberteil ihre Rundungen kaschieren zu können, lag sie eindeutig falsch. Auch die weißen Längsstreifen an der blauen Hose hatten nicht die ersehnte streckende Wirkung. »Ich bi d' Eva Biatini, eine Perle auch für Sie. Vo dr Perlekette.«

Schlaicher stellte sich und seine drei Begleiter vor. Dr. Watson hatte es der Dame gleich angetan. Sie kramte sofort in ihrer Hosentasche und zauberte ein für den Basset viel zu kleines Hundeleckerli hervor. Erwin Trefzer und Jonas beachtete sie kaum. Lars dagegen interessierte sich nur für Jonas.

»Wie, bist du jetzt mit der Anna zusammen?«

»Äh, ja, vielleicht«, hörte Schlaicher Jonas sagen, als er mit Lars und dem Telefon in Richtung Lars' Zimmer verschwand.

Dr. Watson fand Eva Biatini eindeutig nett. Schlaicher jedoch konnte noch keine Putzeimer sehen und fragte sich, was die Dame wohl die ganze Zeit über gemacht hatte.

»Und, was hesch für e Schnaps do?«, fragte derweil Erwin Trefzer und rieb sich seinen dicken Bauch, der auf einer dünnen Hüfte und dürr zu nennenden Beinen thronte. Trefzer war längst Rentner, aber für ihn bedeutete der Ruhestand keine Ruhe. Er war immer aktiv, Schlaicher konnte sich kaum einen Tag vorstellen, an dem er ihn nicht vor seiner Scheune gesehen hatte, wo er seine Kunden abfing. Wenn er weg war, dann meist, um seine Waren zu besorgen. Welche Quellen er dafür hatte, konnte Schlaicher nur ahnen. Wissen wollte er es jedenfalls nicht.

»Ich hab noch von dem Schlehenfeuer, das du mir letztens verkauft hast«, sagte Schlaicher.

»Ah, das isch guet«, meldete sich Eva Biatini, deren Kleider gar nicht zu einer Putzfrau passen wollten. »Drno chönne mr jo bespreche, für was Si e Perle bruuche.«

Schlaicher war perplex genug, um ohne Widerworte drei Gläser aus dem Küchenschränkchen zu holen. Er stellte sie auf den Tisch, an den sich sowohl Trefzer als auch Frau Biatini bereits gesetzt hatten, und ging die Treppe hoch, um den Schlehenschnaps zu holen.

Schlaicher schenkte drei Gläser ein. Das für Trefzer machte er bis zum Rand voll, das der Biatini und sein eigenes füllte er nur zur Hälfte. Die Frau und sein Nachbar kippten den Hochprozentigen weg wie Wasser, während Schlaicher nur daran nippte.

»I glaub, i chaa mi glii mol nützlich mache«, sagte Eva Biatini und griff nach der Flasche, um zuerst Erwin und dann sich selbst nachzugießen.

»Also, ich habe eigentlich gedacht, Sie würden putzen«, sagte Schlaicher vorsichtig, was ihm einen empörten Gesichtsausdruck einbrachte, der aber unter dem runden Gesicht der Frau immer noch irgendwie gütig wirkte.

»Also, do hämm'r uns falsch verschtande. Ich biin e Perle, kei Putzfrau. Eine Perle auch für Sie.«

Offensichtlich hatte die Agentur ihren Mitarbeiterinnen eingebläut, den Werbespruch, der seit einiger Zeit auch in Zeitungsannoncen zu sehen und sogar im regionalen Radio zu hören war, möglichst oft zu wiederholen.

»Aber dafür habe ich Sie doch herbestellt«, sagte Schlaicher, während Trefzer seinen zweiten Schnaps leerte.

»Also, e bitzeli uffruume, das mach ich Ihne scho, aber i butz Ihne nit die ganze Wohnig. Dann miesste Si no öbberem anderem luege.«

»Ja, aber was machen Sie denn dann?«

»Die Perlekette isch e Agentur, wo Rentner vermittlet, zum'ne helfe. Ich haa denkt, ich siig wegen'em Hund do.«

Jetzt erinnerte sich Schlaicher. Bei dem Telefonat hatte sein Gesprächspartner ihn neben vielen anderen Sachen auch gefragt, ob er Kinder oder Haustiere habe. Schlaicher, der noch nie eine Putzfrau gehabt hatte, dachte, das sei irgendwie wichtig für die richtigen Reinigungsmittel, aber offensichtlich wollte der Mann, an dessen Namen er sich nicht mehr erinnern konnte, eher herausfinden, welche seiner Perlen er einsetzen konnte. Es musste also eine Dame sein, die Hunde mochte, was Eva Biatini offensichtlich tat. Und Dr. Watson, der auf dem Boden neben der Bank lag, die sich unter Frau Biatinis Masse fast zu biegen drohte, schien die Dame auch zu mögen. Aber einer Lösung seines Problems, nämlich aus einer verhaarten, schmutzigen Wohnung eine saubere gemacht zu bekommen, war Schlaicher damit immer noch nicht näher gekommen.

»Würden Sie denn Staub saugen? Dass wenigstens die Hundehaare weg sind?«

Eva Biatini schaute ihn abschätzend an und plusterte dann ihre ohnehin dicken Backen weiter auf. »Also guet, das isch drno kei Sach. Mir goht's nur dodrum, dass ich für Sie nit uffem Boode ummerutsche chaa. Miini Chnoche sin au nümme di Beschte, nit wohr.«

Als Erwin Trefzer – mittlerweile war der Inhalt des dritten Schnapsgläschens in seinem Mund verschwunden – begütigend sagte: »Joo, dann isch jo alles picobello!«, hatte Schlaicher schon fast kapituliert.

»Na, dann können Sie ja jetzt vielleicht ein bisschen saugen«, bat er freundlich.

»Wenn Sie meine. Wo isch no de Suuger?«

Dafür, dass sie schon eine halbe Stunde in der Wohnung gewartet hatte, bevor Schlaicher mit Dr. Watson, Erwin Trefzer und Jonas zurückgekommen war, hatte sie sich nicht wirklich gut umgeschaut. Schlaicher stand auf und nahm die nur noch etwa drei Fingerbreit gefüllte Schlehenfeuer-Flasche mit, die er auf das Regal im Zwischenflur stellte. Eva Biatini folgte ihm zur winzigen Abstellkammer, wo Schlaichers alter Staubsauger auf seinen Einsatz wartete.

»Bitte schön. Hier finden Sie alles, was sie brauchen«, sagte er mit einer die Abstellkammer präsentierenden Geste. Er hob den Staubsauger heraus und gab möglichst diplomatisch seinem Wunsch Ausdruck, die Wohnung bei ihrem Gehen ohne Haare auf dem Boden vorzufinden. Eva Biatini grunzte nur, begann dann aber unter unausgesprochenem Murren, das Kabel aus dem Gerät auszurollen.

Direkt neben der Tür zum Abstellraum befand sich die Tür zu Lars' Zimmer. Schlaicher klopfte kurz an und öffnete. Jonas saß im Schneidersitz auf dem Boden, Lars an seinem Computer.

»Habt ihr sie erreicht?«, fragte Schlaicher.

»Nee, bei ihr zu Hause geht keiner ran«, antwortete Jonas.

»Ich versuche es gerade über ICQ«, sagte Lars. Er fügte eine Sekunde später hinzu: »Fehlanzeige.«

»Also das kann doch alles gar nicht sein. Wieso funktioniert ihr Handy denn auf einmal nicht mehr?«

»Vielleicht ist ihr ja doch was passiert«, sagte Jonas tonlos, worauf sich Lars von seinem Computer abwandte und den Freund beschwörend ansah. »Ach Quatsch. Da ist alles okay. Versuch's noch mal bei ihr. Vielleicht ist sie jetzt da.«

Jonas nahm das neben ihm liegende Telefon und drückte die Taste für die Wahlwiederholung. Es dauerte ein paar Sekunden, dann änderte sich Jonas' Gesichtsausdruck und kurz darauf sagte er: »Hallo, Frau Schmid, ist Anna da?« Tatsächlich sagte er noch mehr, aber ein hässlich lautes Brummen ließ Schlaicher den Rest nicht verstehen. Eva Biatini hatte offensichtlich herausgefunden, wie man den alten Rowenta anschaltete. Nur im absolut falschen Moment. Sein Winken schien sie nicht zu sehen, sodass Schlaicher schnell zum Staubsauger ging und auf die große An/ Aus-Taste trat.

»Ja, was isch au jetzt, verdeggl«, schimpfte die ältere Dame, doch Schlaicher sagte nur: »Warten!«, was bei ihr immerhin mehr Wirkung zeigte, als es das bei Dr. Watson getan hätte.

Schlaicher wandte sich wieder Jonas zu.

»... gedacht, dass sie wieder zu Hause sein müsste«, sagte der gerade. Dann blieb er längere Zeit still.

»Ich weiß es nicht«, sagte Jonas schließlich mit brüchiger Stimme. Schlaicher konnte es nicht mehr aushalten. »Gib mir das Telefon«, sagte er und nahm Jonas den Apparat ab.

»Schlaicher hier, guten Tag. Bitte entschuldigen Sie ...«, begann er, aber die Frauenstimme am anderen Ende der Leitung ging dazwischen.

»Was ist mit meiner Tochter?«

»Also, ich glaube, es gibt keinen Grund zur Unruhe«, sagte Schlaicher und schüttelte selbst den Kopf über einen derart abgeschmackten Satz. »Ich bin mir sicher, dass sie bald auftauchen wird. So ein Ärgerspiel unter Jugendlichen.«

»Wer sind Sie?«

»Wie gesagt, ich heiße Rainer Maria Schlaicher. Jonas, der Freund Ihrer Tochter, ist zu meinem Sohn Lars gekommen, um hier zu telefonieren.«

»Freund meiner Tochter? War das der Junge eben?«

»Ja, genau der.«

»Und wo ist Anna?« Die Stimme der Frau überschlug sich vor Aufregung. »Ich meine, sie kann doch nicht einfach verschwunden sein. Ich rufe jetzt mal auf ihrem Handy an.«

»Das geht nicht«, sagte Schlaicher und erntete eine nahezu hysterische Nachfrage, auf die er einfach nur erwiderte: »Wir haben gedacht, sie wäre schon wieder bei Ihnen.«

»Ich rufe die Polizei. Wo sind Sie?«

Schlaicher gab ihr seine Adresse und Telefonnummer durch. In der Zwischenzeit hörte Schlaicher, dass die Frau wohl ihren Mann informierte.

Als er auflegte, schauten ihn Jonas und Lars mit großen Augen an. Hinter ihm in der Tür stand Eva Biatini und hielt sich am Saugrohr des Staubsaugers fest.

»Wir warten hier«, sagte Schlaicher zu den beiden Jungs. »Und Sie sollten jetzt anfangen«, bellte er genervt in Richtung seiner Perle, deren Körper zwar eine perlige Form hatte, aber von deren Wert er noch nichts gemerkt hatte. Wo das Mädchen nur stecken mochte? Auf dem Weg in die Küche sprang hinter ihm erneut der Staubsauger an.

»Du hast vorhin erzählt, dass vor zwanzig Jahren genau so etwas schon mal passiert ist«, sagte Schlaicher zu Erwin Trefzer, der noch immer in der Küche saß.

»Jo, das isch, glaub i, z'Wieslet gsii. Do isch e Maidli am heiterhelle Daag eifach eso verschwunde, und mr het nie mehr e Sterbenswörtli vonnem g'hört. Des isch e schrecklichi G'schicht gsii.« Um das zu bestätigen, nickte Trefzer langsam, aber ausdauernd.

»Na ja«, sagte Schlaicher, »Anna wird schon wieder auftauchen.«

Als sich Eva Biatini mit dem Staubsauger zu ihnen vorgearbeitet hatte, stand Trefzer auf und ging. Schlaicher wollte eigentlich noch ein bisschen in Ruhe nachdenken, aber das war bei diesem Lärm nicht möglich.

»Sie chönnte au emol uffstooh, odder«, sagte Frau Biatini mit ihrer lauten Stimme, mit der sie locker das Gebläse übertönte. Immerhin arbeitete sie jetzt, dachte Schlaicher, aber in dem Moment sah die Frau die Uhr, die über dem Herd hing, und äußerst behände trat sie mit ihrem kleinen Fuß den Staubsauger aus.

»Jetzt han i doch tatsächlich d'Zit vergesse«, sagte sie nur.

»Aber Sie sind doch noch gar nicht fertig«, sagte Schlaicher genervt.

»Hejo, wil Si hüt halt nit do gsii sin, wo'n ich b'stellt gsii bii.« Sie drückte Schlaicher den Staubsaugergriff in die Hand und fühlte mit beiden Händen vorsichtig über ihre aufgesteckte Frisur.

»Das macht zwölf Euro un fuffzig Cent«, sagte sie dann. »Die zäh Minute, wo'ni länger do g'sii bii, schenk ich Ihne.«

Schlaicher ließ das Saugrohr zu Boden fallen und stand auf.

»Zu gütig, Frau Biatini«, knurrte er. Er nahm sein Portemonnaie aus der rechten Hintertasche seiner Jeans und fand einen Zwanzigeuroschein, den er ihr hinreichte. »Hier, stimmt so. Aber Sie brauchen nicht wiederkommen.«

Die Lippen der Frau spitzten sich weiter zu, als Schlaicher es für möglich gehalten hätte. Gleichzeitig hoben sich ihre Augenbrauen in beängstigende Höhen. »Aah, so isch das. Erscht lönn Si mi blödi Arbede mache, und nochher isch es Ihne nit guet g'nueg.« Damit grabschte sie nach dem Geldschein, faltete ihn zweimal mit ihren kleinen Wurstfingerchen und steckte die Hand samt Schein in die Hosentasche der nicht streckenden Hose.

»Es tut mir leid«, sagte Schlaicher und ärgerte sich im gleichen Moment, dass er sich genötigt fühlte, eine freundliche Ausrede zu finden. »Es ist nur, dass ich mir gedacht habe, dass das nichts für mich ist.«

»Jo, also, das macht jo rein gar nüdd«, sagte sie kalt. »Wenn sie kei Perle bruuche ...«

»Nein, brauche ich nicht, aber vielen Dank.«

Gerade als sich Schlaicher anschickte, die Perle zur Wohnungstür zu eskortieren, klingelte das Telefon.

»Einen Moment«, sagte er zu Eva Biatini, dann nahm er ab.

»Hallo? Herr Schlaicher?« Es war die Stimme von Annas Mutter.

»Ja. Ist Ihre Tochter da?«

»Nein. Und die Polizei sagt, sie können noch nichts machen. Wir sollen zuerst einmal alle Freunde und Bekannten durchtelefonieren.«

Das hatte sich Schlaicher schon gedacht. Für die Polizei war sie wohl noch nicht lange genug weg.

»Ich kenne jemanden bei der Kripo«, sagte Schlaicher. Gleichzeitig fragte er sich, ob das wohl eine gute Idee gewesen war. Immerhin kannte er den Kommissar, sonderlich grün waren sie sich jedoch nie gewesen. Trotzdem sagte er: »Ich rufe da mal an.«

»Wir kommen nach Maulburg«, sagte Frau Schmid. »Wir müssen doch nach ihr suchen.«

Schlaicher reagierte schnell: »Ich glaube, es ist besser, wenn Sie zu Hause bleiben. Wenn Ihre Tochter jetzt gleich auftaucht ...«

Frau Schmid überlegte kurz und stöhnte dann: »Da stimmt doch etwas nicht.«

»Also, noo länger chann ich bim beschte Wille nit bliibe«, sagte Eva Biatini dazwischen.

»Dann gehen Sie halt, in Gottes Namen«, gab Schlaicher zurück, um gleich darauf seiner Gesprächspartnerin am Telefon zu versichern, dass sie nicht gemeint war.

»Ich weiß nicht, was ich mache, wenn meinem Mädchen etwas zugestoßen ist.«

»Maria, es wird schon alles gut«, hörte Schlaicher eine Männerstimme im Hintergrund.

ZWEI

»Schlageter«, tönte es schlecht gelaunt aus dem Telefon. Schlaicher hatte die Nummer des Kommissars tatsächlich noch in seinem Zettelwust gefunden und mit Unbehagen gewählt.

»Wer ist denn da?«

»Hallo, Herr Schlageter. Hier ist Schlaicher …«

»Ach du Gott, ich hatte gehofft, nie mehr etwas von Ihnen zu hören. Was machen die Verletzungen?«

»Alles geheilt«, antwortete Schlaicher knapp. Erst vor drei Monaten hatte ihn seine Neugierde in eine lebensgefährliche Situation getrieben. Weil er sich in Schlageters Fall eingemischt hatte, wie der Kommissar nie müde geworden war zu betonen. Aber sowohl die gebrochene Rippe, als auch das angeschlagene Knie und die zahlreichen Blutergüsse, die er als Lektion aus dieser Geschichte mitgenommen hatte, waren inzwischen verheilt. Dank Martina, die ihn fast zwei Wochen lang gepflegt hatte. An den Grund seiner Verletzungen dachte Schlaicher nicht gerne zurück.

»Und, haben Sie wieder einmal eine Leiche gefunden?«, fragte Schlageter spöttisch.

»Nein«, gab Schlaicher zurück. »Es geht um ein Mädchen, das verschwunden ist.«

»Das ist nicht Ihr Ernst.«

Schlaicher schilderte dem Kommissar, was passiert war. Hanspeter Schlageter blieb erstaunlich ruhig. Erst als Schlaicher ihm berichtete, wie die Polizei auf den Anruf von Annas Eltern reagiert hatte, begann der alte Polizist, in bekannter Manier wild zu fluchen.

»Wie lange ist das Mädchen jetzt weg?«, fragte er.

»Seit drei Stunden etwa.«

Für einen Moment herrschte Stille am anderen Ende der Leitung. »Das ist wirklich noch nicht allzu lange. Und es gibt keine Anzeichen von einem Kampf?«

Schlaicher verneinte. Dann fiel ihm wieder das Brot ein. »Aber der Junge hat dem Mädchen noch ein Brot mitgegeben. Dr. Watson hat es im Wald gefunden, ziemlich weit von der Straße weg.«

Schlageter schnaufte angestrengt: »Ja? Haben Sie es liegen gelassen?«

»Dr. Watson hat es gefressen«, gestand Schlaicher. Er war nicht glücklich darüber, aber was hätte er machen sollen?

»Na ja, immerhin hat Ihr Hund es gefunden. Aber Sie wissen hoffentlich noch, wo das war.«

»Ich würde die Stelle wiederfinden.«

»Wir machen das so.« Schlageter klang müde. »Ich komme gleich vorbei, und dann schauen wir uns das zusammen an. Wir hatten eben einen großen Unfall mit mehreren Verletzten auf der B 34. Fast alle unsere Leute sind unterwegs. Vielleicht war der Kollege deshalb so abweisend. Normalerweise hätte er der Sache aber gleich nachgehen müssen.«

Schlaicher dachte daran, dass er eigentlich an seinem Coup arbeiten sollte. Aber dass Schlageter ohne Umschweife seine Unterstützung anbot, verwunderte ihn genug, um seine Arbeit hintenanzustellen. »Ich warte auf Sie.«

»Machen Sie das bitte, Schlaicher. Diesmal keine Alleingänge.«

Schlaicher nahm schon den Hörer vom Ohr, als Schlageter noch etwas nachschob: »Und Ihr Hund kommt nicht mit!«

Schlaicher legte schmunzelnd auf. Schlageters Angst vor Hunden machte noch nicht einmal vor dem friedlichen, meist ziemlich faulen Basset Halt. Schon bei ihrer ersten Begegnung vor etwas mehr als einem halben Jahr hatte sich der Polizist in Gegenwart des niedrig gebauten Dr. Watson aufgeführt, als habe er es mit einem Rudel wilder Wölfe zu tun.

Schlaicher ging in Lars' Zimmer, um das Telefon zurückzugeben. Lars und Jonas saßen auf der Bettkante und unterhielten sich. Den langen Mienen entnahm Schlaicher, dass sich mittlerweile beide Sorgen machten. Wie bedrohlich eine solche Ungewissheit doch sein konnte. Da saß ein Junge, dessen Mädchen während eines Picknicks einfach verschwunden war. Wie mussten sich erst die Eltern sorgen! Allein der Gedanke, dass Lars plötzlich weg sein könnte, ohne dass Schlaicher wusste, wo er war, schmerzte ihn.

»Ich habe eben mit Schlageter telefoniert. Er kommt vorbei, und dann fahren wir zusammen noch einmal hoch«, sagte er.

»Wer ist das?«, wollte Jonas wissen.

»Schlageter ist Kommissar bei der Kripo.« Als er Jonas' entsetztes Gesicht sah, fügte Schlaicher hinzu: »Er meint auch, dass sie sicherlich bei irgendeiner Freundin ist, er wollte nur mal vorbeikommen und schauen.«

»Schlageter will nur mal vorbeikommen?« Lars machte die Beruhigungsversuche seines Vaters durch seinen ungläubigen Tonfall zunichte.

»Ja«, log Schlaicher und ging.

Die halbe Stunde, die er sicherlich noch hatte, bevor der Kommissar klingeln würde, wollte Schlaicher einigermaßen sinnvoll nutzen. Außerdem hoffte er, dass seine Planungen ihn von den düsteren Gedanken ablenken würden, die ihm immer wieder durch den Kopf gingen. Oben auf der Galerie erkannte er mit einem Blick, dass diese unsägliche Putzfrau hier wohl kaum gesaugt haben konnte. Der Boden war voller Haare, und auch auf dem Sofa lag ein gräulicher Schleier aus flauschigem Bassetpelz. Schlaicher ging also wieder hinunter und holte den Staubsauger, nur um, erneut oben angekommen, zu bemerken, dass der Beutel wohl mittlerweile so voll war, dass das Ding kaum noch Saugkraft hatte. Ein Blick ins Innere bestätigte seinen Verdacht. Wie eine vollgesaugte Zecke wartete der prall gefüllte Beutel darauf, gewechselt zu werden. Schlaicher nahm ihn heraus, ignorierte dabei, dass Haare und Staub ins Innere des Saugers fielen, und stapfte die Treppe hinab. Nachdem der Beutel im Mülleimer verschwunden war, ging Schlaicher zum Abstellraum. Dort stellte er fest, dass zwar die Verpackung der Müllbeutel im Regal lag, der Inhalt allerdings fehlte. Und so sehr er auch die Kammer durchwühlte, weitere Beutel fand er keine.

Als er aus dem Abstellraum kam, hörte er ein lautes »Scheiße« durch Lars' Tür. Die ging fast gleichzeitig auf, und heraus kam ein wütender Jonas, der sich kurz erschreckte, als Schlaicher da so plötzlich direkt vor ihm stand.

»Ich gehe jetzt«, sagte er nur und drückte sich an Schlaicher vorbei.

»Warte mal, du kannst doch nicht einfach gehen«, meinte Schlaicher irritiert.

»Lass ihn«, sagte Lars, der in der Tür aufgetaucht war.

Jonas ging, ohne den schwanzwedelnden Dr. Watson weiter zu beachten, der die Quelle des Trubels ausmachen wollte.

Während Schlaicher seinen Sohn noch fragend anschaute, klingelte es an der Wohnungstür. Schlaicher vermutete, dass Jonas seine Meinung geändert hatte, aber als er die Tür öffnete, stand da jemand anderes. Unten im Treppenhaus hörte er die Haustüre zufallen.

»Was ist hier los?«, fragte Martina Holzhausen in einem scherzhaften Verhörton. Sie trug ein dunkelgraues Kostüm, eine fliederfarbene Bluse und schwarze Schuhe mit hohem Absatz. Ihre strenge Kleidung stand im Kontrast zu ihrer vorwitzigen Art, die sich in ihren wachen Augen spiegelte. Sie nahm Schlaicher in den Arm und küsste ihn dreimal auf die Wange. Die Schweizer Begrüßung, wie Schlaicher mittlerweile gelernt hatte.

Dr. Watson war als Nächster dran. Mit dem Kostüm recht vorsichtig, kniete sie sich nieder und kraulte dem vor Freude brummenden Hund den Hals.

»Und, hat Trefzer das Schild?«, fragte sie.

»Morgen«, antwortete Schlaicher.

»Sicher?«

»Wir können es nur hoffen.«

»Ich habe gedacht, er fährt morgen nach Stuttgart, um den Wagen abzuholen?«

»Ja, das macht er morgen früh. Das Schild bekommt er am Abend.« »Ganz schön spät, aber immerhin. Bist du die Pläne noch einmal durchgegangen?«

Schlaicher verneinte und war froh, dass er immerhin einen guten Grund für seine Untätigkeit vorweisen konnte. Martinas Gesicht wurde immer länger, während er ihr von dem vom Erdboden verschwundenen Mädchen erzählte.

»Das ist ja merkwürdig«, sagte sie. »Und sie ist immer noch nicht zu erreichen?«

Schlaicher schüttelte den Kopf. In diesem Moment klingelte es schon wieder. Martina ging Lars begrüßen, während Schlaicher an der geöffneten Tür auf den nächsten Besucher wartete. Er fühlte sich ein bisschen überrumpelt von den unerwarteten Geschehnissen des heutigen Tages. Ihm ging die Melodie von »Just another manic monday« durch den Kopf. Wieder so ein verrückter Montag. Als er das Schnaufen im Treppenhaus hörte, war ihm klar, wer jetzt kam. Schlaicher schnappte sich Dr. Watson an seinem überschüssigen Nackenfell und sperrte den sich verdutzt wehrenden Hund ins Schlafzimmer, das eigentlich tabu für den Basset war. Besonders zu Zeiten des Fellwechsels.

Hanspeter Schlageter trug eine blau karierte Hose und ein blaues Hemd, das unter den Armen vom Schweiß eine dunklere Farbe angenommen hatte. Die beiden obersten Knöpfe hatte er offen gelassen. Graues Kraushaar kroch aus dem Ausschnitt. Man sah dem Kommissar mehr als deutlich an, dass das Wetter bereits zu heiß für ihn war. Schlaicher wusste, dass Schlageter kurz vor seiner Pensionierung stand. Nur ob er mit der freien Zeit etwas anfangen können würde, das wusste er nicht.

»Spielen Sie eigentlich Golf?«, fragte er statt einer Begrüßung.

Der kurzatmige Kommissar lehnte sich an Schlaichers Türrahmen und schaute ihn mit leidendem Gesichtsausdruck an.

»Was?«

»Ob Sie Golf spielen. Wegen der Hosen.«

»Ich habe ein einziges Mal versucht, einen Golfball zu treffen«, sagte Schlageter, immer wieder heftig nach Luft schnappend.

»Es war Juni, und als ich gerade auf dem Platz war, hat es angefangen zu schneien. Das Spiel mag mich nicht. Und ich mag es auch nicht.«

Schlageter schaute vorsichtig in die Wohnung. »Apropos. Ist ihr Viech weg?«

»Sie können reinkommen.« Schlaicher machte eine einladende Geste und trat zur Seite. Martina und Lars kamen just in dem Moment aus dem Zimmer.

»Frau Holzhausen«, sagte der Kommissar und zog einen imaginären Hut. Langsam erholte er sich von den Qualen, zwei Stockwerke hochgegangen zu sein. »Lars, richtig?«, setzte er in Richtung des Jungen hinzu. »Hier ist also ein Mädchen verschwunden? Dann sollten wir uns gleich auf den Weg machen. Wo ist denn der Junge, der sie verloren hat?«

Das wollte Schlaicher auch gerne wissen und schaute zu Lars. »Warum ist er vorhin so wütend gewesen und weggerannt?«

»Wütend und weggerannt?«, fragte Schlageter mit hochgezogenen Augenbrauen. Schlaicher erinnerte sich, dass man mit seiner Wortwahl in der Nähe des Kommissars besser vorsichtig sein sollte. Er selbst hatte schon zweimal unter Mordverdacht gestanden, weil Schlageter sich aus einfach so Dahergesagtem gerne mal ein Mordmotiv bastelte. Aber hier ging es ja wohl nicht um Mord. Es war nur ein Mädchen verschwunden. Und das vor noch gar nicht allzu langer Zeit, beschwichtigte er sich in Gedanken.

»Ich habe Jonas erzählt, dass Patrick auch hinter Anna her ist«, erklärte Lars. »Das ist der Ex-Freund von Anna, aber er will sie wieder zurückhaben. »Ich glaube, Jonas wollte zu ihm, weil er dachte, dass Anna da sein könnte.«

»Interessant, interessant, eine Dreiergeschichte also«, murmelte Schlageter und sagte dann lauter: »Das könnte einiges erklären. Aber wir sollten trotzdem los und schauen, ob wir noch irgendwelche Hinweise finden.«

Auf der Straße, die vom Friedhof auf den Dinkelberg führte, ergriff Schlageter plötzlich Schlaicher am Arm und zerrte ihn vor sich. »Oh Gott«, stöhnte der Kommissar. Schlaicher sah einen frei laufenden schwarzen Mischling auf sie zurennen.

»Benny, chumm do aane.« Der Hund machte auf der Stelle kehrt und sauste wedelnd zu seinem Herrchen zurück. Eine Reaktion, von der Schlaicher bei Dr. Watson nur träumen konnte. Schlageter war trotzdem nicht zufrieden.

»Machen Sie gefälligst das Viech an die Leine«, schimpfte er hinter Schlaichers Rücken. Der lächelte dem Spaziergänger beschwichtigend entgegen, trotzdem zeigte der Mann ihnen einen Vogel, als er vorbeiging.

Schlageter kam erst hervor, als er sich sicher war, dass das Tier für ihn keine Gefahr mehr darstellte.

»Wir gehen in zwei Meter Abstand runter«, sagte er und gab sich souverän. Schlaicher fragte sich allerdings, wie der Kommissar diesen Abhang hinunter-, geschweige denn wieder hinaufkommen wollte. Martina schien die gleiche Sorge zu haben: »Schaffen Sie das denn?«

»Mein liebes Fräulein Holzhausen«, sagte Schlageter, »ich habe schon ganz andere Sachen geschafft.« Wirklich überzeugend hörte er sich aber nicht an.

Tatsächlich musste Schlaicher seinen Weg ein paarmal verlassen, um dem Kommissar zu helfen. Dass Schlageter Mokassins trug, machte die Sache im Unterholz nicht leichter. Schließlich waren sie, viel langsamer als beim letzten Mal mit Dr. Watson, an der Talsohle angekommen, wo Schlaicher Martina und Schlageter den breiigen Rest des Marmeladenbrots zeigte. Sonst hatten sie auch auf dieser Tour durch den Wald keine Spur von dem Mädchen gefunden.

Am Weidenzaun blieben sie stehen. »Bis hierhin sind wir vorhin gegangen«, sagte Schlaicher.

Schlageter war seltsam still. Ganz anders, als Schlaicher den Kommissar sonst kannte. Er schaute über die Weide, betrachtete die grasenden Kühe, von denen sich zwei der Stelle näherten, an der sie gerade standen, und ließ seinen Blick zur Straße auf der anderen Seite der Weide schweifen.

»Ich möchte gerne noch bis zur Straße gehen«, sagte Schlageter.

Martina seufzte leise. In ihrem Kostüm wirkte sie absolut deplatziert. Zwar hatte sie sich andere Schuhe aus ihrem Auto geholt, aber mit dem engen Rock war sie sehr langsam. Schlaicher sah sie fragend an, und sie schüttelte den Kopf.

»Ich komme mit Ihnen. Martina kann hier warten«, sagte Schlaicher und erntete einen dankbaren Blick von seiner Assistentin.

Durch den Zaun lief Strom, was erklärte, warum die beiden Kühe nicht ganz bis zu ihnen vorkamen. Schlaicher zählte die Sekunden bis zum nächsten Schlag, der sich als kleines Klickgeräusch bemerkbar machte.

»Acht Sekunden«, sagte er, aber Schlageter nahm bereits den Draht in die Hand und hob ihn so weit nach oben, wie die in den Boden gesteckten Kunststoffpfähle es erlaubten. Beim nächsten Klicken zuckte er kurz zusammen, ließ sich aber nicht beirren. »Jetzt machen sie schon, Schlaicher. Spaß macht mir das nicht!«

Schlaicher bückte sich tief und war gerade halb unter dem Draht durchgekrochen, als er das zweite Klicken hörte. Auf der anderen Seite empfing ihn lautes, empörtes Muhen von einer der beiden braun-weiß gescheckten Kühe. Die restliche Herde fiel ein. Die beiden Kühe direkt vor ihnen wichen zurück, als Schlageter, ganz anders als bei dem kleinen Mischling eben, ungeniert auf die ohne Zaun noch größer wirkenden Tiere zuging. Der Kommissar wählte den geraden Weg zur Straße.

»Schauen Sie, ob Sie irgendetwas finden, das hier nicht hingehört«, wies er Schlaicher an, der ihm gehorsam folgte. Wenn er nicht gerade zu den Kühen schaute, um einen potenziellen Angriff möglichst noch rechtzeitig zu bemerken, scannte er den von Kuhfladen gepflasterten Boden. Am ehesten gehörte er selbst nicht hierhin, dachte er. Die Kühe begleiteten sie mit etwa drei Meter Abstand. Immer wieder schaute Schlaicher zu den Wiederkäuern mit den gefährlich aussehenden Hörnern. Sie könnten ihn bei einem Angriff allein durch ihre Masse übel zurichten. Aber die Tiere schienen von ihrer Gefährlichkeit nichts zu wissen oder waren auf ihrer saftigen Weide so zufrieden, dass sie den menschlichen Besuchern nichts antun wollten.

»Wo ist eigentlich Hellbach?«, fragte Schlaicher, den Blick wieder auf die mit stinkenden Fladen bedeckte, längst abgeweidete Grasfläche geheftet.

»Der arbeitet an unserem Fall. Die Einbrüche. Sie haben bestimmt davon gehört.«

Seit zwei Wochen häuften sich die Polizeimeldungen in der Badischen Zeitung. Erst gestern gab es ein großes Interview mit einem Beamten der Polizeidirektion Lörrach zu lesen, gespickt mit einer Menge Tipps, wie man sein Haus sicher machen könne.

»Haben Sie schon eine Spur?«

Schlageter blieb stehen. »Hören Sie, Schlaicher. Wir suchen hier gerade nach irgendetwas, von dem wir nicht einmal wissen, ob es existiert. Wenn Sie dauernd auf mich einreden, kann es sein, dass wir etwas übersehen. Also lassen Sie uns ruhig weitergehen.« Er sagte ausgerechnet das Wort »ruhig« besonders laut.

Schlaicher widersprach nicht. Er hatte genug damit zu tun, den Kuhfladen auszuweichen. Wie sollte man hier etwas finden? Wenn das Mädchen etwas verloren hatte, war es wahrscheinlich längst von Fladen überdeckt. Schlageter störte das offensichtlich nicht. Er ging ganz langsam und konzentriert weiter, bis sie an einem winzigen Bach angekommen waren. Sie sprangen an einer Stelle hinüber, die die Kühe wohl nicht oft nutzten, da ihre Hufe hier noch keinen matschigen Tümpel hatten anschwellen lassen. Auf der anderen Seite stieg die Weide zuerst sanft, dann steiler an. Oben war die Straße.

Schlageter wiederholte die Aktion mit dem Elektrozaun, zwängte sich diesmal allerdings alleine unten durch. Er ging die paar Meter bis zur Straße und bückte sich. Da er mit dem Rücken zu Schlaicher stand, konnte der nicht sehen, was der Kommissar da in Händen hielt und betrachtete.

»Was ist? Haben Sie etwas?«, fragte er deshalb.

Schlageter drehte sich um. »Vielleicht.« Er hielt Schlaicher über den Zaun hinweg einen kleinen silbernen Anhänger hin, der in der Sonne glitzerte. Es war eine winzige, fein gearbeitete Libelle. In Schlageters Pranken wirkte das vielleicht zwei Zentimeter lange Schmuckstück noch zerbrechlicher, als es wohl war.

»Entweder hat das hier irgendjemand zufällig verloren«, sagte der Alte ruhig, »oder wir haben die nächste Spur zu unserem Mädchen gefunden. Sieht doch aus wie Mädchenschmuck, oder?« Schlageter drehte sich wieder zur Straße und schaute noch ein bisschen. Von oben aus Richtung Adelhausen hörten sie das Geräusch eines heranbrausenden Wagens. Schlageter stellte sich mitten auf die Straße und kramte seinen Dienstausweis aus der Tasche. Den hielt er wie einen Schild vor sich, obwohl sich Schlaicher sicher war, dass er ihm bei einem Aufprall nicht helfen würde.

»Was machen Sie da, kommen Sie von der Straße runter«, rief Schlaicher alarmiert, als ein äußerst spritzig fahrender Kleinwagen um die Kurve bog. Der Fahrer bremste scharf ab und kam wenige Schritte vor dem Kommissar zu stehen.

»Meinen Sie etwa, ich würde durch den Wald noch mal zurückgehen? Beeilen Sie sich. Wir treffen uns an Ihrem Haus.« Schlageter ging um den Wagen herum und riss die Fahrertür auf. »Kriminalpolizei. Ich brauche Ihren Wagen!«

Der vielleicht zwanzigjährige Mann hatte wohl zu viele amerikanische Filme gesehen, denn er sprang sofort aus dem Auto. Schlageter sah ihn irritiert an.

»Was machst du denn da? Du fährst natürlich. Ich bin eh nur ein paar Meter dabei.«

»Wie, Sie wollen nur mitfahren? Ein trampender Polizist?« Der Mann blickte ungläubig drein, als der erste Schreck vergangen war.

»Wenn du mich brav mitnimmst, will ich mal nicht so sein und den Kollegen von der Verkehrspolizei nichts davon sagen, dass du die Anschnallpflicht missachtet hast«, brummte der Kommissar als Entgegnung und ging zur Beifahrerseite. Schlaicher sah noch, wie der junge Mann hektisch den Gurt anlegte, dann drehte er sich um und eilte vorsichtig an den Kühen vorbei zu Martina, die auf der anderen Seite der Weide wartete und dort den Boden absuchte. Ohne Schlageter war ihm noch unwohler im Revier der Kühe, doch die Wiederkäuer liefen ihm zwar nach, hielten aber trotzdem Abstand.

Schlaicher wartete das Klicken des Elektrozauns ab und beeilte sich, darunter durchzuschlüpfen, bevor er einen Schlag bekommen konnte. Nachdem er die Weide verlassen hatte, verloren die Kühe ihr Interesse an ihm. Gelangweilt wiederkäuend beobachteten sie, wie Schlaicher und Martina sich wieder entfernten und schließlich zurück in den steilen Waldhang gingen.

»Sie haben aber lange gebraucht«, warf ihm Schlageter vor, als Schlaicher und Martina wieder zu Hause ankamen. Nach dem dringlich ausgesprochenen Hinweis, Dr. Watson wegzusperren, marschierte Schlageter schwerfällig hinter ihnen die Treppen hoch. Der Abstand zum Kommissar wurde unweigerlich länger, sein Schnaufen immer stärker. Dr. Watson hatte sich zur Begrüßung direkt hinter der Tür aufgebaut und war nur mit großer Mühe von der Stelle zu bewegen. Schlaicher schob ihn in sein

Schlafzimmer und ließ dann den Kommissar hinein, der sich noch einmal vorsichtig im Flur umsah. Lars kam hinzu und erntete auf seine Frage nach Anna nur ein Kopfschütteln. Martina hatte bereits ihre schmutzigen Schuhe ausgezogen, und Schlaicher tat es ihr gleich. Schlageter jedoch schien seine Mokassins anbehalten zu wollen, obwohl er ganz offensichtlich in Kuhfladen unterschiedlichster Viskosität getreten war.

»Ziehen Sie die bitte aus«, sagte Schlaicher.

»Haben Sie sich nicht so«, sagte Schlageter.

»Sie machen alles dreckig, und es stinkt«, beharrte Schlaicher.

Schlageter überlegte. »Ich gehe ins Badezimmer und mache die Schuhe sauber«, sagte er dann und verschwand. Schlaicher stellte seine Schuhe weg, um sie später sauber zu machen. Dann nahm er das Telefon und drückte die Wahlwiederholungstaste.

»Hallo, Anna, bist du das?«

»Nein, hier spricht Schlaicher. Sie ist also noch nicht nach Hause gekommen?«

»Ach, Sie sind es«, sagte Maria Schmid enttäuscht. »Nein, und wir haben jetzt alle möglichen Freunde und Klassenkameraden durch.«

»Bitte seien Sie nicht beunruhigt ...«, begann Schlaicher, aber Annas Mutter unterbrach ihn aufgeregt.

»Wie soll ich nicht beunruhigt sein, wenn meine Tochter spurlos verschwindet?« Ihre Stimme überschlug sich, ging dann in ein Schluchzen über.

»Wir haben einen Anhänger in Libellenform gefunden. Könnte der Anna gehören?«, fragte Schlaicher vorsichtig.

Das Schluchzen wurde weniger. »Ja«, sagte Maria Schmid. »Den hatte sie an ihrem Armband. Oh Gott, ich sage schon hatte! Ich lege jetzt auf!« Aus dem Telefonhörer drang nur noch ein Piepen.

Schlageter trug weiterhin seine Mokassins, als er aus dem Badezimmer zurückkehrte, aber die waren jetzt sauber. Sogar so sauber, dass sie feuchte Fußabdrücke hinterließen, wo der Kommissar ging. Das Leder war ganz nass. Schlaicher bezweifelte, dass die Schuhe innen trocken waren.

»Sie haben telefoniert«, stellte Schlageter fest.

»Mit Frau Schmid«, bestätigte Schlaicher. »Die Libelle gehört ihrer Tochter, und zu Hause ist sie immer noch nicht. Dabei wird es bald dunkel.«

»So langsam finde ich die Sache sehr bedenklich«, sagte Martina und legte Schlaicher eine Hand auf den Unterarm. Lars wirkte ausgesprochen bedrückt. »Ich habe noch mal mit Jonas telefoniert. Bei Patrick war sie auch nicht. Ich gehe in mein Zimmer«, sagte er und verschwand. Schlaicher würde nachher mit ihm sprechen müssen.

Schlageter setzte sich auf die Bank in der Küche. Er schien zu überlegen und kam bald darauf zu einem Ergebnis: »Ich denke, wir sollten die Kollegen dazurufen«, sagte er. »Schlaicher, geben Sie mir mal das Telefon.«

Schlageter sprach einige Zeit mit Hellbach, erklärte ihm in einem Mix aus Beamtendeutsch und Flüchen, was passiert war. Dann machte er eine längere Pause, und Schlaicher sah, wie das Gesicht des Kommissars mehr und mehr an Farbe gewann und er wieder zu schnaufen begann, als renne er eine Treppe hoch. Schließlich explodierte er.

»Verdammt noch mal, dann stellen Sie mich eben zu diesem Blödmann durch, Hellbach!« Schlageter sprang auf. »Also so ein Dreck. Was wollen die denn jetzt? Das muss doch nicht sein! So ein Schei… Schlageter. Kripo Lörrach. Bin ich beim LKA?«

Das Telefonat verlief nicht zu Schlageters Zufriedenheit. Fast duckmäuserisch hatte er einige Minuten lang in leisem Ton Fragen beantwortet, die anscheinend auf das Verschwinden des Mädchens abzielten. Seinem mittlerweile hochroten Kopf sah Schlaicher an, dass der Kommissar immer wütender wurde. Es war nur eine Frage der Zeit, bis er erneut hochgehen würde. Das aber passierte erst, als er sagte »Ja, ich warte« und auflegte. Angestrengt fuchtelte er mit den Armen in der Luft herum. Es sah aus, als wolle er etwas sagen, fände aber nicht die richtigen Worte. Dann kam ein »Huerebogg«, das er so laut brüllte, dass Schlaicher Sorge hatte, alle Nachbarn könnten es gehört haben. Offensichtlich war das erst einmal genug, denn kaum war das

Schimpfwort heraus, sackte er in sich zusammen und reagierte nicht einmal auf Martinas Frage, was denn los sei.

»Schlaicher, ich möchte, dass Sie mir einen Gefallen tun«, sagte er schließlich ganz ruhig.

»Was ist denn los?«

Schlageter ging nicht auf die Frage ein, sondern sagte: »Ich möchte, dass Sie mit mir zu den Eltern des Mädchens fahren und mir helfen, mich bei ihr im Zimmer umzuschauen.«

»Bitte, wieso soll ich das denn machen?«, wollte Schlaicher wissen.

»Aus der Geschichte ist soeben ein Fall geworden. Das LKA ist nervös, weil sie vor Kurzem bei einer anderen Sache zu spät reagiert haben. Jetzt wollen sie kein Risiko eingehen und bilden ein Sondereinsatzkommando. Und ich soll nach deren Pfeife tanzen.«

»Aber ist es da nicht besser, wenn vorher niemand anderes in dem Zimmer war? Wie sieht es denn aus, wenn die da meine Fingerabdrücke finden?«

»Jesses Gott«, schimpfte Schlageter. »Wir brauchen ja keine Fingerabdrücke zu hinterlassen!«

Schlaicher fand das Anliegen des Kommissars mehr als sonderbar. »Zuerst will ich wissen, warum ich mitkommen soll«, forderte er misstrauisch.

»Vielleicht, weil vier Augen mehr sehen als zwei«, entgegnete der Kommissar.

Bei ihren bisherigen Begegnungen hatte Schlageter Schlaicher immerzu aufgefordert, sich aus allem herauszuhalten. Das hatte Schlaicher nicht getan und damit schon zwei Mordfälle gelöst. Schlageter war dementsprechend wütend gewesen, obwohl Schlaicher nicht mal was dagegen gehabt hatte, dass der Kommissar die Ermittlungserfolge als seine ausgab. Vielleicht hatte er seine Meinung ja mittlerweile geändert.

Schlaicher stand auf. »Na, dann fahren wir mal los.« Schlageter folgte ihm.

Warum geriet er eigentlich immer in die Angelegenheiten anderer Leute? Statt sich um seine Arbeit zu kümmern, chauffierte er jetzt den schwitzenden Schlageter, der ihm rund fünfzig Meter vor jeder Kreuzung Anweisungen gab, wohin er fahren sollte. Schlaicher kannte den Weg nach Wieslet natürlich selbst und begann bald, noch vor dem Kommissar die Richtung zu nennen, in die sie fahren würden. Dabei war es weder weit noch kompliziert. Nach Langenau, wo sich Schlaicher sklavisch an die Tempo-30-Vorgabe hielt, kam Enkenstein und dann Wieslet, ein kleines Dörfchen, das, auf einer Seite von einem steilen Hang begrenzt, im Tal der kleinen Wiese lag. Die lange Hauptstraße führte sie vorbei an mehreren Häusern, deren angebaute Scheunen zeigten, dass Wieslet einst vornehmlich landwirtschaftlich geprägt gewesen war. An einigen der Scheunen waren Schilder von Handwerkern angebracht. Neuere Häuser, deren Architektur so gar nichts mit dem Schwarzwald zu tun hatte, belegten, dass auch hier mittlerweile einige Zugereiste wohnten. Sie profitierten von den günstigeren Grundstückspreisen im weiteren Basler Einzugsgebiet und hatten gleichzeitig die wunderschöne Natur um sich. Kein Wunder, dass es auch mehrere Gaststätten im Ort gab.

Sie kamen an eine starke Rechtskurve, von der eine Straße geradeaus weiterging, eine andere nach links über eine Brücke abbog. Schlaicher fuhr links und blieb auf der Straße, bis es bergan ging. An einem Haus auf der rechten Seite war ein Schwarzwälder Schinken auf die fensterlose Giebelseite gemalt. In großen, gusseisernen Ziffern prangte die Hausnummer 11 an der Tür. Schlaicher fuhr auf den kleinen Hof und stellte den Wagen vor die Rabatten, die das Haus säumten. Ein silberfarbener Mercedes und ein alter Opel Astra in schmutzigem Rot standen vor dem Eingang. Ein breiter Weg auf der Giebelseite führte zu einer umgebauten Scheune. Auf dem Platz davor stand ein kleiner Gabelstapler, und zwei in Folie eingepackte Paletten warteten darauf, entweder abgeholt oder hineingebracht zu werden. Der Anbau war hell verputzt. Schlaicher fielen die massive Stahltür und die komplett vergitterten Fenster auf.

Das Haus war bestimmt fünfzehn Meter lang und zehn Meter breit, ein Bau aus den Fünfzigern oder den Sechzigern, kubisch, mit einem einfachen, steilen Satteldach darauf.

Schlaicher und der Kommissar gingen zur Haustür, die geöffnet wurde, noch bevor sie auf den Klingelknopf drücken konnten. Ein stattlich aussehender Mann um die fünfzig, mit dunklem Haar und einer für sein Gesicht zu großen Brille, schaute an ihnen vorbei. Sein Blick ging zum Auto. Als er dort niemanden sah, sagte er: »Sie haben sie nicht gefunden, oder?« Der Mann, der laut Klingelschild Werner Schmid sein musste, ließ die Schultern hängen und trat zur Seite.

»Nein, noch nicht«, stellte Schlageter fest und hielt dem Mann seinen Ausweis hin. »Damit erübrigt sich wohl die Frage, ob Ihre Tochter mittlerweile aufgetaucht ist.«

»Wir haben schon überall herumtelefoniert. Entschuldigen Sie. Werner Schmid.« Der Mann reichte ihnen die Hand, aber sein Händedruck war schlaff.

Schlaicher nannte ebenfalls seinen Namen, da Schlageter es offenbar nicht für nötig hielt, ihn vorzustellen. Dann betraten sie den Flur. Vorne standen in einer gefliesten Ecke ordentlich aufgereiht einige Schuhe. Die große Garderobe daneben war mit mehreren Jacken vollgehängt. Auf der anderen Seite führte eine ebenfalls geflieste Treppe nach oben und in den Keller, weiter hinten im Flur war ein dunkelgrauer Teppichboden verlegt, auf dem ein roter Läufer lag. Die Glastür geradeaus stand offen, drei weitere Türen gingen von dem Flur ab, alle mit geriffeltem Glaseinsatz, wobei eine von innen mit einem Tuch verhangen war.

»Meine Frau wird fast verrückt«, sagte Schmid, und es klang, als wolle er sich im Voraus entschuldigen.

»Ihre Tochter wird sicherlich bald wieder auftauchen«, versuchte Schlaicher ihn zu beruhigen, wofür er einen strengen Blick vom Kommissar und einen zweifelnd-hoffnungsvollen von Schmid erntete, als sie durch die offen stehende Tür in eine große Wohnküche gingen. »Meine Frau Maria«, sagte Schmid. Hinter dem zentral installierten Küchenblock stand eine dunkelblonde Frau. Ihren Augen sah man an, dass sie eben noch geweint hatte.

»Ich mache mir solche Sorgen«, sagte sie.

»Können wir uns irgendwo hinsetzen?«, fragte Schlageter Werner Schmid.

»Ja, selbstverständlich. Kommen Sie. Schatz, mach uns einen Kaffee. Sie trinken doch Kaffee?« Beide nickten. Schmid führte sie in das nebenan liegende Wohnzimmer, das ebenfalls gefliest und mit edel aussehenden Läufern ausgekleidet war. Eine Ledercouchgarnitur vor einem gläsernen Couchtisch dominierte den großen Raum, in den das Licht durch ein riesiges Fenster einfiel. Eine Glastür führte hinaus auf die Terrasse. Die dunkle Schrankwand, wohl Eiche, aber weniger rustikal, als man sich der Deutschen liebsten Baum als Möbel meist vorstellte, stand dem Fenster gegenüber. Die nächste Wand wurde durchbrochen von einer weiteren Riffelglastür, und daneben stand in der Ecke ein gewaltiger Fernseher, der fast ebenso tief wie breit war.

Schmid bat Schlageter und Schlaicher zu dem Zweisitzer und nahm selbst auf dem noch längeren Möbelstück Platz.

»Hat Ihre Tochter schon einmal von Selbstmord gesprochen oder Ihnen Anlass gegeben, sich diesbezüglich Sorgen zu machen?«, begann Schlageter in seiner extrem wenig einfühlsamen Art. Da die Tür zur Küche offen stand, hatte auch Maria Schmid die Frage gehört und antwortete noch vor ihrem Mann.

»Nein, so ein Unsinn. Anna würde so etwas niemals tun!«

»Nein«, sagte auch ihr Mann.

Schlaicher hörte das Geräusch einer Kaffeemaschine, die frische Bohnen mahlte.

»Ich muss das fragen«, sagte Schlageter. Schlaicher fühlte sich auf dem Sofa dieser ihm fremden Familie unbehaglich.

»Hatten Sie Streit? Irgendetwas, das Ihnen vielleicht noch nicht einmal wirklich wichtig vorkommt?«

»Nein, hatten wir auch nicht«, Werner Schmid schüttelte den Kopf.

»Doch«, rief seine Frau aus der Küche. »Moment, ich komme gleich.«

Schlageter stierte Annas Vater an, der fragend zu Tür schaute. Es sah wirklich so aus, als wisse er von keinem Streit.

Wenig später kam Maria Schmid mit einem Tablett mit vier Kaffeetassen herein und stellte vor jeden eine hin. Sie setzte sich neben ihren Mann auf die Couch.

»Mein Mann ist manchmal etwas aufbrausend«, sagte sie.

»Na, das kannst du so nicht sagen«, begann der, aber Schlageter bedeutete ihm, still zu sein.

»Also nicht, dass er sie schlagen würde oder so etwas. Nur, na ja, in letzter Zeit war er vielleicht etwas gereizt.«

»Die viele Arbeit«, fügte Schmid erklärend hinzu.

»Sie haben also mit Ihrer Tochter gestritten«, versuchte der Kommissar, mehr aus dem Paar herauszubekommen. Schlaicher indes betrachtete die Fotos, die in gold- oder silberfarbenen Rahmen an der Wand hingen und fast alle etwas mit Schinken zu tun hatten. Die dreiköpfige Familie vor ihrem Haus, im Hintergrund das große Schinkenbild auf der Hauswand. Anna, die lächelnd ein großes Stück eingeschweißten Schinkenspeck in die Kamera hielt. Ein hübsches Mädchen. Auf dem nächsten Bild die Familie – wohl mit Mitarbeitern – vor der Lagerhalle. Dann ein älteres Foto von Anna in einem Kommunionskleid mit einer langen, weißen Kerze in der Hand. Auf diesem Bild sah sie viel pummeliger aus als auf den neueren.

»Mein Mann wird am Donnerstag fünfzig«, sagte Maria Schmid.

»Aber Maria, das war doch kein wirklicher Streit.« Er wandte sich an den Kommissar. »Sie wollte bei meinem Fest nicht mit dabei sein, sondern zu so einem Konzert nach Freiburg. Ich habe ihr nur klargemacht, dass sie auf jeden Fall bei meiner Geburtstagsfeier da sein muss.

Schlageter nickte wissend: »Und das haben Sie ihr klipp und klar gesagt.«

»Natürlich, was würden Sie machen, wenn Ihrer Tochter Ihr Geburtstag nicht wichtig wäre? Es kommen ja auch einige Kunden. Was sollen die denken, wenn meine eigene Tochter nicht bei meinem Fünfzigsten dabei ist?«

»Was ist das für ein Konzert in Feiburg? Könnte es sein, dass sie dahin weggelaufen ist?«, wollte Schlaicher wissen.

»Irgend so eine Band. Ich weiß es nicht genau. Wir haben ja bis vor knapp drei Jahren in Freiburg gelebt. Anna hat über Computer noch Kontakt zu ein paar alten Klassenkameraden.«

»Ich habe ihre damals beste Freundin angerufen«, fügte Maria Schmid hinzu. »Und die hat schon bei anderen nachgefragt. Alle sagen, sie hätten seit fast einem halben Jahr nichts mehr von ihr gehört.«

»Hmm«, brummte Schlageter.

»Was für ein Unternehmen haben Sie eigentlich? Irgendetwas mit Schinken?«, fragte Schlaicher dazwischen.

Schlageter schaute genervt zu ihm rüber, aber die Frage schien bei Annas Vater den richtigen Knopf gedrückt zu haben.

»Ich bin einer der größten Feinkostexporteure des Schwarzwaldes«, sagte er und setzte sich automatisch gerader hin. »Die drei S-C-Hs. Das bin ich.«

Als Schlaicher darauf nicht reagierte, erklärte er: »Schmids Schwarzwälder Schinken. Ich exportiere den in alle Welt.«

Schlageters Nicken zeigte, dass der Kommissar – im Gegensatz zu Schlaicher – offenbar tatsächlich schon von den drei S-C-Hs gehört zu haben schien. »Und wie laufen die Geschäfte?«, wollte er wissen.

Schmid schaute überrascht von Schlaicher zu Schlageter. »Gut, wieso?«

»Haben Sie so viel Geld, dass es sich lohnen könnte, Ihre Tochter zu entführen?«

Maria Schmid schrak zusammen, aber ihr Mann schüttelte bestimmt den Kopf. »Unmöglich. Ich habe gerade in eine neue Vakuumiermaschine investiert. Das meiste Geld fließt in den Laden. Und privat geht es uns gut« – seine Frau nickte bestätigend – »aber nicht einmal gut genug, dass wir uns ein neues Auto kaufen könnten, was ich eigentlich zu meinem Fünfzigsten machen wollte.«

»Kennen Sie den Freund Ihrer Tochter? Diesen … wie heißt er noch, Schlaicher?«

»Jonas«, sagte der und kam sich schon fast vor wie Hellbach, Schlageters Assistent.

»Richtig, Jonas«, wiederholte der Kommissar, der gar nicht zu bemerken schien, dass sich die beiden Schmids fragend anschauten.

»Wir kennen nur einen Patrick, aber Anna hat gesagt, dass sie sich von ihm getrennt hat«, sagte Maria Schmid unsicher.

»Die beiden haben wohl erst seit Kurzem mehr miteinander

zu tun«, erklärte Schlaicher. Schlageter ging nicht weiter darauf ein. »Gibt es denn sonst einen Grund, warum Ihre Tochter weggelaufen sein könnte?«

»Sie denken, sie ist weggelaufen?«, fragte Werner Schmid und klang dabei fast ein wenig beruhigt. Schlaicher fragte sich, ob Schmid wohl schon Schlimmeres durch den Kopf gegangen war. Ihm als Vater einer Tochter in dem Alter wäre sicherlich viel eingefallen, wovor er sich schrecklich fürchten würde.

»Einiges spricht dafür«, gab Schlageter zurück. »Die Frage ist nur, warum und wohin?«

»Das sind zwei Fragen«, sagte Schlaicher, was den Kommissar zu einem wütenden Schnauben veranlasste.

»Eigentlich ist es noch zu früh, die meisten Kinder kommen nach ein paar Stunden oder Tagen wieder zurück, aber mir gefällt nicht, wie die Sache abgelaufen ist. Vielleicht finden wir in ihrem Zimmer ein paar Hinweise. Hätten Sie etwas dagegen, wenn mein Assistent und ich uns da etwas umschauen würden?«

»Anna wohnt seit einem Jahr im Keller.« Werner Schmid ging mit ihnen zurück in den Flur und führte sie die Treppe hinab. Seine Frau mochte das Telefon nicht verlassen. Der Kellerfußboden war, wie das Erdgeschoss, ebenfalls gefliest. Zwei helle, warme Lampen erleuchteten den Flur, dessen Grundriss dem oberen entsprach. Auch hier gingen vier Türen ab, die allerdings alle aus Holz waren.

Auch ohne Schmid hätte Schlaicher Annas Zimmer auf Anhieb gefunden. An ihrer Tür hing ein Poster einer Band, von der Schlaicher allerdings noch nie etwas gehört hatte. Vier Jungs standen mit E-Gitarren und E-Bass um ein Schlagzeug herum. Sie hatten lange Haare und muskulöse, freie Oberkörper. Drei der jungen Männer, die vielleicht zwanzig bis dreiundzwanzig Jahre alt sein mochten, waren tätowiert. »Violent Trip« stand in wild aussehenden Buchstaben quer über dem Plakat. Offensichtlich der Bandname.

»Ist das die Band, zu der sie an Ihrem Geburtstag wollte?«, fragte er. Schmid nickte und öffnete die Tür. Er ließ sie in den fast zwanzig Quadratmeter großen Raum eintreten und bedeutete ihnen, sich umzusehen. Schlageter stellte sich in die Mitte des Raumes und drehte sich langsam um die eigene Achse. An der Längsseite des Zimmers waren zwei hoch angebrachte Fenster, die zum Garten hinausgingen und anzeigten, dass sich der Keller nur teilweise unter der Erdoberfläche befand. Durch die Scheiben sah man direkt über den penibel gepflegten Rasen. An der Wand gegenüber der größten Ansammlung von Teeniepostern, die Schlaicher je gesehen hatte, hing ein metallenes Kreuz, wie auch Lars es bei seiner Firmung bekommen hatte. Nur hing es bei dem nicht im Zimmer. Vor einem der Fenster, direkt neben dem Ikea-Bett, stand ein Schreibtisch mit einem PC, an der Wand dahinter ein deckenhohes Regal mit vielen Büchern, Zeitschriften und lauter Mädchenkram. Ein großer Kleiderschrank, wohl ebenfalls ein schwedisches Modell, und eine Holztruhe vervollständigten das Bild. Neben dem Kleiderschrank hing ein riesiger, ovaler Spiegel.

»Ein ganz normales Zimmer«, stellte Schlaicher fest.

»Ja natürlich, was haben Sie denn erwartet«, rief Schmid gereizt.

Schlageter achtete nicht auf ihn, sondern ging zielstrebig zu Annas Schreibtisch. Er bückte sich zu dem metallenen Mülleimer und untersuchte vorsichtig dessen Inhalt. Er nahm ein zusammengeknülltes Papier heraus und strich es glatt.

»Ein Gedicht«, sagte er und las, was darauf stand. »Versteh ich nicht.«

Schlaicher nahm ihm den Zettel aus der Hand.

Für DE
Mai
My aim is to be
What I am
Mon amie

Schlaicher schüttelte den Kopf. Er war ebenso ratlos wie der Kommissar.

»Kennen Sie jemanden mit den Initialen ›DE‹?«, fragte dieser Annas Vater. Als Schmid nach einigem Überlegen verneinte, bat er ihn, seine Frau dasselbe zu fragen und sich auch bei den bisher angerufenen Freunden und Bekannten danach zu erkundigen.

»Ich weiß nicht, ob das etwas ändert, aber ich kann es nicht haben, wenn eine Spur auf Abkürzungen hinausläuft, die ich nicht verstehe«, sagte Schlageter, nachdem Werner Schmid den Raum verlassen hatte. »Am liebsten wäre mir, wenn jetzt die Tür aufginge, und das Mädchen käme rein. Wir könnten uns dann vielmals entschuldigen, dass wir uns hier umgeschaut haben und alles wäre gut.« Er sah aus wie ein trauriger, dicker Seelöwe.

»Meinen Sie, dieses Gedicht ist wichtig?«, fragte Schlaicher ihn und wandte sich wieder dem Regal zu. Jugendbücher, ein Bildband über Models, viele CDs, ein Diddl-Block, kleine Porzellanfiguren und ein paar alte Schulbücher standen da. Gedankenverloren steckte er den Zettel mit dem Gedicht in seine Hosentasche.

»Schlaicher, Schlaicher«, mahnte der Kommissar, »alles kann wichtig sein. Aber ehrlich gesagt, ist mir im Moment nur wichtig, mich hier in Ruhe umschauen zu können.«

Schlaicher entdeckte im Regal ein Buch der Weight Watchers und direkt daneben eine dickere Broschüre, die voller Kalorientabellen war. Er öffnete die unterste der Regalschubladen und fand darin Annas Schulsachen. Schlaicher blätterte kurz durch ein Matheheft, das relativ lieblos geführt wurde. Anders sah es bei dem Deutschheft aus. Hier war die Schrift schön geschwungen und sauber. Die Aufsätze, die Anna geschrieben hatte, gingen über mehrere Seiten.

Ganz unten in der Schublade lag ein Ordner mit ihren Zeugnissen. Annas Noten entsprachen der Ordentlichkeit der Heftführung in den jeweiligen Fächern. Schlaicher legte die Zeugnisse zurück und packte die Hefte wieder darauf. Dabei rutschte das Löschblatt des Deutschheftes heraus. Er hob es auf und sah, dass es auf einer Seite beschrieben war. »I am, Mai, Aim, Amie«, stand da. Die gleichen Worte wie die aus dem Gedicht. Schlaicher zeigte das Blatt dem Kommissar, der gerade einen Stapel von Fotos flüchtig durchschaute.

»Ein Kind, das gerne Gedichte schreibt«, sagte Schlageter.

»Würde zu ihrer Deutschnote passen. Sie hat eine Eins.«

Schlageter hatte ein paar Fotos gefunden, die er durchschaute. Schlaicher blickte ihm über die Schulter. Alle zeigten Anna, und auf allen schien sie die Kamera selbst auf sich gerichtet zu haben. Sie trug auf jedem der Bilder ein bauchfreies Top und einen kurzen Rock. Ein hübsches Mädchen, für Schlaichers Geschmack allerdings etwas zu dürr. Ihre Arme waren ganz knochig. Bauch hatte sie überhaupt keinen. Aber dafür wunderschöne Augen und glänzende Haare. Es war offensichtlich, warum Jonas in sie verliebt war. Sie legten die Bilder zurück.

Im Badezimmer roch es eigenartig. Schlaicher konnte es kaum einordnen. Vordergründig war da ein starker Duft nach irgendetwas Blumigem, aber darunter schien noch etwas anderes zu liegen. Auf jeden Fall roch es nicht gut, vielleicht gab es irgendwo Schimmel.

Auf der Ablage über dem Waschbecken sah es aus wie in der Auslage einer Parfümerie. Hier stapelten sich Cremedöschen, Lippenstifte, Deos, Haarsprays und Zopfspangen. In dem Zahnputzbecher steckten zwei Zahnbürsten. Auf einem Schränkchen lagen ein Fön, eine Bürste und ein Teeniemagazin. Gegenüber der gläsernen Duschkabine war, wie auch schon in Annas Zimmer, ein riesiger Spiegel angebracht, auf dessen Rand mit rosafarbenem Lippenstift ein Herzchen gemalt war. Neben der Toilette standen mehrere Flaschen mit Putzmitteln und ein Raumduftspray, das laut Aufschrift den »natürlichen Rosenduft in Ihr Bad zaubern« sollte. Aber es roch ganz und gar nicht natürlich.

In einem Korb neben dem Waschbecken war nur etwas schmutzige Wäsche, und auch in der Dusche konnte Schlaicher außer einer Vielzahl verschiedener Duschgels und Shampoos nichts Verdächtiges entdecken.

Er ging zurück zu Schlageter, der am Schreibtisch saß und die Finger lauernd über die Computertastatur hielt.

»Ein Kennwort«, knurrte der Kommissar.

»Kein Problem«, meinte Schlaicher. »Vor drei Monaten hat Lars meinen Computer geknackt. Als mein Vater zu Besuch war.« Schlageter schaute ihn groß an.

»Ich habe keine Ruhe gegeben, bis ich wusste, wie das geht«, fuhr Schlaicher fort.

»Dann machen Sie sich mal ans Werk, Schlaicher.« Schlageter machte ihm Platz. Er beobachtete, wie Schlaicher den Computer ausschaltete.

»Sie kennen sich auf dem Gebiet der illegalen Informationsbeschaffung ja ziemlich gut aus«, brummte Schlageter und sah Schlaicher vielsagend an.

»Wieso nur habe ich das Gefühl, dass das, was Sie hier machen, auch nicht ganz legal ist?«, gab dieser zurück und startete den Computer neu. »Seit wann bin ich denn Ihr Assistent?«

»Kommen Sie mir nicht so, Schlaicher! Was ich hier mache, ist vollkommen legale Polizeiarbeit.«

»Aber sollten Sie damit nicht auf Ihren neuen Chef warten?«

»Der hat mir gar nichts zu sagen!«, bellte Schlageter ungehalten. »Wieslet ist mein Zuständigkeitsbereich, und wenn ich vor der Soko etwas herausfinden kann, dann werde ich das tun. Jede Minute zählt, wenn ein Kind verschwunden ist.«

Schlaicher winkte ab. »Nur ruhig, Herr Kommissar. Ich wollte Sie ja nicht angreifen.«

»Haben Sie den Rechner jetzt endlich an?«, wechselte Schlageter ungeduldig das Thema.

Tatsächlich zeigte sich gerade das Logo des Monitorherstellers. Schlaicher drückte die F8-Taste und behielt den Finger darauf. Dann startete er den Rechner im abgesicherten Modus und umging damit die äußerst brüchige Sicherheit des Profilpassworts. Als das Betriebssystem im abgesicherten Modus geladen war und seine Programme auf einem schwarzen Bildschirm zeigte, pfiff Schlageter leise. »Respekt«, sagte er zu Schlaicher. »Sie sind drin.«

Aber das stimmte noch nicht ganz.

»In diesem Modus können wir uns nicht alles anschauen. Aber ich kann das Passwort ändern. Ich bin jetzt sozusagen der Administrator«, erklärte Schlaicher.

»Sie überraschen mich immer wieder. Ich hätte nicht gedacht, dass das so einfach ist.«

»Ehrlich gesagt, ich auch nicht. Schwer wird es, wenn einzelne Programme oder Dateien mit Passwörtern geschützt sind. Aber Lars hat gesagt, dass die meisten Leute das nicht tun, weil sie denken, dass ihr Rechner durch dieses Eingangspasswort geschützt ist. So, jetzt können wir richtig rein«, sagte er, nachdem er das Passwort auf 12345 gesetzt hatte. Er startete den Rechner neu, diesmal ohne F8 zu drücken, und wartete, bis das Betriebssystem das Passwort abfragte. Schlaicher tippte »12345«, und nach ein paar weiteren Sekunden zeigte der Bildschirm die verfügbaren Programme an. Als Hintergrundbild war ein Foto eines auf einem Bett sitzenden Mädchens in kurzen Hosen und T-Shirt zu sehen. Noch so ein dürres Kind, dachte Schlaicher.

»Schauen wir mal, welche Internetseiten sie besucht«, sagte er halb zu sich selbst und halb an den Kommissar gerichtet, der ihm gebannt über die Schulter schaute.

»Das können Sie auch?« Schlageter hatte in seinem Büro zwar einen Computer stehen, wie Schlaicher wusste, aber der fristete unter seiner Plastikhaube ein sehr einsames Dasein. Er benutzte ausschließlich eine alte Olympia-Schreibmaschine, die mitten auf seinem Schreibtisch thronte. Damit wenigstens einer der Kommissare den Anschluss an die moderne Welt nicht verlor, hatte Schlageter die Computertätigkeit inklusive Ausfüllen der Berichte komplett an seinen Assistenten Hellbach abgegeben.

»Man hinterlässt Spuren, wenn man sich im Internet bewegt«, erklärte Schlaicher und öffnete das Programm. Als er aber den Verlauf besuchter Internetseiten aufrief, gab es nichts zu sehen.

»Mist«, sagte er. »Die muss man zwar regelmäßig löschen, sonst ist irgendwann der ganze Rechner voll mit den Daten. Aber die hier sind gerade ganz frisch gelöscht worden«, sagte Schlaicher und schloss das Programm wieder.

»Na, dann schauen Sie, was Sie sonst noch finden.

»Meinen Sie nicht, dass Ihre Kollegen das viel besser machen würden?«

»Würden sie, Schlaicher, würden sie. Aber ich will jetzt schnell etwas wissen. Und viel Zeit haben wir nicht mehr.«

»Aber auf Ihre Verantwortung. Nicht dass ich es am Ende wieder bin, der den Ärger bekommt.«

»Ich bin die Polizei«, erinnerte ihn Schlageter im Ton eines Potentaten. »Ich sage Ihnen, Sie sollen das jetzt machen, was immer Sie da auch gerade tun!«

Als Schlaicher die Textdokumente durchging, fand er nur ein paar Referate für die Schule. Die anderen Programme waren nicht viel ergiebiger. Anna hatte eine Menge Fotos in ihrem Bilder-Ordner. Schlaicher kam sich wie ein Voyeur vor, als er sie durchsah. Schnappschüsse von Partys, Fotos von Landschaften, ein großer Vogel auf einem Zaunpfosten, Bilder von Freundinnen, von Freunden, von ihrer Mutter. Und ziemlich viele von ihr selbst. Immer wieder waren Bilder dazwischen, auf denen sie sich in dem großen Spiegel in ihrem Schlafzimmer fotografiert hatte. Auf dem Desktop fand er einen Ordner, den sie »Spiegelfee« benannt hatte. Er öffnete ihn und fand noch mehr Fotos. Auf diesen Bildern trug sie stets einen sportlichen Bikini und schaute ernst oder auch freudig in den Spiegel. Spiegelfee. Schlaicher fragte sich, ob sie sich selbst damit meinte. Schlageter, der beim ersten Foto des Mädchens im Bikini gesagt hatte: »Die Kleine muss mehr essen!«, hatte nach ein paar Bildern das Interesse verloren und wandte sich dem Nachttisch neben dem Bett zu. Schlaicher klickte sich weiter durch die Fotos. Als unvermittelt die Tür aufging, minimierte er schnell die Bilddatei, ganz so, als habe er etwas Illegales getan. Es fühlte sich irgendwie erbärmlich an, die Fotos eines fünfzehnjährigen Mädchens im Bikini angeschaut zu haben.

Werner Schmid stand in der Tür und sagte kein Wort. Schlaicher musterte ihn einen kurzen Moment, während Schlageter noch gar nicht realisiert zu haben schien, dass Annas Vater wieder da war.

»Moby Dick«, sagte er und griff nach einem der Bücher auf Annas Nachttisch.

Schmid sah aus, als habe er gerade ein Kind überfahren. Er war bleich, atmete flach und stand weiterhin wie angewurzelt in der Tür.

Schlaicher räusperte sich. »Herr Schmid, was haben Sie?« Er stand auf und ging ein paar Schritte auf den Mann zu. Der antwortete nicht, sondern rieb sich mit der Rechten über die Schläfen.

Schlageter blickte irritiert auf, in der Hand einen dicken Wälzer mit poppigem Cover. »Was ist?«, fragte der Kommissar alarmiert.

»Ist sie ...«, begann Schlaicher, aber das Wort »tot« wollte ihm nicht über die Lippen. »Hat jemand Ihre Tochter gefunden?«, fragte er stattdessen.

Schmid sagte nichts, schaute nur von Schlaicher zu Schlageter und wieder zurück. Durch die geöffnete Zimmertür konnte Schlaicher oben eine Frau weinen hören. Mein Gott, dachte er. Wie können Polizisten so etwas immer wieder durchstehen? Er war einmal dabei gewesen, als Schlageter einer jungen Frau mitteilen musste, dass ihr Vater tot war. Eine schreckliche Erfahrung.

Jetzt sah es aus, als wolle Schmid etwas sagen. Er setzte zu sprechen an, schwieg aber. Dann versuchte er es erneut: »Gerade«, es folgte wieder eine Pause, die zusammen mit seinem stieren Blick nichts Gutes versprach. »Gerade haben die Entführer angerufen«, sagte er endlich. Schlaicher hatte ein paar Atemzüge lang die Luft angehalten und atmete jetzt tief durch. Schlageters Gesicht war von einem Moment auf den anderen undurchschaubar geworden. Während Schmid die Fassung zu verlieren drohte und sie beschwor, mit niemand darüber zu sprechen, blieb der Kommissar ganz ruhig. »Herr Schmid. Wir befinden uns in einer ernsten Situation. Lassen Sie uns nach oben gehen und alles der Reihe nach besprechen. Das wird das Beste für uns, aber vor allem für Ihre Tochter sein.«

»Die wollen sie töten!«, rief Schmid panisch. »Die wollen sie wirklich töten!«

DREI

Das Weinen von Annas Mutter wurde immer heftiger, als sie sich im Esszimmer um den Tisch setzten. Werner Schmid stand auf und legte die Hände auf die Schultern seiner Frau, was sie aber nur kurzfristig beruhigte. Schlaicher versuchte, sie mit Worten zu beschwichtigen, aber die schlanke Frau wurde bloß immer aufgeregter und bekam schließlich einen Weinkrampf. Ihr Mann nahm sie in den Arm, aber ihr Klagen wurde noch lauter, ihre Tränen noch mehr. Erst als Schlageter aufstand und seine Maske der Undurchschaubarkeit zugunsten eines genervten Gesichtsausdrucks fallen ließ und mit der flachen Hand auf den schweren hölzernen Tisch schlug, wurde sie schlagartig ruhiger, auch wenn sie weiterhin leise vor sich hin schluchzte.

Der Kommissar zog ein ordentlich gefaltetes Stofftaschentuch aus seiner Hosentasche und reichte es ihr. Sie nahm es an, benutzte es aber nicht.

»Es tut mir leid. Aber hysterische Anfälle bringen uns nicht weiter«, sagte Schlageter nüchtern. »Erzählen Sie mir ganz genau, was passiert ist.«

Sie begann stockend zu sprechen.

»Es war eine Männerstimme, glaube ich.«

Sofort ging Schlageter dazwischen. »Warum glauben Sie das? War es eine Männerstimme oder nicht?«

»Die Stimme war verändert«, sagte sie. »Irgendwie dröhnig.«

»Was hat er gesagt?«

»Dass ich ganz genau aufpassen soll, weil er nichts wiederholen würde. Und dann, dass er unsere Tochter in seiner Gewalt hat.«

»Hat er gesagt: ›*Ich* habe Ihre Tochter in *meiner* Gewalt‹ oder ›*Wir* haben Ihre Tochter in *unserer* Gewalt‹?«, fragte Schlageter. Schlaicher staunte, wie scharfsinnig der Kommissar doch sein konnte, wenn er nicht gerade Schlaicher eines Mordes bezichtigte.

»Wir, hat er gesagt«, antwortete Frau Schmid und kämpfte gegen die Tränen an. »Mein armes Baby.«

»Was hat er dann gesagt?«

»Dass wir keine Polizei einschalten dürfen, sonst würden sie Anna sofort umbringen.«

»Er nannte ihren Namen?«

»Nein, eigentlich nicht.« Sie runzelte die Stirn »Doch, er hat später gesagt, ›Anna hat nur die eine Chance, vertun Sie sie nicht‹.«

»Was hat er noch gesagt? Sagen Sie es bitte genauso wie die Stimme.«

»›Wir verlangen fünfzigtausend Euro. Das ist bestimmt nicht zu viel für das Leben von so einem hübschen Mädchen‹, hat er gesagt.« Sie schluchzte.

Schlageter war unbarmherzig. »Frau Schmid, reißen Sie sich doch zusammen! Ich weiß, dass es schwer ist, aber denken Sie doch an Ihre Tochter«, sagte er eindringlich. Tatsächlich beruhigte sich Maria Schmid wieder etwas.

»Wir sollen das Geld bis morgen besorgen. Um zehn Uhr wollen sie uns wieder kontaktieren und sagen, wo wir es hinbringen sollen.«

»Haben sie Sie mit Anna sprechen lassen?«

»Nein, er hat gleich danach aufgelegt.«

»Haben Sie einen Dialekt gehört?«

Annas Mutter schüttelte den Kopf. »Es war ziemlich klares Hochdeutsch.« Das Klingeln von Schlageters Handy ließ sie zusammenzucken. Schlageter stand auf und ging in den Flur. Schlaicher wusste nicht, ob er dem Kommissar folgen sollte. Aber er hatte auch noch Fragen an die Schmids. Die Summe kam ihm erstaunlich niedrig vor für eine Entführung.

»Können Sie das Geld auftreiben?«

Diesmal antwortete Werner Schmid: »Ich habe Ihnen doch schon gesagt, dass wir so viel nicht haben. Vielleicht kann ich noch was von Freunden leihen. Oder kann die Polizei uns etwas geben?«

»Wie viel Geld fehlt Ihnen?«, wollte Schlaicher wissen.

»Dreißigtausend?«, schätzte Maria Schmid.

»Zehntausend«, sagte gleichzeitig ihr Mann.

Schlageters Laune war auf dem Tiefpunkt, als er aus dem Flur zurückkehrte. Schlaicher hatte ihn ab und zu etwas lauter werden gehört, war aber im Gespräch mit den Schmids zu aufmerksam gewesen, um auf seine Stimme zu lauschen. Schlageter stapfte durch die Tür und ließ sich so abrupt auf den Stuhl fallen, dass dieser unter dem plötzlichen Gewicht laut knarzte. Auf Schlaichers fragenden Blick sagte er: »Die Kollegen von der Sonderkommission werden bald da sein.«

Frau Schmid sog erschrocken die Luft ein. Ihr Mann sagte eilig: »Aber wir wollten keine Polizei, also, nicht noch mehr!«

»Das habe ich dem Kollegen auch gesagt. Ich wollte die polizeiliche Präsenz hier so gering wie möglich halten, aber das LKA will diese Sache übernehmen. Von Malewski heißt der verantwortliche Beamte.« Zu Schlaicher gewandt erläuterte er: »Von Malewski ist stinksauer, dass wir schon hier sind. Er ist noch in Lörrach auf der Polizeidirektion und macht sich gleich auf den Weg.«

»Dann rufen Sie diesen Typen wieder zurück. Wir werden diese Sache ohne die Polizei durchstehen«, befahl Schmid mit fester Stimme.

»Es wird sicherlich das Beste sein, wenn Sie von Malewski und seine Leute ins Vertrauen ziehen. Die Kollegen sind speziell geschult und haben die bestmögliche Ausrüstung.«

Es klopfte leise an der Tür, herein kam eine vielleicht dreißig Jahre alte Frau in Jeans und schwarzem T-Shirt. »Powergirl« stand in paillettierten Lettern über der ausladenden Brust. Ihre langen dunklen Haare hatte die Frau zu einem Zopf zusammengebunden.

»Oh, Entschuldigung, Chef«, sagte sie überrascht und schaute die Schmids und die ihr unbekannten Gäste an. Schlaicher hatte das Gefühl, dass ihre Augen auf ihm einen Moment länger hafteten als auf den anderen, aber das mochte auch Einbildung sein.

»Irene, es ist gerade sehr unpassend. Du kannst nach Hause gehen. Klaus auch«, sagte Werner Schmid.

»Was ist denn los? Maria, warum weinst du?«, fragte die Frau erschrocken.

Annas Mutter wollte ihr antworten, aber Schlageter ging dazwischen: »Das ist persönlich.«

»Wer sind die?«, fragte Irene in Werner Schmids Richtung.

Doch Schlageter hatte auch diesmal eine Antwort parat. »Wir sind Freunde der Familie.«

»Das ist meine Mitarbeiterin im Büro. Irene gehört wirklich fast zur Familie«, sagte Werner Schmid und erklärte ihr, was passiert war. Schlaicher sah, wie sich Entsetzen auf ihrem länglichen Gesicht ausbreitete, das von einer herben Schönheit war.

»Und jetzt kommt die Polizei?«, fragte sie entsetzt. Schlageter nickte. »Aber was ist, wenn die Entführer Anna etwas tun. Wenn die mitbekommen, dass die Polizei doch da ist ...«

Noch bevor Werner Schmid erneut fordern konnte, von Malewski zurückzubeordern, was ohnehin außerhalb Schlageters Kompetenzbereich lag, sagte der Kommissar: »Jetzt geht es nicht mehr anders. Wenn die Polizei von einer Straftat erfährt, muss sie ermitteln. Die Staatsanwaltschaft würde uns sonst lang machen. Aber ich kann Ihnen versichern, dass niemand etwas mitbekommt.«

Fünf Minuten später gingen Schlaicher und Schlageter zurück zum Benz des Kommissars. Der Kommissar hatte die Schmids und die junge Frau, die unbedingt bei der Familie bleiben wollte, angewiesen, die Entführer bei einem erneuten Anruf hinzuhalten. »Verlangen Sie unbedingt noch einmal, Ihre Tochter zu sprechen«, hatte er Frau Schmid immer wieder eingetrichtert, bevor er auf die Uhr geschaut und verkündet hatte, dass es höchste Zeit war, Schlaicher zurückzubringen.

»Wollen Sie nicht doch lieber auf Ihre Kollegen warten?«, fragte Schlaicher draußen.

»Ich habe keinen Befehl gehört, dass ich das tun soll. Ich bin immer noch Kommissar und lasse mich nicht zum Laufboten degradieren.«

Die Dämmerung hatte mittlerweile eingesetzt. Im Garten nebenan machte Schlaicher eine schemenhafte Bewegung aus. Als er genauer hinsah, entdeckte er zwischen zwei Büschen das bärtige Gesicht eines Mannes, das blitzschnell verschwand, als dieser sich darüber klar wurde, dass Schlaicher ihn gesehen hatte.

Schlaicher rannte sofort los und hinterließ einen verdutzten Kommissar, der ihm irritiert nachrief: »Schlaicher, spinnen Sie jetzt?«

»Da war jemand«, rief Schlaicher zurück, und langsam setzte sich auch das Walross von Polizist in Bewegung.

Schlaicher sprang mit einem Satz über den Jägerzaun und landete unsanft in den Büschen dahinter. Dass es sich bei der Hecke um Weißdorn handelte, machte die Sache noch unangenehmer. Ein Dorn riss einen langen Striemen quer über seine Stirn, was höllisch brannte. Schlaicher kämpfte sich durch die unter seinem Gewicht halb eingeknickte Hecke und betrat den Rasen des Nachbargrundstücks.

»Halt, stehen bleiben!«, ertönte von links die Stimme eines weiteren Mannes aus dem Halbdunkel. Abrupt blieb Schlaicher stehen und versuchte, sich etwas Orientierung zu verschaffen. Der Bärtige war gar nicht weggelaufen, sondern stand mit dem Rücken zur Hauswand stocksteif da. Ein anderer Mann eilte aus der Richtung, aus der die Stimme gekommen war, fluchend auf Schlaicher zu. Wäre er vierzig Jahre jünger gewesen, hätte seine große Gestalt sicherlich bedrohlich gewirkt. Aber mit seinen bestimmt schon mehr als achtzig Jahren schien die Gefahr, die von ihm ausging, doch nicht so groß zu sein. Schlaicher atmete auf. Der Bärtige war im Gegensatz zu dem Alten winzig, einen Kopf kleiner noch als Schlaicher, und sah ziemlich mager und heruntergekommen aus. Er stand immer noch da, die Hände schützend vor sich gehalten.

»Sie haben die Hecke kaputt gemacht.« Der Bärtige schien ernsthaft verärgert.

»Haben Sie ihn?«, fragte Schlageter von der anderen Seite der Hecke.

Bevor Schlaicher ihm antworten konnte, rief der Alte mit erstaunlich volltönender Stimme: »I hol d'Polizei!« Er hob drohend die Hand.

»Tun Sie das nicht«, meldete sich Schlageter von der anderen Seite des Zauns. »Mein Name ist Schlageter. Ich bin Polizist. Und der bei Ihnen ist mein Assistent Schlaicher.«

»Schlageter!«, sagte der Bärtige tonlos. Er schaute mit einem hasserfüllten Blick an Schlaicher vorbei, bewegte sich aber keinen Millimeter.

»Oh Gott, sind Sie das, Engel?«, hörte Schlaicher den Kommissar entsetzt fragen.

Schlageter hatte dem Alten, der offensichtlich der Besitzer des Grundstückes war, gesagt, es habe sich um eine Verwechslung gehandelt, weil jemand mit einem ähnlichen Bart zur Fahndung ausgeschrieben sei. Dem Mann schien das, zusammen mit der Versicherung, dass der Schaden beglichen werde, zu genügen. Der Alte hatte sich als »Herr Rehberger« vorgestellt und den Bärtigen, der die ganze Zeit über still an der gleichen Stelle gestanden und Schlageter aus durchdringenden dunkelbraunen Augen angestarrt hatte, mit den Worten »Chaasch goo. Chunnsch morn am Drei« weggeschickt. Der ging, ohne den Blick von Schlageter zu nehmen, rückwärts an der Hauswand entlang außer Sicht.

»Er hat durch diese Hecke geschaut, und ich habe nur den Bart gesehen und gedacht, das wäre der Gesuchte«, erklärte Schlaicher.

Schlageter nickte. Rehberger auch. »Immer's Gliiche mit dem Engel. Schaffe soll er, un no spioniert wieder numme allne hinterher. Er isch e armi Sau. Sie henn si Maidli umbrocht. Un das het er nie verwunde. Komisch worde ischer.«

»Sie kannten den Mann«, bemerkte Schlaicher, als sie im Wagen saßen und wieder zurück in Richtung Maulburg fuhren. Schlageter hatte die ganze Fahrt über noch nichts gesagt.

»Hmm«, antwortete er unwirsch.

»Was ist das für eine Geschichte, die Rehberger da erzählt hat? Über die Tochter von diesem Engel?«

Schlageter schlug mit der Handfläche auf das Lenkrad. »Das ist fast zwanzig Jahre her«, schnaubte er. Schlaicher schwieg und wartete, dass der Kommissar mehr sagen würde, was der aber offenbar nicht vorhatte.

»Jetzt sagen Sie schon, was da los war«, forderte Schlaicher erneut. Schlageter blickte unwirsch. »Gerd Engel hatte eine Tochter, die 1991 spurlos verschwand. Ich hatte ihm damals versprochen, dass wir seine Tochter finden würden, aber sie ist nie wieder aufgetaucht.«

Schlageter verfiel wieder in Schweigen. Als sein Handy klingelte, fluchte er und telefonierte während der Fahrt.

»Ja … Nein … Ich habe gedacht … Ja …« Schlaicher konnte selbst auf dem Beifahrersitz hören, dass sich Schlageters Gesprächspartner nicht in Plauderlaune befand. »Ich komme ja«, bellte der Kommissar wütend und legte auf.

Es war bereits vollkommen dunkel, als sie an Schlaichers Haus ankamen.

»Sind Sie morgen da, Schlaicher?«, fragte Schlageter. Ohne die Antwort abzuwarten, sprach er weiter. »Ich komme vorbei. Ich brauche noch mal Ihre Hilfe.« Dann wendete er das Auto und fuhr zurück in Richtung Wieslet.

Dr. Watson registrierte die Ankunft seines Herrchens gerade einmal mit einem kurzen Augenaufschlag, dann schlief er sofort wieder ein. Diese Missachtung mochte daran liegen, dass Martina neben ihm auf dem Sofa saß und den Hund am Hals kraulte. Wenigstens Schlaichers Assistentin reagierte auf seine Heimkehr. Sie stöhnte entsetzt auf, als sie die blutige Wunde auf seiner Stirn sah.

»Was hast du gemacht?«, fragte sie.

Während Martina den Kratzer versorgte, der zwar nicht tief war, aber dennoch höllisch schmerzte, als sie ihn reinigte und desinfizierte, erzählte Schlaicher ihr in kurzen Sätzen, was passiert war.

»Sind die Eltern von dem Mädchen denn irgendwie reich, dass jemand auf so eine Idee kommt?«, fragte sie.

»Wenn du uns als Vergleich nimmst, dann sind sie wohl reich. Aber wenn du wirklich reiche Leute nimmst, die Angst haben müssen, dass so etwas passiert, dann sind sie es nicht. Ich meine, fünfzigtausend Euro Lösegeld ist eine Menge, aber so viel auch wieder nicht.« Schlaicher seufzte. »Weißt du was, mir brummt der Schädel. Lass uns was essen gehen. Ich habe heute noch nichts Richtiges gehabt.« Martina lächelte. »Ehrlich gesagt, habe ich schon gehofft, dass du so was vorschlägst.«

Sie fuhren in Richtung Adelhausen. Als sie an dem Punkt ankamen, wo sie Annas Libellen-Anhänger gefunden hatten, drosselte Schlaicher das Tempo, aber ein hinter ihnen heranrasender Wagen zwang ihn, wieder Gas zu geben. Martina versuchte, Schlaicher durch ein Gespräch über ihren großen Coup abzulenken. Doch ihm gingen immer wieder einige Ungereimtheiten dieses Entführungsfalls durch den Kopf. Fast wäre er an der Kreuzung in Richtung Adelhausen und Hüsingen vorbeigefahren. Er musste stark bremsen, und der hinter ihm fahrende Wagen hupte wütend, bevor er an Schlaicher vorbeibrauste.

Adelhausen, ein Ortsteil von Rheinfelden, lag nur wenige Kilometer von Maulburg entfernt auf dem Dinkelberg. Dass der Rhein in der Nähe war, konnte man hier mitten auf dem Plateau nicht sehen. Das Dorf bestand aus mehreren Straßen, an denen entlang sich die Häuser reihten, viele davon mit angebauten Scheunen. Wenn es so etwas wie einen Ortskern gab, dann war es das Restaurant Dinkelberger Hof. Sie parkten an der Straße und entschieden sich, nicht draußen Platz zu nehmen, wo ein einzelner Mann alleine Bier trank. Dafür war es um die Zeit schon zu kalt. Drinnen konnte man rechts in einer sehr bäuerlichen Gaststube sitzen oder sich linkerhand in den etwas feineren, aber dennoch einfach gehaltenen Speisesaal setzen. Martina steuerte nach links. Drei Tische im Saal waren noch besetzt. Ein Pärchen bezahlte gerade bei einer fülligen Kellnerin.

»Guten Abend«, sagte Schlaicher in ihre Richtung. Sie schaute sich um und fragte: »Was hesch gsait?«, bevor sie nickte und ebenfalls: »Noobe zemme«, sagte.

»Noobe«, grüßte jetzt auch Martina und setzte sich. Es dauerte nicht lange, und die Bedienung kam mit vier Karten zu ihnen. Jedem gab sie eine Speise- und eine Getränkekarte.

»Zwei trockene Rotwein und eine Flasche Wasser«, orderte Schlaicher, noch bevor er sich die Karte angeschaut hatte.

»Was wöllet'er, e Roode?«

»Ja!«, gab Schlaicher etwas lauter zurück. Die Frau war doch höchstens knapp über vierzig. Konnte sie so schlecht hören?

»Rainer?« Martinas Stimme klang besorgt. Schlaicher schaute von der Karte hoch, in die er seit fast einer Minute schaute, ohne sie wirklich gelesen zu haben.

»Äh, ja?«

»Jetzt sag schon, was dir durch den Kopf geht.«

»Es ist wegen Anna. Weißt du, je mehr ich darüber nachdenke, umso verworrener scheint mir die ganze Geschichte.«

»Was meinst du?«, fragte Martina.

»Also Anna ist mit ihrem ganz neuen Freund, mit dem sie erst heute zusammengekommen ist, picknicken. Sie verschwindet plötzlich, als würde sie sich scherzhaft verstecken. Aber in Wirklichkeit wurde sie im Wald entführt.«

»So weit kennen wir die Geschichte.« Martina legte ihre Speisekarte beiseite.

»Hättest du nachts allein im Wald Angst?«, fragte Schlaicher sie unvermittelt.

»Hä? Ja, doch klar.«

»Warum?«

»Einfach weil es unheimlich ist. Vielleicht aus Angst vor wilden Tieren.«

»Aber es gibt doch gar keine gefährlichen Tiere mehr im Wald.«

»Wenn du Wildsauen als ungefährlich einstufst ... Aber ich hätte natürlich auch Angst, dass mir irgendjemand auflauern könnte. Willst du darauf hinaus?«

Schlaicher nickte. »Jetzt stell dir mal vor, du bist nicht du, sondern ein fieser Räuber, der anderen Leuten auflauern will. Wo machst du das?«

»Im Wald.«

»Wieso ausgerechnet im Wald?«

Martina überlegte kurz. »Weil da keine Leute sind, die mich beim Auflauern beobachten könnten. Jetzt sag schon, was willst du denn eigentlich?«

»Später«, überging Schlaicher ihre Frage, obwohl er wusste, wie sehr sie so etwas ärgerte.

»Wenn im Wald keine Leute sind, wieso würdest du dich da verstecken und vielleicht ewig lange warten? Als fieser Räuber müsstest du doch gerade da sein, wo andere Leute sind. Möglichst Leute, die auch Geld dabei haben. Wer im Wald spazieren geht, hat nicht viel Geld dabei.«

»Ja, aber sie wurde ja auch entführt. Das macht man doch besser irgendwo, wo es möglichst niemand sehen kann.«

Schlaicher dachte kurz nach. »Punkt für dich. Allerdings wusste niemand, dass sie da sein würde. Jonas hat gesagt, dass er sie überrascht hat.«

Schlaicher sah Martina an, dass sie diesen Faden aufgriff und in ihrem Kopf durchspielte. Die Bedienung brachte die Getränke. »Händ'r scho öbbis ussgsuecht?« Schlaicher schickte sie mit einem Kopfschütteln und einer flattrigen Handbewegung weg.

Martina machte ein ratloses Gesicht. »Du meinst aber nicht, dass sie zufällig entführt wurde, oder?«

»Ich glaube ganz sicher nicht, dass in Maulburg Gangster abseits des Wegs im Wald warten, um auf gut Glück ein junges Mädchen zu entführen, das dort zufällig unterwegs ist. Ich sehe zwei Möglichkeiten.« Damit hob er die rechte Hand und den Daumen. »Erstens: Anna wurde schon seit einiger Zeit beschattet. Während sie mit Jonas gepicknickt hat, haben der oder die Täter sie beobachtet und ihre Chance genutzt, als Jonas vorgelaufen ist.«

»Das würde bedeuten, dass sie wissen, wer sie ist und wie viel Geld bei ihrem Vater zu holen ist. Ansonsten wäre es genauso blöd, wie da im Wald zu warten, bis jemand zufällig vorbeikommt.«

»Richtig. Dafür spricht auch die doch eher mickrige, aber für Annas Vater gerade so erschwingliche Lösegeldforderung.«

»Na ja, haben oder nicht haben«, gab Martina zu bedenken.

»Genau! Es könnte so gewesen sein: Irgendjemand braucht dringend fünfzigtausend Euro und weiß oder ahnt, dass Annas Vater so viel aufbringen könnte. Er entführt sie, wie wir es eben besprochen haben, also Überwachung und dann zuschlagen.« Schlaicher hatte, während er sprach, die Hand neben sich auf den Tisch gelegt, weil die Leute am Nebentisch bereits zu ihnen herschauten und er sich tatsächlich etwas seltsam vorkam, wie er hier saß und die ganze Zeit den Daumen in die

Luft reckte wie ein Tramper. »Vielleicht ist es sogar jemand, den sie kennt, jemand aus der Schule. Vielleicht hat sie da rumerzählt, dass ihre Eltern Geld haben und jemand anderes ist neidisch.«

Martina nahm einen weiteren Schluck von ihrem Mauchener Sonnenstück. Der Rotwein war jetzt fast leer, und Schlaicher rief die Bedienung, die gerade wieder an ihnen vorbeiging.

»Jetzt wännd'r doch no öbbis?« Die Frage war sicherlich freundlicher gemeint, als sie klang. Schlaicher hatte im Lauf der Zeit, die er jetzt hier im Wiesental lebte, gelernt, dass man sich bei Alemannen nicht zu leicht ins Bockshorn jagen lassen durfte.

»Ja, zwei Rotwein noch.«

»Was wännd'r, ich verschtand Euch nit.«

»Zwei Rotwein!«, rief Schlaicher. Martina vervollständigte die Bestellung mit »Und zwei Lümmeli mit Champignons in Kräuterrahmsauce«.

Die Bedienung nickte freundlich und verschwand wieder. »Zwei Roodi un zwei Sennmatt«, murmelte sie vor sich hin.

»Lümmeli?«, fragte Schlaicher verständnislos.

»Alemannische Schweinemedaillons. Und Möglichkeit zwei?«, griff Martina das Gespräch wieder auf.

»Möglichkeit zwei wäre: Sie macht das alles selbst. Also ich meine, es ist doch schon seltsam, dass wir das Brot gefunden haben und diesen Anhänger – und beides auf gerade Linie zur Straße. Hätten die Gangster da geparkt? Abgesehen davon, dass da kaum Platz ist, um den Wagen abzustellen, wäre das doch ziemlich auffällig, oder?«

»Wer predigt denn immer, dass auffällig am unauffälligsten ist?«, fragte Martina.

»Bei einem Ladendiebstahl stimmt das, ja. Vor allem, wenn man nichts zu verlieren hat, wie ich als Testdieb. Aber bei einer Entführung?«

»Ja, aber wieso soll sie denn so tun, als sei sie entführt worden, wenn sie gerade mit ihrem neuen Freund unterwegs ist?«

»Ja, du hast recht. Ist auch nicht logischer als die erste Möglichkeit«, antwortete Schlaicher, der sich gerade fragte, ob Martina nicht irgendwie anders aussah als sonst.

»Sag mal, hast du abgenommen oder so?«, fragte er, und erst mit ihrem empörten Blick bemerkte er, was es war. Sie hatte die sonst sehr leger fallenden Haare irgendwie anders. Voller und lockiger, aber nicht so sehr, dass es stark auffiel. Obwohl, jetzt wo er es wusste, war es schon ziemlich auffällig.

»Ich meine, ich weiß natürlich, dass du eine neue Frisur hast«, schob er schnell nach. »War nur ein blöder Scherz mit dem Abnehmen.«

»Dann ist es ja schön, dass du jetzt noch mehr darauf rumreitest«, fauchte sie ihn an.

Frauen, dachte er und hätte gerne mit den Augen gerollt, aber sagte stattdessen: »Also mir gefällt die neue Frisur wirklich gut.«

»Du meinst die Frisur, die dir erst mehrere Stunden, nachdem du mich das erste Mal damit gesehen hast, auffällt ...« Ihre Stimme war kühl, aber nicht eisig, was Schlaicher hoffen ließ. Erst eine wohlformulierte Entschuldigung, dann die richtigen Komplimente zur rechten Zeit, und Martina wäre wieder besänftigt. Er nahm sich vor, in Zukunft genauer hinzuschauen, damit er nicht wieder in eine so peinliche Situation geraten würde. Dann erinnerte er sich, dass er schon mit seiner Ex-Frau immer wieder gestritten hatte, weil ihm irgendeine kleine Äußerlichkeit nicht aufgefallen war.

»Es war so viel los. Ich hatte den Kopf ganz voll. Gestern mit den Vorbereitungen und heute mit dieser Geschichte mit dem Mädchen.« Er setzte seinen betroffensten Blick auf. »Es tut mir leid. Ich hätte längst schon sagen sollen, dass du wunderschön aussiehst.«

Schlaicher behielt seinen betroffenen Blick bei, triumphierte aber innerlich, als er bemerkte, dass Martinas Panzer zu bröckeln begann. Dann erst wurde ihm klar, dass er nicht einmal gelogen hatte. Sie sah wirklich wunderschön aus.

»So, do wär de Wii«, sagte die Bedienung und stellte zwei neue Gläser und einen Halbliterkrug vor sie. Beide bedankten sich artig. Schlaicher hielt Martina sein Glas hin, und sie stießen miteinander an.

»Worauf trinken wir?«, fragte Martina.

»Hmm. Ich würde sagen darauf, dass unser Coup übermorgen gut läuft und dass Anna wieder sicher und gesund nach Hause kommt.«

An Martinas kurzem Zögern merkte er, dass sie vielleicht doch lieber auf etwas anderes angestoßen hätte, aber gleich darauf strahlte sie ihn an.

»Und auf meine neue Frisur«, sagte sie lachend.

VIER

Die Nacht war zu kurz gewesen. Schlaicher wurde von einem penetranten Dauerläuten an der Haustür geweckt. Da hatte es wohl jemand eilig. Ein Blick auf seinen Wecker zeigte ihm, dass es schon Viertel vor neun war. Er musste vergessen haben, ihn anzuschalten. Schnell zog er sich eine Unterhose an und eilte zur Wohnungstür, wo Dr. Watson ihn bereits erwartete, um mit seinem Herrchen zusammen den Besuch zu begrüßen. Schlaicher drückte gleichzeitig mit dem nächsten Bimmeln auf den Summer. Dann zog er hektisch eine Hose und ein T-Shirt über. Er fühlte sich elend.

Rückblickend betrachtet, hätte er sich mehr Zeit lassen können. Denn als er öffnete, hörte er das Keuchen, bevor er den Kommissar sehen konnte.

»Den Hund weg!«, befahl Schlageter zwischen zwei langen Schnaufern.

»Ach ja, Moment.« Schlaicher nahm Dr. Watson an seinem für den Hund viel zu großen Fell und verfrachtete ihn ins Schlafzimmer. »Schlageter, Sie nerven. Was wollen Sie hier?«

»Ich habe Ihnen doch gesagt, dass ich heute noch einmal komme. Das ist kein Grund, unfreundlich zu werden. Wie sehen Sie überhaupt aus?«

Schlaicher sah an sich herunter und bemerkte, dass er in der Eile das T-Shirt links herum angezogen hatte. »Ich habe einfach noch nicht mit Besuch gerechnet«, sagte er entschuldigend.

»Es ist doch schon Viertel vor neun. Ich habe extra noch einen Kaffee getrunken, um Ihnen etwas Zeit zu lassen. Außerdem haben Sie ja schon Besuch. Das muss das Fräulein Holzhausen sein.«

Schlageter hatte natürlich recht. Allerdings war Martina kein früher Besuch, sondern vielmehr ein ausgesprochen später. Schlaicher erinnerte sich daran, dass sie nach dem Essen zu ihm gefahren waren und noch eine, nein, zwei Flaschen Rotwein getrunken hatten. Trotzdem fragte er: »Wie kommen Sie denn darauf?«

»Ich bin nicht umsonst bei der Polizei. Erstens steht ihr Auto unten halb auf der Straße, und zweitens wäre das auch ohne den Wagen mein Tipp gewesen.«

Ohne ein weiteres Wort ging Schlaicher in die Küche, der Kommissar folgte ihm.

»Morgen«, kam Martinas Stimme von oben, wo sie auf der Couch übernachtet hatte. Sie klang so, wie Schlaicher sich fühlte.

»Schlaf ruhig noch ein bisschen«, rief Schlaicher hoch. »Es ist nur Kommissar Schlageter.«

»Nur, das ist ja nett«, sagte dieser, aber er setzte dabei einen kumpelhaften Blick auf.

»Was wollen Sie?«, fragte Schlaicher unwirsch.

»Bitte einen Kaffee. Haben Sie Dosenmilch?«

»Was Sie von mir wollen, meine ich«, schimpfte Schlaicher. Bevor Schlageter antworten konnte, kam Martina die Treppe hinuntergetippelt. Sie trug eines von Schlaichers Hemden, das viel zu groß für sie war.

»Ich glaube, ich stehe doch besser gleich auf, sonst schlafe ich bis morgen durch«, sagte sie lächelnd und ging weiter in Richtung Badezimmer.

»Eine hübsche junge Dame«, sagte Schlageter. Dieses Kompliment machte Schlaicher aber weder glücklich, noch bekämpfte es seine Kopfschmerzen.

»Also, was wollen Sie von mir?«, fragte Schlaicher erneut.

Schlageter kam zum Thema zurück. »Ach so. Wir müssen ein paar Sachen klären, und dafür brauche ich Ihre Hilfe.«

»Ist Hellbach krank, oder was?«

»Ich brauche Sie nicht als meinen Assistenten«, beschied ihm Schlageter. »Ich brauche Sie als meinen Freund.«

»Oh, große Worte. Ich wusste gar nicht, dass wir befreundet sind.«

»Sind wir gleich auch nicht mehr, wenn Sie sich weiterhin so anstellen«, sagte Schlageter.

»Ist ja gut.« Schlaicher winkte ab und machte sich daran, eine große Kanne Kaffee vorzubereiten. Während er das Pulver in den gläsernen Behälter füllte und das bereits blubbernde Wasser aus dem Kocher hinzugoss, setzte sich der Kommissar auf die Bank am Küchentisch und begann zu erklären. »Ich habe mir Gedanken gemacht.«

»Haben Sie Ärger mit diesem Sondereinsatztypen bekommen?«, ging Schlaicher dazwischen.

»Sie sollen mich nicht unterbrechen. Über von Malewski berichte ich noch, aber jetzt lassen Sie mich erst einmal die dringlichen Sachen loswerden.«

Schlaicher nickte und setzte das spezielle Sieb auf den Kaffeebehälter. Er drückte es ganz vorsichtig runter, sodass der Satz nach unten rutschte und nur noch Kaffee im oberen Bereich übrig blieb.

»Also, ein paar Sachen kommen mir ziemlich seltsam vor. Der Tatort weist keine Spuren von Gewaltanwendung auf. Dabei war das Zeitfenster, in dem jemand die Gelegenheit gehabt hätte, das Mädchen zu entführen, äußerst klein. Ihr Freund hat ja nur rund fünfzig Meter weiter gewartet.«

»Daran habe ich auch schon gedacht«, sagte Schlaicher, während er drei Tassen aus dem Schrank holte. Irgendwie fiel es ihm ziemlich schwer, sich auf den Kommissar zu konzentrieren, zum einen wegen der brummenden Kopfschmerzen, zum anderen, weil das Geräusch laufenden Wassers im Badezimmer ihn daran erinnerte, dass Martina da gerade duschte.

»Außerdem verwundert mich die Tatsache, dass die Entführer sich so spät gemeldet haben. Immerhin muss die Kleine doch schon ein paar Stunden in ihrer Gewalt gewesen sein. Entweder haben sie ein Versteck, das sehr schwer zu erreichen oder ziemlich weit weg ist, oder sie mussten sich erst überlegen, ob und wie sie die Lösegeldforderung gestalten wollen.«

»Kann es nicht auch einfach sein, dass sie die Eltern schmoren lassen wollten?«, fragte Schlaicher.

»Denken Sie doch einmal nach: Es hieß doch ganz deutlich, dass die Polizei nicht eingeschaltet werden darf. Je länger Entführer warten, um eine solche Forderung bekannt zu geben, umso wahrscheinlicher ist es doch, dass die Eltern sich längst an die Polizei gewandt haben.«

»Na ja, die Schmids hätten doch auch einfach noch einmal bei der Polizei anrufen und sagen können, dass ihre Tochter wieder aufgetaucht ist?«

»Hätten Sie«, bestätigte Schlageter. »Aber jemand, der so eine Entführung plant, mein lieber Schlaicher, will doch jegliche Aufmerksamkeit vermeiden.«

Schlaicher goss dem Kommissar und sich Kaffee ein. Die Dusche im Badezimmer lief immer noch.

»Das würde bedeuten, dass die Tat nicht geplant war«, überlegte Schlaicher laut.

»Darauf will ich hinaus!« Schlageter grinste.

»Oder die Entführung war geplant, aber irgendetwas ist schiefgelaufen«, gab Schlaicher zu bedenken.

»Ja, dieser Junge, mit dem sie weggegangen war.« Schlageter hob vielsagend seine Brauen. »Ich sehe das so: Der oder die Entführer – denn wir denken bisher ja nur, dass es mehrere waren – braucht Geld. Wenn jemand in einem so kleinen Ort Opfer einer Entführung wird, dann handelt es sich bei den Tätern im Regelfall um Personen aus dem zumindest mittelbaren Umfeld. Dieser Schmid ist bekannt in der Gegend, weil er einen ziemlich regen Handel mit Schwarzwälder Schinken führt. Ihn kennt fast der gesamte Schwarzwald. Zumindest seine Firma. Und dann sind da natürlich noch seine Kunden aus aller Welt. Aber die darf man wohl vernachlässigen …«

Schlageter hatte sich heiß geredet. Während Schlaicher versuchte, den Gedankengängen des Kommissar zu folgen, nippte er mehrmals an dem Kaffee. Der von Schlageter würde nur noch lau sein, wenn er nicht bald davon trank.

»Und jetzt komme ich zurück zu diesem Jungen. Just an dem Tag, an dem die Entführer ihrem Opfer auflauern wollen, nimmt der sie mit auf ein Picknick! Der Kerl fährt mit ihr in seinem Auto weg, und es ist wahrscheinlich, dass er sie auch wieder nach Hause bringen wird. Die Tat war aber vielleicht nur gestern möglich, also wurden Anna und dieser …«

»Jonas«, ergänzte Schlaicher.

»Ja, Jonas, danke. Die beiden wurden also verfolgt und plötzlich hat sich die Möglichkeit ergeben, sie von Jonas ungesehen verschwinden zu lassen.«

»Klingt ja alles ganz plausibel, aber was wollen Sie dabei von mir?«, fragte Schlaicher.

»Wenn Sie mich fertig reden lassen würden, anstatt mich dauernd zu unterbrechen, dann wüssten Sie es längst!« Schlageter schaute beleidigt und griff endlich nach dem Becher Kaffee. »Und Sie haben keine Dosenmilch?«

»Nein.«

»Dann trinke ich ihn eben schwarz.« Er nahm einen vorsichtigen Schluck. Als er merkte, dass der Kaffee nicht mehr ganz heiß war, trank er fast die halbe Tasse auf einmal aus, bevor er weiterredete.

»Wenn wir also davon ausgehen, dass es jemand aus ihrer mittelbaren Umgebung war, der vielleicht sogar wusste, was bei ihrem Vater zu holen ist, und uns gleichzeitig fragen, wieso wir ihr Brot und diesen Anhänger auf dem Weg durch den Wald gefunden haben, wo sonst keinerlei Kampfspuren zu sehen waren, dann könnte man doch annehmen, dass ...? Na, Schlaicher?«

»Was weiß ich«, sagte Schlaicher genervt. Das Ratespiel, das der Kommissar gerade veranstaltete, war gar nicht gut für seinen Kopf. »Vielleicht haben die Entführer sie mit Chloroform oder so was betäubt. Oder ihr eine Waffe vorgehalten.«

»Eine Idee ist gut, eine schlecht«, meinte Schlageter kryptisch. »Aber beide sind wohl falsch. Mit Chloroform hätte man sie tragen müssen, aber den Berg hinunter wäre das nicht gegangen. Sie scheint selbst gelaufen zu sein. Das Vorhalten der Waffe wäre leichter, aber sie hätte trotzdem schreien können. Und das wollten die Entführer sicher vermeiden. Ich sage Ihnen, was ich denke.« Schlageter trank die zweite Hälfte seines Kaffees aus. »Sie hat ihre Entführer gekannt.« Er schaute triumphierend.

»Ja, mag sein.« Schlaicher schaute verwirrt.

»Sie ist freiwillig mitgegangen. Zumindest am Anfang, zumindest so weit, bis sie das Brot weggeworfen hat oder die Entführer es weggeworfen haben. Nur so konnte sie ohne Aufsehen an die Straße gebracht werden, wo ja jederzeit ein anderes Auto hätte vorbeikommen können. Von Malewski lässt das übrigens gerade überprüfen. Er lässt Leute suchen, die um die Zeit normalerweise entweder in Richtung Adelhausen oder von da aus nach

Maulburg unterwegs sind. Vielleicht hat jemand etwas gesehen, bisher sind wir allerdings noch ohne Ergebnis.«

»Dann scheint Ihr von Malewski ja ein fähiger Mann zu sein«, meinte Schlaicher, erntete vom Kommissar aber nur einen vernichtenden Blick. Das Wasserrauschen im Bad hörte auf.

»Von Malewski ist ein Emporkömmling, der über Leichen geht. Entschuldigen Sie die klaren Worte«, sagte Schlageter.

»Sie mögen zu ihm stehen, wie sie wollen.« Schlaicher zuckte mit den Schultern. »Das geht mich nichts an. Verraten Sie mir jetzt endlich, wofür Sie mich brauchen? Aber ich sage Ihnen gleich, dass ich keine Zeit dafür habe. Morgen muss ich an einem Großauftrag arbeiten.«

Martina kam, in Schlaichers Bademantel gehüllt, in die Küche. Der Bademantel war Schlaicher zu eng, ihr dagegen ein bisschen zu weit. Schlaicher konnte nicht umhin, sich unter der formlosen Verpackung den formschönen Inhalt vorzustellen.

»Habt ihr mir einen Kaffee übergelassen?«, fragte Martina lächelnd. Ihre Haare waren noch nass und lagen eng an ihrem Kopf.

Erst als Schlageter mit der Hand vor seinem Gesicht herumfuchtelte, merkte Schlaicher, dass Martinas Anblick ihn mehr als abgelenkt hatte.

»Schlaicher, Sie hören nicht zu! Das Fräulein Holzhausen möchte gerne einen Kaffee«, sagte Schlageter und holte ihn in die Realität zurück.

»Äh, ja, natürlich. Entschuldigung«, erwiderte Schlaicher und goss Martina einen Kaffee ein.

»Schenken Sie mir auch gleich noch eine Tasse ein«, brummte Schlageter. Schlaicher füllte alle Tassen und stellte die leere Kanne in die Spüle.

»Also.« Schlageter kam endlich zur Sache. »Durch von Malewskis Anwesenheit sind mir in vielerlei Hinsicht die Hände gebunden. Außerdem muss ich jetzt gleich los, weil in einer Stunde der Anruf der Entführer erwartet wird.«

Schlaicher schaute auf die Uhr. Tatsächlich, es war jetzt neun Uhr. Martina hatte sich an die Kopfseite des Tisches gesetzt und berührte zufällig mit ihrem Knie seines. Beide zogen schnell ihre Beine zurück.

»Sie haben doch gestern diesen Engel gesehen«, fuhr Schlageter fort.

»Was ist mit dem? Sie wollten gestern schon nicht recht mit der Sprache raus.«

»Das ist eine Geschichte, die ich Ihnen erzählen werde, wenn wir mehr Zeit haben. Engel ist ein eigenartiger Kauz, und wir hatten schon öfter mit ihm zu tun, seit …« Schlageter stockte. »Wie gesagt, ich werde Ihnen die Geschichte ein anderes Mal erzählen müssen. Ich bin sowieso schon spät dran. Aber ich möchte Sie bitten, zu ihm zu gehen. Wenn jemand mehr über diese Geschichte weiß oder eine Idee haben könnte, wer mit der Sache zu tun hat, dann Engel.«

»Warum gehen Sie dann nicht selbst?«, schaltete sich Martina ein.

»Weil ich mich im Moment nicht so frei bewegen kann, wie ich das gerne möchte. Und weil es nicht gut für ihn wäre, wenn von Malewski ihn in die Finger bekommt. Schlaicher, machen Sie ihm klar, dass er sich in der nächsten Zeit bedeckt halten und vor allem vom Haus der Schmids wegbleiben soll.«

»Aber das ist der letzte Gefallen, den ich Ihnen tue«, sagte Schlaicher.

Er hatte Engels Adresse dreimal wiederholen müssen, bis der Kommissar zufrieden war. Sie verabredeten sich noch für ein Uhr zum Essen in einem Schopfheimer Café, dabei wusste Schlaicher gar nicht, ob er so viel mit dem Kommissar zu tun haben wollte. Als die Wohnungstür sich endlich hinter Schlageter geschlossen hatte, ging Schlaicher zurück in die Küche.

»Du hast mich ganz schön unter den Tisch getrunken gestern«, sagte er zu Martina.

Sie lächelte müde. »Ich fühle mich, als hätte der Tisch den ganzen Abend auf mir gestanden.«

»Ich muss gleich los. Sehen wir uns heute Abend?«

Martinas Lächeln verwandelte sich in ein Strahlen. Die kleinen Fältchen, die Schlaicher so mochte, bildeten sich auf beiden Seiten ihres Nasenrückens. »Klar. Ich wollte dich sowieso fragen. Heute Abend gibt es etwas Besonderes.«

»Etwas Besonderes? Was denn?«

»Ich weiß doch, dass du auf typisch alemannische Sachen stehst. Aber es soll eine Überraschung sein. Wir treffen uns hier um sechs, okay?«

Schlaicher ließ Martina allein frühstücken und ging selbst ins Badezimmer. Als er danach in sein Schlafzimmer kam, erwartete ihn der beleidigte Blick seines Bassets. Er hatte Dr. Watson ganz vergessen. Der Hund war so lange brav gewesen, obwohl längst seine Gassizeit war, dass Schlaicher beschloss, Dr. Watson einfach mitzunehmen. Was konnte unauffälliger sein als ein Mann, der mit seinem Hund in Wieslet spazieren ging? Schlaicher musste lachen.

»Ciao, Martina, wir fahren dann«, rief er in die Küche, wo sie noch immer im Morgenmantel saß und mittlerweile einen recht ansehnlichen Frühstückstisch vor sich aufgebaut hatte.

»Du bist nicht böse, dass ich noch bleibe?«

»Nein, ist doch super. Bleib, so lange du möchtest. Bis heute Abend.«

Den Weg nach Wieslet fuhr Schlaicher so in Gedanken versunken, dass er sich wunderte, als plötzlich das Ortseingangsschild vor ihm auftauchte. Um zu Gerd Engel zu kommen, musste er einmal durch den ganzen Ort fahren, dann aber nicht links abbiegen, wie zu den Schmids, sondern sich an der Kreuzung rechts halten. Hier wurde die Straße sehr eng, weitete sich allerdings bald wieder. Eines der Häuser auf der rechten Seite musste es sein. Schlaicher erkannte es sofort, denn der Kommissar hatte ihm gesagt, er solle auf den kleinen Hof des Hauses fahren, das am ältesten aussah.

Das Haus, vor dem Schlaicher seinen Wagen parkte, war nicht nur uralt, es wirkte auch wenig vertrauenerweckend. Der Putz war an vielen Stellen brüchig, und von den Holzwänden der zum Haus gehörenden Scheune war die Farbe längst abgeblättert. Beide Dächer machten den Eindruck, als würde ein kräftiger Windstoß genügen, sie abzudecken. Eines der Fenster im Erdgeschoss war mit alten Brettern vernagelt. Eine beidseitige Treppe führte hoch zu einer schweren, hölzernen Haustür.

Schlaicher hievte Dr. Watson aus dem Wagen, der sofort anfing, an den Grasbüscheln zu riechen, die sich zwischen den Pflastersteinen des kleinen Hofes durchgekämpft hatten. Schlaicher zog den Basset langsam, aber bestimmt weiter auf die Treppe zu. Oben gab es zwei Klingelschilder. Auf dem unteren stand in Großbuchstaben »Elisabeth Wängler«, auf dem oberen in krakeliger, verblichener Handschrift »Engel«. Auch das kleine Schild am Kunststoffbriefkasten war so ausgeblichen, dass Schlaicher es nur noch zuordnen konnte, weil er wusste, wer hier wohnte.

Er drückte den oberen Klingelknopf und wartete. Aber nichts passierte. Schlaicher klingelte erneut und wartete wieder ein paar Sekunden. Engel war wohl nicht da. Was sollte er machen? Unverrichteter Dinge wieder fahren? Warten? Er entschied sich für das Naheliegendste: Er klingelte bei Elisabeth Wängler und erschrak wegen des lauten Klingelgeräuschs, das drinnen ertönte. Bei Engel hatte er gar nichts gehört.

Wieder dauerte es eine Weile, und gerade wollte er erneut klingeln, als er ein leises »Ich chumm jo scho« hörte. Die Tür öffnete sich, und Schlaicher sah sich einer Mumie gegenüber.

Das winzige, hutzelige Weib, das vor ihm stand, war am ganzen Körper mit Toilettenpapier eingerollt. Bis auf das Gesicht waren alle Gliedmaßen mit Wickeln verhüllt, die wohl bei der Bewegung der Alten teilweise aufgegangen waren. Das Toilettenpapier hing in Streifen von ihr herab.

»Jo?«, fragte sie, als sei nichts Besonderes.

»Mein Name ist Rainer Maria Schlaicher«, begann er und fragte sich im selben Moment, ob er nicht besser einen Decknamen hätte nutzen sollen. Egal, jetzt war es sowieso zu spät dafür. »Ich wollte eigentlich zu Herrn Engel.«

»Ach, der Herr Engel isch e nette Maa«, sagte die Alte und stopfte eine frei hängende Zellstoffbahn unter einen anderen Wickel.

Schlaicher verkniff sich ein Grinsen. »Oben macht niemand auf.«

Der außergewöhnliche Auftritt des alten Weibes hatte ihn

dermaßen erschreckt, dass ihm erst jetzt die Einrichtung des Flures auffiel. Wobei Einrichtung deutlich zu viel gesagt war. Es gab eine offen stehende Tür, die wohl zur Wohnung der alten Frau führte, und eine Treppe, die nach oben und in den Keller ging. Der ganze Boden stand voller alter Schuhe, bis auf einen Pfad, der zur Tür führte. An den Wänden waren zahlreiche Jacken, Mäntel, aber auch Mützen und Hüte an sicherlich fünfzig Garderobenhaken aufgehängt.

»De Engel isch nit doo. Er chunnt gli z'ruck«, sagte die Alte. »Was isch das do für ein? E Lassie?«

Lassie hatte noch nie jemand seinen Basset genannt. Schlaicher schmunzelte. »Nein, ein Hush Puppy«, antwortete er, aber die Frau hatte schon wieder das Interesse an dem Hund verloren und spazierte ohne jede Hast in ihre Wohnung.

»Wann kommt er denn zurück?«, rief Schlaicher ihr nach.

Das alte Weib, an den Falten im Gesicht schätzte Schlaicher sie auf mindestens neunzig Jahre, drehte sich um und schaute Schlaicher fragend an. »Wer?«

»Na, der Herr Engel.«

»Jo, der wohnt do. Aber er isch nit do. Er chunnt gli wied'r«, sagte sie und wandte sich wieder zu Dr. Watson.

»Oh jö, e Lassie«, sagte sie erneut und bemerkte dann, dass sie vollkommen in Toilettenpapier eingewickelt war. »Was isch denn das?«, kreischte sie laut.

Schlaicher ging auf dem schmalen Weg zwischen den Schuhen auf sie zu. Dr. Watson folgte seinem Herrchen in dessen Spur.

»Frau Wängler?«, fragte Schlaicher vorsichtig. »Kann ich Ihnen helfen?«

Aber die Alte ging einfach weiter in die Wohnung. Schlaicher beschloss, ihr zu folgen.

In der Wohnung roch es nach gebratenem Speck und nach dem Staub vieler Jahrzehnte. Schlaicher folgte der brabbelnden Frau in die Küche, wo mehrere große Schinken mit Knochen von den Balken an der Decke hingen. Ein Schinken lag auf einem rohen Holztisch, daneben wartete ein kleiner, angeschnittener Laib mehlbestäubten Brotes.

Elisabeth Wängler setzte sich, in ihr Toilettenpapier gewickelt, auf einen der Stühle und nahm ein kurzes Messer mit hölzernem Griff, dessen Klinge vom vielen Schärfen schon so dünn war, dass sie die Strapazen, denen sie ausgesetzt war, nicht mehr lange aushalten würde, ohne zu brechen. Die Alte stellte den Schinken auf, sodass die schmale, gebogene Schnittfläche nach oben zeigte, und schnitt mit dem Messer eine etwa zwei Zentimeter dicke Scheibe ab.

Ihre Küche sah ordentlich, aber nicht wirklich sauber aus. Schlaicher erkannte einen mit Krümeln und Fettspritzern bedeckten Holzofen, der als Herd diente. Der Kühlschrank war so alt, dass er das Alphabet für die Energieklassifizierung gesprengt hätte, und überall standen eingestaubte Gläser mit Kräutern, eingemachtem Gemüse und Obst oder irgendwelchen Soßen. Dr. Watson machte sich im Gegensatz zu Schlaicher keine Gedanken über die Sauberkeit. Der Basset setzte sich direkt vor die halb mumifizierte Frau, den Kopf erhoben, die Augen einzig auf die dicke Schinkenscheibe gerichtet.

»So e feine Kerli. Woddsch öbbis haa?«

»Bitte nur ein kleines Stück«, sagte Schlaicher, als sie ein Stück abschnitt, das etwa halb so groß wie seine Handfläche war.

»Wer sin au Sie?« Die Frau sah ihn mit einem ratlosen Blick an.

»Ich heiße Rainer Maria Schlaicher und möchte Herrn Engel sprechen. Wann kommt er denn wieder?«

»Der isch doo«, sagte sie und reichte dem bereits sabbernden Dr. Watson das ganze Stück Schinkenspeck, das er vorsichtig aus ihren Händen nahm und dann eifrig zerkaute. Sie schnitt ein zweites Stück ab, genauso groß wie das davor.

»Mehr soll der Hund nicht haben«, sagte Schlaicher. Dr. Watson würde von dem rauchigen und gesalzenen Schinken einen riesigen Durst bekommen.

»Das isch nit für dr Hund. Doo!« Damit reichte sie Schlaicher das Stück und schnitt für sich selbst eine weitere Scheibe ab.

»Danke«, sagte Schlaicher. Er setzte sich zu ihr und biss an einer Stelle ohne Fettrand ein kleines Stückchen ab. Der Schinken verursachte schon beim ersten Kauen eine geschmackliche Explosion. Das saftige Fleisch war angefüllt von dem Rauch des

Tannen- und Fichtenfeuers, über dem er lange Zeit gehangen haben musste – eigentlich, um das rohe Fleisch zu konservieren, aber mit dem wundersamen Nebeneffekt, dass dadurch ein ganz eigener, würziger Geschmack entstand. Der Schinken schmeckte salzig, aber nicht zu aufdringlich. Schlaicher wusste, dass das Fleisch vor dem Räuchervorgang gepökelt und mit Gewürzen eingerieben wurde. Er schmeckte die einzelnen Gewürze nicht heraus, aber zusammen mit dem Rauch und dem Fleisch war es eine wundervolle, runde Sache.

»Wo ist Engel denn?«, fragte Schlaicher noch einmal.

»D'obe, in siinere Wohnig«, antwortete die Alte, die mit ihren für ihr Alter überraschend kräftigen Zähnen an ihrem Fleischstück nagte. Nach einer kurzen Pause schaute sie auf. »Un wer bisch du?«, fragte sie wieder.

Schlaicher aß den mageren Teil des Schinkens auf. Dr. Watson hatte seinen Kopf auf Schlaichers Bein gelegt, weshalb dort nun ein feuchter Fleck prangte. Der Hund schaute sein Herrchen bettelnd an. Trotzdem gab er das Fett nicht seinem Basset, sondern legte es auf das Holzbrett. Als er aufstand, kam Dr. Watson nur recht widerwillig mit.

»Ich gehe dann mal nach oben zu Herrn Engel.«

»Loss dr Lassie doch do«, meinte Elisabeth Wängler. Dem Hund hätte das wohl nichts ausgemacht, aber Schlaicher wollte ihn lieber mitnehmen, selbst wenn er ihn ein wenig ziehen musste.

Im Flur nahm er den durch die Schuhe führenden Pfad zur Treppe und ging nach oben. Ein schmutziger Läufer lag auf den hölzernen Stufen. Schlaicher schob Dr. Watson vor sich her. Oben angekommen, blieb er stehen. Er hatte eine weitere Tür mit Klingel erwartet, aber stattdessen gab es nur einen Flur, von dem vier Türen abgingen. Zwei auf der rechten Seite, eine links und eine vorne am Ende des Ganges. Das einzige Licht kam durch ein kleines Fenster im Treppenhaus. Der schmutzige, zerschlissene Läufer endete etwa fünfzig Zentimeter vor der hintersten Tür und war an den Enden leicht aufgerollt.

»Hallo? Herr Engel?«, sagte Schlaicher laut. Gleich darauf hörte er ein Knarzen aus dem Zimmer hinter der ersten Tür auf der rechten Seite.

Schlaicher wartete einen Moment, dann sagte er: »Ich wollte mich gerne mit Ihnen unterhalten«, und klopfte an die braune Holztür.

»Warum?«, fragte eine krächzende Stimme.

Vielleicht hätte er sich doch etwas vorbereiten sollen. Jetzt musste er improvisieren. »Ich wollte mich mit Ihnen unterhalten. Es ist wichtig«, sagte er nur.

Er hörte den Riegel aus der Zarge springen. Langsam öffnete sich die Tür. Dr. Watson wollte sogleich hinein und drückte seine Nase in den noch engen Spalt.

»Halt!«, befahl die Stimme. Den Mann konnte Schlaicher noch nicht sehen. Er zog Dr. Watson zurück. Die Tür ging jetzt weiter auf, und vor Schlaicher stand Gerd Engel, ein kleiner Mann mit wirklich wirrem Bart und ungepflegten Haaren, die vorne einer Halbglatze gewichen waren. Seine wachen Augen blitzten Schlaicher an. »Ich habe nichts verbrochen«, sagte er misstrauisch.

Klar, Engel musste ja denken, dass Schlaicher von der Polizei war. »Ich bin kein Polizist«, sagte er darum als Erstes.

Der Blick des Mannes wurde noch stechender. »Sie waren aber gestern mit einem Polizisten unterwegs.«

»Ja, aber nur unterwegs. Mein Name ist Rainer Maria Schlaicher. Würden Sie mich bitte reinlassen? Kommissar Schlageter hat mich gebeten, mit Ihnen zu sprechen.«

Als Schlaicher den Kommissar erwähnte, wusste er im selben Moment, dass dies ein Fehler gewesen war. Sofort verdunkelte sich der Blick des Mannes, langsam schob er die Tür wieder zu. »Auf den bin ich nicht gut zu sprechen«, sagte Engel.

»Ich merke das schon«, antwortete Schlaicher. »Das ist übrigens Dr. Watson.« Er hoffte, Engel durch den abrupten Themenwechsel freundlicher zu stimmen, was offensichtlich gelang. Die Tür ging wieder etwas weiter auf.

»Schlageter mag keine Hunde«, bemerkte Engel krächzend.

»Lassen Sie mich doch bitte reinkommen. Ich muss in Ruhe mit Ihnen reden. Ich kann Ihnen dann alles erklären.«

Als Engel nicht reagierte, schob Schlaicher noch ein lang gezogenes »Bitte« nach. Kurz darauf weitete sich der Spalt und öffnete Schlaicher und Dr. Watson den Weg in eine Stube, die offensichtlich die Funktionen mehrerer Räume vereinte. Auf weniger als zwanzig Quadratmetern standen eine altmodische Küchenzeile, ein Tisch mit zwei Stühlen, ein großer Kleiderschrank und eine Truhe, ein Regal, in dem Geschirr und Töpfe wild übereinandergestapelt waren, eine Kühltruhe und ein Bett mit einem altmodischen Fernseher auf einer Kommode am Fußteil des Bettes. Platz gab es nicht wirklich in dem Raum. Einzig vor der Küche war genug Fläche, um sich gemütlich hinzustellen, ansonsten stand man immer an das nächste Möbelstück gequetscht. Auf dem Tisch lagen ein Holzbrettchen, eine dicke Salami und vorgeschnittenes Brot in der Tüte. Eine Plastikflasche mit Wasser stand daneben, aber kein Glas.

»Setzen Sie sich«, sagte Engel bestimmt. Schlaicher fielen unter dessen zu weitem T-Shirt sehnige Muskeln auf. Sie quollen nicht als große Wölbungen der Oberarme hervor, aber es war klar, dass der kleine Mann stärker war, als man vermuten würde. Engel setzte sich hin, und Schlaicher tat es ihm nach.

»Also«, begann Schlaicher, aber Engel ging sofort dazwischen: »Ich fange an mit den Fragen.«

Als Schlaicher bestätigend nickte, begann er: »Was genau haben Sie mit Schlageter zu tun?«

Schlaicher musste etwas ausholen, um seine Beziehung zu dem Kommissar zu beschreiben. Auch wenn er sich wunderte, wieso Engel sich so eigenartig verhielt, wollte er zuerst das Vertrauen des Mannes gewinnen, der, so sah er es jetzt, eher einem Tier ähnelte, das von einer unbekannten Macht gehetzt wird. Als Engel gewahr wurde, dass Schlaicher nicht allzu viel von dem Kommissar hielt, tauchte ein erstes Mal ein Lächeln in dem Gesicht des Mannes auf. Schlaicher fragte sich, wie alt er wohl sein mochte. Der dichte graue Bart, der sich bis hoch auf die Wangen erstreckte, machte es schwer, das Alter abzuschätzen.

»Und wieso schickt er Sie hierher, wenn Sie beide eigentlich nicht so gut miteinander können?«

Schlaicher fragte sich, wie weit er die Geschichte der Entführung erzählen durfte. Aber immerhin hatte Schlageter gemeint, dass Engel vielleicht etwas über die Sache wusste.

»Ein Mädchen ist entführt worden.« Schlaicher unterbrach sich sofort, als er Engels entsetztes Zusammenzucken bemerkte. »Was ist los?«, fragte er. Der Mann atmete heftig und griff sich mit einer Hand an die Stirn.

»Wer?«, fragte Engel. »Jennifer?«

»Äh, nein. Anna. Anna Schmid.«

Engels Hand war immer noch an der Stirn und verdeckte jetzt die Augen. »Anna …«, sagte er langsam, etwas ruhiger. »Damit habe ich nicht gerechnet. Sie wird bald sechzehn.«

Schlaicher wunderte sich, woher er das wusste, blieb aber still.

»Wozu will Schlageter mich das wissen lassen?«, fragte Engel plötzlich sehr gefasst.

»Er meinte, dass Sie vielleicht der Einzige sind, der in dieser Sache etwas Genaueres wissen könnte.«

Engel nickte langsam. »Mich wundert nur, dass Schlageter nicht selbst anrückt und mir die Hölle heiß macht.«

»Ehrlich gesagt wundert mich das auch«, sagte Schlaicher. Dann erzählte er Engel, dass jemand anderes die Ermittlungen übernommen hatte und erwähnte Schlageters Wunsch, dass von Malewski Engel nicht in die Finger bekommen solle.

»So viel Weitsicht und Einfühlungsvermögen hätte ich dem inkompetenten alten Sack gar nicht zugetraut«, sagte Engel. Er schien ein wenig zu schmunzeln, was aber nur sehr kurz hielt.

»Anna ist weg«, sagte er ernst. »Wie ist es passiert, wann und wo?«

Schlaicher erzählte die ganze Geschichte. Engel hörte genau zu und stellte Zwischenfragen, die Schlaicher Einzelheiten genauer erzählen ließen. Dann stand er auf und schaute sich in seinem Zimmer um.

»Ich habe Ihnen noch gar nichts zum Trinken angeboten«, sagte er und holte aus dem Küchenschrank eine durchsichtige Flasche mit klarem Inhalt. Dazu zwei Schnapsgläser. Eines stellte er vor Schlaicher und goss es randvoll, ohne jedoch einen Tropfen zu verschütten. Das Gleiche wiederholte er bei seinem Glas.

»Das ist Kirsch. Prost.« Damit nahm er sein Glas und trank es mit einem Schluck aus. Schlaicher tat es ihm nach und unterdrückte den Reflex zu husten, den er immer hatte, wenn er solch hochprozentige Sachen schon am Morgen trank. Was allerdings auch äußerst selten passierte, wie er sich selbst versicherte.

»Anna ist weg«, wiederholte Engel nachdenklich.

»Was hat Schlageter damit gemeint, dass Sie etwas darüber wissen könnten?«

»Hat er Ihnen von Melanie erzählt?«

»Melanie, nein. Hat er nie erwähnt.«

»Dann kommen Sie mit. Was Sie jetzt sehen, haben bisher nur sehr wenige Leute gesehen. Frau Wängler kommt ab und zu rein, aber die hat Alzheimer und vergisst das sowieso gleich wieder. Aber Sie müssen mir hoch und heilig schwören, dass alles, was Sie gleich sehen, ein Geheimnis bleibt.«

»Ich werde niemandem etwas sagen. Außer vielleicht Kommissar Schlageter«, setzte Schlaicher vorsichtig hinzu.

»Der hat den Raum schon mal gesehen und mich beinahe deswegen verhaftet. Schwören Sie jetzt!«

Schlaicher war beunruhigt. Es musste sich um den Raum handeln, der hinter der einzigen weiteren Tür dieser Stube lag. Was konnte da wohl drin sein, dass Schlageter Engel deswegen verhaften würde? Irgendwie gingen Schlaicher Bilder von Mädchenleichen durch den Kopf. Aber dann wäre Engel nicht mehr hier. Schlageter hätte ihn sofort in den Knast gesteckt.

»Ich schwöre«, sagte er.

»Nein, richtig! So!«, forderte Engel und hielt die rechte Hand in die Luft und legte die Linke auf sein Herz.

Schlaicher ahmte ihn nach und sagte erneut: »Ich schwöre.« Erst jetzt war Engel zufrieden und stand auf. »Kommen Sie«, sagte er und ging auf die Tür zu. Schlaicher folgte ihm mit Dr. Watson im Schlepptau. Vor der Tür kramte Engel in seiner Hosentasche und zog einen alten, großen Schlüssel hervor. Er steckte ihn in ein antik anmutendes Schloss, das Schlaicher innerhalb von Sekunden geknackt hätte. Das Schloss knarzte, und Engel steckte den Schlüssel zurück in die Hose. Dann öffnete er die Tür. Das aus dem Wohnraum einfallende Licht reichte nicht aus, um wirklich etwas zu erkennen. Schlaicher spürte, wie er und Dr. Watson in den Raum geschoben wurden, dann kam Engel nach und zog die Tür hinter ihnen zu. Sie standen in fast vollkommener Finsternis. Auf der rechten Seite schien ein Fenster zu sein, das allerdings abgeklebt sein musste. Nur eine Ahnung von Helligkeit drang durch.

»Jetzt machen Sie endlich Licht an«, forderte Schlaicher aufgeregt.

»Ja, Licht«, sagte Engel, und mit einem Schlag wurde es taghell. Schlaicher musste die Augen schließen.

FÜNF

Als er sich an die plötzliche Helligkeit gewöhnt hatte, sah Schlaicher, dass sie in einem vielleicht fünfzehn Quadratmeter großen Raum standen. Jedes Fleckchen Wand war mit Zetteln, Zeichnungen und Fotos behangen. Das einzige Fenster war mit schwarzer Folie verklebt, und selbst auf dieser Verdunklung klebten überall Fotos von jungen Mädchen. Zentral an der Stirnwand hing ein großer, selbst gemalter Ortsplan von Wieslet.

»Da wären wir«, krächzte Engel.

Schlaicher schüttelte langsam den Kopf. Er verstand nicht. Was sollte das alles? Wie sollte das Anna weiterhelfen? Er schaute sich genauer um. Die Wand neben der Tür stand mit Regalen voll, die bis an die Decke reichten. Sie waren mit alphabetisch sortierten Aktenordnern gefüllt. Manche Nachnamen standen einzeln auf den Ordnern, bei anderen waren noch mehrere Vornamen dazugeschrieben.

»Was ist das?«, fragte Schlaicher erstaunt.

»Das sind Informationen über alle Leute, die in Wieslet leben«, sagte Engel. In seiner Stimme schwang ein wenig Stolz mit. Er nahm auf einem schief gesessenen Drehstuhl vor dem Fenster Platz, der an einem Schreibtisch stand, auf dem sich mehrere Ordner stapelten. Daneben Stifte, ein gekritzelter Stammbaum und Fotos, die im Dunkeln durch hell erleuchtete Fenster aufgenommen worden waren, Fotos von Kindern, Erwachsenen und Alten. Es waren Fotos, die nicht so aussahen, als seien sie mit dem Einverständnis der Fotografierten gemacht worden. Auf einem Bild sah man ein Mädchen, das sich gerade an- oder auszog. Schlaicher schätzte sie auf vielleicht zwölf oder dreizehn Jahre. Man sah deutlich ihre Brüste.

»Das ist die Tochter vom Berler Kurt«, sagte Engel wie selbstverständlich, als er Schlaichers Blick auf das Bild bemerkte.

»Äh, ja«, stotterte Schlaicher, der einen ganz trockenen Mund bekommen hatte. In Annas Computer herumzusuchen und dabei auf Bilder von ihr im Bikini zu stoßen hatte ihm schon nicht behagt. Aber das hier, in einem unglaublichen Zimmer eines offensichtlich Verrückten zu stehen und sich Spannerfotos von halbnackten Mädchen anzusehen, war noch mal ein anderes Kaliber.

Über dem Schreibtisch hingen noch mehrere Dutzend andere Fotos von Männern und Frauen. Teilweise hatte Engel die Bilder aus der Zeitung ausgeschnitten oder kopiert. Ein wenig wirkte die Anordnung wie eine Reihe von Stammbäumen, bei denen die jüngste Generation oben angebracht war und immer nur aus einem Mädchen bestand, während weiter unten vornehmlich Männerporträts hingen, teilweise verwackelt oder mit einem ungünstigen Gesichtsausdruck aufgenommen. Ein Bild zeigte einen Mann, der gerade eine große Kiste in den Kofferraum eines Geländewagens stellte und sich dabei umblickte. Ein anderes einen beim Rasenmähen, ein drittes einen Schnurrbartträger, der mit einem Spaten auf einem Waldweg stand. Die meisten Männer waren deutlich älter als dreißig Jahre. Einige hingen mehrfach an Engels Wand, stellte Schlaicher fest, wobei ihm ein Gesicht besonders auffiel. Es hing unter fast jedem der Mädchenbilder und gehörte zu einem riesigen Kerl, der bereits über sechzig Jahre alt sein musste, aber über einen Oberkörper verfügte, um den ihn mancher Bodybuilder beneidet hätte.

Schlaicher schaute weiter. An einer Wand hingen hauptsächlich Bilder von kleineren Mädchen, im Alter von etwa acht Jahren. Oft trugen sie nur einen Badeanzug. Jeweils darunter hatte Engel Fotos aufgehängt, die dasselbe Mädchen zeigten, aber ungefähr ein Jahr später geknipst worden waren. Teilweise ging diese Entwicklungsreihe über mehrere Jahre. Ein ziemlich vergilbtes Foto von einem pummeligen kleinen Mädchen vor einer Haustüre hing ganz allein an der Wand.

Langsam wurde Schlaicher klar, was dieses Zimmer bedeutete. »Sie überwachen das ganze Dorf«, sagte er fassungslos.

»Ich habe immer gewusst, dass es wieder passieren wird«, antwortete Engel ruhig. Er ging zu dem Regal und zog einen Ordner hervor, auf dem »Schmid« stand. Daneben gab es noch ein paar weitere Ordner gleichen Namens.

»So, hier habe ich alles über Anna und ihre Eltern.« Er legte den Ordner auf den Schreibtisch, einfach auf den Haufen obendrauf, und setzte sich auf den Stuhl. Schlaicher sah sich um, aber einen zweiten Stuhl gab es nicht. Also stellte er sich neben Engel und schaute ihm über die Schulter.

»Die Schmids wohnen noch nicht lange hier. Erst seit drei Jahren. Darum habe ich mich um ihren Vater nicht so gekümmert.«

»Was meinen Sie damit?«

Engel lehnte sich zurück und atmete einmal tief ein und aus. Er setzte an, als wolle er etwas sagen, blieb aber still. Stattdessen hob er die Hand und strich leicht über seine Stirn und seine Augen, wie um sie zu verdecken. Als sich sein Mund öffnete, waren die Worte, die sich aus ihm herauszuquälen schienen, leise wie ein Windhauch. »Vor fast achtzehn Jahren ist meine Tochter Melanie verschwunden. Es war ein Freitag, sie war auf dem Weg zu einer Freundin, nur vierhundert Meter von unserem damaligen Haus entfernt. Ihr Kommissar Schlageter hat die Ermittlung geleitet. Und sich, gelinde gesagt, nicht sonderlich geschickt angestellt bei der Sache. Melanie ist jedenfalls nie wieder aufgetaucht.« Jetzt war seine Stimme kaum noch zu hören.

»Das – das tut mir leid«, sagte Schlaicher. Er spürte fast körperlich den Schmerz, dem Engel auch jetzt, nach so vielen Jahren, noch ausgesetzt war.

Engel nahm die Hand von den Augen. »Mir auch. Wissen Sie, was das Schlimmste ist?« Er ließ Schlaicher keine Zeit zu antworten. »Wenn dein eigenes Kind weg ist und du nichts für es tun kannst. Melanie war weg, einfach verschwunden, und es gab keine Möglichkeit, ihr etwas zu sagen, sie zu trösten, ihr zu helfen …« Engels Stimme versagte. Er wischte sich mit dem Handrücken über die Augen.

»Aber es gibt etwas noch Schlimmeres als das«, sagte er tonlos, »nämlich nicht zu wissen, ob dein Kind noch lebt oder längst tot ist. Das geht mir jetzt seit fast achtzehn Jahren so. Ich muss annehmen, dass sie tot ist, dass sie vielleicht noch am selben Tag starb, als sie verschwand, aber ich weiß es einfach nicht. Sie wäre jetzt dreißig Jahre alt.«

Schlaicher schluckte und konnte nichts sagen. Das war alles

irgendwie zu viel. Diesem Mann war das passiert, was jeder Vater am allermeisten fürchtete auf der Welt. Und dieses Zimmer belegte, was eine solche Erfahrung aus einem Menschen machen konnte.

»Die Polizei konnte mir nicht helfen – und sie haben es fürwahr versucht, mit Hundertschaften, die das ganze Dorf abgesucht haben und vor allem die Wälder. Aber da die Suche ergebnislos blieb, habe ich die Sache selbst in die Hand genommen. Zuerst bin ich noch zu den Nachbarn gegangen und habe sie ausgefragt, aber als Schlageter ein halbes Jahr nach Melanies Verschwinden die offizielle Suchaktion abgebrochen hat, gab es von den Leuten kein Entgegenkommen mehr. ›Es tut uns leid‹, haben sie gesagt, aber ich habe ihnen angesehen, dass sie es nicht so meinten. Dass sie gar nicht verstanden haben, wie sehr so etwas schmerzt. Und das tut es bis heute.«

»Und das hier?« Schlaicher machte eine alles umfassende Geste.

»Ich habe angefangen, Kriminalliteratur zu lesen. Keine Krimis, sondern Sachbücher über die Polizeiarbeit, die Lehrbücher der Kriminalpolizei, alles, was ich zum Thema Pädophile und Mörder finden konnte. Ich habe gelesen, dass diese Schweine zwanghaft handeln und dass sie, wenn sie einmal einem Kind etwas getan haben, es in vielen Fällen wieder tun. Darum habe ich angefangen, alles zu sammeln, was ich über die Leute im Dorf in Erfahrung bringen konnte. Über nahezu jeden, der hier wohnt, gibt es eine Akte.«

»Das ist verrückt«, rutschte es Schlaicher heraus.

»Verrückt?«, stieß Engel heftig hervor. »Verrückt ist es, wenn ein Mann ein kleines Mädchen entführt, sie quält und misshandelt, ihr vielleicht jahrelang Schmerzen bereitet, bevor er sie dann irgendwann abschlachtet wie ein Stück Vieh! Das ist verrückt!«

Den letzten Satz hatte Engel regelrecht geschrien. Jetzt entrang sich seiner Kehle ein Schluchzen, und plötzlich brach ein Damm. Engel weinte. Schlaicher wusste nicht, wie er sich verhalten sollte. Er ging einen Schritt auf ihn zu, und als Engel das merkte, wurde sein Weinen noch stärker. Der Mann warf sich ihm förmlich in die Arme. Schlaicher ließ Dr. Watsons Leine los, und obwohl es sich eigenartig anfühlte, nahm er den seltsamen Kauz tröstend in den Arm. Es ist, als sei ein Kind furchtbar traurig, dachte er. Vorsichtig tätschelte er mit der Hand den Rücken des Mannes, der sein Gesicht in Schlaichers Halsgegend presste. Schlaichers Shirt wurde von den Tränen ganz feucht, aber Engel hielt ihn fest und weinte einfach weiter. Für die Dauer einer Minute, die Schlaicher unendlich viel länger vorkam, standen sie beide so da. Bis sich Engel endlich von ihm löste und aus einer Schublade an seinem Schreibtisch ein Stofftaschentuch herauszog, das wohl vorher schon dem gleichen Zweck gedient hatte. Er schnäuzte seine Nase und wischte sich über die rot gewordenen Augen.

Schlaicher stand nur da und ließ die Arme hängen. Dr. Watson saß dicht neben ihm und beobachtete die Situation. Es dauerte noch eine Weile, bis sich Engel wieder beruhigt hatte. Er stammelte eine Entschuldigung, aber Schlaicher wehrte ab. Er hatte das Gefühl, dass hier etwas hervorgebrochen war, das Engel wohl schon zu viele Jahre zurückgehalten hatte. Der Mann hatte sich vielleicht zum ersten Mal einem anderen Menschen anvertraut.

Engel blätterte in dem Ordner der Schmids, und als er nicht fand, was er suchte, holte er einen zweiten. Darin hatte er ein gefaltetes DIN-A3-Blatt, das, als er es aufklappte, in der Mitte den umkringelten Namen »Anna« trug. Von dort gingen mehrere Linien ab, die alle zu weiteren Namen führten.

»Das sind die Personen, zu denen die Schmids und vor allem Anna Kontakt haben im Dorf. Je weiter die Namen weg stehen, umso schwächer ist der Kontakt, was aber nicht zu bedeuten hat, dass nicht einer davon Annas Entführer sein kann.« Engels Stimme klang wieder gefestigt. Er bewegte sich auf für ihn sicherem Terrain.

»Woher wissen Sie das alles? Ich meine, das sagen Ihnen die Leute doch nicht, oder?«, fragte Schlaicher.

»Sie müssen nur hinschauen und hinhören«, erwiderte Engel. »Ein Jahr nach Melanies Verschwinden hat mich meine Frau verlassen. Sie hat vielleicht noch mehr gelitten als ich, und wir konnten uns gegenseitig keine Hilfe sein. Ich hatte schon vorher meine Stelle als Ingenieur verloren. Seitdem halte ich mich mit Gartenarbeit und allen möglichen Hilfsarbeiten über Wasser. Ich darf nicht viel fragen, weil die Leute dann weniger Antworten geben, aber wenn ich einfach nur zuhöre, dann erfahre ich eine Menge.«

»Und es hat nie jemand Verdacht geschöpft? Ich meine, diese Fotos? Sind Sie nie erwischt worden?«

»Das Dorf ist geteilt. Die eine Hälfte will nichts mit mir zu tun haben, weil sie sich alle möglichen Gerüchte über mich erzählen. Das ist ganz normal. Menschen, die ein Kind auf diese Weise verloren haben, verlieren die meisten ihrer Kontakte, weil die Leute nicht wissen, wie sie damit umgehen sollen. Das macht die Sache natürlich nicht leichter. Die andere Hälfte hat sich damit so weit arrangiert, dass sie mich fragen, wenn sie Hilfe brauchen. Von denen erfahre ich so einiges. Vor allem höre ich gut zu. Und ein Teil derer, die mich gemieden haben, kommt jetzt auch. Alte Frauen, deren Männer gestorben sind und die Hilfe im Garten und am Haus brauchen. Und nachdem sie selbst die Erfahrung eines Verlustes gemacht haben, verlieren sie auch die Angst davor, sich mit mir zu unterhalten.«

Schlaicher nickte nachdenklich. Er selbst hatte das Gefühl, Engel jetzt auch ein kleines bisschen besser verstehen zu können. Natürlich grauste es ihm noch immer bei dem Gedanken, dass dieser Mann über jeden Einwohner des Dorfes Buch führte, die Leute heimlich fotografierte und alles in großen Aktenordnern zusammentrug. Aber nach dessen Weinanfall hatte er doch zumindest zu einer Art von stillem Einverständnis mit dem Mann gefunden.

»Ihrer Vermieterin macht das nichts aus?«, fragte er.

»Die liebe Elli war eine der ganz wenigen Leute in Wieslet, die sich mir gegenüber freundlich verhalten haben. Auch als die ersten Anzeigen kamen, weil ich zu aufdringlich sei. Elli hat mich hier wohnen lassen und immer wieder in Schutz genommen. Allerdings habe ich ihr den Raum erst gezeigt, als sie vor fünf Jahren krank wurde. Jetzt ist es meine Aufgabe, ihr etwas zurückzugeben und mich auch um sie zu kümmern. Sie kann nicht mehr sehr gut.«

»Ich habe es gesehen«, sagte Schlaicher bestätigend.

»Aber sie darf nicht in ein Heim«, sprach Engel weiter. »Da würde sie ganz elendig verrecken.«

Schlaicher hatte zwar nicht danach gefragt, hörte sich aber dennoch an, was Engel über die alte Dame zu erzählen hatte. Als dieser gar nicht mehr aufhören wollte, von den eigenartigen Verhaltensweisen der an Alzheimer erkrankten Frau zu berichten, bekam er irgendwie das Gefühl, dass Engel eine Art Vermeidungsstrategie fuhr. Schlaicher schaute auf die Uhr und bemerkte, dass es schon fast zwölf war. Dr. Watson hatte sich längst auf ein Stück Teppich gelegt und schlief tief.

»Ich soll Ihnen von Schlageter sagen, dass Sie sich in der nächsten Zeit bedeckt halten sollen. Da ist dieser Polizist vom LKA, der den Fall übernommen hat, und Schlageter möchte Sie wohl aus der Schusslinie halten«, wechselte Schlaicher das Thema. Engels Gesicht nahm sofort wieder einen verschlosseneren Ausdruck an.

»Ich sollte wohl wirklich der Letzte sein, der in dieser Geschichte verdächtig ist«, sagte er nur.

»Niemand verdächtigt Sie, aber Schlageter hat wohl Sorge, dass sich das ändern könnte, wenn man bei Ihnen solche Fotos von Anna findet«, sagte Schlaicher und zeigte auf das Bild des barbusigen Mädchens.

»Ich mache diese Bilder, weil Pädophile ihre Opfer meist nach einem Muster aussuchen. Da sind körperliche Merkmale oft sehr wichtig. Ich beobachte die Mädchen und fotografiere sie, wenn es geht, mindestens einmal im Jahr. Wenn sie im Alter meiner Melanie sind, hänge ich die Fotos an die Wand«, erklärte Engel.

»Warum haben Sie Anna nicht hier hängen?«

»Ich habe eigentlich gedacht, dass sie schon zu alt ist. Und zu dünn.« Er kramte wieder in dem Ordner und sagte: »Schauen wir mal, wen wir in Annas Umgebung haben.«

Er setzte sich an den Schreibtisch und strich das DIN-A3-Blatt glatt. »Anna war natürlich auf meiner Liste gefährdeter Mädchen. Auch wenn sie nicht ganz oben stand.«

»Nach welchen Kriterien haben Sie diese Liste denn gemacht?«, wollte Schlaicher wissen.

Engel stand auf und nahm ein Fotoalbum aus dem Regal. Zärtlich über den Einband streichelnd kam er zurück zum Schreibtisch. Dr. Watson verfolgte müde seinen Weg mit den Augen.

»Das ist Melanie«, sagte er und schlug das Album von hinten auf. Ein dunkelhaariges, kindlich aussehendes Mädchen stand da vor einem wohl gerade neu gebauten Haus. Der Rasen war noch nicht angelegt, und ein Brett führte die noch unfertigen Treppenstufen hoch zur Tür. Das Bild war fast identisch mit dem vergilbten Foto, das allein neben den anderen hing, nur dass das Mädchen auf diesem hier fröhlicher lachte. Melanie war pummelig, wenn nicht definitiv zu dick. Sie trug eine kurze schwarze Hose und ein T-Shirt in lila und türkis. In ihrem runden, hübschen Gesicht strahlten zwei wache Augen. Sie lächelte.

»Das ist das allerletzte Foto, das ich von meiner Tochter habe. Zwei Tage später ist sie verschwunden«, sagte Engel leise.

Schlaicher schwieg. Er konnte nichts sagen.

»Pädophile Täter haben, wie ich bereits sagte, meist ein Muster in ihrem Kopf. Sie brauchen einen starken Schlüsselreiz, der alles andere in ihrem Hirn ausschaltet. Meist ist das ein bestimmtes Aussehen bei den Kindern, eine bestimmte Gemeinsamkeit.«

Engels Stimme hatte einen dozierenden Tonfall angenommen. »Anna ist eigentlich schon zu alt und außerdem ein komplett anderer Typ. Wenn wir es mit dem gleichen Täter zu tun haben, kann es höchstens sein, dass er, weil er ja auch älter geworden ist, jetzt Gefallen an Teenies findet. Oder es ist jemand ganz anderes, ein neuer Täter.«

»Wer steht denn auf Ihrer Liste der Verdächtigen?«, fragte Schlaicher, der langsam etwas ungeduldig wurde.

»Ich kann Ihnen jetzt nicht einfach zwei Namen sagen, und einer davon ist es dann«, sagte Engel. »Das ist alles viel komplizierter.« Er griff nach der Übersicht und zeigte auf den umkreisten Namen des verschwundenen Mädchens. »Anna ist fast sechzehn Jahre alt, Tochter von Werner und Maria Schmid, die vor drei Jahren aus Freiburg hierhergezogen sind. Der Schmid Werner handelt wohl schon seit mehreren Jahren mit Schwarzwälder Schinken, den er sowohl bei Metzgereien als auch größeren Produzenten aufkauft, verpackt und ins Ausland als Delikatesse aus Deutschland verkauft.«

»So viel habe ich auch schon gewusst«, sagte Schlaicher fast enttäuscht.

»Sehen Sie, so eine große Kunst ist das gar nicht, was ich mache. Ich schreibe mir nur alles auf, was ich höre. Vielleicht höre ich in ein paar Bereichen einfach genauer hin, als die meisten Leute das tun würden. Werner Schmid ist für mich rausgefallen. Der Entführer meiner Melanie muss aus dem Dorf oder aus einem Nachbardorf sein. Der Schlüsselreiz, verstehen Sie?«

Schlaicher tat es nicht, aber er nickte.

»In Frage kamen alle Männer ab vierzehn Jahren«, fuhr Engel fort. »Wenn es sich um den gleichen Täter handelt, kann man wohl diejenigen ausschließen, die vor achtzehn Jahren fünfzig oder älter waren. Zumindest, wenn der Waldweg, wo Anna verschwunden ist, wirklich so beschwerlich ist, wie Sie sagen.«

»Das heißt«, schloss Schlaicher, »der Täter müsste zwischen zweiunddreißig und zweiundsechzig Jahre alt sein.«

»Ungefähr«, stimmte ihm Engel zu. »Wenn es der Gleiche war.«

»Denken Sie denn, dass es der gleiche Täter war?«

»Ich hoffe es«, sagte Engel mit einem Blick auf das immer noch offene Fotoalbum auf seinem Tisch. »Ich will endlich wissen, wer mir mein Mädchen und mein Leben genommen hat. Aber es gibt so viele Unterschiede. Vor allem die Forderung nach Lösegeld passt so gar nicht in das Muster eines Pädophilen. Bei Melanie gab es das nicht. Es sei denn, wir haben es mit jemand ganz Gewieftem zu tun, der einen Nebenkriegsschauplatz geschaffen hat, um von dem eigentlichen Schauplatz abzulenken. So etwas gab es schon einmal in der Nähe von Halle, ungefähr vor sechs Jahren.«

Engel ging mit Schlaicher die Bekanntschaften der Schmids in Wieslet durch. Er hatte seit Melanies Verschwinden auch über alle Zugezogenen Buch geführt, war dabei sehr viel ausführlicher vorgegangen, als jeder Dorfchronist es je hätte sein können, und wusste über die einzelnen Personen mehr als das Einwohnermeldeamt. Jeder Datenschutzbeauftragte hätte die Hände über dem Kopf zusammengeschlagen.

Auf Schlaicher wirkte der kleine Raum ein wenig wie die Zentrale eines Geheimdienstes. Engel war kein Bond, aber im Zusammentragen von Informationen so gut, dass er schnell von einem Punkt zum nächsten schweifte und Schlaicher ihn mehrmals unterbrechen musste, um das Gespräch wieder auf Annas Fall zu lenken. Engel war sogar so weit gegangen, die seiner Meinung nach in Frage kommenden Verdächtigen auch dann weiter in seiner Kartei zu behalten, wenn sie innerhalb von fünfzig Kilometern wegzogen. So sehr Schlaicher auch nachvollziehen konnte, dass der Mann den Mörder seiner Tochter nicht ungeschoren davonkommen lassen wollte, so wenig konnte er verstehen, wie dieser Wunsch zu einer solchen Besessenheit werden konnte, die so weit ging, ein ganzes Dorf unter ständiger Überwachung zu halten. Dabei hatte Schlaicher Wieslet bisher als sehr sympathischen Ort kennengelernt. Natürlich hatte er in der Zeitung immer wieder einmal die eine oder andere Posse aus dem Gemeinderat gelesen, wie sie auch in anderen Ortschaften vorkommen mochte, aber die paar Leute, die er bisher kennengelernt hatte – er erinnerte sich etwa an eine Verkäuferin aus dem Baumarkt, wo er vor drei Monaten als Testdieb gearbeitet hatte –, waren sehr fröhlich und liebenswert gewesen. Durfte so etwas sein? Durfte Engel diese Menschen einfach so unter Generalverdacht stellen? Schlaicher fragte sich, ob er selbst jemals Ruhe finden würde, wenn Lars so spurlos verschwunden wäre. Um die fünfzehntausend Kinder, hatte Engel erzählt, wurden jedes Jahr als vermisst gemeldet. Die meisten tauchten bald wieder auf, aber bei einigen fand man auch nach vielen Jahren nicht heraus, wo sie stecken. Was, wenn das eigene Kind dazugehörte?

Schlaicher konnte sich gut an den Tag erinnern, als Lars einmal nicht nach Hause gekommen war. Seine Ex-Frau Manuela hatte ihn vollkommen hysterisch angerufen, als der Junge nach der Schule nicht zur üblichen Zeit aufgetaucht war. Lars war damals zehn Jahre alt gewesen, aber Schlaicher hatte sich eigentlich keine richtigen Sorgen gemacht, denn Lars war immerhin ein Junge, und Schlaicher konnte sich gut daran erinnern, dass auch er mit zehn Jahren schon einmal vergessen hatte, Bescheid zu geben, als er mit zu einem Freund gegangen war. Tatsächlich war das auch bei Lars der Fall gewesen. Die Mutter dieses Freundes hatte versucht, Manuela anzurufen, aber die war so panisch gewesen, dass sie selbst ständig am Telefon hing. Während Manuela bereits mit der Polizei redete, war die Mutter von Lars' Freund mit den beiden Jungs im Schlepptau nach Hause gekommen. Schlaicher hatte darin die Bestätigung gesehen, dass man sich nicht zu schnell Sorgen machen durfte. Rückblickend hatte er damals leicht reden gehabt. Manuela war täglich für Lars verantwortlich gewesen, Schlaicher sah seinen Sohn nur einmal im Monat. Heute sah er die Sache ganz anders.

»... und Schlageter hat es schon am zweiten Tag der Ermittlung versaut!«, schimpfte Engel. Schlaicher sah ihn irritiert an.

»Warum? Was hat er versaut?«

»Am Samstagabend hat eine Frau bei der Polizei angerufen. Sie war mit ihrem Hund im Wald bei Hofen spazieren. Ihr Hund ist in den Wald abgehauen, sie ist ihm ein Stück nach und hat dann einen Mann gesehen, der mit einem Auto da war. Sie hat damals ausgesagt, neben dem Auto habe ein schlafendes Kind gelegen. Sie hat es mit der Angst zu tun bekommen, ist ohne ihren Hund umgedreht und hat die Polizei angerufen. Schlageter kam etwas später zu der Stelle im Wald, hat sich aber nicht an dem Hund vorbeigetraut. Als er es endlich doch geschafft hatte, waren da nur noch Reifenspuren. Und ein Loch im Boden, eine halb ausgehobene Grube.«

Schlaicher war ehrlich betroffen. Sollte es sich bei dem Mädchen tatsächlich um Melanie gehandelt haben, hätte sie womöglich gerettet werden können. Er musste Schlageter danach fragen. Schlaicher hatte gelernt, dass es immer gut, war, beide Seiten einer Geschichte zu kennen.

Außer mit Engels Versprechen, sich in den nächsten Tagen unauffällig zu verhalten und dem Haus der Schmids fernzubleiben, ging Schlaicher mit einer Liste, auf der drei Namen notiert waren, die sowohl in Engels Aufzeichnungen über seine tote Tochter als auch in den Kontakten der Schmids zu finden waren. Wenn es wirklich der gleiche Täter war wie vor zwanzig Jahren, dann könnte es einer dieser drei Männer getan haben, die nach Engels Beschreibung verschiedener nicht sein konnten. Der eine war vierzig, war also damals noch recht jung gewesen, hatte eine Malerfirma, war verheiratet und hatte selbst drei Kinder. Der Petzold Kurt, wie es auf dem Zettel stand, war mit Annas Vater gut bekannt, seit er vor drei Jahren bei dem Umbau des Lagers geholfen hatte. Seine Frau war mit Maria Schmid befreundet, und Anna war bis letztes Jahr öfter bei den Petzolds gewesen, wenn die Eltern über ein verlängertes Wochenende weggefahren waren. Oft aus beruflichen Gründen zu Kunden in aller Welt. Einen besonderen Kontakt zu Engels Tochter hatte Kurt Petzold nicht gehabt, aber Engel bezeichnete ihn als einen, der jungen Mädchen schon früher hinterhergeschaut habe.

Der Zweite auf der Liste hieß Paul Utzmann, war mit vierundsechzig Jahren der Älteste auf dem Zettel und alleinstehend. Schlaicher hatte sich zunächst nicht vorstellen können, dass ein Vierundsechzigjähriger ein fünfzehnjähriges Mädchen entführen konnte, aber als Engel auf eines der Fotos von dem muskelbepackten Rentner zeigte, hatte das zumindest in körperlicher Hinsicht Schlaichers Bedenken zerstreut. Utzmann war zwar Frührentner, verbrachte aber fast jeden zweiten Tag mit ausgiebigem Training in einem Fitnessstudio in Schopfheim. Schlaicher war sich sicher, dass der Mann auf dem Foto selbst ihn hätte entführen können. Utzmann war bei der Bahn gewesen, bis man Personal abgebaut und ihm die Frühpensionierung vorgeschlagen hatte. Er war Mitglied im Turnverein und machte dort mit Jugendlichen Ausdauer- und Krafttraining. Darum hing sein Foto auch unter fast allen Bildern der Mädchen an Engels Wand. Melanie war damals in seiner Gruppe gewesen, ebenso wie Anna jetzt. Weil diese im gleichen Fitnessstudio trainierte, nahm er sie außerdem zweimal in der Woche abends mit nach Wieslet.

Jörg Bennert war der Letzte auf der Liste. Vor zwanzig Jahren hatte er nur zwei Häuser von Engels Neubau entfernt gewohnt und war zweiunddreißig Jahre alt gewesen. Er hatte damals im Schichtbetrieb in der Arlington-Fabrik in Langenau gearbeitet. Melanie hatte ab und zu mit seinem Hund gespielt, einem Berner Sennenhund namens Wolf. Anna kannte Bennert über ihren Vater. Mittlerweile arbeitslos, half er gelegentlich beim Verpacken von Schinken aus, wenn Schmid zwei weitere Hände brauchte, um einen Auftrag fristgerecht über die Bühne zu bringen.

Waren das nun drei echte Spuren oder die Hirngespinste eines armen, kranken Mannes? Da er sonst nichts in der Hand hatte, betrachtete Schlaicher Engels Liste als einen ersten Anhaltspunkt, um überhaupt etwas tun zu können. Vielleicht konnte Schlageter ja etwas damit anfangen.

»Sie haben den Hund dabei«, bemerkte Kommissar Schlageter schlecht gelaunt so laut, dass die Kunden an den anderen Tischen der kleinen Schopfheimer Bäckerei sich zu ihnen umdrehten. Wie so oft zog Dr. Watsons Erscheinen alle Aufmerksamkeit auf sich. Diesmal war der Hund jedoch genauso widerspenstig wie der Kommissar, zu dem Schlaicher ihn zu ziehen versuchte.

»Tut mir leid, dass ich zu spät bin, aber Dr. Watson hat vor irgendwas Angst oder so. Jedenfalls lässt er sich schon seit dem Marktplatz so ziehen«, stöhnte Schlaicher.

»Hätten Sie das Vieh nicht im Wagen lassen können?«

»Nein«, sagte Schlaicher bestimmt und setzte sich auf den freien Stuhl am Tisch des Kommissars. Dr. Watson ließ sich erst zum Hinlegen bewegen, nachdem die Bedienung seinem Herrchen einen Milchkaffee und zwei belegte Brötchen gebracht hatte. Schlageter hatte nur einen Kaffee und vier kleine Päckchen mit Dosenmilch vor sich.

Endlich lag der nervöse Basset auf dem Boden, und auch Schlageter schien sich ein bisschen zu beruhigen, obwohl er so weit wie möglich von dem Hund weg saß und sich nun vorbeugen musste, um an seine Tasse zu kommen.

»Also, was ist passiert?«, fragte Schlageter, während Schlaicher hungrig in eins der dick belegten Brötchen biss.

»Moment.« Schlaicher kaute fertig und legte den Rest zurück auf den Teller. »Dieser Engel ist wirklich verrückt«, sagte er dann und erzählte, was er mit ihm erlebt und von ihm erfahren hatte. Schlageter fand das offenbar dermaßen interessant, dass er trotz des Hundes näher an den Tisch rückte.

»Und er hat Ihnen drei Namen genannt«, sagte Schlageter.

»Drei, falls es jemand gewesen sein sollte, der auch als Täter beim Verschwinden seiner Tochter in Frage kommt.«

Schlageter blieb erstaunlich still. Seine Augen schauten in die Ferne. Dann sagte er: »Und Sie haben ihm gesagt, dass er sich bedeckt halten soll?«

»Er hat es mir versprochen«, sagte Schlaicher.

»Das beunruhigt mich, ehrlich gesagt.«

»Wieso das denn?«

»Schlaicher, Schlaicher, Schlaicher. Der Mann hat sein Kind verloren und verfolgt seit zwanzig Jahren alle Spuren, die es in seinem Dorf und auch außerhalb gibt. Meinen Sie wirklich, jetzt, wo sich aus seiner Sicht endlich etwas tut, verhält er sich ruhig? Ich hätte erwartet, dass er sich weigert.«

Schlaicher bekam langsam das Gefühl, den Kommissar zu sehr unterschätzt zu haben. Daran hatte er noch gar nicht gedacht. Engel hatte sich tatsächlich sehr schnell zu dem Versprechen hinreißen lassen.

Das Klingeln seines Handys ließ Schlaicher zusammenzucken. Hektisch, wie immer, wenn er sich in Gesellschaft befand, kramte er in seiner Hosentasche herum. Seine schnellen Bewegungen machten auch Dr. Watson munter, der sofort aufstand und freundlich näher an den Kommissar heranstapfte. Schlageter rutschte auf seinem Stuhl weiter nach hinten.

»Schlaicher?«

»Jo lueg emol do, de Rainer!«, rief Erwin Trefzer fröhlich. Im Hintergrund spielte Musik, die Schlaicher zu kennen glaubte, aber die gute Laune seines Nachbarn schien noch einen anderen Grund zu haben.

»Es het alles guet klappt. S'isch so g'loffe, wie du mir verzällt hesch. Ich haa g'sait: Ich bii de Fahrer von de Pe Es Pe und ums Ummeluege sitz i in dem Waage dinne und fahr grad am Flugplatz vorbei.«

Schlaicher erkannte das Lied am Refrain: »Bella, bella, bella Marie, bleib mir treu, ich komm zurück morgen früh«, kam es scheppernd aus dem Telefon.

»Jetzt mach doch mal leiser, Erwin«, sagte Schlaicher, während er versuchte, Dr. Watson zurückzuziehen, der dem weichenden Kommissar nachwollte.

»Ich haa g'sait, dass alles guet g'loffe'n isch«, wiederholte Trefzer, ohne dass die Musik wirklich leiser geworden wäre.

»Dann ist ja gut. Ich hoffe, du kommst früher zurück als der Typ da im Radio«, meinte er.

Trefzer brauchte einen Moment, bis er verstand, was Schlaicher meinte. »Ach so, wege ›morge früh‹.« Er lachte. »Henai, ich bii schneller. So in ung'fähr drei Stunde bin i do. Es fahrt sich gar nit eso schlecht.«

»Ja, stell den Wagen in der Garage ab. Ich muss jetzt Schluss machen.«

»Wart emol, Rainer. Hesch du das g'wüsst? Hen sie grad do im Radio verzellt. In Wirklichkeit chaasch die Sunne gar nit im Rote Meer versinke seh, wil döört en anderi Insle'n isch und die Sunne über der andere'n Insle'n untergooht.«

»Ja, toll«, antwortete Schlaicher und legte auf.

»Ihr Nachbar, was? Was wollte der denn?«, fragte Schlageter, der seinen Verhörton nicht lassen konnte.

»Er wollte mir irgendwas über Sonnenuntergänge auf Capri erzählen«, sagte Schlaicher, der bei seinem Coup keinen weiteren Mitwisser gebrauchen konnte. Schlimm genug, dass er seinen Nachbarn hatte einspannen müssen. Schlaicher hoffte, dass der wenigstens noch bis morgen schweigen konnte, bis alles vorbei war.

»Aber den habe ich doch heute früh wegfahren gesehen. Da kann er doch nicht in Italien sei«, sagte Schlageter verblüfft.

Schlaicher atmete genervt aus. »Hören Sie, Schlageter. Ich bin selbstständig und habe im Moment eine ziemlich stressige Zeit. Und dass ich jetzt die ganze Zeit noch für Sie rumlaufe, macht es mir auch nicht leichter. Also lassen Sie uns zum Punkt kommen.«

»Aber genug Zeit, um sich mit Ihrer Assistentin zu vergnügen haben Sie wohl?« Schlageter grinste anzüglich.

»Erstens hat sie nur bei mir übernachtet und zweitens wüsste ich nicht, was Sie das angeht. Und nennen Sie Martina nicht immer meine Assistentin. Sie hat einen Namen.«

Schlageter grinste noch immer, aber hielt die Hände abwehrend vor sich. »Ich will Ihnen doch gar nichts Böses, Schlaicher. Wollte ich übrigens noch nie. Also gut. Erzählen Sie weiter.«

Schlaicher war wütend. Auf den Kommissar, weil er sich über ihn und Martina lustig machte, auf Trefzer, weil der immer die ungünstigsten Momente fand, um zu stören, auf Martina, weil ... nein, auf sie war er nicht böse – aber auf das Mädchen, das sich hatte entführen lassen, und ... Schlaicher stutzte. Eigentlich war er nämlich wütend auf sich selbst. Die Erkenntnis traf ihn wie ein Schlag. Er durfte sich nicht immer so überrollen lassen von allem um ihn herum. Das hatte er sich geschworen, als er fast drei Wochen lang im Bett verbracht hatte, während Martina seine Wunden pflegte. Martina. Immer wieder Martina. Schlageter begann, mit den Wurstfingern auf der Tischplatte zu trommeln.

»Ist ja schon gut. Also, Engel hat mir diese Namen gegeben«, damit reichte er den Zettel an Schlageter. »Vielleicht können Sie die einfach überprüfen und mich dann jetzt in Ruhe lassen. Ich habe nämlich ...«

»Ich kann die nicht überprüfen«, unterbrach ihn Schlageter und klang dabei so, als hätte Schlaicher etwas vollkommen Abwegiges gewollt.

»Wieso?«

»Weil es auffällt, wenn ich plötzlich drei Männer aus dem Ort besuche, aus dem ein Mädchen entführt wurde. Ganz einfach.«

»Dann können Sie die doch wenigsten durch Ihren Computer laufen lassen. Oder jemanden damit beauftragen«, forderte Schlaicher, dem Schlageters Abneigung gegen die Welt der binären Rechencodes eingefallen war.

»Wenn ich das jemanden machen lasse, vielleicht Hellbach, der immerhin von sich aus dichthalten würde, fiele aber trotzdem auf, dass ich Daten aus Wieslet aufgerufen habe. Nein. Da muss jemand vorbei, aber ich kann es nicht machen.«

»Ja, und wer sonst?«, fragte Schlaicher ahnungslos.

»Sie, mein lieber Schlaicher, Sie!«, raunte Schlageter verschwörerisch.

»Wolle die Herre noch öbbis?«, fragte die Bedienung im Vorbeigehen, aber Schlaicher war klar, dass sie deshalb kam, weil er und der Kommissar in ihrem Disput zu laut geworden waren.

»Noch einen Kaffee«, sagte er bemüht ruhig.

»Zwei«, fügte Schlageter hinzu.

Als die Bedienung weitergegangen war, fuhr der Kommissar fort: »Sie müssen mir einfach helfen. Wenn von Malewski Engel in die Finger bekommt, dann landet der im Knast.«

»Warum sind Sie wegen diesem Engel nur so besorgt? Ich weiß nicht, ob es nicht vielleicht sogar das Beste wäre, wenn dieser Typ aus dem Verkehr gezogen würde. Mein Gott, bin ich froh, dass ich nicht in Wieslet wohne! Sicherlich hätte er mich auch schon längst ausspioniert und auf seine Liste geschrieben.«

»Ach was. Engel ist harmlos«, sagte Schlaicher, klang aber selbst nicht ganz überzeugt.

»Es ist, weil Sie seine Tochter nicht gefunden haben, richtig?« Schlaicher hatte sich auf einen Ausbruch gefasst gemacht, aber die erwartete wütende Reaktion blieb aus.

»Jeder Mensch hat eine Leiche im Keller«, sagte Schlageter ruhig.

»Für einen Kommissar eine eigenartige Ausdrucksweise.«

»Nur eine, die auf vielen Jahren Erfahrung aufgebaut ist. Das war eine schreckliche Geschichte damals.«

»Erzählen Sie sie mir«, forderte Schlaicher.

»Nicht jetzt«, sagte Schlageter bestimmt. »Ich habe im Moment wahrscheinlich genauso wenig Zeit wie Sie. Und dass ich so lange mit Ihnen hier herumsitze, wird mir bei von Malewski wieder gehörigen Ärger einbringen.«

»Wer ist dieser von Malewski überhaupt?«

»Das gehört zu der Geschichte, die ich Ihnen noch erzählen werde.«

»Ich stehe überhaupt nicht auf solche Geheimniskrämereien«, maulte Schlaicher übellaunig, aber Schlageter winkte ab.

»Ich sollte Ihnen viel eher erzählen, was der Entführer gesagt hat. Oder wollen Sie das etwa nicht wissen?«

Das saß. Schlaicher hatte in seinem Ärger fast vergessen, dass für heute früh ein Anruf angekündigt gewesen war.

»Der Entführer? Es ist also nur einer?«

»Das kann ich noch nicht sagen. Bisher hat sich jedenfalls nur eine verzerrte Stimme gemeldet, die von den Technikern noch nicht entzerrt werden konnte. Aber wir gehen sehr stark davon aus, dass es sich dabei um einen Mann handelt. Ob da aber noch andere im Hintergrund sind, kann ich noch nicht sagen.«

»Wie alt?«, wollte Schlaicher wissen, denn das würde die Zahl seiner Besuche bei wahrscheinlich unbescholtenen Wiesleter Bürgern unter Umständen einschränken.

»Zwischen zwanzig und fünfzig«, sagte Schlageter zu Schlaichers Enttäuschung. Die wurde nur noch durch den Nachklapp des Kommissars gesteigert. »So etwa.«

»Das hilft uns ja sehr weiter.«

»Ich werde es Ihnen sagen, wenn wir mehr wissen. Aber jetzt lassen Sie mich endlich erzählen, Schlaicher!«

Der Mann hatte um Punkt zehn Uhr angerufen, berichtete der Kommissar. Von Malewski war mit der modernsten Technik in Wieslet angerückt, um der Entführung möglichst sofort ein Ende zu bereiten. Aber der Entführer hatte offenbar genau gewusste, was im Haus vor sich ging, denn die Stimme hatte geschnarrt: »Die Polizei sollte sich doch raushalten. Ihr tut eurer Tochter nichts Gutes!« Dann hatte der Anrufer aufgelegt, ohne seine Lösegeldforderung vom ersten Anruf zu wiederholen, ohne eine Übergabe zu besprechen oder einen neuen Anruf anzukündigen.

Annas Mutter hatte einen Nervenzusammenbruch erlitten und wurde nun in ihrem Haus von einem Polizeipsychologen betreut, der nebenbei versuchte, den gegen von Malewski aufgebrachten Vater zu beruhigen. Schlageter grinste, als er erzählte, wie Werner Schmid dem LKA-Mann nach dem Anruf an die Gurgel gegangen war.

»Aber das ist schlecht«, sagte Schlaicher hilflos. »Was, wenn die Entführer jetzt dem Mädchen etwas tun?«

»Der Kerl wollte nur Zeit gewinnen«, antwortete Schlageter. »Und uns wissen lassen, dass er alles unter Kontrolle hat. Trotzdem hat er uns einige Informationen gegeben. Das LKA wird bald seine Stimme analysiert haben und damit Alter und regionale Herkunft ermitteln können. Genauso wie Engel denke auch ich, dass es jemand aus Annas Umgebung sein muss. Es könnte aber sein, dass unser Entführer jünger ist, als wir bisher angenommen haben. Vielleicht jemand aus der Schule. Können Sie Ihren Sohn nicht mal fragen? Vielleicht weiß der mehr.«

»Lassen Sie Lars aus der Sache raus!«

»Er steckt doch schon drin. Und dieser Jonas übrigens auch. Was, wenn an seiner Geschichte etwas faul ist? Vielleicht hat er dem Entführer ja geholfen, sie in den Wald zu bringen? Von Malewskis Leute verhören ihn jedenfalls gerade.«

Schlaicher legte die Stirn in Falten und lehnte sich besorgt zurück. »Was wissen wir sonst noch über den Entführer?«

»Natürlich, dass er nervös ist. Und das macht ihn oder sie gefährlich.«

»Sie im Plural – oder meinen Sie, dass es doch eine Frau sein könnte?«

»Wenn es eine Verbindung zu Engels Tochter gibt, dann ist es mit ziemlicher Sicherheit ein Mann. Wenn nicht, könnte es sich auch um mehrere Entführer handeln. Eine einzelne Frau finde ich ziemlich unwahrscheinlich, aber Sie haben ja keine Ahnung, was ich schon alles unwahrscheinlich gefunden habe, und dann war es doch so.«

»Bei Ihrem Gespür sollten wir uns vielleicht auf eine Frau als Täterin einstellen«, sagte Schlaicher und stand auf. »Sie zahlen.«

Der Kommissar erhob sich ebenfalls.

»Ich muss sowieso los und hätte Sie ohnehin eingeladen.« Er rückte seinen Stuhl an den Tisch und schaute noch einmal vorsichtig nach Dr. Watson, der sich auf der anderen Tischseite befand und somit offenbar keine Gefahr für ihn darstellte. »Denken Sie sich einen Grund aus, warum Sie bei den drei Kerlen vorbeischauen müssen. Aber übertreiben Sie es nicht. Von Malewski darf von unserer kleinen Abmachung nichts erfahren.«

Damit ging Schlageter zum Tresen, wo die Bedienung schon auf ihn wartete. Sie hatte wohl befürchtet, dass ihre unliebsamen Gäste ohne zu bezahlen weglaufen wollten. Was Schlaicher sicherlich nicht gelungen wäre, denn Dr. Watson fand es im klimatisierten Café so gemütlich, dass er keinen Schritt nach draußen in die ungewöhnliche Frühlingshitze machen wollte. Schlaicher musste ihn rauszerren, und als er es endlich geschafft hatte, begann der Basset sofort wieder, ängstlich an der Leine zurückzuziehen.

Als Schlaicher mit Dr. Watson unter der Lenk-Plastik am Schopfheimer Marktplatz durchging, schaute er kurz nach oben. Vor einigen Monaten hatte er dort eine Leiche gefunden und unterlag nun dem seltsamen Zwang, die Stelle bei jedem Vorbeigehen kontrollieren zu müssen. Aber da hing nur die Figur, die vor und nach dem Mordfall immer da gehangen hatte. Unweigerlich erinnerte er sich an die Gefühle, die er damals gehabt hatte, als er alleine und gefesselt in einem Raum saß und fürchtete, umgebracht zu werden. Anna musste sich ähnlich fühlen. Diese Mischung aus Angst und der Unfähigkeit, sich bewegen zu können, jede Faser des Körpers angespannt und der Geist schmerzend von dem Gefühl, machtlos zu sein. Schlaicher hatte nur wenig Zeit in solcher Gefangenschaft verbracht, bei Anna war es jetzt schon fast ein ganzer Tag. Wie würde sie das aushalten? Was bedeutete es, dass der Entführer nichts weiter gesagt hatte? Schlaicher musste einen Weg finden, wie er den drei Männern auf Engels Liste einen unauffälligen Besuch abstatten konnte. Wenn er irgendwie helfen konnte, das Mädchen gesund aus den Händen der Entführer zu befreien, wollte er das tun.

»Hallo, Rainer«, sagte Lars, als Schlaicher in die Wohnung kam. Er und seine Freundin Sarah saßen in der Küche und aßen Pizza.

»Hallo, Herr Schlaicher«, sagte das Mädchen, das ziemlich genau in Annas Alter war. »Wollen Sie auch ein Stück?«

»Nein danke.« Schlaicher schüttelte den Kopf, setzte sich aber trotzdem mit an den Tisch. Dr. Watson, der schon beim Öffnen der Wohnungstür bemerkt hatte, dass drinnen Essbares wartete, saß bereits unter dem Tisch, um von dort aus Lars und Sarah zu begutachten und von der Freundin seines Sohnes gerade ein erstes kleines Stück Pizza abzubekommen.

»Wie war es in der Schule?«, fragte Schlaicher.

»Unruhig«, antwortete Lars und biss in seine Pizza.

»War Jonas da?«

»Ja, er hat Patrick total verprügelt und selbst auch einiges abbekommen.«

»Das war echt heftig«, sagte Sarah.

»Wie ist es dazu gekommen?«, wollte Schlaicher wissen.

»Wegen Anna. Jonas ist eifersüchtig, weil Patrick wieder mit Anna zusammenkommen will.«

»Wurde denn darüber gesprochen, dass und wie Anna verschwunden ist?«

»So was kann man in einer Schule nicht lange geheim halten«, sagte Sarah, und Lars nickte bestätigend.

»Aber Sarah hat gleich gemeint, dass wir besser nicht so viel drüber reden sollen. Als ich zu Jonas wollte, um ihm zu sagen, dass er dichthalten soll, hatte er Patrick schon angemacht.«

»Schlageter hat gesagt, dass die Polizei Jonas verhört hat.«

»Zwei schwarz gekleidete Typen haben ihn abgeholt. Vielleicht waren das Bullen. Sahen ein bisschen aus wie in amerikanischen Filmen«, sagte Lars.

Schlaicher nickte.

»Hattest du viel mit Anna zu tun?«, fragte er Sarah, die gleich den Kopf schüttelte.

»Die ist mir zu eingebildet. Also ich meine, das ist gemein, jetzt so über sie zu reden, aber es war halt so.«

»Du brauchst dir keine Gedanken zu machen, ich will ja einfach nur wissen, wie sie so ist und was sie macht. Hat sie häufig Kontakt zu Jungs?«

»Also, so gut kenne ich sie auch nicht«, antwortete Sarah. »Aber ich habe sie eigentlich nur eine Zeit lang mit Patrick gesehen. Seit sie sich voneinander getrennt haben, war sie eher mit Freundinnen unterwegs, in der letzten Zeit auch immer mehr alleine.«

Schlaicher hatte sich, ganz in Gedanken, doch ein Stück Pizza genommen und biss jetzt ein großes, schon etwas zu kaltes Stück ab.

»Warum haben die beiden sich getrennt?«, fragte er, erntete aber nur Achselzucken bei den beiden Jugendlichen.

»Wenn Sie wollen, können wir uns wieder für Sie umhören«, sagte Sarah kokett. Schlaicher wollte schon protestieren, überlegte es sich dann aber anders. Es könnte sicherlich nicht allzu viel schaden, wenn die beiden sich einfach anhörten, was so erzählt wurde.

»Ja, das wäre gut«, sagte er. »Aber ihr müsst vorsichtig sein. Schlageter vermutet, dass vielleicht jemand aus eurer Schule an Annas Entführung beteiligt sein könnte.«

Die darauf folgende große Empörung der beiden sprach Bände. Sie waren sich absolut sicher, dass keiner aus ihrer Schule so etwas jemals machen könnte. Nicht einmal die Schlimmsten, die sie kannten.

»Höchstens der Grether«, sagte Sarah dann allerdings. »Dem trau ich alles zu.«

»Grether?«, fragte Schlaicher sofort nach.

»Bio und Physik«, sagte Sarah, als bedürfe das keiner weiteren Erklärung mehr.

»Ein echter Arsch«, fügte Lars hinzu, der wohl meinte, dass sein begriffsstutziger Vater den Hinweis seiner Freundin nicht verstanden haben könnte.

»Wieso glaubt ihr, dass er es getan haben könnte?«

»Dem traue ich alles zu«, wiederholte Sarah.

Wie sich im weiteren Gespräch herausstellte, stammte die Einschätzung von Sarah und Lars über ihren Lehrer daher, dass dieser den Mädchen gerne in den Ausschnitt schaute und einem Klassenkameraden zu Unrecht eine Strafarbeit gegeben hatte. Zudem sei er als Lehrer unfähig. Schlaicher bezweifelte, dass diese Information auf eine heiße Spur in diesem Fall hinauslaufen würde.

»Also, mich interessiert, mit wem Anna sonst noch Kontakt hat. Oder wer Kontakt zu ihr haben wollte. Vielleicht könnt ihr bei dieser Freundin mal nachhören.«

Lars und Sarah schienen beide etwas enttäuscht zu sein, dass Schlaicher sich nicht weiter für ihren Lehrer interessierte. Aber sie versprachen, sich in der Schule umzuhören. Unter Umständen konnten sie ja wirklich etwas herausfinden. Nachdem die beiden sich »zur Recherche« zurückgezogen hatten und die Musik plötzlich recht laut aus Lars' Zimmer drang, nahm Schlaicher das Telefon und ging nach oben.

SECHS

Schlaicher saß in seinem feinsten Anzug in seinem Wagen und fuhr in Richtung Wieslet. Aus dem Radio plärrte irgendein aktueller Chart-Hit. Er hörte nicht genau hin, sondern ging im Kopf die Geschichten durch, mit denen er bei den drei Verdächtigen auf der Liste in die Wohnung gelangen wollte.

Es überraschte ihn, dass er offenbar von Engels Misstrauen angesteckt worden war. Schon bei den Vorbereitungen hatte er sich alle drei Männer als fiese Kindesentführer vorgestellt. Dabei war höchstens einer von ihnen der Täter, und im wahrscheinlichsten Fall waren alle drei ganz normale Bürger, die nur das Pech hatten, sowohl Anna als auch Melanie zu kennen.

Als Erstes wollte er sich Kurt Petzold vornehmen, den mit dem Malergeschäft. Schlaicher hatte vorher im Internet die Adressen nachgeschaut, damit er nicht lange suchen musste. Petzold wohnte gleich am Ortseingang, wenn man von Enkenstein kam. Das Haus war zweistöckig und hatte eine moderne Garage angebaut. Vor dem Haus stand noch ein Carport. Ein Peugeot 307 stand darunter, zwei weitere Stellplätze waren frei. Schlaicher parkte trotzdem an der Straße, so dicht an einer Hecke, dass er kaum aussteigen konnte.

Er brauchte an dem glänzend weiß gestrichenen Haus nur ein einziges Mal zu klingeln. Sofort kam jemand zur Tür gelaufen und öffnete sie. Ein vielleicht sechsjähriges Mädchen schaute durch den engen Spalt. Sie sah enttäuscht aus.

»Isch's nit de Papa?«, sagte eine Frauenstimme von hinten.

»Nein«, rief Schlaicher, »mein Name ist Walter Scheich.«

Die Frau kam an die Tür und schob das quietschbunt angezogene Mädchen zur Seite.

»Chumm, mi Schätzli, gang wiedr go spiele«, sagte sie zu der Kleinen, dann schaute sie Schlaicher fragend an.

»Mi Maa isch nit doo«, sagte sie.

»Wann kommt er denn wieder?«

»Hüt erst so in zwei Stunde. Er isch noo z'Lörrach go striiche.«

Die Frau war vielleicht dreißig Jahre alt und hatte ein sehr hübsches Gesicht. Dafür war ihre Figur etwas unproportioniert. Bis zur Hüfte war sie schlank, aber ab da war sie nach unten richtig dick.

»Ich habe heute Vormittag schon einmal angerufen«, sagte Schlaicher. »Aber ich habe ihn nicht erreicht. Es geht um einen Auftrag.«

»Hüt?«, fragte sie nachdenklich.

»Ja, so gegen zehn Uhr. Aber es ist keiner rangegangen im Büro.«

»Das chaa eigentlich gar nit sii.« Die Frau war ehrlich überrascht. »Mi Maa und ich, mir sinn hüt bis am Ölfi an de Lohnbuechhaltig g'sesse. Und mir sinn immer an de Abberat, wenn's g'lütte het.«

Eigentlich reichte das Schlaicher schon. »Ach so«, meinte er leichthin, »vielleicht habe ich dann doch eine falsche Nummer gehabt.«

»Das chaa sii.« Im Hintergrund ertönte Kindergeplärre.

»Ich glaube, dann melde ich mich besser morgen noch einmal.«

»Wie isch de Name gsii?«

»Scheich«, sagte Schlaicher. »Wie der Araber, nur nicht so reich.«

Die Frau lachte kurz auf. Dann verabschiedete sie sich und schloss die Tür. Schlaicher ging zurück zum Auto. Diesen Namen auf der Liste konnte er also streichen. Wenn Petzold heute früh mit seiner Frau zusammen an der Lohnbuchhaltung gearbeitet hatte, konnte er wohl nur schwerlich um zehn Uhr bei Annas Eltern angerufen haben. Natürlich war es möglich, dass seine Frau gelogen hatte. Aber Schlaicher konnte sich einfach nicht vorstellen, dass eine solche Familie ein Mädchen entführen würde.

Er fuhr zu Adresse Nummer zwei. Paul Utzmann wohnte etwas außerhalb in Richtung Tegernau in einem kleinen, älteren Bauernhof. Grundsätzlich keine schlechte Voraussetzung, um ein Mädchen gefangen zu halten. Schlaicher erschrak vor sich selbst. Er fing tatsächlich schon an, zuerst das Schlechte in einem Menschen zu sehen, selbst wenn er ihn noch gar nicht zu Gesicht bekommen hatte.

Als er den Wagen parkte, bog Utzmann gerade um die Hausecke. Der Mann wirkte in echt noch riesiger und muskulöser als auf Engels Fotografien. Schlaicher war sicher, dass Utzmann trotz seines Alters, das man ihm im Gesicht deutlich ansah, kein Problem gehabt hätte, Anna zu überwältigen.

»Ja? Ich kauf nüt«, wehrte Paul Utzmann sofort ungefragt ab. Er trug eine Arbeitshose, an der Grashalme klebten. Sicherlich war er gerade hinter dem Haus am Mähen. Nicht unbedingt die Tätigkeit, die Schlaicher von einem Entführer erwarten würde.

»Hallo. Ich will Ihnen auch gar nichts verkaufen«, sagte Schlaicher schnell. »Ich habe nur eine Frage an Sie. Es geht um meinen Sohn.«

Utzmann kam zwei Schritte auf ihn zu. Schlaicher sah das als Einladung, sich dem Respekt einflößenden Mann nähern zu dürfen.

»Was isch?«

Nur ein Hesse hätte sich kürzer ausdrücken können, dachte Schlaicher.

»Also, ich habe gehört, dass Sie mit den Jugendlichen Ausdauer trainieren.«

Utzmann schien erleichtert, nun, da er wusste, worum es sich handelte. Schlaicher war sich sicher, dass er nicht oft mit Männern in Anzügen zu tun hatte.

»Jo, mach i«, sagte er jetzt freundlicher.

»Mein Sohn hat in Sport eine schlechte Note bekommen. Die machen gerade Zirkeltraining oder so.«

Utzmann nickte aufmerksam.

»Ich möchte gerne, dass er die Möglichkeit hat, sich zu verbessern, und ein bisschen Ausdauertraining ist ja auch eine gute Sache für die jungen Leute.«

»Jo.«

»Könnte er denn bei Ihnen mitmachen?«

»Er müsst in de Verein iitrette.«

»Ach so, kann er nicht erst mal schauen, wie es da ist?«

»Chaa'n er.«

Schlaicher merkte schon, dass diese Nuss schwieriger zu knacken sein würde. Er versuchte es trotzdem erst einmal auf die bewährte Weise.

»Ich hatte heute früh gegen zehn schon mal angerufen, um mit Ihnen zu sprechen, aber da waren Sie wohl nicht da.«

Utzmann schüttelte den Kopf.

»Also, Sie waren wirklich nicht da?«

»Loos emol. Du bisch doch gar kei Wiesleter. Warum willsch du di Bueb do aane schicke?«

»Äh, nein, da haben Sie recht. Ich wohne in Schopfheim, aber ich habe gehört, dass Sie das sehr gut machen.«

»Vom Eberhard?«

Schlaicher wusste nicht, wer Eberhard war. Er nickte trotzdem.

»Dann chumm«, sagte Utzmann, der bereits wieder um die Hausecke bog. Schlaicher folgte ihm. Hinter dem Haus lag ein ordentlich gepflegter Garten. In engem Abstand waren Apfelbäume gepflanzt, die gerade blühten. Sie reichten nur etwas höher als Utzmanns Kopf. Spalierobst.

Auf der Terrasse am Haus standen weiße Plastikgartenmöbel. Utzmann wies wortlos auf einen der Stühle. Schlaicher setzte sich.

»Ich chaa'n e Bier bruuche«, sagte Utzmann und verschwand kurz im Haus. Er brachte zwei Tannenzäpfle mit heraus und stellte eines vor Schlaicher ab. Dann setzte er sich vorsichtig hin.

»Oh, danke«, sagte Schlaicher und nahm einen Schluck aus der Flasche. Utzmann nickte zufrieden und setzte seine Flasche an. Erst als sie leer war, stellte er sie wieder ab.

»Mir hänn Training am Zischtig un am Dunnschdig. Am Zischtig vom Siebeni bis am Nüüni und am Dunnschdig vom Sechsi bis noo de Achte. Eimol sott er scho chönne.«

Schlaicher war beim ersten Mal, als er im Wiesental »Zischtig« gehört hatte, nicht annähernd darauf gekommen, dass es Dienstag bedeutete.

»Ah, heute ist das nächste Mal«, sagte Schlaicher. »Wie viele Jugendliche sind denn dabei?«

»Mol so, mol so.«

»Das ist bestimmt ein Sport, bei dem nur Jungs mitmachen, oder?«

»Nai, au e baar Maidli.«

Schlaicher gab sich interessiert: »Ja, wie viele Mädchen machen denn mit?«

»Mol weniger, mol mehr. Warum?«

Schlaicher nahm noch einen Schluck von dem Bier, aber eher, um Zeit zu gewinnen, als weil er Durst hatte.

»Ich hab nur so gefragt.«

»Paul?«, rief eine sehr laute Stimme aus dem Haus.

»Jo?«, brüllte Utzmann zurück.

»Ich haa dir schon emol g'sait, dass i nit nur zum Putze chumm.« Schlaicher erkannte die Frau, die jetzt mit einer Schürze um den voluminösen Leib aus der Terrassentür trat, auf den ersten Blick.

»Jerenai, das isch aber e Zufall!«, rief sie überrascht.

»Ihr chennet euch?«, fragte Utzmann.

»Eine Perle auch für Sie«, sagte Schlaicher, und Frau Biatini nickte aufgeregt. Erst dann schien sie sich daran zu erinnern, dass sie ihm eigentlich böse gesinnt sein sollte. Sie verschränkte die Arme vor dem Busen und zog eine wütende Grimasse.

»Dä do isch wie du, Paul«, sagte sie dann. »Dä het au denkt, dass ich zum Putze chäm. Aber ich bin e Perle. E Perle auch für Sie.«

Utzmann verdrehte die Augen.

»Ich kenn de Paul scho sit Johre«, fuhr Eva Biatini unbeirrt fort. »Un i haa'n em au friehner scho g'hulfe. Er isch jo so viel furt. Grad jetzt die letschte zwei Daag isch er ständig furt g'sii. Do bruucht er halt e Hilf. Un, was mache Sie do?« Damit setzte sie sich ebenfalls an den Tisch. Schlaicher ging in dem Moment durch den Kopf, dass sie ja wusste, dass er in Maulburg wohnte, er aber Utzmann etwas anderes gesagt hatte.

»Ich bin wegen meinem Sohn da. Der will vielleicht beim Ausdauertraining mitmachen«, sagte er.

»Ach, do wänn Sie extra us …«

»Ach, so weit ist das ja nicht«, unterbrach Schlaicher sie eilig und wechselte das Thema. »Bitte entschuldigen sie mich noch mal wegen gestern. Es war auch einfach ein bisschen zu hektisch.«

»Jo, schtell dr vor«, sagte sie zu Utzmann, »do bii'n i bi ihm und soll uff dr Hund uffpasse un dann will er, dass ich numme putz.«

»Hmm«, machte Utzmann anstelle einer Antwort.

»Un, het dr Bueb si Maidli g'funde?«, fragte die Biatini zu Schlaichers Entsetzen.

»So, jetz isch aber genueg. Gang iine und mach suuber«, brach es barsch aus Utzmann hervor. Eva Biatini stand beleidigt auf und ging ohne ein weiteres Wort hinein.

»Wiiber«, sagte Utzmann. »Nit emol zum Putze sin se gut.«

Schlaicher merkte, wie ihm dieser Mann immer unangenehmer wurde. Der Gedanke, dass sich Anna vielleicht in seiner Gewalt befand, schnürte ihm die Kehle zu.

»Dr Bueb soll choo, drno kriegt er au ball wieder guedi Noode.« Utzmann war wieder freundlicher geworden, aber Schlaichers Unbehagen hatte sich dadurch nicht verringert.

»Dürfte ich gerade noch mal kurz rein? Es ist wegen Frau Biatini. Ich möchte sie wieder einstellen.«

Utzmann lachte. »Ah, jetz, wo du g'seh hesch, wie mer si zum Schaffe kriegt. Gang iine.« Er stand auf und warf den Rasenmäher an, der auf dem erst zur Hälfte gemähten Rasen stand.

Schlaicher nahm seine halb volle und Utzmanns leere Flasche mit hinein.

»Frau Biatini?«, rief er in das bereits ordentlich aufgeräumte Wohnzimmer, das vornehmlich durch rustikale Eichenmöbel und einen alten Röhrenfernseher glänzte. Die Perle kam aus einer der offenen Türen.

»Jo? Was wänn Sie denn noo?«

»Ich würde Sie gerne wieder einstellen«, sagte Schlaicher. »Es tut mir wirklich leid.

»Aber nit zum Putze.«

»Ja, ich weiß. Aber vielleicht bekommen wir es ja hin, dass Sie ein bisschen bei mir aufräumen und sich sonst um meinen Hund kümmern.«

Frau Biatini schien interessiert. »Dann miässt i no'n emol mit de Agentur, mit'm Herr Gorojenko, schwätze. Die hen Sie schon aus de Kartei g'noo.«

»Tun Sie das. Wissen Sie, es ist mir einfach sehr wichtig, dass jemand für meinen Hund da ist. Wir können es ja noch einmal probieren.«

»D'Hand druff«, sagte sie und hielt ihm ihre Rechte hin. Schlaicher schlug ein und war überrascht über ihren kräftigen Händedruck.

»Sie arbeiten schon lange für Utzmann?«

»Ach je«, stöhnte sie. »Das isch eso'n e Geeche, Kolerische. No losst m'r ihn am beschde sii.«

»Wie lange sind Sie denn schon seine Perle?«

»Putze tue'n i sitt drei Joohr immer emol wieder. Aber als Perle bin i jetz erscht s'dritte Mool do. I haa bi dr Agentur unterschriibe miässe, dass i dr'nääbe suscht keini Uffträg mach. Jetz muess i aber. Wenn soll i drno choo?«

»Ich habe morgen sehr viel zu tun und bin unterwegs. Es wäre toll, wenn Sie ein bisschen auf Dr. Watson aufpassen würden. Wenn Sie um ein Uhr da sein könnten und bis vier bleiben?«

Frau Biatini überlegte kurz, dann sagte sie: »Jo, do wär i noo frei. Dann bis morn.«

Als Schlaicher zu seinem Wagen ging, schaute Utzmann nur kurz auf.

Jörg Bennert, der Dritte auf Schlaichers Liste, wohnte in einem Mietshaus an der Hauptstraße. Engel hatte gesagt, dass Bennert manchmal bei Schmids aushalf, wenn es viel zu tun gab. Sonst sollte er arbeitslos sein. Daher war für Schlaicher recht schnell klar gewesen, mit welcher Ausrede er hier Einlass finden würde. Er klingelte und kurz darauf summte der Öffner. Schlaicher trat ein. Von oben rief eine Männerstimme: »Hallo?«

»Guten Tag, mein Name ist Scheich, von der Arbeitsagentur.«

»Äh«, war alles, was der Mann hervorbrachte. Schlaicher ging die Treppe hinauf in den ersten Stock. Dort gingen zwei Türen vom Treppenhaus ab. Bennert wohnte rechts, wie sein Namensschild anzeigte. Die Tür war angelehnt, aber von dem Mann war nichts zu sehen.

Schlaicher trat ein. Dichter Zigarettenrauch hing in der Wohnung. Ein Flur ging L-förmig nach rechts und geradeaus. Von vorne kamen Geräusche, also ging Schlaicher auf die angelehnte Riffelglastür zu.

»Moment«, rief die Männerstimme, aber Schlaicher öffnete bereits die Tür. Er sah noch, wie der Kerl einen Stapel Papier in das Schränkchen unter dem Fernseher stopfte und es verschloss.

»Guten Tag«, wiederholte Schlaicher. Die Wohnzimmereinrichtung wirkte billig, ebenso wie die wenigen Sachen, die er im Flur registriert hatte. Keines der Möbelstücke passte so richtig zum anderen. Eine blaue Couch und ein schwarzer, alter Ledersessel standen vor einem großen, niedrigen Tisch mit Marmorplatte, von der ein Stück abgesprungen war. Auf dem Tisch standen zwei Bierflaschen, eine halb leere Pizzaschachtel und ein übervoller Aschenbecher, aus dem bereits einige Kippen auf die ohnehin schmutzige kleine Ziertischdecke gefallen waren. Die Wände waren lange nicht mehr gestrichen worden, die Tapete vom Zigarettenqualm nach oben hin ganz vergilbt. Der Teppichboden wies ein paar Brandlöcher auf. Alles in dem Raum schien auf den Fernseher ausgerichtet zu sein, vor dem Bennert stand, als könne er das riesige Ding mit seinem dünnen Körper verdecken.

An Bennert selbst fiel Schlaicher zuerst der geierartig nach vorne geschobene Kopf auf. Eine lange gebogene Nase verstärkte das vogelartige Aussehen des Mannes. Er trug eine Jogginghose und einen verwaschenen schwarzen Pullover.

»So, da wäre ich«, sagte Schlaicher kühl.

»Ich, äh, ich habe gar niemanden erwartet. Entschuldigen Sie, wie es hier aussieht.«

»Ich habe Sie wohl gerade beim Aufräumen gestört?«, fragte Schlaicher gönnerhaft.

»Äh, jaja.«

»Na dann. Können wir uns irgendwo hinsetzen?«

Bennert schien nur ungern von seinem Fernseher zu weichen, ging aber doch, untertänig nickend und mit beiden Händen auf den Sessel weisend, zur Sitzgruppe.

»Entschuldigung«, sagte er und nahm die beiden Bierflaschen

weg, die er zu einer kleinen Gruppe weiterer Flaschen neben das Sofa stellte.

Schlaicher setzte sich.

»Wollen Sie etwas trinken? Ich habe allerdings nicht viel da.«

»Nein danke. Ich bin dienstlich hier.«

»Und ich hatte gedacht, ich kenne mittlerweile alle von der Arbeitsagentur«, bemerkte Bennert.

»Es gibt Anweisungen aus Nürnberg, ab sofort Überprüfungen in den Wohnungen von Leistungsempfängern durch außenstehende Dienstpersonen durchzuführen«, gab Schlaicher seinen Text zum Besten und fand selbst, sehr amtlich geklungen zu haben. Sein kühler Tonfall schien Bennert noch mehr einzuschüchtern. Dessen Kopf zuckte auf dem dürren Hals vor und zurück.

»Es geht um Ihre Leistungsansprüche«, fuhr Schlaicher fort. Wieder nur dieses Zucken, das wohl ein Nicken darstellen sollte.

»Uns ist zu Ohren gekommen, dass Sie regelmäßig einer beruflichen Nebentätigkeit nachgehen.«

Jetzt riss Bennert geschockt die Augen auf. »Aber nein, ich mach nichts, was ich nicht angebe.«

»Sie haben früher bei Arlington gearbeitet«, brachte Schlaicher das so ziemlich Einzige vor, was er über den Mann wusste. Sein »Wissen« war offenbar ausreichend, denn es verfehlte seine Wirkung nicht. Bennert nickte wieder zuckend und sagte dann: »Danach habe ich immer mal wieder kurze Lagerjobs gehabt, jetzt bin ich aber seit vier Jahren arbeitslos.«

»Aber Sie verdienen sich etwas dazu.«

»Ja, ich versuche ja, eine feste Stelle zu bekommen, und ich hab alles, was ich beim Schmid verdient habe, immer angegeben.«

»Was ist mit weiteren Nebenbeschäftigungen?«

»Sonst hab ich keine«, sagte Bennert fast weinerlich.

»Dann würde ich gerne wissen, wo Sie heute früh um zehn Uhr waren. Da habe ich hier geklingelt und keiner war da. Sie haben irgendwo gearbeitet, richtig?«

»Was? Nein!« Bennert wirkte empört.

Schlaicher hoffte, nicht zu weit gegangen zu sein. Außerdem tat es ihm ein wenig leid, diesen Mann so aufzuregen. Aber er musste einfach erfahren, was Bennert um zehn Uhr gemacht hatte.

»Und, wo waren Sie dann heute früh?«

»Ich weiß nicht, ob Sie das wirklich etwas angeht, aber ich war bei meiner Mutter. Ich gehe immer um die Zeit mit den Hunden raus.«

»Ah ja«, machte Schlaicher und gab sich undurchsichtig. Mütter waren zwar ein schwaches Alibi, aber das ließ sich jetzt gleich nachprüfen.

»Ich mache Ihnen einen Vorschlag, Herr Bennert«, sagte er kollegial. »Sie rufen jetzt Ihre Mutter an und sagen ihr, dass ich mit ihr sprechen möchte. Wenn alles seine Richtigkeit hat, dann spricht ja nichts dagegen, dass wir die Leistungen so belassen wie bisher.«

Bennert überlegte kurz, schien das aber als gute Lösung anzusehen. Er holte ein tragbares Telefon und tippte drei Ziffern ein.

»Muddi, doo isch e Maa vom Arbetsamt. De het e Frog an Dii«, sagte er in breitem Alemannisch. Dann reichte er den Hörer weiter.

»Scheich, guten Abend.«

»Noobe. Het dr Bueb öbbis ussg'fresse?«

»Nein, nein, keine Sorge Frau Bennert. Ich wollte nur wissen, ob Ihr Sohn heute schon einmal bei Ihnen war.«

»Jo sicher. Er chunnt doch immer, am Morge un am Oobe go mit em Hund laufe.«

»Vielen Dank, Frau Bennert. Sie haben uns sehr geholfen. Dann ist ja alles in Ordnung. Sicher ruft Ihr Sohn Sie gleich noch einmal an. Auf Wiederhören.«

Schlaicher legte auf. Er würde jetzt den Rückzug antreten. »Wir haben einen Hinweis bekommen, dass Sie morgens schwarz arbeiten. Aber mit den Hunden Ihrer Mutter rauszugehen, kann ja schwerlich verboten sein.«

»Wer hat das gesagt?«, fragte Bennert entsetzt, wirkte aber gleichzeitig erleichtert. Schlaicher stand auf.

»Das kann ich Ihnen nicht sagen. Ich werde dann mal gehen. Die Zahlungsanweisungen gehen wie gewohnt an Sie raus. Bitte entschuldigen Sie den Überfall«, sagte er und wandte sich zur Tür. Zwar war er sich sicher, dass Bennert mit den versteckten Papieren doch etwas verheimlichte, aber er war da, um herauszufinden, ob der Mann etwas mit Annas Verschwinden zu tun hatte. Nicht, ob er neben seinen Hartz-IV-Bezügen noch etwas am Arbeitsamt vorbei verdiente. Bennert sprang auf und begleitete ihn mehrfach buckelnd hinaus.

Im Auto dachte sich Schlaicher, dass er nach diesen drei Besuchen nicht viel klüger war als vorher. Bis auf Utzmann hatten alle ein Alibi für die Zeit des Erpresseranrufs. Und obwohl Utzmann ihm etwas unangenehm war, bedeutete das noch lange nicht, dass er bei seinem Besuch etwas erfahren hätte, das ihn verdächtig machte. Wieder musste er sich wehren gegen die Voreingenommenheit, die ihm Engels Misstrauen eingebrockt hatte.

Er ließ den Wagen an und wendete. Diesmal führte ihn sein Weg am Haus der Schmids vorbei. Ohne etwas Besonderes zu erwarten, fuhr er langsamer und sah, dass sich die Tür öffnete. Schmid kam heraus und ging zu seinem Wagen. Dann war Schlaicher auch schon vorbei. Er fuhr zwei Einfahrten weiter auf einen Hof und ließ die Fenster herunter. Gleich darauf hörte er einen Wagen starten und losfahren. Das Geräusch bewegte sich von Schlaicher weg. Wohin mochte Schmid unterwegs sein? Vielleicht zur Geldübergabe, die er irgendwie ohne das Wissen der Polizei arrangiert hatte? Schlaicher fuhr rückwärts aus der Einfahrt heraus und gab Gas, bis er vor sich den Mercedes nach rechts auf die Hauptstraße abbiegen sah. Dann folgte er unauffällig mit gehörigem Abstand. Den Wagen nicht aus den Augen zu verlieren, war nicht schwer. Schmid fuhr langsam genug.

Kurz vor Maulburg wollte Schmid auf die B 317 abbiegen und musste warten, um nach rechts fahren zu können. Schlaicher war gezwungen, ganz dicht auf Schmids Wagen aufzufahren, und hoffte nur, dass Annas Vater ihn nicht im Rückspiegel erkannte. Endlich ging es weiter. Ein Lkw ließ Schmid genug Platz, um abzubiegen. Für Schlaicher allerdings war die Lücke zu eng. Er wartete fluchend, bis acht Autos an ihm vorbei waren, dann nahm er erneut die Verfolgung auf. Allerdings konnte er den silberfarbenen Mercedes nicht mehr sehen. Der Vorsprung war zu groß. Aber das Glück schien auf seiner Seite zu sein. Denn noch vor der Abzweigung nach Maulburg beim Toyota-Glasturm sah er Schmids Wagen aus den Augenwinkeln. Er stand auf dem Waldparkplatz.

Ein eigenartiger Ort, um dort seine Zeit zu verbringen, während die Tochter in der Hand von Entführern ist, dachte Schlaicher. Er war bereits an dem Parkplatz vorbeigefahren, aber es gab noch einen anderen Weg. Schlaicher fuhr nach Maulburg und bog an dem großen Möbelgeschäft links ab. Dann wieder links, und dann auf der rechten Seite die kleine Unterführung unter der B 317 hindurch, die zu einem anderen Teil des Waldparkplatzes führte. Schlaicher musste wegen drei Spaziergängern langsam machen, die sich in der Unterführung über etwas in die Wolle bekommen zu haben schienen und erst Platz machten, als die Frau die beiden Männer zur Seite schob. Schließlich erreichte Schlaicher den halb vollen Parkplatz und stellte seinen Wagen ab. Etwas oberhalb lag der Teil des Waldparkplatzes, auf den Schmid gebogen war. Von ihm war jedoch nichts zu sehen.

Schlaicher stieg aus. Er war schon oft hier gewesen. Denn auch wenn er meist mit Dr. Watson am Friedhof hochspazierte, wo Anna verschwunden war, mochten sowohl Hund als auch Herrchen ab und zu etwas Abwechslung. Von hier aus startete er gerne seine Tour über den Scheinberg. Eine Brücke führte vom Parkplatz über das Flüsschen Wiese, dem man die Wärme des Mais schon deutlich anmerkte. Zum einen, weil es so wenig Wasser führte, dass die rund geschmirgelten Kiesel teils trocken lagen, zum anderen wegen der Gruppen von Jugendlichen und auch Erwachsenen, die sich auf den so entstandenen kleinen Inseln auf Handtüchern niedergelassen hatten.

Schlaicher schaute von der Brücke flussabwärts, aber er sah auch hier keinen einzelnen Mann. Am Ende der Brücke gabelte sich der Weg in vier Richtungen. Der kleinste, nur ein Pfad, führte zur Wiese, geradeaus ging es zu einem meist recht belebten Grill- und Spielplatz. Zwei andere Wege führten den Scheinberg hinauf und wurden deutlich seltener benutzt. Besonders der steile Weg, der bis ganz nach oben führte und auf dem ersten halben Kilometer so stark anstieg, dass sich die meisten Leute davon schnell abschrecken ließen. Schlaicher allerdings ging gerade deshalb ganz gerne da hoch, weil man so gut wie nie jemandem begegnete. Jetzt stand er an der Gabelung und überlegte. Der zweite Weg mit mäßiger Steigung ging lange geradeaus, bevor er um die Flanke des Berges führte und verschwand. Schmid konnte schon außer Sichtweite sein, genug Vorsprung hatte er gehabt.

Schlaicher entschied sich für den steilen Aufstieg. Nach der ersten Steigung hatte man eine gute Sicht auf die darunter liegenden Wege und somit auch auf die grillierenden Leute. So konnte er zwei Fliegen mit einer Klappe schlagen.

Schon nach einer Minute brach ihm der Schweiß aus, obwohl die Sonne bereits unterging. Er atmete schwer, kämpfte sich aber weiter hoch und um die nächste Kurve. Links unter ihm sah er jetzt den Spielplatz. Eine größere Familie hatte dort ihr Lager aufgeschlagen. Die Kinder liefen wild umher und stritten miteinander, was die Mutter immer wieder zu kurzen Ermahnungsrufen veranlasste. Der Vater kommentierte die Kletterkünste seiner Kinder am Gerüst auf dem kleinen Spielplatz, der vor allem durch eine Seilrutsche glänzte, an der gerade ein pickliger Junge surrend knapp über dem Boden entlang glitt.

Etwas abseits des Grillplatzes saßen drei Erwachsene auf einem quer liegenden Baumstamm. Schlaicher erkannte sofort Schmids große Gestalt. Dabei war der zweite Mann noch deutlich größer gewachsen. Sein bulliges Gesicht schaute sehr ernst drein. Die Frau zwischen den beiden Hünen wirkte nahezu winzig. Schlaicher vermutete aus der Entfernung, dass sie jünger sein musste als die Männer. Plötzlich drehte sie den Kopf in seine Richtung. Schlaicher ließ seinen Blick schnell weiterschweifen. Dabei versuchte er, möglichst atemlos zu wirken, eben wie jemand, der gerade den steilen Weg hochgegangen ist und nun einen Moment ausruht. Als er wieder zu der Frau schaute, hatte sie sich Schmid zugewandt und redete auf ihn ein. Der schien unter ihrem Wortschwall förmlich zu schrumpfen.

Schlaicher ging ein paar Meter weiter zu einem Busch, weil er sich dadurch eine bessere Deckung erhoffte. Konnten das die Entführer sein?, fragte er sich, als er hinter dem Strauch kauerte und zwischen den Ästen durchlugte. Dem Riesen würde er alles zutrauen. Aber wieso sollte Schmid bei einer Geldübergabe einfach so dasitzen? Und sich mit den beiden unterhalten, als kenne er sie? Schlaicher dachte nach. Würden zwei Bekannte, wenn sie Geld von Schmid erpressen wollten, das Risiko eingehen, seine Tochter zu entführen? Und mit professionell veränderter Stimme anrufen? Sicher nicht. Trotzdem stimmte etwas nicht. Handelte es sich etwa um so etwas wie Privatdetektive, die Schmid eingeschaltet hatte, um an der Polizei vorbei zu ermitteln? Er konnte ja nicht wissen, dass Schlaicher das im Auftrag des Kommissars bereits tat. Oder gab es vielleicht doch irgendeine ganz harmlose Erklärung für dieses Treffen?

Etwas tat sich da unten. Schmid hatte sich vom Baumstamm erhoben, und sofort war auch der Riese mit dem gewaltigen Gesicht aufgesprungen und neben ihn getreten. Die Frau blieb sitzen und sagte etwas. Was hätte Schlaicher darum gegeben zu erfahren, was da gerade besprochen wurde! Erst nach ein paar Sätzen stand auch die Frau auf, und Schlaicher registrierte überrascht ihre beeindruckend perfekte Figur. Mit Schmid in der Mitte gingen die drei vom Grillplatz weg, zurück in Richtung Parkplatz.

Schlaicher verließ seine Deckung. Was konnte er jetzt noch tun? Er war neugierig genug geworden, herausfinden zu wollen, wer die beiden Fremden waren, die aus der Entfernung so ungleich wirkten, dass er automatisch davon ausging, es nicht mit einem Liebespaar zu tun zu haben. Schlaicher wollte wenigstens sehen, mit welchem Wagen die beiden da waren, und ging langsam genug den Waldweg hinab, um ihnen an der Weggabelung nicht in die Arme zu laufen.

Als er unten ankam, sah er die drei gerade die andere Seite der Brücke verlassen. Die beiden Fremden gingen zu einem schwarzen BMW-Geländewagen, Schmid lief weiter zu seinem Wagen auf dem oberen Parkplatzabschnitt. Er wirkte geknickt. Als der BMW vom Parkplatz fuhr, merkte sich Schlaicher das Kennzeichen: HH EC 749. Ein Hamburger Wagen also. Er sagte sich das Kennzeichen ständig in Gedanken auf, bis er an seinem Auto war und sich die Nummer auf einem alten Parkticket notieren konnte. Dann beschloss er, sich jetzt erst einmal um seine eigenen Angelegenheiten zu kümmern.

»Ah, de Rainer«, rief Erwin Trefzer, als er Schlaicher aus dem Wagen steigen sah. Er trug eine Cordhose und ein kariertes Hemd und winkte freudig. Schlaicher wollte gerade über die Straße gehen, da war Trefzer schon bei ihm.

»Also, du wirsch Auge mache. Es isch e rechts Schätzli«, sagte Trefzer über beide Backen grinsend. Er hielt Schlaicher die Hand hin.

»Wo ist der Wagen?«, fragte dieser, während er Trefzer die Hand schüttelte.

»Wie du gsait hesch. In diinere Garrasch.«

Sie gingen nach hinten, während Trefzer detailliert berichtete, wie das Ausleihen des Wagens abgelaufen war. Als Schlaicher das Garagentor öffnete, staunte er nicht schlecht. Trefzer hatte es geschafft, das Monstrum so hineinzustellen, dass man keine der Türen mehr öffnen konnte. Im geschlossenen Zustand berührte das Tor das Heck des Transporters.

»Wie bist du rausgekommen?«, fragte Schlaicher.

»Ich haa usg'otmet«, antwortete Trefzer und lachte gleich. »Nai, ich bii hinte duure. Willsch emol iine?«

Schlaicher wollte. Trefzer hob den Schlüssel triumphierend in die Luft und wackelte damit vor Schlaichers Gesicht herum. Dann schloss er die Tür an der Rückseite des Gefährts auf und öffnete sie. Schlaichers Mund stand offen. So etwas hatte er noch nie gesehen.

»Ist für morgen alles klar?«, fragte Schlaicher Lars, als er nach oben kam.

»Ja, für morgen ist alles klar. Ich find's nur ziemlich scheiße, dass ich Sarah dafür belügen muss.«

»Ich habe dir doch gesagt, dass außer uns niemand etwas davon wissen darf. Es ist besser so.«

»Da machst du mal eine richtig coole Sache wie bei ›Ocean's Eleven‹, und ich kann noch nicht mal damit angeben.«

Schlaicher kannte den Film nicht, auf den sein Sohn anspielte.

»Was ist ›Ocean's Eleven‹?«

»Da müssen die auch immer unmögliche Einbrüche machen und so. Meinst du echt, dass alles klappt?«

Schlaicher überlegte. Tatsächlich war er sich gar nicht so sicher, ob sein Plan hinhauen würde. Einen Geldtransporter zu überfallen war eine ziemlich riskante Sache. Zudem war es sein erster größerer Raub, und auch wenn er sich zwei Monate lang das Hirn über jede mögliche Unvorhergesehenheit zermartert hatte, konnte trotzdem einfach etwas passieren, das den ganzen Plan zunichte machte. Trotzdem antwortete er seinem Sohn: »Ich denke schon, dass es klappt. Wenn wir uns genau an den Plan halten und nichts schiefgeht.«

»Ich finde das voll obercool«, sagte Lars mit einer jugendlichen Begeisterung, die Schlaicher momentan nicht teilen konnte. Gleich darauf lenkte Lars das Gespräch auf ein anderes Thema, das für Jungs in seinem Alter große Wichtigkeit besaß. »Was gibt's zu essen?«

Auf die Frage hatte Schlaicher keine Antwort.

»Ich bestell uns 'ne Pizza«, schlug Lars vor.

»Aber du hast doch erst heute Mittag Pizza gegessen«, gab Schlaicher zu Bedenken, der als guter Vater darauf achten musste, dass sein heranwachsender Sohn eine ausgewogene Ernährung erhielt. Gleichzeitig wusste er, dass Lars eine ganze Woche Pizza essen konnte, ohne sich unwohl zu fühlen.

»Ja und? Ich kann ja eine andere Sorte nehmen.«

»Okay. Mir aber keine. Ich bin heute Abend noch mit Martina verabredet.«

»Aber nicht zum Pizza essen, was?«, grinste Lars.

»Keine Ahnung, was sie vorhat. Sie hat gesagt, es wäre was typisch Alemannisches.«

»Da ist mir Italienisch lieber«, meinte Lars. Als er gerade nach dem Telefon griff, um sich sein Essen zu bestellen, klingelte es. Er reichte es an Schlaicher weiter. »Ich bestelle mit dem Handy.«

Lars verschwand in sein Zimmer, und Schlaicher meldete sich. »Hallo?«

»Und, haben Sie was?«, fragte Hanspeter Schlageter ohne jede Einleitung.

»Ich habe alle drei besucht und mit zweien selbst gesprochen. Bei Petzold war nur die Frau da, aber ihr Mann war heute früh bei ihr.«

»Vielleicht ist sie auch in die Sache verstrickt?«

»Ich glaube jedenfalls nicht, dass die drei etwas mit der Sache zu tun haben. Nur dieser Utzmann war mir unsympathisch, aber das waren Sie mir schließlich auch.«

»Dito. Vielen Dank, dass Sie wenigstens ›waren‹ gesagt haben.«

»Ich habe jetzt wirklich keine Zeit. Lassen Sie uns ein anderes Mal sprechen.« Schlaicher beendete das Gespräch so schnell, wie es angefangen hatte.

Lars hatte seine Pizza schon verschlungen, als Martina endlich kam. Schlaicher hatte sich geduscht und umgezogen. In der Wohnung unter dem Dach war es zwar noch erträglich, aber trotzdem warm genug, um ins Schwitzen zu kommen, obwohl die Balkontüren ständig offen standen.

»Wir müssen ein bisschen fahren«, sagte Martina und zog ihn an seiner Hand zur Tür. Schlaicher hätte sie am liebsten nicht losgelassen, aber das Grinsen seines Sohnes führte doch dazu, dass er sich losmachte und Dr. Watson zum Abschied kurz kraulte.

»Wir können ihn eigentlich mitnehmen«, sagte Martina.

»Wo gehen wir denn hin?«

»Ein ganz besonderer Ort, um etwas typisch Alemannisches zu essen. Und wir sind die Einzigen, die da sein werden.«

»Klingt ja richtig romantisch«, rief Lars.

»Dann können wir Dr. Watson wohl tatsächlich gebrauchen – als Anstandswauwau«, sagte Schlaicher.

»Sooo allein sind wir auch wieder nicht. Aber Watson freut sich bestimmt.«

Das tat er wirklich. Schlaicher konnte ihm kaum das Halsband anlegen, weil der Basset dermaßen herumsprang und Martina und ihn immer wieder mit der Nase anstupste.

Sie fuhren mit Schlaichers Wagen, Dr. Watson auf dem mit einer Decke ausgelegten Rücksitz, damit die Bassethaare sich nicht ins Polster bohren konnten, wo man sie nur mit größter Mühe wieder herausbekam.

»Wohin soll ich fahren?«, fragte Schlaicher neugierig.

»Es geht nach Wembach«, antwortete Martina lächelnd.

»Wembach? Das ist doch oben bei Schönau.«

»Richtig.«

Sie fuhren über die B 317, vorbei an Schopfheim, Zell und den viel kleineren Ortschaften des Oberen Wiesentals. Mit offenen Fenstern war die frühe Abendluft richtig angenehm, was offenbar auch Dr. Watson fand. Der saß direkt hinter Schlaicher und hielt den Kopf so in den Luftzug, dass seine schweren Ohren leicht flatterten.

Schlaicher wollte mehr über ihr Ziel herausbekommen, aber das Einzige, was Martina ihm verriet, war, dass ein Bekannter das Essen vorbereitet hätte. Schlaicher erwartete also, zu jemandem nach Hause zu fahren, aber als sie kurz vor Schönau links abbogen und Martina ihn an der Stirnseite eines wegen der dunklen Patina des Holzes uralt wirkenden Bauernhauses parken ließ, staunte er doch nicht schlecht. Ein weit überstehendes Dach, sehr kleinteilige Fenster, ein Balkon und ein großer Stapel gespaltenes Meterholz fielen zuerst ins Auge. Auf der Straßenseite gab es eine Treppe, die zu einem weiteren Balkon führte. Dort hinauf folgten Schlaicher und Dr. Watson Martina.

»Was ist das?«

»Der Segerhof, ein Bauernhausmuseum, in dem manchmal auch Leute wohnen«, erklärte Martina. »Aber das wird dir Ludwig genauer erklären. Sie klopfte an eine Holztür, und kurz darauf öffnete ein älterer Mann, der ein kurzärmliges, kariertes Hemd unter einer Lederweste trug. Beides wurde bedeckt von einer langen Schürze. Sein graues Haar hatte sich im Laufe der Zeit schon deutlich von der Stirn zurückgezogen.

»Hallo, Ludwig!«, rief Martina erfreut und gab dem Mann ein Küsschen auf die Wange. Der lächelte verlegen und reichte Schlaicher die Hand. Wie Schlaicher erwartet hatte, war der Händedruck nicht von schlechten Eltern. Ludwig sprach mit einem bayrischen Akzent, in den sich trotzdem etwas Alemannisch gemischt hatte. Schlaicher verstand ihn nur schwer.

Der Hausherr führte sie in das wirklich alte Bauernhaus und ging voran durch die offene Tür in die große Stube. Dort standen zwei Gläser und eine Schale mit Zwiebelstückchen, eine Flasche Most und eine Tube Senf auf dem Tisch.

»Setzt euch hin«, sagte Ludwig und ging einen Raum weiter.

Ein großer, grüner Kachelofen stand an der Seite, ansonsten war fast die gesamte Inneneinrichtung sowie die Wände aus Holz. Einzig die Decke war zwischen den schweren Balken weiß verputzt. Schlaicher setzte sich an einen der vorbereiteten Plätze.

»Ludwig ist ein Freund von meinem Vater«, erklärte Martina, die ihm gegenübersaß. Dr. Watson machte es sich unter dem Tisch bequem. »Sonst könnten wir heute nicht hier sein. Das Museum ist nämlich nur donnerstags geöffnet. Und was wir heute hier essen, gibt es sonst nur am Tag der offenen Tür.

»Ist er Koch?«, fragte Schlaicher, dessen Nase noch keine Gerüche ausmachen konnten, die auf Essen tippen ließen.

»Wir essen heute kalt«, lachte Martina und schenkte Schlaicher und sich von dem Most ein.

Als Ludwig wiederkam, trug er zwei große, runde Holzbretter. Die darauf liegenden Brotscheiben wurden in ihrer Dicke nur von der Schinkenscheibe übertroffen, die ungefähr so groß war wie zwei von Ludwigs Pranken. Auf jedem Brett lagen zudem noch ein Apfel, eine Gabel und ein sehr scharf aussehendes Messer.

»Ludwig macht den Schinken selbst«, sagte Martina, und der Mann grinste breit.

»Da, das ist ein Bauernbrot und ein schöner Speck.«

»Vielen Dank«, sagte Schlaicher, als Ludwig den riesigen Schinkenspeck vor ihn stellte. Dass er heute schon einmal Schinken gegessen hatte, sagte er nicht.

Und tatsächlich schmeckte es ihm auch beim zweiten Mal sehr gut. Zuerst hatte er Hemmungen, die großen Fettstücke in den Mund zu schieben, aber zusammen mit dem sauren Apfel und den scharfen Zwiebeln ergab sich ein Geschmack, der mehr als faszinierend war. Ludwig setzte sich mit einem eigenen Brett zu ihnen und gab dem bettelnden Dr. Watson ein kleines Stück ab.

»Wie machen Sie den Schinken?«, fragte Schlaicher.

»Zuerst wird er gebeizt, dann kommt er in den Rauch. Der da hängt seit Februar.«

»Haben Sie eine Räucherkammer?«

Ludwig lachte. »E ganze Speicher.«

Als sie fertig gegessen hatten, zeigte Ludwig Martina und Schlaicher die alte Küche, in der die Rückseite des großen Kachelofens zum Vorschein kam.

»Früher war in der Wohnung der Ofen in der Mitte«, erklärte er. »Da hat jeder Raum was davon gehabt.«

Über der Öffnung des Ofens war eine Wölbung von der Decke heruntergemauert.

»Der Rauch sammelt sich hier drin und zieht dann, wenn der Rauchfang voll ist, unter der Wölbung hoch. Damit bleibt er über Kopfhöhe.«

Er zeigte eine Stiege hoch, wo man im Dunkel ein paar gewaltige Schinken unterm Dach hängen sah. Ludwig kletterte hinauf und holte einen kleineren, der vom Rauch außen fast schwarz geworden war. Dr. Watson war kaum zu halten. Er hatte zwar schon während des Essens immer wieder etwas zugesteckt bekommen, aber dabei erst gemerkt, dass er mehr von dem Schinken wollte.

»Das ist meiner«, schimpfte Ludwig lachend und hob den an einem Stock befestigten Schinken aus der Reichweite des Bassets. »Der hängt schon viel länger als die meisten anderen da.«

Schlaicher war fasziniert. Eine richtige Schwarzwälder Schinkenvesper hatte er noch nie gegessen. Dabei noch gezeigt zu bekommen, wie der Schinken gemacht wurde, und zwar schon seit Hunderten von Jahren, faszinierte ihn noch mehr.

»Machen viele Leute noch ihren eigenen Schinken?«

Ludwig schüttelte den Kopf. »Hier herum sind wir die Einzigen«, sagte er. »Es gibt ja auch nicht mehr so viele so alte Häuser.«

Martina bedankte sich eine halbe Stunde später mit einer mitgebrachten Flasche Wein bei Ludwig, der sie zuvor noch durch das übrige Haus geführt und beständig davon geschwärmt hatte, wie früher noch gebaut wurde. Als sie sich, vollkommen satt und gut gelaunt, in den Wagen setzten – Ludwig war noch geblieben, um das Haus abzuschließen –, spürte Schlaicher die wohlige Wärme des Kirschwassers in seinem Magen nachwirken, das es nach dem

Essen gegeben hatte. Bei dem ganzen Fett hatte er den Schnaps aber auch wirklich zur Verdauung gebraucht.

»Ich wusste doch, dass dir so was gefällt«, sagte Martina zufrieden.

»Du hast mir eine riesige Freude gemacht«, bestätigte Schlaicher.

»Ich habe gedacht, dass dir ein bisschen Entspannung vor morgen ganz guttun würde.«

»Ich bin wirklich ein wenig nervös wegen des Überfalls. Wir haben so was noch nie gemacht.«

»Jetzt, wo du den alten Geldtransporter hast, ist das doch schon die halbe Miete. Schade nur, dass ich nicht dabei sein kann.«

»Du weißt doch, dass die Geldboten alle Männer sind.«

»Ja, aber nur am Telefon zu sitzen und auf einen Anruf zu warten, ist schlimmer, als mit reinzugehen.«

Schlaicher und Martina tranken heute keinen Alkohol mehr. Morgen den Überfall mit einem Kater durchzuziehen, würde die Sache nicht leichter machen. Schlaicher brachte Martina deshalb nach Hause und fuhr dann zurück nach Maulburg. Nach einem kurzen Verdauungsspaziergang mit Dr. Watson ging er heim und legte sich bald ins Bett. Er schlief schnell ein.

SIEBEN

Der Wecker klingelte um 6.53 Uhr. Schlaicher schlug auf das Gerät und erwischte sofort die Taste, die für Ruhe sorgte. Aber er wusste genau, in neun Minuten würde es wieder losgehen. Darauf hatte er keinen Nerv. Er rappelte sich auf, stellte den Alarm ab und zog sich an. Heute würde er ein wahres Meisterstück abliefern.

Dr. Watson zeigte sich erfreut, sein Herrchen schon so früh zu sehen. Er tapste zur Tür, um darauf hinzuweisen, dass er für den Spaziergang bereit war, aber Schlaicher sagte nur: »Nein, Watson. Lars geht gleich mit dir.« Er ging zu Lars' Tür und klopfte.

»Ja, ich komme gleich«, rief Lars wesentlich munterer als sonst um die Zeit. Schlaicher war sich nicht ganz sicher gewesen, ob es gut war, seinen Sohn in dieser Sache mitmischen zu lassen, aber er hatte einfach noch einen Mann gebraucht, der nichts anderes zu tun hatte, als ihm die Zeit anzusagen. Absolut risikolos. Also hatte er Lars gefragt und ihm das Versprechen abgenommen, nicht einmal seiner Freundin etwas davon zu verraten. Heute würde Lars sich in der Schule krankmelden und dafür von ihm lernen, wie man einen Geldtransport überfiel. Ein schöner Vater bin ich, dachte Schlaicher und ging grinsend ins Bad.

Um halb acht hatte Schlaicher seine To-do-Liste vor sich liegen. Ein ganzes Blatt Papier voller kleiner Erinnerungen, was er prüfen, bedenken und kontrollieren musste. Als Erstes stand da Martinas Name. Er trank noch einen Schluck Kaffee und wollte gerade nach dem Telefon greifen, als es zu klingeln begann.

»Schlaicher?«

»Ich bin's.«

»Martina! Schön, dass du anrufst …«

»Alles klar. Ich bin bereit und habe meine Liste vorliegen. Sollen wir die Zeiten noch mal durchgehen?«

Am Ende der Liste machten sie einen Uhrenvergleich, bei dem

Martina ihre Uhr fast eine ganze Minute zurückstellen musste. Hätten sie das vergessen, hätte das zur Katastrophe führen können.

Die zweite Uhrenkontrolle stand gleich bei seinem nächsten Anruf an. Harry Mbene war sofort am Telefon. Er freute sich sehr, Schlaicher zu hören und versicherte ihm, dass er sich alles ganz genau gemerkt habe. Schlaicher besprach trotzdem noch einmal den Plan mit ihm und stellte beruhigt fest, dass er sich auf Harry verlassen konnte.

»Vielen Dank, dass du mir hilfst«, sagte er am Ende des Telefonats.

»Ey Mann, es ist kein Problem. Du mir haben das Leben gerettet. Also ist das die Mindeste, was ich kann tun für meine Freund.«

»Und du bist dir wirklich sicher, dass dein Chef nichts von der Sache mitbekommt?«

Eigentlich war ihm das das Wichtigste. Harry Mbene hatte immerhin auch Schlaicher das Leben gerettet, als der vor drei Monaten im gleichen Keller umgebracht werden sollte, in dem Harry schon länger ein düsteres Dasein fristete. Schlageter war es zu verdanken, dass Harry in Deutschland bleiben durfte und sogar einen Job bekommen hatte. Das durfte er nicht für einen Gefallen riskieren, den er einem Freund schuldete. Wenn sein Chef von der Sache Wind bekäme, würde er Harry hochkant rausschmeißen. Und ob ein Gericht die ganze Sache als hundertprozentig legal ansehen würde, wusste Schlaicher nicht mit Sicherheit. Aber die Hilfe des Schwarzen war notwendig, um den Geldtransporter zu knacken.

»Hey, sei nicht afraid. Mein Boss wird nicht mitbekommen.«

»Vielen Dank, Harry«, sagte Schlaicher, und sie beendeten das Gespräch.

Während Lars mit Dr. Watson draußen war, ging Schlaicher rüber zu seinem Nachbarn. Erwin Trefzer war gerade dabei, einen großen Karton auszupacken. Darin waren eine ganze Menge eigenartiger Plastikröhren, die Trefzer auf den gleichen Tisch legte, auf dem bereits ein paar Pflanzschalen standen, in denen erste winzige Blättchen sprossen.

»Was hast du denn da?«, fragte Schlaicher, obwohl er wusste, dass Trefzer das sowieso gleich erklären würde.

»Guet, dass de frogsch«, sagte der. »Das isch's Neuschdi ussem Gärtnerbereich. Dr Pikator 2000 plus.«

Schlaicher hatte gedacht, dass die Zeiten vorbei seien, in denen es genügte, eine 2000 hinter den Namen des Produktes zu setzen, um zu signalisieren, dass es modern war. In den Neunzigern hatte es alles in der Version 2000 gegeben. Er erinnerte sich sogar an einen Dönerladen in Frankfurts Bahnhofsviertel, der Döner 2000 geheißen hatte. Jetzt war es also 2000 plus. Na schön. »Und, was kann der?«, fragte er.

»He, Sprössling pikiere«, antwortete Trefzer, der sich extra eine Gärtnerschürze umgebunden hatte.

»Und was ist pikieren?«, wollte Schlaicher wissen.

Jetzt sah sein Nachbar pikiert aus. »He, gopfridschdutz, weisch du das nit? D'Setzlig miän doch in größeri Töpf. Waart emol, ich zeig dr's.«

Er fummelte eine der Plastikröhren mit einem spritzenähnlichen Griff aus der knisternden Folie und drückte ein paarmal auf das obere, bewegliche Teil. Jedes Mal, wenn er es hinunterdrückte, kam unten etwas Luft aus der Röhre, die etwa so dick wie ein Daumen war. »Eine kleine Pumpe?«, tippte Schlaicher.

Ohne etwas zu erklären, schob Trefzer den Pikator 2000 plus über einen der Setzlinge und drückte ihn um die Pflanze herum bis auf den Boden des Setzkastens. Dann zog er ihn samt Pflänzchen und Erde in dem Röhrchen wieder heraus. Mit dem Zeigefinger seiner linken Hand bohrte er ein Loch in eine zweite Schale und drückte dann das Gerät da hinein. Er pumpte leicht und zog gleichzeitig das Rohr hoch. Das Pflänzchen war umgesetzt.

»So eifach goht das«, sagte er triumphierend. »Das werde mir d'Gärtner alli us de Händ risse. Wotsch eins? Für dich achtzeh Euro.«

»Du weißt ganz genau, warum ich hier bin. Wo ist das Schild?«

»Ah ja, das Schild willsch du aaluege. No chumm.«

Schlaicher folgte Trefzer in eine der improvisierten Umkleidekabinen, die manchmal benutzt wurden, wenn Trefzer Kleidung zu verkaufen hatte. Da dies momentan nicht der Fall war, hatte er sie zu kleinen Lagerräumen umfunktioniert. In einer davon stand neben mehreren Kisten ein mehr als zwei Meter langes gelbes Straßenschild. »Umleitung« stand in großen, schwarzen Lettern darauf.

»Ich hatte echt Sorge, dass das nicht klappen würde«, sagte Schlaicher erleichtert.

»He, wenn i dr saag, dass es klappt, dann klappt's au. Du chennsch mi doch.«

Schlaicher sagte darauf nichts. Stattdessen machte er auch mit Trefzer einen Uhrenvergleich. »Wir treffen uns um zwölf«, sagte er eindringlich. »Bis dahin solltest du alles fertig haben.«

»Un mit em Pikator 2000 plus haa'n i au noo die ganze Setzlig um'pflanzt bis vorig. Willsch nit doch eine kaufe? Du profitiersch am End, wil du diini Pflänzli selber ziäh chaasch.«

»Ich habe noch nicht einmal einen Garten«, gab Schlaicher im Gehen zurück.

»Aber e Balkon!«, rief Trefzer ihm nach.

Schlaicher konnte es kaum glauben. Er hatte es geschafft, aus der Scheune seines Nachbarn zu kommen, ohne etwas zu kaufen. Vielleicht war das ein Zeichen, dass auch Trefzer nervös war. Schlaicher jedenfalls schlotterten die Knie.

Als er auf die Straße trat, hielt gerade ein Wagen mit Stuttgarter Kennzeichen vor seinem Haus an. Zwei Männer mit dunklen Anzügen stiegen aus. Der Jüngere nickte Schlaicher kurz zu, als der über die Straße ging. Der zweite, ein schmaler, drahtiger Mann um die vierzig, war bereits auf dem Weg zur Tür und verriegelte dabei per Knopfdruck den Wagen.

»Guten Morgen«, sagte Schlaicher zu den beiden. Der Ältere hatte gerade auf seinen Klingelknopf gedrückt. »Sie wollen zu mir?« Er versuchte, so überrascht wie möglich zu klingen.

»Rainer Maria Schlaicher?«, fragte der Ältere.

»Ja. Und Sie?«

»Mein Name ist Alexander von Malewski. Das ist mein Kollege Martin Bechleitner. Wir sind von der Kriminalpolizei, vom LKA. Dürfen wir mit hineinkommen? Wir haben ein paar Fragen an Sie.«

Schlaicher war mittlerweile Besuch von der Kriminalpolizei gewohnt. Bisher war es aber immer Schlageter und manchmal sein Assistent Hellbach gewesen, die beide bei Weitem keine solche Bedrohlichkeit ausstrahlten wie von Malewski und sein schweigsamer Kollege. Schlaicher hatte sie in die Küche geführt und schon auf dem Weg dorthin bemerkt, wie die beiden seine Wohnung abscannten.

»Kann ich Ihnen etwas anbieten?«

»Nein danke. Wir lassen Sie auch gleich wieder in Ruhe. Es geht um das verschwundene Mädchen, Anna Schmid. Ihr Freund Jonas hat gesagt, dass er als Erstes hier bei Ihnen war.«

Schlaicher nickte und goss sich ein Glas Leitungswasser ein.

»Erzählen Sie uns, was passiert ist«, forderte von Malewski ihn auf. Eines seiner Augen war grün, das andere hellblau. Schlaicher fühlte sich von seinem Blick regelrecht durchleuchtet.

»Ich glaube, ich kann Ihnen da nicht sehr viel weiterhelfen«, sagte er bedauernd.

»Das lassen Sie unsere Sorge sein«, fiel ihm von Malewski ungerührt ins Wort.

Schlaicher trank einen Schluck und hatte das Gefühl, dass allein dies ihn in den Augen des LKA-Mannes verdächtig machte.

»Na ja, Jonas ist ein Freund meines Sohnes. Er kam hierher, um das Mädchen anzurufen. Er hat sie aber nicht erreicht, und ich bin mit ihm hochgefahren, um nach ihr zu suchen.«

»Sie hatten Ihren Hund dabei«, bemerkte von Malewski, als wolle er zeigen, dass es keinen Sinn machte, irgendeine Einzelheit zu verschweigen.

»Ja.« Dr. Watson saß vor der Treppe und schaute ihnen interessiert zu.

»Wir sind hochgefahren und haben nach ihr gesucht. Dann hat Dr. Watson in den Wald runtergezogen und da ein Butterbrot gefunden. Jonas hat gesagt, dass er Anna so eines gemacht hat.«

»Leider ist diese Spur verschwunden«, sagte von Malewski und klang verärgert.

»Das tut mir leid, er hat es einfach runtergeschlungen. Aus dem, was übrig geblieben ist, hätte wahrscheinlich niemand mehr einen Hinweis holen können.«

»Das war alles?«

Kommissar Schlageter hätte ihn auf diese Situation vorbereiten sollen, damit ihre Aussagen keine Widersprüche aufwerfen konnten. Schlaicher beschloss, die Wahrheit zu sagen.

»Ich habe Kommissar Schlageter angerufen«, sagte er, und es klang wie eine Entschuldigung. Wofür, wusste er allerdings selbst nicht.

»Sie sind mit ihm befreundet?«

»Befreundet kann man das wirklich nicht nennen«, sagte Schlaicher schnell. »Wir kennen uns.«

»Sie haben sich schon zweimal in polizeiliche Ermittlungen eingeschaltet.«

»Kann man auch nicht sagen. Ich bin eher so reingerutscht.«

»Reingerutscht. Also sind Sie auch in Annas Zimmer ›gerutscht‹ und haben an ihrem Computer herumgefummelt?« Von Malewskis Stimme war jetzt eiskalt. Schlaicher fühlte sich in die Ecke getrieben.

»Ja, kann man so sagen«, brachte er hervor, aber er merkte dem Klang seiner Stimme an, dass er mindestens so ängstlich klang, wie er sich gerade fühlte.

»Bitte verstehen Sie uns nicht falsch«, sagte jetzt der andere. Schlaicher hatte seinen Namen vergessen. Er war sehr ruhig und freundlich. »Niemand hat vor, Ihnen einen Strick aus der Sache zu drehen. Sie müssen verstehen, dass wir nur versuchen, uns einen Reim darauf zu machen.«

»Äh, ja.«

Von Malewski hatte sich zurückgelehnt und schaute genervt an die Decke. Schlaicher war sich sicher, dass das zum Spiel gehörte. Wie nannte man es? Guter Bulle, schlechter Bulle? Obwohl er wusste, was die beiden spielten, konnte er sich dem nicht entziehen. Er wollte nicht, dass von Malewski sich wieder einschaltete. Er wollte mit dem netten Mann reden.

»Kommissar Schlageter war der Überzeugung, dass es sehr wichtig sei, sofort nachzuschauen. Er hat mich gebeten, ihn zu begleiten.«

Der jüngere Mann lächelte gütig.

»Allerdings haben wir nichts gefunden.«

»Sie kennen sich wirklich gut mit Computern aus.« Jetzt lobte er ihn auch noch.

»Nein, nicht wirklich.«

»Was haben Sie gefunden?«, herrschte ihn jetzt wieder von Malewski wieder an.

»Nichts, nur Fotos von dem Mädchen. Ich habe noch versucht, etwas in den Internetdaten zu finden, aber die waren alle gelöscht. Dann kam ihr Vater wieder rein und hat gesagt, dass sie entführt wurde.« Schlaicher fürchtete, dass seine leichtfertige Aussage dem Kommissar schaden würden. Darum fügte er hinzu: »Und Schlageter hat mich dann zurückgefahren. Das ist alles, was ich weiß.«

»Warum haben Sie sich nicht bei uns gemeldet?«, fragte von Malewskis kalte Stimme.

»Ich dachte, ich meine, Sie arbeiten doch mit dem Kommissar zusammen.«

»Der ist ab sofort von diesem Fall abgezogen«, sagte von Malewski zu dem anderen, der nur nickte.

»Oh«, war alles, was Schlaicher hervorbrachte.

Von Malewski und Bechleitner wollten noch mit Lars sprechen, aber da der nicht da war, hinterließen sie eine Karte mit einer Handynummer, die Lars anrufen sollte. Als die beiden Polizisten gegangen waren, nahm sich Schlaicher ein Gläschen von dem Schlehenfeuer, das Trefzer und Frau Biatini fast zur Hälfte geleert hatten. Als er einige Zeit dagesessen und überlegt hatte, wie diese Geschichte wohl weitergehen sollte, spürte er einen Druck auf der Blase. Auf dem Weg zur Toilette sah er, dass der Anrufbeantworter blinkte. Schlaicher stellte ihn auf volle Lautstärke und ließ das Band laufen, während er auf Toilette ging.

»Was ist denn los, Schlaicher? Entweder ist bei Ihnen besetzt, oder sie sind nicht da!« Die Stimme auf dem Anrufbeantworter gehörte Kommissar Schlageter. Ohne mehr zu sagen, hatte er aufgelegt. Schlaicher ging zum Telefon und wählte seine Nummer.

»Ah, endlich«, meldete sich der Kommissar.

»Was gibt es? Ich habe Ihnen doch gesagt, dass ich heute auf gar keinen Fall kann.«

»Jetzt haben Sie sich nicht so, Schlaicher.« Dass Schlageter freundlich klang, machte Schlaicher nur vorsichtiger.

»Ich hatte eben Besuch von von Malewski«, sagte er.

»Dieser blöde, krumme Hund!«, schimpfte Schlageter. »Er hat mich vom Fall abziehen lassen.«

»Das hat er schon gesagt. Wie konnte er das machen?«

Schlageter grummelte. »Sagen wir, er war wütend, dass ich Sie mit in das Zimmer von dem Mädchen genommen habe.«

»Hat das für Sie weitere Auswirkungen?«

»Höchstens, dass ich mich jetzt um diese blöde Einbruchsserie kümmern darf, die ich eigentlich an Hellbach abgegeben hatte. Und dass ich jetzt von Informationen über Annas Fall ziemlich abgeschottet bin. Umso mehr brauche ich Sie!«

»Wieso sind Sie so versessen darauf?«

»Vielleicht habe ich etwas gutzumachen. Außerdem kann ich diesen inkompetenten von Malewski nicht leiden.«

»Woher kennen Sie den überhaupt?«

»Ach, lassen wir das. Es gibt Wichtigeres.«

»Ich finde das nicht unwichtig.«

»Sagen wir es mal so. Wir haben mal zusammen gearbeitet. Ich kenne den Kerl einfach. Jetzt aber zu etwas anderem: Das Letzte, was ich noch mitbekommen habe war, dass es einen neuen Anruf von den Entführern gab. Sie haben gedroht, Anna umzubringen, wenn die Polizei nicht abzieht.«

ACHT

Schlaicher gewöhnte sich recht schnell an das schwere, gepanzerte Fahrzeug. Nachdem er beim Rangieren in der Garage und auf dem Hof zweimal beinahe hängen geblieben war, fuhr sich der Wagen jetzt sehr gut.

Martina und er hatten die vergangenen beiden Monate viel Zeit damit verbracht, die Routen und Fahrpläne der echten Geldboten auszubaldowern. Und bald war Schlaicher klar geworden, dass er die Ankunft ihres Wagens in Schopfheim lange genug verzögern konnte, wenn er die Himmelreichstraße absperren würde. Die echten Geldboten waren vorher in Fahrnau und nahmen die Himmelreichstraße, um zum Kreisel in der Nähe des Gymnasiums zu kommen. Sie hatten ihre Zeiten so gelegt, dass sie immer bei offener Schranke über den Bahnübergang beim Bahnhof fahren konnten, doch das wollte Schlaicher ihnen durch einen kleinen Umweg vermiesen.

»Okay. Jetzt geht's los«, sagte er zu Lars, der mit einem falschen Oberlippenbart aus Schlaichers Verkleidungsfundus neben ihm saß. Schlaicher hatte kurzzeitig bereut, Eva Biatini für heute bestellt zu haben, denn während sie in der Wohnung aufräumte und sich vor allem um Dr. Watson kümmerte, hatte sie einige der Vorbereitungen natürlich mitbekommen und verwunderte Fragen gestellt. Schlaicher dagegen hatte keine Zeit gefunden, sie über Utzmann zu befragen. Hätte er sich eigentlich denken können.

Lars und er trugen graue Uniformen, Schlaicher hatte außerdem eine Straßenarbeiterjacke in Orange mit reflektierenden Streifen an. Auf den Oberarmen der Uniformen hatten sie Klebelogos angebracht. Als Lars nicht antwortete, fragte Schlaicher: »Und, bist du aufgeregt?«

»Nicht halb so viel wie du«, sagte Lars, aber sein Trommeln auf dem Armaturenbrett zeigte Schlaicher, dass es für ihn mindestens genauso spannend sein musste. Schlaicher fuhr an der

Einfahrt eines Hauses vorbei und setzte rückwärts zurück, sodass der Wagen von der Kreuzung zur Feldbergstraße nicht mehr zu sehen war.

»Gut, du wartest«, sagte er und stieg aus. Lars verzog das Gesicht, weil er natürlich längst wusste, dass er an diesem Punkt des Planes im Wagen zu bleiben hatte.

Mit einem Blick auf die Armbanduhr ging Schlaicher zur Kreuzung. 15.03 Uhr. Um 15.30 Uhr musste die Aktion komplett über die Bühne gegangen sein. Trefzer war noch nicht da. Dabei hatte Schlaicher seinem Nachbarn eingebläut, dass die Zeitangaben keine Circa-Werte waren, sondern minutengenau eingehalten werden mussten. Jetzt konnte er nur hoffen, dass sich der Alemanne daran halten würde. In diesem Moment kam ein dunkler Wagen mit Schweizer Kennzeichen die Himmelreichstraße entlanggefahren und stoppte neben Schlaicher.

»Äggsgüüsi«, sagte der Fahrer, ein alter Herr mit Hut. »Chönnten Sie mir einen Gefallen tuen?«

»Tut mir leid. Ich habe zu tun«, sagte Schlaicher und schaute wieder in Richtung des Kreisels, von wo Trefzer kommen sollte.

»Es handelt sich um Folgendes«, sagte der Mann in dem, was Nordwestschweizer als Hochdeutsch ansahen. Er sprach sehr langsam. »Ich bin einen weiten Weg gefahren, um hier in Schopfheim eine Bekannte zu treffen.«

»Ja, und?« Warum sagte der Alte ihm das?

»Nun ist es so, dass diese Bekannte ihren Wohnsitz in einer Straße namens ›Mattenleestraße‹ hat. Leider ist mir der Weg zu dieser Destination unklar.«

»Ich kenne die Straße auch nicht«, sagte Schlaicher genervt und log damit nicht einmal.

»Man hat mir zuvor nämlich versichert, dass die Richtung, die ich eingeschlagen habe, richtig sei. Ich dachte, von Ihnen vielleicht eine Bestätigung oder eine Korrektur der Fahrtrichtung …«

»Hören Sie. Ich bin beschäftigt und weiß den Weg auch nicht. Fahren Sie einfach weiter!« Schlaicher war lauter geworden als beabsichtigt, denn er hatte endlich den orangefarbenen Pritschenwagen im Kreisel gesichtet.

»Ich bitte Sie, das ist doch sicherlich kein Grund, mir gegenüber unfreundliche Töne anschlagen zu wollen. Es hätte doch auch genügt ...«

Schlaicher kehrte dem Wagen und seinem schwatzenden Insassen einfach den Rücken und ging auf den sich langsam nähernden Pritschenwagen zu. Er bedeutete Trefzer hektisch winkend, sich etwas zu beeilen. Der Schweizer hatte wohl endlich genug und fuhr weiter, wobei er Trefzers Geschwindigkeit noch unterbot.

Trefzer bog rechts in die Feldbergstraße, hielt kurz hinter der Kreuzung und kletterte aus dem Führerhaus. Er trug die gleiche orangefarbene Sicherheitsjacke wie Schlaicher, sie war ihm allerdings ein bisschen zu eng.

»Und, bi'n ich nit superpünktlich?«, fragte er stolz.

Schlaicher nickte wortlos und wischte die feuchten Handflächen an seiner Uniformhose ab, ohne dass sie sich danach trockener angefühlt hätten.

»No wämmer mol«, sagte Trefzer unbekümmert und öffnete die hintere Ladeklappe des Wagens. Sie nahmen jeder einen der Betonklötze heraus und trugen ihn auf die Kreuzung. Dann holten sie gemeinsam das bereits auf Metallstangen vormontierte Schild von der Ladefläche und steckten es in die Betonklötze.

Die Fahrerin des nächsten Wagens, aus dessen Richtung sich später auch der Geldtransporter nähern würde, schaute zwar etwas zweifelnd, aber sie hielt sich an das amtliche Schild und fuhr ab in Richtung Fahrnau. Wenn sie allerdings hoffte, dort die Umleitung weiter ausgeschildert zu finden, würde sie enttäuscht sein.

Trefzer lachte.

»Nicht so auffällig«, beschwor ihn Schlaicher, aber Trefzer sagte nur: »Wieso? Die Kerli vom Bauhof mache doch auch emol e Spaß.«

Darauf hatte Schlaicher nichts zu entgegnen. Er schaute wieder auf die Uhr. 15.07 Uhr. Sie waren eine Minute schneller als geplant.

»Ich fahre jetzt. Du baust dann gleich das Schild wieder ab, und wir sehen uns um halb vier«, sagte Schlaicher und ging mit großen Schritten zurück zu seinem Wagen. »Schiller Sicherheitstransporte« stand auf den Seiten des fensterlosen Aufbaus. Durch die schmale Windschutzscheibe konnte er Lars sehen, der vornübergebeugt zu ihm schaute.

Schlaicher befreite sich von der zu warmen Jacke und warf sie Lars zu, bevor er einstieg. Der verstaute sie unter seinem Sitz. 15.09 zeigte die Uhr im Wagen. Schlaicher drehte den Zündschlüssel, und mit kurzem Stottern erwachte der Motor zum Leben.

Schlaicher gab Gas. Er blieb auf dieser Seite der Bahnlinie und wählte den Weg durch die Innenstadt. Um 15.11 Uhr klingelte sein Handy ein Mal. Das Zeichen, dass der Geldtransporter gerade in Fahrnau, an Martinas Standort, losgefahren war.

»Verdammt, macht euch vom Acker!«, fluchte Schlaicher, als er wegen einer Gruppe Jugendlicher zum Bremsen gezwungen wurde. Die gingen betont langsam und lässig quer über die Straße.

»Wie spät?«, fragte er.

Lars starrte auf seine Uhr: »Jetzt gleich fünfzehn Uhr zwölf. In drei, zwei, eins.«

Schlaicher bemühte sich, nicht allzu sehr aufs Gas zu treten. Er hatte noch drei Minuten Zeit, um zu dem Supermarkt zu kommen. Zu früh durfte er auch nicht da sein, sonst würden die Leute im Markt womöglich noch Verdacht schöpfen. Das Handy klingelte erneut, diesmal als Zeichen von Trefzer, dass der echte Geldtransporter auch seine Position passiert hatte. Die »Kollegen« fuhren jetzt also gerade die Umleitung in Richtung Fahrnau. Trefzer würde gleich damit anfangen, das Schild wieder abzubauen.

Endlich erreichten sie den Supermarkt. Lars sagte gerade fünfzehn Uhr, fünfzehn Minuten und vierzig Sekunden an. Noch eine Viertelstunde, dann war alles vorbei.

»Jetzt vermassel es nicht«, meinte Lars, was Schlaicher mit einem vernichtenden Blick kommentierte. Erst als er an Lars' Lächeln sah, dass es sich wohl nur um einen Scherz gehandelt hatte, löste sich auch etwas von seiner Anspannung. »Drück mir die Daumen«, sagte er und stieg aus dem Transporter, den er direkt vor dem Eingang abgestellt hatte.

»Jetzt hättest du es beinahe doch vermasselt«, feixte Lars und reichte ihm den tragbaren Computer, den auch Mitarbeiter von Paketdiensten benutzten. Schlaicher nahm das Gerät kommentarlos entgegen und warf die Tür zu. Er ging nach hinten und schloss die Sicherheitstür auf. Einkaufswagen wurden an ihm vorbeigeschoben, ein kleines Kind plärrte, auf dem Parkplatz versuchten ein paar Autos ebenfalls direkt am Eingang ihr Glück, mussten dann aber wieder wegfahren, weil es da gerade keine freien Parkplätze mehr gab. Schlaicher fummelte kurz im komplett leeren Inneren des Wagens herum, ohne wirklich etwas zu machen. Der Alarm seiner Uhr ging los. 15.16 Uhr bedeutete das. Schlaicher drückte den Alarm aus und schloss die Tür sorgsam mit dem achtkantigen Schlüssel ab. Als er auf die automatische Schiebetür des Marktes zuging, spürte er das volle Lampenfieber. Und zwar viel stärker, als er das von normalen Diebestouren her kannte. »Einmal eins ist eins, zweimal eins ist zwei, dreimal eins ist drei ...«, sagte er in Gedanken auf und hoffte, dass diese kleine Litanei ihn von seinem Lampenfieber ablenken würde. Aber diesmal wollte es nicht wirklich helfen.

Im glänzenden Steinfußboden spiegelte sich der Bäckereistand. Ein paar Leute standen dort an und ließen sich Brote und Gebäck in Tüten verpacken. Zwei ältere Damen spazierten mit je einer kleinen Plastiktüte an Schlaicher vorbei in Richtung Ausgang. »Ma chönnt sich nüt as förchte bi so viel Verbreche!«, schimpfte die eine.

Schlaicher ging weiter. Er hatte nur sein Ziel vor Augen: einen unscheinbaren Durchgang hinter dem Informationsstand, an dem eine einzelne Mitarbeiterin saß und Rubbellose und Zigaretten verkaufte. Sie schaute gelangweilt hoch.

»Guten Tag, Schiller Sicherheitstransporte«, sagte Schlaicher. Die Frau winkte ihn vorbei und schaute gleich wieder auf ihre langen, pink lackierten Fingernägel.

Bevor Schlaicher noch nervöser werden konnte, ging er an ihr vorbei und trat durch die Öffnung, die in einen grau gestrichenen Flur mit mehreren Metalltüren führte. Schlaicher ging zur ersten, aber weder an der Tür noch an der Wand daneben gab es einen Hinweis, was sich dahinter verstecken könnte. Er ging zur Tür auf der anderen Seite und fand das gleiche Bild vor. Erst die dritte Tür war etwas anders. Denn während die beiden anderen normale Türgriffe hatten, gab es hier nur einen unbeweglichen Knauf. Schlaicher sah keine Klingel, darum klopfte er vorsichtig an. Wenn es ein spezielles Klopfzeichen gab, dann konnte es sein, dass er schon verloren hatte.

Es dauerte nur ein paar Sekunden, bis sich die Tür einen Spalt öffnete. Sie war mit zwei dicken Ketten gegen Aufstoßen gesichert. Jemand starrte durch den engen Spalt heraus.

»Hallo«, sagte Schlaicher. Keine Reaktion.

»Schiller Sicherheitsdienst?«, setzte Schlaicher mit fragendem Ton nach.

»Ja klar. Du bisch neu, nit?« Die Tür öffnete sich etwas weiter und brachte einen jungen Mann mit feistem Gesicht zum Vorschein. Das Fett an Wangen und Doppelkinn waberte beim Sprechen. Am überraschendsten aber war seine Stimme, die wie die einer Frau klang. Am Telefon hätte Schlaicher vielleicht versucht, mit ihm zu flirten. Dieser Gedanke und die Unmengen von Adrenalin, die durch seinen Körper schossen, bewirkten, dass Schlaicher sich innerlich schüttelte. Äußerlich ruhig antwortete er: »Ja, doch, also, ich bin neu. Zum ersten Mal auf der Tour. Aber ich komme jetzt öfter.«

Schlaicher war so oft durchgegangen, was er sagen wollte, wenn er erst einmal in dieser Situation sein würde, aber jetzt kamen die Worte ungeordnet und stockend hervor. Dennoch griff der Dicke nach den Befestigungen der Ketten und löste sie.

»Dii ha'n i aber nit uff dr Lischte«, trällerte es aus der massigen Kehle des Mannes, der Schlaicher jetzt die Tür öffnete, sodass dieser die wahren Dimensionen dieses Fleischberges von Mann erkennen konnte. Er war nicht einfach fett, sondern fett auf die amerikanische Art. Er war von solchen Dimensionen, dass Schlaicher sich sicher war, dass es für ihn keine fertige Kleidung zu kaufen gab. Schlaicher hatte das Bild von Menschen vor seinem inneren Auge, die einen Baumstamm mit ihren Armen umfassten. Zwei erwachsene Männer würden, wenn sie sich anstrengten, vielleicht gerade ihre Fingerspitzen aneinander bekommen, wenn sie diesen Klops umfassen wollten.

»Schiller hat gesagt, dass er alle anrufen würde«, erwiderte Schlaicher mit gespieltem Unverständnis. Dass es tatsächlich Aufstellungen von Mitarbeitern gab, die den Kunden vorlagen, war ihm natürlich bekannt, ebenso, dass er auf keiner davon zu finden war.

»Hejoo, das kriege mir scho hii, nit?« Der Mann drehte sich um und ging zu einem stählernen Schreibtisch, der auf einer Seite des fensterlosen Raumes stand. Dahinter wartete kein Bürostuhl, sondern ein gewaltiger hellblauer Sitzball.

Hinter dem Sitzball stand ein großer Tresorschrank. Ein zweiter war links neben der Tür aufgestellt worden, und auf einem zweiten Schreibtisch standen mehrere Münzkassetten. Dahinter saß die noch jüngere Kollegin des Dicken und nahm Münzrollen aus einem Geldzählautomaten, die sie in die Kassetten legte. Das Mädchen war sicherlich noch keine achtzehn Jahre alt. Eine Auszubildende wahrscheinlich. Beide, die Frau und der Mann, dessen Alter bei seinem Gewicht unmöglich zu schätzen war, trugen die hellblauen Uniformen des Marktes mit ihren dunkelblauen Hervorhebungen. Schlaicher sah, wie sich der Stoff bedrohlich spannte, als der Dicke sich – sich mit beiden Händen auf dem Schreibtisch abstützend – auf den Sitzball niederließ. Der ging ganz schön tief runter, bevor das Gummi sich nicht weiter dehnte. Das Mädchen schüttete gerade wieder einen Sack Münzen in den Trichter des Geldzählers, was einen gewaltigen Lärm machte, aber weder sie noch den Dicken zu stören schien.

»Isch de Steff krank?«, fragte der Mann.

»Nein, der hat eine Sondertour bekommen, deshalb bin ich heute der Läufer«, sagte Schlaicher.

Wenn man den Anschein erwecken wollte, einer bestimmten Berufsgruppe anzugehören, dann war es von elementarer Wichtigkeit, dass man Fachsprache benutzte. Schlaicher hatte lange und viel im Internet recherchiert. Vor allem ein Forum von Wachleuten hatte sich als ergiebig erwiesen, denn da wurde so geschrieben, wie bei der Arbeit geredet wurde. Der Läufer, das hatte Schlaicher sehr schnell gelernt, war derjenige von den beiden Entsorgern – so wurden die Geldtransporteure genannt –, der nicht im Wagen wartete, sondern den ungesicherten Weg vom Wagen bis zum Kunden und zurück auf sich nehmen musste. Solche Fachbegriffe musste man fallen lassen, als seien sie das Normalste auf der Welt. So wie ein Bürgermeister von der Neuordnung des Flächennutzungsplanes sprach oder ein Streifenpolizist von einer Straßenverkehrskontrollmaßnahme. Natürlich war die Uniform entscheidend, weil sie die meisten Leute schon per se überzeugte, dass derjenige, der in ihr steckte, diese rechtmäßig trug. Aber wenn doch Zweifel aufkamen, gab es einfach nichts Besseres als bedingungsloses Fachgerede.

»Ich muess eineweg bim Schiller aalüdde, nüt gege di, nit?«, sagte der Mann und lachte giggelnd. Schlaicher schaute auf die Uhr. 15 Uhr 18 und 40 Sekunden. Er lag nur ein paar Sekunden hinter seinem Zeitplan. Der war eng gesteckt, aber er hatte wohlweislich zwei Minuten Sicherheitsreserve eingeplant. Wenn es gut für ihn lief und die echten Wachleute gleich nach ihrem Umweg am Bahnübergang halten mussten, dann hatte er sogar noch ein bisschen mehr Zeit.

»Kein Problem«, sagte Schlaicher. Er hatte zwar gehofft, dass er das Geld ohne einen Anruf bei dem Sicherheitsdienst bekommen würde, aber diese Sicherheitsmaßnahme war etwas, mit dem man rechnen musste.

Der Dicke griff zum Telefon, und Schlaicher spürte plötzlich, dass er vor Nervosität auf die Toilette musste. Er konzentrierte sich darauf, gelangweilt auszusehen.

»Es ist hauptsächlich wegen der Versicherung«, hatte Schiller gesagt, als sie sich zum ersten Mal in dessen schmucklosem Büro in einem Lörracher Gewerbegebiet getroffen hatten. »Ich kann gehörig was einsparen, wenn wir nachweisen, dass wir die Sicherheit regelmäßig überprüfen.«

Schlaicher hatte schnell gemerkt, dass der Mann davon ausging, dass es ihm nie gelingen würde, nur einen einzigen Cent aus dem Sicherheitswagen zu stehlen. Aber für Schlaicher war dies eine Herausforderung gewesen, die er unbedingt annehmen musste. Abgesehen davon, dass er das sehr ordentliche Honorar gebrauchen konnte, von dem er mittlerweile fast drei Viertel in den

Diebstahl vorinvestiert hatte, war ihm richtig viel Adrenalin durch die Adern geschossen. Und jetzt schien sein ganzer Leib nur noch mit Adrenalin angefüllt zu sein.

»Hallo, hier isch de Olli.« Olli grinste Schlaicher an und hob den Daumen. »Ich ruef aa wege'n em neue Läufer. Wen habt ihr hüt g'schickt?«

Es dauerte kurz, dann notierte er sich den genannten Namen. »Nüt für unguet, ich haa numme frooge wölle. Merci und Ende, nit.« Dann legte er auf.

Schlaicher griff in seine Innentasche und holte den Ausweis hervor, den Lars ihm am Computer gefälscht hatte. Das Ding war genauso groß wie ein Personalausweis. Wie das amtliche Dokument war auch der Firmenausweis von Schiller in eine feste Folie laminiert, bis auf das Logo der Firma allerdings ohne weitere Sicherheitsmerkmale. Lars hatte mit einem Skalpell die feinen Ritzen in die Folie eingebracht und, bis er eine nahezu perfekte Kopie hinbekommen hatte, vier andere Ausweise verschlissen.

Ob die aufwändige Arbeit nun wirklich nötig gewesen war oder nicht, konnte Schlaicher nicht sagen. Der Dicke warf nur einen kurzen Blick auf den Ausweis, ohne ihn in die Hand zu nehmen.

»Du bisch also de Jürgen«, sagte er.

Schlaicher nickte. »Und du musst der Olli sein.«

»Nit zum Überseh, hä?« Olli lachte.

Schlaicher lachte freundlich mit und warf unauffällig einen Blick auf seine Armbanduhr, die gerade auf 15.20 Uhr umsprang.

Er nahm den Taschencomputer hoch und tippte ein paar Daten ein. »Wie viel habt ihr denn?«

Olli schaute auf ein Formular, einen Durchschlag, dessen Original im verschlossenen Sicherheitskoffer lag und die Stückelung und die Gesamtsumme des Geldbetrags verzeichnete.

»Zweiundvierzigtausend, achthundert, zweiundzwanzig und vierundnünzig.«

Schlaicher gab den Betrag über die Tastatur in den Computer ein. Dann zog er den kleinen Plastikstift aus dem Halter und reichte beides an Olli, der auf der berührungsempfindlichen Oberfläche krakelig unterschrieb. Schlaicher bekam den Durchschlag hingehalten und setzte die falsche Unterschrift darauf.

»So, ich muss dann«, sagte er. Gleichzeitig landete ein neuer Haufen Münzen scheppernd in dem Zählgerät.

Schlaicher nahm den silbernen Kasten, der viel leichter war, als er sich vorgestellt hatte. Der Dicke lächelte selig und stand beschwerlich von dem Sitzball auf.

»Dann hau nit ab mit dem Geld, nit?«, hörte Schlaicher ihn noch scherzen, bevor er die Tür hinter ihm verschloss.

Schlaicher schaute noch einmal auf die Uhr. Es war jetzt 15.23 Uhr, und jetzt war es wirklich Zeit, zu verschwinden. Obwohl sich in Schlaicher schon das glückliche Gefühl des erfolgreichen Diebstahls zu regen begann – ein warmes Kribbeln im Bauch, wie bei einem ersten Kuss –, zwang er sich, nicht übermütig zu werden. Er ging langsamen Schrittes an der Information vorbei und sagte eine Verabschiedung ins Leere, denn die gelangweilte Frau war noch immer mit ihren Fingernägeln beschäftigt.

Für einen Moment war Schlaicher versucht, sich und Lars ein Teilchen mitzunehmen. Sie mussten noch mindestens drei Minuten haben, und die Schlange am Backstand war gerade kurz. Aber dann wollte er es doch nicht wagen. Vor allem deshalb nicht, weil er Schiller anrufen musste, damit der seine Wachleute zurückpfiff und die nicht auch noch hier antanzten, um Geld abzuholen, das längst weg war.

Schlaicher sah Lars aufgeregt durch die Windschutzscheibe des Sicherheitswagens schauen. Der Junge winkte erleichtert, als er ihn auf sich zukommen sah. Schlaicher schaute weiterhin ernst drein und überprüfte die Gegend um den Wagen, wie es die echten Wachleute auch immer getan hatten, wenn er sie in den vergangenen Wochen beobachtet hatte. Zweiundvierzigtausend Euro bedeuteten bei einem zehnprozentigen Erfolgsbonus viertausendzweihundert Euro extra. Das machte immerhin einen guten Teil der Verluste für die Besorgungen wieder gut.

Ein Polizeiwagen fuhr auf den Parkplatz und näherte sich dem Sicherheitswagen. Das Gefühl des erfolgreichen Diebstahls schwand sofort. Schlaicher ging äußerlich unbeeindruckt weiter auf sein Fahrzeug zu, aber der Polizeiwagen kam näher und hielt neben ihm an, als er gerade die hintere Tür öffnete.

»Alles in Ordnung?«, fragte der Uniformierte, der vom Beifahrersitz ausstieg.

Schlaicher sah ihn an, während er den Koffer abstellte.

»Hallo. Ja danke, alles im grünen Bereich«, sagte er.

»Dann ist ja gut«, lachte ihm der Polizist zu. Der Fahrer stieg jetzt auch aus, beide gingen in Richtung Supermarkteingang. Auch Polizisten liebten leckere Teilchen. Schlaicher schloss die Tür und stieg in die Fahrerkabine.

»Und?«, fragte Lars aufgeregt.

»Alles gut gelaufen.«

»Du bist spät.«

»Keine Sorge, wir sind gut in der Zeit.«

Schlaicher startete den Wagen, wendete und verließ den Parkplatz. Er bog nach rechts auf die Straße. Als er sich hinter einem silbernen Kleinwagen eingereiht hatte, fiel die Anspannung endlich von ihm ab, und er brüllte: »Ja!«

Lars lachte ebenfalls erleichtert auf.

»Schiller Sicherheitsdienst, Maja Kamers, guten Tag«, sagte eine wohlvertraute Stimme eine Minute später, als Schlaicher den Transporter am Straßenrand geparkt hatte und mit dem Handy telefonierte.

»Martina?« Schlaicher war geschockt.

»Rainer?«, kam die Stimme seiner Assistentin ebenso verwirrt aus dem Gerät.

»Was ist los, wieso bist du noch dran?«

»Ich weiß nicht«, sagte sie schrill. »Hat alles geklappt?«

Martina hatte den Telefondienst übernommen. Weil Schlaicher damit rechnen musste, dass das Kassenpersonal eine telefonische Bestätigung über den neuen Läufer haben wollte, hatte er Harry Mbene eingeschaltet. Harry lebte jetzt auf dem Hof, wo er vor einigen Monaten noch gefangen gehalten worden war. Er wohnte dort zusammen mit Marias Mondkindern, einer eigentümlichen Sekte, die sich bis auf den Gründer und seine Hauptfrau nahezu aufgelöst hatte. Schlageter hatte ihm einen Job bei der Telekom in Lörrach besorgt, im gleichen Gebäude, wo sein einstiger Peiniger gearbeitet hatte. Als Schlaicher mit dem Geldtransportcoup betraut worden war, hatte er bei Harry den Gefallen eingeholt, den dieser ihm versprochen hatte, nachdem Schlaicher sein Leben gerettet hatte.

Mit der Umleitung des Anrufs auf Martinas Handy hatte alles geklappt. Allerdings hätte er um 15.25 Uhr die Leitung wieder zurückstellen sollen.

»Martina, ich lege jetzt auf und wähle noch mal. Vielleicht hat sich da einfach was überschnitten. Bis nachher.«

Aber auch der neue Anruf ließ ihn wieder Martinas Stimme hören.

»Scheiße, was machen wir jetzt?«, fragte Lars. Aber Schlaicher wusste keine Antwort. Stattdessen wählte er erneut.

»Immer noch ich«, sagte Martina.

»Hör gut zu. Wir sind ziemlich am Ende, wenn gleich die echten Wachleute da auftauchen. Dann werden die sofort die Polizei alarmieren, und wir stecken im dicksten Schlamassel, den man sich vorstellen kann. Ruf Harry an und sag ihm, dass er sofort umstellen soll! Ich versuche es in einer Minute wieder.«

Eine Minute später hatte er wieder die aufgelöste Martina am Apparat: »Ich kann ihn nicht erreichen. Er geht nicht an sein Handy.«

Schlaicher schloss die Augen und atmete tief ein und aus.

»Rainer«, hörte er Lars erschrocken sagen.

Er machte die Augen wieder auf und sah, was seinen Sohn so beunruhigte. Ein Streifenwagen setzte sich gerade vor ihren Sicherheitslaster. Die Blinklichter gingen auf der rechten und der linken Seite mit hektischer Gleichmäßigkeit an und aus.

Schlaicher drückte die Wiederwahltaste, während die beiden Polizisten ausstiegen. Er hörte die schnellen Pieptone, die zeigten, das das Gerät wählte. Die Polizisten schauten mit ernstem Gesicht in die Fahrerkabine und gingen auf sie zu.

»Töööööööt«, machte das Handy. Die Polizisten waren halb bei ihnen. »Töööööööt«, dann klickte es in der Leitung.

»Immer noch ich«, sagte Martina entmutigt, als der beifahrende Polizist bereits an Schlaichers Seitenscheibe klopfte.

»Martina, ich muss Schluss machen.« Schlaicher legte auf und kurbelte die Scheibe ein Stück herunter.

»Hallo. Ich musste nur mal kurz telefonieren«, sagte er zu dem Beamten, der ihn stirnrunzelnd anschaute. Schlaicher sah, dass der andere eine Hand auf seine Dienstwaffe gelegt hatte.

»Sie sollten wirklich nicht mit dem ganzen Geld so einfach auf der Straße stehen bleiben«, sagte der Polizist ernst.

Schlaicher war wie gelähmt. Was sollte er machen? Den Polizisten sagen, dass er gerade den Markt um eine Tageseinnahme erleichtert hatte, aber das Geld nicht behalten wollte? Der Polizist nahm ihm die Entscheidung ab.

»Na los, fahren Sie schon. Sie haben doch schon von den Einbrüchen gehört, die im Moment hier überall stattfinden. Wir wollen nicht, dass jemand auch noch denkt, einen Geldtransporter ausrauben zu können.«

»Danke, machen wir!«, sagte Lars vom Beifahrersitz aus, der wohl bemerkt hatte, dass sein Vater etwas zu perplex war, um schnell antworten zu können.

»Äh, ja danke«, sagte dann auch Schlaicher. Die Polizisten gingen zurück zu ihrem Wagen, und Schlaicher kurbelte erleichtert das Fenster hoch.

»Das war haarscharf«, stöhnte Lars.

»Das kannst du laut sagen.« Schlaicher wischte sich den Schweiß von der Stirn. »Ich komme mir schon vor, als hätte ich das Geld wirklich geklaut.«

»Sollen wir es behalten?«, fragte Lars.

»Was?« Schlaicher schrie fast.

»Nur ein Spaß. Jetzt entspann dich mal. Was machen wir jetzt?«

»Wir fahren nach Hause und verstecken den Wagen«, sagte Schlaicher. Jetzt machte Lars große Augen.

Erwin Trefzer wartete sichtlich angespannt vor seiner Scheune. Als er den Geldtransporter sah und Schlaicher darin entdeckte, winkte er freudig. Schlaicher bugsierte den sperrigen Wagen gerade durch die Durchfahrt zum Hof, da hörte er einen Polizeiwagen mit Martinshorn sich nähern. Im Rückspiegel sah er, wie der Wagen an ihnen vorbeischoss.

»Ob die uns suchen?«, fragte Lars.

»Schon möglich«, Schlaicher fuhr den Wagen in die enge Garage, nahm die Geldkassette und ging gleich wieder nach vorne, wo sein Opel parkte.

»He, Rainer, isch alles guet g'loffe?«, rief Trefzer über die Straße.

»Geht so«, rief Schlaicher zurück. Er schloss die Wagentür und fuhr mit dem unauffälligeren Wagen in Richtung Lörrach.

Lörrach bestand nicht nur aus dem Hauptort gleichen Namens, sondern auch aus mehreren eingemeindeten Orten, die über ein ziemlich großes Gebiet verstreut waren. Zwischen Lörrach-Hauingen und Maulburg lag noch Steinen, ein Ort, den man auf der B 317 nur streifte. Auch an Hauingen fuhr man eigentlich vorbei, aber Schlaicher bog rechts ab, um in das kleine Gewerbegebiet »Im Entenbad« zu kommen, das als Allerletztes nach seinem Namen aussah. Eigentlich bestand es nur aus einer einzigen Straße, die nicht einmal besonders lang war. An ihrem Ende gab es einen großen Wendehammer mit einem Ahornbaum in der Mitte. Schlaicher parkte im Schatten des mittlerweile voll belaubten Baumes und marschierte mit der Geldkassette in der Hand zu dem Bürohaus, vor dem drei Sicherheitstransporter der Firma Schiller standen. Durch die Glastür mit blauer Fassung sah Schlaicher schon Martin Schiller, den Geschäftsführer, mit der Dame am Empfang reden. Wie erwartet, wirkte er äußerst aufgeregt. Schlaicher klingelte. Beide, sowohl die hübsche junge Frau hinter dem blauen Tresen als auch der stämmige, ältere Mann, drehten sich sofort zur Tür. Es summte, und Schlaicher drückte die Tür auf, während Schiller bereits auf ihn zugestürzt kam, den Blick auf die silberne Geldkassette geheftet.

»Guten Tag. Herr Schiller, ich habe Ihnen einiges zu erklären«, sagte Schlaicher.

»Das haben Sie, verdammt noch mal! Wie konnten Sie so etwas machen? Ist das das Geld?«

Schlaicher reichte ihm die Kassette, die Schiller an sich riss, wie ein Fixer auf Entzug seinen Stoff. Er drückte die Kassette an seinen Oberkörper und hielt sie mit beiden Händen fest. Über sein Gesicht huschte kurz ein seliges Lächeln, doch gleich darauf schaute er Schlaicher an und tobte: »Dafür werden Sie bezahlen! Das ist der Supergau! Das kostet mich meine besten Kunden!«

»Herr Schiller, ich weiß, da ist etwas schiefgelaufen. Aber wir bekommen das wieder hin. Können wir vielleicht in Ihr Büro gehen und da alles Weitere besprechen?«

»Ich sollte Sie hochkant aus meiner Firma rausschmeißen! Wenn wir hier Pleite machen, dann ist das allein Ihre Schuld!« Schiller drehte sich um und befahl: »Kommen Sie.«

Schlaicher folgte ihm in den Aufzug, und schweigend fuhren sie in die nächste Etage. Schiller führte ihn in sein Büro. Dort angekommen, stellte er die Kassette auf seinen Schreibtisch und ließ sich entkräftet in seinen Sessel fallen, den Blick immer noch auf die Kiste mit dem Geld gerichtet.

»Wie sollen wir *das* wieder geradebiegen?« Es klang, als spreche er zu sich selbst.

Schlaicher setzte sich auf den Stuhl ihm gegenüber und sagte: »Es hat eine Panne mit dem Telefon gegeben. Ich konnte Sie nicht rechtzeitig anrufen.«

»Verdammt, ich weiß, dass es eine Panne gegeben hat. Seit einer halben Stunde können wir nur noch mit dem Handy telefonieren! Und dann kommt der Anruf von meinen Männern, dass schon jemand da war, um das Geld zu holen.«

»Wie haben Sie reagiert?«

»Die Kollegen haben sofort die Polizei alarmiert. Wie stehe ich denn jetzt da?«

»Hören Sie, Herr Schiller. Sie rufen jetzt zuerst bei der Polizei an und sagen, dass es in der Tourdisposition einen Fehler gegeben hat. Ein Wagen ist eine falsche Strecke abgefahren, und als die es bemerkten, konnten sie wegen des kaputten Telefons keine sofortige Meldung machen. Das Geld ist da und alles in Ordnung.«

Schiller machte große Augen.

»Dann rufen Sie beim Markt an und sagen da das Gleiche. Neue Mitarbeiter, die ein falsches Fahrtenbuch genommen haben, Ausfall der Telefonanlage und so weiter. Das Geld ist da, es war niemals weg, und alles ist gut.«

Schiller wurde rot im Gesicht.

»Meinen Sie, damit ist es getan? Das gibt einen Imageschaden, der mich meine Existenz kosten kann.«

Mit jedem Wort war er lauter geworden, aber Schlaicher blieb ruhig: »Sie können natürlich auch sagen, dass Sie selbst jemanden engagiert haben, der das Geld stehlen soll ...«

»Was?« Erst bei seinem Ausruf bemerkte Schiller, dass Schlaicher ihm absichtlich keine gangbare Alternative genannt hatte.

»Ich hätte nie gedacht, dass Sie auch nur einen Cent aus meinen Wagen holen würden«, sagte er und schüttelte den Kopf. Dann nahm er das Telefon ab und hielt den Hörer ans Ohr. Als er merkte, dass die Leitung immer noch tot war, knallte er ihn zurück auf die Gabel und holte sein Handy aus der Hosentasche.

»Hallo? Schiller Sicherheitstransporte. Sie können den Alarm abbrechen. Das Geld ist da. Das Ganze war ein Dispositionsfehler.« Er erzählte ruhig, überzeugend und vor allem im Lügen routiniert die Geschichte, die Schlaicher ihm vorgeschlagen hatte.

Als er auflegte, ging ein Strahlen über sein Gesicht. »Sie haben es mir abgenommen!« Doch seine Miene verdüsterte sich gleich wieder, und er wählte die Nummer des Supermarkts. Die Geschichte klang fast so, wie er sie der Polizei erzählt hatte, einziger Unterschied war die mindestens einhundertmalige Wiederholung des Wortes »Entschuldigung«.

»Vielleicht kann ich nachher kurz bei Ihnen vorbeikommen, damit wir die Sache ganz aus der Welt schaffen können«, sagte er nach ein paar Minuten, in denen sich sein Gesichtsausdruck immer mehr entspannt hatte. »Ja, ich denke, einen Wein können wir auf diesen Schreck trinken. Wissen Sie was, ich bringe eine ganze Kiste mit.«

Schlaicher hatte sich ganz abgeklärt gegeben, aber als Schiller auflegte und sich zufrieden zurücklehnte, fiel auch ihm ein dicker Stein vom Herzen.

»Sie sind ein verdammter Hund!« Schiller klang schon viel freundlicher. »Es sieht so aus, als würden die es mir nicht sonderlich krummnehmen. Aber trotzdem ...« Er blickte Schlaicher prüfend an. »Wie haben Sie das gemacht?«

»Sie hatten recht«, begann Schlaicher. Schiller ein wenig zu schmeicheln, würde ihn nichts kosten und gleichzeitig hoffentlich dafür sorgen, dass dessen Stimmung friedlich blieb. »Ich habe keinen Weg gefunden, Ihre Transporte ohne Anwendung oder Androhung von Gewalt zu überfallen.«

Schiller nickte begeistert.

»Darum musste ich mir etwas anderes einfallen lassen. Wenn es bei Ihren Transportern keine Schwachstelle gab, musste es außerhalb des Wagens eine geben. Ich habe Ihre Boten einige Zeit genau beobachtet und gleichzeitig ein bisschen recherchiert. Also ehrlich gesagt, hat mich die ganze Aktion fast zwei Monate Arbeit gekostet.«

»Reden Sie nicht drum herum! Wie haben Sie es gemacht! Sie können doch nicht einfach in den Markt spazieren und das Geld mitnehmen?«

»Ich habe mir einen ausrangierten Geldtransporter besorgt und ihn mit einer Werbefolie mit ihrem Schriftzug beklebt. Dann bin ich mit passender Uniform und einem gefälschten Ausweis vorgefahren.« Schillers Augen traten fast aus ihren Höhlen hervor. Schlaicher fürchtete allerdings, bei dem jetzt folgenden Punkt nicht mehr ganz so ungeschoren aus der Sache herauszukommen. »Ich habe außerdem Ihren Telefonanschluss auf das Telefon meiner Mitarbeiterin umleiten lassen.«

»Sie sind an der Sache mit dem Telefon schuld? Das gibt es doch überhaupt nicht!«

»Doch. Bitte beruhigen Sie sich.«

»Beruhigen? Ich schreie, wann es mir gefällt! Das wird Folgen haben, Herr Schlaicher, üble Folgen.«

»Eigentlich sollte diese Rufumleitung nur für ein paar Minuten bestehen. Bis meine Mitarbeiterin in Ihrem Namen meine Identität bestätigt hatte. Ich weiß noch nicht, was da falsch gelaufen ist«, sagte Schlaicher.

»Eine Menge ist falsch gelaufen! Eine Menge! Zu viel!«

»Aber ich habe das Geld wie verlangt gestohlen und eine Schwachstelle in Ihren Arbeitsabläufen entdeckt«, erwiderte Schlaicher.

Schiller beruhigte sich wieder etwas.

»Ich hätte nie gedacht, dass Sie Erfolg haben würden.« Er schien von Schlaichers Coup beeindruckt zu sein, obwohl es ihn wohl einige Nerven gekostet hatte.

»Ich weiß. Sie haben mir ja auch immer gesagt, ich würde keine Lücke finden. Aber ich habe eine gefunden.«

»Aber die liegt doch eher auf der Seite des Kunden!«

»Nur ist es Ihr Kunde – und Ihre Dienstleistung. Wenn es ein Fehler des Marktes gewesen wäre, hätten Sie mich ja wohl nicht so angeschrien.«

»Wissen Sie, was für einen Ärger ich jetzt wegen Ihnen habe?«

Auf diese Frage hatte Schlaicher gewartet. »Wissen Sie, welchen Ärger Sie hätten, wenn jemand anderes diese Schwachstelle genutzt hätte?«

Schiller überlegte und stimmte Schlaicher schließlich zähneknirschend, aber erleichtert zu. Als dann auch noch sein Telefon klingelte, nicht sein Handy, sondern der Festnetzapparat auf seinem Schreibtisch, wirkte er fast erfreut.

»Das Telefon geht wieder«, sagte er überflüssigerweise, nachdem er etwa fünf Minuten mit dem Anrufer herumgeschimpft hatte.

»Das ist gut«, sagte Schlaicher und stand auf. »Ich habe noch etwas zu erledigen und Sie sicher auch. Darum möchte ich mich von Ihnen verabschieden. Wegen der genauen Auswertung und der Vorschläge, wie Sie die Sicherheit verbessern können, würde ich dann wieder auf Sie zukommen.«

Schiller stand ebenfalls auf und wollte gerade wieder ein böses Gesicht machen, musste dann aber doch lächeln. »Sie sind wirklich ein verrückter Hund. Chapeau.«

Schlaicher war froh, Schillers Bürotür hinter sich schließen zu können. Er fühlte sich zum ersten Mal, seit er diesen Auftrag angenommen hatte, etwas entspannter. Natürlich war da noch die Geschichte mit Anna, aber im Moment hatte er das Gefühl, dass alles gut werden würde. Schlaicher war so aufgedreht, dass er sich lässig an den blauen Tresen der hübschen Empfangsdame lehnte.

»Und?«, fragte sie.

»Alles in Ordnung«, sagte er und schaute ihr tief in die Augen.

»Vorhin wollte er Ihnen noch die Eier abschneiden, hat er gesagt.« Sie grinste und sah plötzlich viel jünger aus. Höchstens zwanzig.

Ein Alter, um kurz zu schauen, dann aber besser zu gehen, dachte sich Schlaicher, verabschiedete sich schnell und schritt, »Auf der Reeperbahn nachts um halb eins« pfeifend, durch die Tür mit blauem Rahmen.

Das Pfeifen endete in einem monotonen, lang gezogenen Ton, als er zwei Menschen sah, die zeitgleich aus dem Bürogebäude gegenüber kamen. Ein Mann und eine Frau, er ein Riese, sie winzig. Das waren die beiden Leute, die Schmid gestern auf dem Maulburger Waldparkplatz getroffen hatte. Die dunkelhaarige Frau trug eine Jeans und eine schwarze Bluse, der Mann eine Dreiviertelhose und ein T-Shirt, das unter seinen Muskelbergen fast zu platzen drohte. Schlaicher ging so unauffällig wie möglich zu seinem Auto, das ungleiche Paar spazierte leise redend in die andere Richtung. Schlaicher stieg ein und beobachtete im Rückspiegel, wie die beiden in ihren schwarzen Geländewagen stiegen. Er fuhr langsam an und umkreiste den Ahorn. Die beiden waren auch losgefahren, und Schlaicher setzte seinen Wagen hinter ihren. Was hatten diese beiden Hamburger hier im Gewerbegebiet zu tun?

Der schwarze BMW fuhr genau in dieselbe Richtung, in die er auch musste. Man konnte also nicht sagen, dass er ihnen folgte. Das tat er erst, als sie in Maulburg von der Hauptstraße abbogen und in Richtung Schwimmbad fuhren. Schlaicher hielt etwas mehr Abstand, blieb aber an ihnen dran. Am Schwimmbad blinkte er links und fuhr schnell zur zweiten Ausfahrt, von wo aus er den Wagen der beiden gerade noch sehen konnte. Er fuhr ihnen nach und fand den BMW schließlich an einem Hotel wieder, wo er gerade auf den Parkplatz bog. Schlaicher fuhr langsam weiter.

»Das war absolut obercool!« Lars hatte bereits ungeduldig gewartet, als Schlaicher nach Hause kam. Der Sechzehnjährige hielt Sarah im Arm, die ihren Helden ganz offen anhimmelte, und strahlte über beide Backen. »Weißt du was? Ich werde auch Testdieb.«

Schlaicher, der Dr. Watson gerade den Hals zur Begrüßung kraulte, verschluckte sich, als sein Sohn das sagte. »Ich dachte, du wolltest Kunst studieren?« Schlaicher war auf der einen Seite zwar sehr geschmeichelt, dass Lars, der seinen Vater zu Beginn ihrer gemeinsamen Zeit im Südschwarzwald gar nicht gemocht zu haben schien, jetzt ganz anders dachte, aber eine wirklich gute Idee fand er den neuen Berufswunsch seines Sohnes doch nicht. Immerhin wusste er, wie schwer es war, damit genug Geld für den Lebensunterhalt zu verdienen. Von Reichtümern ganz zu schweigen.

»Na ja«, sagte er, »du weißt ja selbst, dass es nicht immer so abenteuerlich ist.«

»Aber obercool!«, wiederholte Lars, und Schlaicher fand Sarahs schmelzenden Blick zu süß. Irgendwie musste er aber auch an Anna denken, die genauso alt war und es gerade nicht so gut hatte. Wo mochte sie stecken? Was mochte ihr gerade durch den Kopf gehen? Was für ein Gedicht würde sie wohl nach ihrer Zeit in Gefangenschaft schreiben? Das Gedicht!

»Vielleicht habe ich ja sogar einen kleinen Auftrag für dich«, sagte er zu Lars. Der bekam ganz große Augen.

»Echt?«

»Du könntest mir helfen, etwas zu recherchieren.«

»Recherchieren?«

»Ja. Im Internet. Ich komme gleich wieder.«

Schlaicher ging in sein Zimmer, wo die Hose von vorgestern halb unter dem Bett lag. Er wühlte in den Hosentaschen und fand den Zettel, den er aus Annas Zimmer mitgenommen hatte.

Für DE
Mai
My aim is to be
What I am
Mon amie

stand da immer noch in kindlicher Mädchenschrift mit vielen Schnörkeln. Er ging zurück in die Küche und reichte Lars den Zettel.

»Ich würde zu gerne wissen, wer dieser ›DE‹ sein könnte. Oder diese ›DE‹. Auf jeden Fall hat Anna das geschrieben, und auch wenn es vielleicht unwichtig ist, wäre es doch schön zu wissen, wer ›DE‹ ist. Meinst du, ihr könnt da was über das Internet machen?«

Lars wirkte jetzt weniger erfreut. »Hast du eine Ahnung, wie oft man im Internet die beiden Buchstaben ›DE‹ hintereinander finden wird?«

»Du musst die Suche natürlich eingrenzen«, sagte Sarah.

Lars schaute sie an und erwiderte mit aufgesetztem italienischen Akzent: »Das ist mir so klar wie die Sonne, bella ragazza.« Er zog sie lachend in sein Zimmer.

Es war schon kurz nach fünf Uhr. Schlaicher wollte nichts lieber tun, als sich vor den Fernseher setzen und sich durch die Programme zappen. Oder endlich wieder einmal ein Buch anfangen, das er bis tief in die Nacht lesen konnte. Aber heute Abend stand etwas anderes an. Um halb acht würden alle seine Freunde, die ihm bei dem Überfall geholfen hatten, zu einer kleinen Feier zu ihm kommen. Auch nicht die unangenehmste Art, einen Abend zu verbringen. Nur musste er dazu noch ein paar Getränke besorgen.

Schlaicher fuhr zu dem Markt in Schopfheim, den er eben noch um ein kleines Vermögen erleichtert hatte, um jetzt dort Geld zu lassen. Er besorgte einen ganzen Einkaufswagen voller Wein, Sekt und Bier. Dazu verschiedenes Knabberzeug und ein paar gute Sorten Käse, die zusammen mit Baguettebroten die Grundlage für die Getränke bilden sollten. Zur Sicherheit kaufte er auch noch einen Haufen verschiedener Würstchen und Senf ein. Während er den Wagen vollpackte, ging ihm immer wieder das eigenartige Paar durch den Kopf. Lag bei denen vielleicht der Schlüssel zu Annas Entführung? Hatten sie den Kontakt zu Schmid aufgenommen? Wieso trafen sie sich mit ihm? Auf jeden Fall stimmte da etwas nicht. Sie kamen aus Hamburg und wohnten offensichtlich in Maulburg im Hotel. Schlaicher beschloss, auf seinem Nachhauseweg einen kleinen Umweg zu machen und bei dem Hotel vorbeizuschauen. Vielleicht konnte er ja etwas über die beiden herausfinden.

Das Hotel-Restaurant Goldener Wagen lag nicht zentral in Maulburg, sondern zwischen Maulburg und Steinen-Höllstein. Der Bau selbst war nicht sonderlich repräsentativ, aber die größeren Industrieunternehmen im Ort, wie Endress und Hauser, eine Firma, die seit 1961 in Maulburg existierte und weltweit agierte, sorgten für regelmäßige Geschäftsklientel.

Schlaicher ging durch die Eingangstür und wartete an dem kleinen Tresen, bis aus dem Restaurantbereich eine ältere Dame kam.

»Sie wollen ein Zimmer?«, fragte sie.

»Nein, ich wohne selbst in Steinen. Mein Name ist Scheich. Ich hätte nur eine Frage.«

»Ja?« Die Dame schaute weiterhin sehr freundlich.

»Ich habe heute Mittag ein Pärchen getroffen. Wir haben uns unterhalten, und als sie dann gegangen sind, hat die Dame ihre Kamera vergessen. Die beiden hatten mir vorher gesagt, dass sie in Maulburg im Hotel sind. Jetzt wollte ich fragen, ob ich bei Ihnen richtig bin.«

»Haben Sie denn die Namen?«

»Wir haben uns nur so unterhalten. Aber die beiden waren ziemlich auffällig. Er war sehr groß und breit gebaut, sie klein und schmächtig. Die beiden sind aus Hamburg.«

Den letzten Satz hatte Schlaicher hinzugefügt, als er in der Miene der Frau ein Erkennen zu sehen glaubte. Aber die Nennung Hamburgs hatte eine andere Wirkung als erhofft. Denn jetzt schüttelte sie den Kopf.

»Nein, das tut mir leid. Ich habe zuerst gedacht, Sie meinen die Russen von Zimmer 17, die sehen so aus. Aber aus Hamburg sind die ganz bestimmt nicht. Tut mir leid. Geben Sie die Kamera doch auf dem Rathaus ab. Die haben ein Fundbüro. Das wird die beste Lösung sein.«

»Schade. Und ich hatte schon gedacht, ich werde die Kamera endlich los. Russen, haben Sie gesagt?«

Aus dem Restaurant rief jemand nach einer »Elvira«. Die Dame drehte sich um und sagte noch kurz zu Schlaicher: »Ich muss jetzt gehen. Aber ich kann die beiden natürlich fragen, ob sie ihre Kamera vermissen.«

Genau das wollte Schlaicher nicht.

»Ach, das ist nicht nötig. Das Paar, das ich meine, sprach kein Russisch.«

»Dann einen schönen Abend.«

»Danke«, sagte Schlaicher nachdenklich. Russen.

NEUN

Schlaicher hatte traumlos geschlafen. Als er langsam wach wurde, fiel ihm als Erstes das pelzige Gefühl auf der Zunge auf, gefolgt von einem viel zu trockenen Rachen. Er schlug vorsichtig die Augen auf, drückte sie aber sofort wieder zu. Das kurze Eindringen des Lichts hatte genügt, um die Schmerzen in seinem Kopf anzuschalten. Er versuchte, sich auf seinen Atem zu konzentrieren, aber es fiel ihm richtig schwer, Luft zu holen. Es fühlte sich an, als drücke eine schwere Last auf seinen Brustkorb. Nie mehr so viel Alkohol, dachte er und war froh, als er langsam wieder in den Schlaf zurücksank. Schlaicher wollte gar nicht mehr aufwachen. Wie viel hatten er und Martina noch getrunken, nachdem die anderen das Fest verlassen hatten? Zwei Flaschen, drei? Und dazu diesen süßen Wodka, den Martina einmal mitgebracht hatte.

Schlaicher war mit einem Schlag wieder wach. Die Last auf seiner Brust hatte sich bewegt. Er schlug die Augen auf und schaute zur Seite. Er blinzelte. Ein Kopf lag auf seiner Brust, und den Haaren und seiner noch vom Alkohol vernebelten Erinnerung nach konnte es nur der von Martina sein. Ja, genau, die neue Frisur, die jetzt ganz zerzaust war.

Martina schien seine Bewegung zu spüren und murmelte etwas im Schlaf, das Schlaicher beim besten Willen nicht verstehen konnte. Er hob vorsichtig den Kopf und entdeckte ein nacktes Bein, das unter der Decke hervorschaute. Mit seiner linken Hand tastete er unter der Decke nach seiner Kleidung. Aber er war nackt.

Schlaicher schloss verwirrt die Augen. Was war bloß gewesen heute Nacht? Er erinnerte sich nur noch daran, wie sich die anderen verabschiedet hatten und Martina noch blieb, weil sie noch ein weiteres Glas Wein trinken wollte. Doch. Jetzt fiel es ihm ein. Sie hatten sich geküsst.

Nach und nach brachen sich die Bilder der gestrigen Nacht

Bahn in sein Bewusstsein. Bis es klingelte und Martina mit einem Ruck kerzengerade im Bett saß. Die Decke war runtergerutscht, und Schlaicher sah, dass sie zumindest oberhalb der Gürtellinie nackt war.

Einen Moment schien sie benommen, dann schaute sie sich um und sagte: »Rainer?«

»Äh, ja.«

»Oje.« Damit legte sie sich schnell wieder hin und zog die Decke bis unters Kinn. Es klingelte wieder.

»Was ist passiert?«, fragte Schlaicher.

»Jetzt geh aufmachen und lass mich was anziehen«, sagte sie.

Schlaicher war so perplex, dass er die Decke zur Seite schob und sich erst dann wieder seiner Blöße bewusst wurde. Seine Unterhose lag auf dem Boden an der Tür, also nahm er Martinas T-Shirt, das auf seiner Seite des Bettes lag, und hielt es mit gebührendem Abstand von seinem Körper so, dass sie seinen Hintern nicht sehen konnte. Dabei hatte sie ohnehin die Augen geschlossen.

Schlaicher fluchte still vor sich hin und ärgerte sich, dass er sich nur dunkel an gestern Nacht erinnern konnte. Doch, sie waren irgendwann knutschend im Bett gelandet. Ja, er konnte sich erinnern, dass er ihr den BH ausgezogen hatte.

Er schnappte sich die Unterhose und schloss die Tür hinter sich. Es klingelte wieder. Schlaicher drückte auf den Summer und zog wie in Trance die Unterhose und Martinas T-Shirt über, das natürlich viel zu eng war für ihn. Als er die Tür öffnete, kamen zwei Herren in schwarzen Anzügen und weißen Hemden die Treppe hoch. Einer war um die sechzig und trug einen äußerst ordentlich geschnittenen Vollbart im gleichen Hellgrau wie sein Haar, der andere war noch keine fünfundzwanzig Jahre alt und trug einen Seitenscheitel als Frisur. Die beiden sahen Schlaicher freundlich an und ließen sich wegen seiner seltsamen Bekleidung nichts anmerken.

»Guten Morgen. Wir haben Sie hoffentlich nicht geweckt«, sagte der Ältere, und beide lächelten gütig.

»Doch, haben Sie. Wer sind Sie?«

»Wir wollen uns mit Ihnen über Gott unterhalten«, sagte der Bärtige und holte zog aus einer Aktenmappe ein Heft.

»Verdammt noch mal!«, schrie Schlaicher und sah noch den entsetzten Gesichtsausdruck der beiden Männer, bevor er ihnen die Tür vor der Nase zuschlug.

Schlaicher stand benommen da. Die Erinnerungen an die vorige Nacht kehrten langsam, aber eindringlich zurück. Es war noch einiges mehr gelaufen als nur ein Kuss und das Öffnen von Martinas BH. Er ging zu dem Kleiderschank, der im Zwischenflur stand, und nahm sich ein anderes T-Shirt und eine Hose heraus. Als er beides angezogen hatte, ging er in die Küche und begann mechanisch, einen Kaffee zu kochen. Dabei überlegte er, wie er aus dieser Situation wieder herauskommen konnte. Martina war das sicherlich genauso peinlich wie ihm. Natürlich, es war, soweit er sich erinnern konnte, sehr schön gewesen gestern, aber jetzt hatten sie den Salat.

»Hallo, Rainer? Wo steckst du?«, fragte Martina aus dem Flur.

»In der Küche«, gab er zurück.

»Ah, hier ist mein T-Shirt«, hörte er sie sagen. Als sie um die Ecke kam, trug sie ihren BH und zog gerade das von Schlaicher geweitete T-Shirt an.

»Wer hat geklingelt?«

»Falsche Tür«, antwortete er und goss das kochende Wasser über das Kaffeepulver.

»Hmm, das riecht gut. Kaffee kann ich jetzt wirklich gebrauchen«, sagte sie. »Setz dich doch, ich mach den Rest.«

Schlaicher war von ihrer Reaktion sehr überrascht. Er hatte gedacht, dass Martina ihm gegenüber reserviert sein würde, aber jetzt kam sie und stellte sich hinter ihn, legte sanft ihre Hände auf Schlaichers Schultern. Obwohl sich die Berührung ihrer Hände so weich und warm anfühlte und die Erinnerung daran erweckte, was sie gestern Nacht alles mit diesen Händen gemacht hatte, wurde er stocksteif und stand bloß da, unfähig, sich zu bewegen. Sie ließ ihn los und ging zum Küchenschrank, in dem die Becher standen. Schlaicher fragte sich, wie er das wohl wieder geradebiegen konnte. Er setzte sich, während sie das Frühstück machte. Beide schwiegen.

Schlaicher beschloss, sich Martina gegenüber so zu verhalten, als sei gar nichts passiert, aber die ließ sich das nur ein paar Minuten gefallen.

»Was ist los, Rainer?«, fragte sie.

»Nichts.«

»Bitte, wir haben miteinander geschlafen und jetzt verhältst du dich mir gegenüber, als würdest du am liebsten nichts mehr davon wissen.«

»Ich ...« Schlaicher wusste nicht recht, was er sagen sollte.

»Ja?«

»Ich denke, dass wir die Sache langsamer angehen sollten«, brachte er schließlich hervor.

»Gestern Nacht warst du aber anderer Ansicht.«

»Das war doch nur, weil wir betrunken waren.«

Ihrem Gesichtsausdruck sah er sofort an, dass seine Antwort nicht das gewesen war, was sie hören wollte. Aber schließlich war es die Wahrheit. Er mochte Martina wirklich sehr. Die letzten Monate waren sie sehr viel zusammen gewesen, hatten gemeinsam ein paar schöne Aufträge durchgezogen, und er hatte sich schon ein paarmal dabei erwischt, wie er sich vorgestellt hatte, dass sie beide körperlich eine andere Ebene erforschen könnten. Aber jetzt, da es tatsächlich passiert war, bekam er es mit der Angst zu tun. Er konnte doch nicht plötzlich seinem fast erwachsenen Sohn eine neue Frau präsentieren. Neu war vielleicht das falsche Wort, aber ... Er wusste selbst einfach noch zu wenig, was er davon halten sollte.

»Martina«, begann er ruhig. »Ich mag dich, aber ich weiß nicht, ob wir nicht einen Schritt zu weit gegangen sind.«

Zuerst blitzten ihre Blicke wütend, dann sah sie plötzlich traurig aus, was Schlaicher einen Stich ins Herz versetzte.

»Also, bitte versteh mich nicht falsch. Es ist nur so, dass ich nicht weiß, ob wir uns richtig verhalten.«

»Soll ich kündigen?«, fragte sie ruhig.

»Nein, auf gar keinen Fall«, brachte er schnell hervor. »Ich brauche dich doch in der Firma. Es ist nur, dass ich gerne möchte, dass diese Sache von gestern sich nicht auf unsere gemeinsame Arbeit auswirkt.« Die Worte kamen wie von allein aus seinem Mund, und während er sprach, hatte er das Gefühl, neben sich zu stehen und einem Fremden dabei zuzuhören, wie er gerade riesigen Unsinn verzapfte.

»Ich weiß auch nicht«, hörte er sich sagen. »Wir sind doch erwachsene Leute. Es ist einfach passiert, aber das muss doch nicht heißen, dass sich etwas verändert.«

»Ich gehe jetzt«, sagte sie nur. Dann stand sie auf und ging ins Schlafzimmer, um den Rest ihrer Sachen zusammenzusuchen. Schlaicher blieb sitzen und saß auch noch, als sie ohne ein weiteres Wort seine Wohnung verließ.

Schlaicher schlurfte benommen in sein Schlafzimmer, wo es neuerdings nach Martina roch. Im Gegensatz zu seiner inneren Stimmung schien draußen die Sonne. Er lüftete, und durch das Fenster drang der Geruch des Frühlings ins Zimmer, Zwitschern von Vögeln erfüllte die Luft, aber so, wie dieser Klang von den regelmäßigen Autos auf der Straße vor ihm unterbrochen wurde, konnte sich auch Schlaicher nicht über den Frühling freuen. Hatten ihn doch die Frühlingsgefühle in eine Situation gebracht, die er am liebsten ungeschehen machen würde. Zu allem Übel war Martina auch noch wütend. Und – das musste er sich eingestehen – er mochte sie eigentlich wirklich und wollte nicht, dass sie wütend auf ihn war. Als er schon am Hinausgehen war, sah er aus dem Augenwinkel etwas unter dem Bett hervorlugen, das da nicht hingehörte. Er bückte sich und fand ihr Portemonnaie. Als er das dunkelbraune Lederetui öffnete, fiel ihm als Allererstes ein kleines Foto ins Auge. Es zeigte ihn. Ein Bild, das sie gemacht hatte, als sie nach seinem letzten Abenteuer zum ersten Mal wieder gemeinsam spazieren gegangen waren, als das Knie wieder mitmachte. Es war ein sehr sonniger Tag gewesen, und sie hatten miteinander herumgealbert. Zusammen mit Dr. Watson war er mit Martina den Weg zum Dinkelberg hochgegangen, dort, wo jetzt Anna verschwunden war. Schlaicher schloss die Geldbörse wieder und legte sie auf das ungemachte Bett.

Er tippte »www.miana.me« in die URL-Leiste seines Internetprogramms. Lars hatte ihm gestern Abend stolz einen Zettel präsentiert, auf dem die Ergebnisse seiner Recherche zu finden waren. Er hatte zwar nicht ermitteln können, wer »DE« war, dafür das Gedicht im Internet veröffentlicht gefunden und ihm die Adresse aufgeschrieben. Die Webseite präsentierte sich als eine schwarze Oberfläche. Oben stand in großen Buchstaben der Seitenname, darunter etwas Text. Zudem gab es eine sehr spärlich bestückte Navigationsleiste auf der linken Seite.

»Hi. Schön, dass ihr da seid. Wenn ihr uns gefunden habt, dann wisst ihr, dass ihr euch bei uns bewerben müsst, um Mitglied bei miana zu werden. Bis bald. Eure Webmistress.«

Schlaicher klickte den obersten Link an, der »Über uns« hieß.

Die Seite blieb schwarz, aber das Bild eines Manga-Engels erschien. Darunter stand in großen roten Buchstaben das Gedicht, das Schlaicher bei Anna gefunden hatte, allerdings ohne die Widmung für »DE«. Sonst war die Seite leer.

Der zweite Link hieß »Bewerbungsformular«. Schlaicher öffnete es und las, welche Informationen für eine Mitgliedschaft benötigt wurden. Zunächst war ein Spitzname einzutragen, dann ein Kennwort. Außerdem musste eine ganze Menge Fragen beantwortet werden. Nach dem Alter, dem Gewicht und weiteren typischen Beschreibungsmerkmalen kam irgendwann die Frage: »Bist du Mia oder Ana?« Die nächste hieß: »Warum bist du Pro? Wie lange schon, und was ist dein Ziel?«

Mia? Ana? Pro? Schlaicher hatte keine Ahnung, was diese Abkürzungen bedeuten sollten. Er nahm eine Internetsuchmaschine zu Hilfe. Er fand seitenweise Material über eine Berliner Band namens Mia. Er klickte auf ein paar Seiten herum, fand das aber nicht sonderlich hilfreich. Dann versuchte er es mit »Ana«. Das erste Suchergebnis ließ ihn enttäuscht ausatmen. Ana hieß offensichtlich »All Nippon Airways« und war eine Japanische Fluggesellschaft. Aber beim zweiten Suchergebnis fand er den Begriff »Pro« mit »Ana« kombiniert. Er klickte den Link an. Es öffnete sich eine Pro-Ana-Seite der Internetenzyklopädie Wikipedia – für Schlaicher ein Tor in eine Welt, die ihm nicht fremder sein könnte.

Eine Stunde später war ihm übel. Er war von einer Seite zur nächsten gesurft, hatte alle möglichen Begriffe erneut in die

Suchmaschine eingegeben und fassungslos vor dem Computer gesessen. Pro-Ana hatte nichts mit einer Fluggesellschaft zu tun, Pro-Mia war keine Bezeichnung für Fans der Musikgruppe. Es ging dabei um Essstörungen. Um Mädchen, die sich einer Bewegung verschrieben hatten, die sie sich tothungern ließ. Eine Pro-Ana litt an Anorexia nervosa, einer Krankheit, die man allgemein unter dem Begriff Magersucht kannte. Und eine Pro-Mia war an Bulemia nervosa erkrankt, besser bekannt als Bulimie oder Ess-Brech-Sucht. Schlaicher hatte viele verschiedene Untergruppen gefunden. In Internetforen tauschten sich vierzehnjährige Mädchen darüber aus, wie man am besten dünn wird. Hinter dem Begriff »Thinspiration« – eine Wortkreation aus »Thin« für dünn und »Inspiration« – verbargen sich Fotos von Mädchen, die so dürr waren, dass ihre Beckenknochen weit hervorstanden. Teilweise konnte man jede einzelne Rippe sehen. Das Brot, das Schlaicher sich zum Frühstück gemacht hatte, lag unangetastet auf seinem Teller. Von den Hinweisen, wie man sich am besten den Finger in den Hals stecken konnte, war ihm selbst schlecht geworden.

Auf mehreren Seiten hatte er »Anas Brief« gefunden, ein Schreiben, das ihm dermaßen unfassbar vorkam, dass er es sich ausdrucken und zuerst nach unten gehen musste, um ein Glas Wasser zu trinken. Als er wieder nach oben kam, setzte er sich neben Dr. Watson auf das Sofa und las:

Erlaube mir, mich vorzustellen. Mein Name, oder wie ich von sogenannten »Ärzten« genannt werde, ist Anorexie. Mein vollständiger Name ist Anorexia nervosa, aber du kannst mich Ana nennen. Ich hoffe, wir werden gute Freunde.

In der nächsten Zeit werde ich viel Zeit in dich investieren, und ich erwarte das Gleiche von dir. In der Vergangenheit hast du mitbekommen, wie deine Lehrer und Eltern über dich sprachen. Du bist »so reif«, »intelligent«, »gibst immer alles«, und in dir steckt »so viel Potenzial«. Wohin hat dich das alles gebracht, wenn ich fragen darf? Nirgendwohin! Du bist nicht perfekt, du strengst dich nicht genug an, und darüber hinaus verschwendest du deine Zeit damit, mit deinen Freunden zu reden und über sie und irgendwel-

che Hobbys nachzudenken. Dieser Luxus wird dir in Zukunft nicht gestattet sein.

Deine Freunde verstehen dich nicht. Sie sind nicht ehrlich. Wenn du sie gefragt hast: »Sehe ich fett aus?«, und sie geantwortet haben: »Nein, natürlich nicht«, wusstest du, dass sie lügen. Nur ich sage dir die Wahrheit. Deine Eltern … Du weißt, dass sie dich lieben und dass sie für dich sorgen. Aber die Sache ist einfach die, dass sie deine Eltern sind und darum verpflichtet, so zu handeln und dich anzulügen. Ich werde dir jetzt ein Geheimnis verraten: Tief in ihrem Inneren sind sie von dir enttäuscht. Aus ihrer Tochter, der mit all dem Potenzial, ist ein fettes, faules Mädchen geworden, das alles, was es hat, nicht verdient hat.

Aber ich bin gerade dabei, das alles zu ändern.

Ich erwarte eine ganze Menge von dir. Du darfst nicht viel essen. Es wird langsam anfangen: Reduzierung der Fettaufnahme, Lesen der Nährwertangaben, Junkfood, Frittiertes etc. wird weggelassen. Für eine Weile wird die Übung einfach sein: etwas Laufen, vielleicht ein paar Crunches und Sit-ups. Nichts zu Schweres. Du verlierst ein paar Pfunde. Nimmst ein bisschen Fett aus diesem Fettbottich deines Bauches. Aber es wird nicht lange dauern, dann werde ich dir sagen, dass das nicht genug ist.

Ich werde von dir verlangen, deine Kalorienaufnahme zu verringern und gleichzeitig mehr Übungen zu machen. Ich werde dich an deine Grenzen treiben. Du musst es ertragen, weil du dich mir nicht widersetzen kannst. Ich fange an, mich bei dir einzunisten. Ziemlich bald bin ich immer bei dir. Ich bin da, wenn du morgens aufwachst und zur Waage rennst. Ich bin da, wenn du mit Schrecken in den Spiegel siehst. Ich bin da, wenn du dir in das Fett kneifst, das da ist, und wenn du lächelst, während du dir über Knochen streifst. Ich bin da, wenn du den Tagesplan gestaltest: vierhundert Kalorien, zwei Stunden Sport. Ich bin diejenige, die ihn ausknobelt, weil meine und deine Gedanken eins werden.

Ich folge dir den ganzen Tag hindurch. In der Schule, wenn du dich schlecht konzentrieren kannst, gebe ich dir etwas zum Nachdenken: Zähle die Kalorien für den Tag nach. Es sind zu viele. Ich fülle deinen Kopf mit Gedanken über Essen, Gewicht, Kalorien und Dinge, über die Nachzudenken sicher ist. Denn ich bin in dir drin, in deinem Kopf, deinem Herzen und deiner Seele. Die Schmerzen des Hungers, die du vorgibst zu spüren, das bin ich in dir.

Ziemlich bald werde ich dir nicht nur sagen, was du mit Essen machen sollst, sondern auch, was du die ganze Zeit über machen sollst. Lächle und nicke. Zeige dich von deiner guten Seite. Schlage auf diesen fetten Bauch, verdammt, Gott, bist du eine fette Kuh! Wenn es Zeit fürs Essen ist, sage ich dir, was zu tun ist. Lass es so aussehen, als hättest du etwas gegessen. Kein Stück … wenn du isst, dann wirst du die Kontrolle verlieren … Willst du das? Wieder die fette Kuh werden, die du einmal warst? Ich zwinge dich, Models aus Modemagazinen anzustarren. Diese perfekt dünnen, verzichtenden Models mit den weißen Zähnen. Ich lasse dich erkennen, dass du nie wie sie sein kannst. Wenn du in den Spiegel schaust, zeige ich dir Fettleibigkeit und Scheußlichkeit, wo in Wirklichkeit ein hungerndes Kind ist. Aber du musst das glauben, denn wenn du die Wahrheit kennen würdest, könntest du wieder anfangen zu essen und unsere Beziehung würde zerbrechen …

Manchmal wirst du rebellieren. Du wirst das kleine rebellierende, fieberhafte Gefühl, das in deinem Körper zurückgeblieben ist, bemerken, und du wirst dich runter in die dunklen Küche wagen. Die Kühlschranktür wird sich leise knarrend langsam öffnen. Deine Augen werden das Essen streifen, das ich in sicherem Abstand von dir aufbewahrt habe. Du wirst deine Hände lethargisch, wie in einem Albtraum, durch die Dunkelheit nach einer Packung Cracker greifen sehen. Du wirst sie in dich hineinstopfen, mechanisch, nicht wirklich schmeckend, aber du wirst genießen, dass du etwas gegen mich tust, und nach einer weiteren Packung greifen, einer weiteren, einer weiteren, einer weiteren. Dein Magen wird sich aufblähen, aber du willst noch nicht aufhören. Und die ganze Zeit werde ich dich anschreien aufzuhören, du fette Kuh, du hast wirklich keine Selbstkontrolle, du wirst fett werden.

Wenn es vorbei ist, wirst du dich wieder an mich klammern, mich um Rat fragen. Dann zwinge ich dich ins Badezimmer, auf deine Knie. Ich zwinge deine Finger in deinen Rachen, und nicht ohne eine große Menge Schmerz wird dein Essen rauskommen. Wieder und wieder, bis du Blut und Wasser spuckst und weißt, dass alles raus ist. Wenn du aufstehst, wird dir schwindelig sein. Werde nicht ohnmächtig! Stehe aufrecht! Du fette Kuh, du verdienst es, Schmerzen zu haben. Vielleicht bringe ich dich dazu, Abführmittel zu nehmen, und du wirst bis in die frühen Morgenstunden auf dem Klo sitzen, mit einem drückendem Gefühl in dir. Oder vielleicht bringe ich dich dazu, dich selbst zu verletzen, deinen Kopf gegen eine Wand zu schlagen, bis du schreckliche Kopfschmerzen bekommst. Ritzen ist genauso effektiv. Ich will, dass du dein Blut siehst, wie es deinen Arm runterläuft. In diesem Bruchteil der Sekunde wirst du merken: Du verdienst ihn, egal welchen Schmerz ich dir gebe.

Du willst nicht, dass das mit dir passiert? Findest mich unfair? Ich tue das, um dir zu helfen. Ich mache es möglich für dich aufzuhören, an deine Gefühle zu denken, die die Ursachen für deinen Stress sind. Gedanken der Wut, Traurigkeit, Niedergeschlagenheit und Einsamkeit können sich verziehen, denn ich fülle deinen Kopf mit dem Kalorienzählen. Ich vernichte deinen Wunsch, mit anderen Kindern deines Alters Zeit zu verbringen. Denn jetzt bin ich deine einzige Freundin.

Ich habe eine Schwäche. Aber wir dürfen keinem davon erzählen. Wenn du dich entscheidest, gegen mich zu kämpfen, jemanden zu erreichen und ihm zu erzählen, was ich aus deinem Leben mache, wird alles zusammenbrechen! Niemand darf es erfahren, niemand kann die Schale brechen, mit der ich dich bedeckt habe. Ich habe dieses dünne, perfekte, beneidenswerte Kind geschaffen. Du bist mein, nur mein. Ohne mich bist du nichts. Also kämpfe nicht gegen mich! Wenn andere Bemerkungen machen, ignoriere sie. Vergiss sie. Vergiss alle, die versuchen, mich von dir wegzubekommen. Ich bin dein größter Gewinn, und ich habe vor, sie von dir fernzuhalten.

DEINE Ana

Schlaicher legte die Blätter zur Seite. Konnte das wirklich sein? Konnten sich Menschen so etwas antun? Natürlich hatte er schon oft davon gehört, er hatte befürwortet, dass in Spanien nur noch Models erlaubt werden sollten, die einen bestimmten Body-Mass-Index nicht unterschritten, hatte die dürren Frauen auch nie attraktiv gefunden. Aber dass junge Mädchen so etwas betrieben, dass sie sich fast zu Tode hungerten, oder, wie er auf manchen Seiten gelesen hatte, tatsächlich zu Tode gehungert hatten, war zu viel. Er saß eine halbe Stunde lang einfach nur da. Einiges erklärte sich jetzt. Annas Gedicht stammte nicht umsonst von dieser Miana-Seite. Sie war ihm schon auf den Fotos viel zu dürr vorgekommen. Die Bücher mit Kalorientabellen, die in ihrem Zimmer lagen, hatte Schlaicher als normal eingestuft. Aber mit dem Hintergrund, den er sich nun angelesen hatte, waren es Bücher, mit denen sich Mädchen ihr Leben schwer machten, um leicht zu werden.

Auf einer der Internetseiten hatte er gelesen, dass zwei Zahnbürsten ein Zeichen dafür sein konnten, dass ein Kind an Ess-Brech-Sucht litt. Die eine wurde mit dem stumpfen Ende benutzt, um den Brechreiz auszulösen, die andere, um danach mit viel Zahnpasta den Geschmack und vor allem den Geruch wegzubekommen. Dazu könnten dann auch die Putzmittel und Raumdeos in Annas Badezimmer dienen. Denn, das besagten »Anas Gesetze«, die ebenfalls auf den meisten Seiten in unterschiedlichen Variationen zu finden waren, eine Ana oder Mia durfte niemand anderen wissen lassen, dass sie zu dieser Gruppe gehörte. Außer einen Zwilling, einen Twin, wie die Mädchen es nannten. Eine andere Person, die an der gleichen Krankheit litt und wohl die beste Freundin neben »Ana« sein sollte. Um sich gegenseitig zu kontrollieren und zu motivieren, immer noch mehr abzunehmen.

Die Mädchen waren ganz offensichtlich in ihrer Wahrnehmung gestört. Schlaicher hatte Bilder von jungen Frauen gesehen, die so dürr waren, dass er sich kaum vorstellen konnte, dass sie noch selbstständig stehen konnten. In ihren Kommentaren über sich selbst schrieben sie aber immer wieder davon, dass bei jedem Blick in den Spiegel immer noch zu viel Fett zu sehen sei. Konnte es wirklich sein, dass Anna ebenfalls so dachte? Dann hatte sie das Marmeladenbrot weggeworfen. Sie war vielleicht sogar absichtlich verschwunden, weil sie vor Jonas nicht essen wollte. Und dann später entführt worden? Schlaicher schüttelte den Kopf. An diesem Punkt hielt das Gedankengerüst noch nicht. Ihm fehlten noch immer ein paar Bolzen, um die Theorie zu sichern. Und ihm fehlte jemand, mit dem er sich besprechen konnte. Jemand, der genauso erschüttert wäre wie er.

Schlaicher holte das Telefon. Er musste einfach mit Martina sprechen. Immerhin waren sie erwachsen und sollten es doch hinbekommen, auch nach einer gemeinsam verbrachten Nacht miteinander befreundet zu bleiben. Als er wieder oben saß und die ersten Ziffern von Martinas Telefonnummer drückte, fragte er sich trotzdem, was er ihr denn eigentlich sagen sollte. Er legte den Apparat zur Seite und lehnte sich auf dem Sofa zurück. Die Erinnerung an die letzte Nacht erregte ihn, aber der Gedanke, dass sich dadurch vielleicht alles verändern würde, machte ihm Angst. Wie sollte es weitergehen? Sie würden vielleicht öfter miteinander schlafen, irgendwann würde sie zu ihm ziehen und ganz langsam und fast unmerklich versuchen, ihn zu einem anderen zu erziehen, als er war. Irgendwann würde sie immer häufiger vom Heiraten sprechen, und wenn sie dann auch noch schwanger würde, dann wäre ihre Beziehung schnell genauso festgefahren wie früher die Beziehung mit seiner Ex-Frau Manuela. Klar hatte es wehgetan, damals, als Manuela ihn verlassen hatte. Aber als er bemerkte, dass er alleine plötzlich wieder eine Freiheit fand, die er immer hatte haben wollen, hatte er sich gut gefühlt. So gut, dass er sich nach der Trennung zu weit von Manuela und vor allem von Lars wegbewegt hatte. Schlaicher hatte seinen Sohn mehrere Jahre lang nur sehr unregelmäßig gesehen, und der Junge hatte ihm das auch übel genommen. Erst als Jahre später auch Manuelas neue Beziehung gescheitert war, hatte Schlaicher wieder einen Schritt auf Lars zugemacht. Und jetzt? Er war sehr glücklich. Sein Sohn wohnte bei ihm, sie verstanden sich gut, und beide lebten gemeinsam ihr eigenes Leben. Aber so etwas funktionierte wohl nur unter Männern, oder?

Schlaicher nahm das Telefon wieder auf und wählte. Nach mehrmaligem Klingeln wurde der Hörer abgenommen.

»Ja?«

»Hallo, Manu. Hier ist Rainer.«

Schlaichers Ex-Frau klang wirklich erfreut. »Hey, von dir habe ich ja schon ewig nichts mehr gehört.« Gleich darauf änderte sich ihre Stimme, und sie fragte besorgt: »Ist irgendwas mit Lars?«

»Nein, mit dem ist alles klar. Sarah ist gerade da.«

»Ah, verstehe. Hat einen guten Geschmack, dein Sohn. Ich fand sie ziemlich nett, als die beiden letztens zusammen hier waren.«

»Ja«, sagte Schlaicher. »Du, ich bräuchte mal deine Hilfe als Frau.«

»Oh Rama, das klingt ja nach Liebeskummer.« Ihr Tonfall war belustigt und mitfühlend zugleich. »Aber vielleicht fragst du bei dem Thema die Falsche.«

»Wieso? Bist du nicht mehr mit diesem Banker zusammen?«, fragte Schlaicher überrascht.

»Nein«, gab sie kurz zurück.

»Was war denn los? Was Lars erzählt hat, klang so, als wärt ihr beide total verliebt.«

»Diesmal bin ich wohl sitzen gelassen worden«, sagte Manuela lakonisch. »Aber was ist mit dir? Probleme mit deiner Martina?«

Es fühlte sich seltsam an, mit der ersten großen Liebe seines Lebens so zu sprechen. Musste man sich erst getrennt haben und Jahre des Streits hinter sich bringen, um wieder so offen sein zu können wie einst, als man sich kennenlernte? Je enger sie beide zusammen gewesen waren, umso klarer hatte sich jeder auf seine eigene Position zurückgezogen und in Schweigen gehüllt.

»Ich hatte bisher eigentlich nichts mit Martina«, meinte Schlaicher. »Oder hat Lars etwas anderes gesagt?«

»Nach allem, was mir Lars von dir erzählt hat, dachte ich, es wäre wohl nur eine Frage der Zeit, bis sich da etwas zwischen euch entwickelt. Aber um wen geht es dann?«

»Also gut. Ja, es ist wegen Martina.«

Manuela lachte. »Sie hat sich in dich verliebt, aber du dich nicht in sie«, sagte sie.

»Ja, so ungefähr.« Er war sich selbst nicht ganz sicher, ob das so stimmte. Hatte sich Martina wirklich in ihn verliebt? Empfand er nicht vielleicht doch etwas mehr für sie, als er sich eingestand?

»Ja wie denn jetzt«, forderte Manuela ihn auf, konkreter zu werden.

»Ich weiß es einfach nicht. Auf jeden Fall haben wir gestern Nacht zu viel getrunken und sind im Bett gelandet.«

»Und sie hat heute früh auf unberührbar gemacht«, schätzte Manuela.

»Hä, wieso das? Nein. Also, irgendwie bin ich der Ansicht, dass das alles zu schnell geht.«

»Wie langsam soll es denn noch gehen? Wir zwei kannten uns erst seit einem Tag, als wir in der Kiste gelandet sind.«

»Ja, aber da waren wir noch jung.«

»Und deinem unglaublich hohen Alter entsprechend hast du dir jetzt fast ein Jahr Zeit gelassen. Aber das ist wohl kaum der springende Punkt. Du liebst sie nicht, richtig?«

Schlaicher machte eine längere Pause. »Ich weiß es nicht.«

»Dann liebst du sie.«

»Verdammt, ich weiß es doch nicht. Wie kann man so was wissen?«

»Seht ihr euch heute noch?«

»Ich habe ihr gesagt, dass es besser wäre, die Sache zu vergessen und weiterzumachen wie bisher.«

»Oh, du bist immer noch so ein blöder Typ. Du hast echt gar keine Ahnung von Frauen.«

»Das stimmt so nicht«, ging Schlaicher dazwischen, aber Manuela ließ sich nicht unterbrechen.

»Ruf sie an und sag ihr, dass es dir leidtut und dass ihr euch unterhalten müsst.«

»Genau das wollte ich gerade tun«, sagte Schlaicher zu seiner Verteidigung.

»Und warum telefonierst du dann die ganze Zeit mit deiner Ex?«, fragte Manuela belustigt.

Er war nicht sicher, ob er aussprechen sollte, was ihm durch den Kopf ging. Schließlich fasste er sich ein Herz und sagte: »Ich habe Angst, dass es zwischen Martina und mir so wird wie zwischen uns.«

Schlaicher hatte eine belustigte, beleidigte oder wütende Reaktion erwartet, aber Manuelas Antwort verwunderte ihn doch sehr.

»Es tut mir leid, wie es zwischen uns gelaufen ist. Ich habe dich sehr geliebt, aber die Zeit hat so vieles verändert«, sagte sie traurig.

»Ja, das hat sie«, gab er zu.

»Rama, Menschen verändern sich. Ich bin auch nicht mehr der Punk, der mit dir auf der Zeil geschnorrt hat. Meinst du, ich hätte mir damals vorstellen können, mir irgendwann wegen eines Kapitalisten wie Joachim, einem Banker mit Segeln und Golf als Hobbys, die Augen auszuheulen? Ich sehe vieles, was ich früher gemacht habe, als falsch an. Aber trotzdem möchte ich es nicht missen. Wir hatten wunderschöne Zeiten, und es würde Lars nicht geben, wenn wir es damals aus der Angst heraus, es könnte etwas mit unserer Beziehung schiefgehen, gar nicht erst miteinander probiert hätten.«

Schlaicher wurde schlagartig klar, wieso er sich Martina gegenüber so verhalten hatte. Er hatte Angst vor der Veränderung, Angst, eine Entscheidung zu treffen, die sich als falsch herausstellen könnte.

»Manuela, es tut mir leid, dass es bei dir nicht geklappt hat. Aber ich danke dir. Du hast mir einiges klarer werden lassen. Ich muss jetzt Schluss machen.«

»Ich vermute, du hast jemanden zu besuchen«, sagte sie.

»Vielleicht rufe ich erst mal an«, gab Schlaicher zurück.

Sie verabschiedeten sich, und kaum hatte er aufgelegt, wählte Schlaicher auch schon wieder. Er war so aufgeregt, dass er sich zweimal vertippte. Er zwang sich, langsamer zu wählen und schaffte es, die richtige Zahlenkombination zusammenzubekommen.

Während es klingelte, fragte sich Schlaicher, was er sagen sollte. Vielleicht einfach, dass es ihm leidtat und er mit ihr sprechen musste. Oder gleich, dass er sie liebte? Nach dem fünften Klingeln ging der Anrufbeantworter an. Eine fröhlich klingende Martina erklärte ihm, dass sie nicht da sei. »Wahrscheinlich für meinen Chef unterwegs«, sagte sie. Dann bat sie, eine Nachricht zu hinterlassen.

»Hallo, Martina«, stammelte Schlaicher. »Ich wollte, also, ich muss, oder besser *wir* müssen … Also, wir müssen reden.« Er holte Luft. »Wenn du da bist, dann geh doch bitte ran.« Nichts passierte. Entweder sie war nicht da, oder sie wollte nicht rangehen. »Ich habe dein Portemonnaie gefunden.« Schlaicher legte auf.

ZEHN

Er hatte nicht die geringste Lust, an den Computer zurückzugehen. Er musste sich regelrecht dazu zwingen. Wie konnte er nur so dumm gewesen sein! Da wandelte das Glück die ganze Zeit vor seinen Augen, und er hatte in ihr nie mehr als seine beste Freundin gesehen. Beim Stichwort beste Freundin musste er aber auch wieder an Anna denken. Wenn die armen Mädchen einen Twin hatten, eine Freundin, die man nur im Netz kennt, der man alles sagen kann, was sonst keiner weiß, dann müsste die doch im gleichen Forum unterwegs sein, wie Anna auch. War das vielleicht die Abkürzung »DE«? Warum sollte Anna sonst ein Gedicht schreiben, das »DE« gewidmet war und nur auf dieser einen Seite auftauchte. Schlaicher fragte sich, warum das Gedicht wohl auf der Seite stand und wer es dort eingestellt hatte. Er schaute es sich noch einmal an.

Für DE
Mai
My aim is to be
What I am
Mon amie

»Mein Ziel ist es, zu sein, was ich bin, meine Freundin.« Ja, das passte zu dieser unfassbaren Bewegung. Es handelte sich um Anagramme. Ana-Gramme. Welche Ironie, dass Worte, die aus den gleichen Buchstaben in anderer Reihenfolge gebildet wurden, so hießen. Vor allem, wenn es sich um Anagramme zu dem Wort Mia handelte. Schlaicher schüttelte den Kopf. Alles passte zusammen. Er musste herausfinden, ob »DE« Annas Twin war, musste Kontakt zu ihr aufnehmen. Und wenn es keinen anderen Weg gab, als sich selbst auf dieser Seite anzumelden, dann würde er das tun. Er gab sich so oft als jemand anderer aus, warum diesmal nicht als fünfzehnjähriges Mädchen, das sich ewigem Hungern verschrieben hatte? Allerdings würde er vorsichtig sein müssen, um nicht unglaubhaft zu wirken. Er ging wieder auf die Miana-Seite und begann, die Bewerbung auszufüllen.

Als Nickname wählte er »Nebelkind«. Als Größe gab er spontan »1,57« an, aber beim Gewicht musste er erst einmal gründlich überlegen. Wie viel oder wie wenig durfte eine Ana oder eine Mia wiegen? Zum Glück gab es das Internet. Auch wenn es als unzensiertes Medium half, dass Mädchen sich gegenseitig in einen solchen Körperwahn hineinsteigern konnten, würde es auch ihm dabei helfen, in deren System einzudringen. Er öffnete einen Body-Mass-Index-Rechner und probierte etwas herum. Mit seinen eigenen Werten bekam er zu seiner Verblüffung die Information, dass er »deutliches Übergewicht« habe. Ja, er war nicht der Dünnste, aber es gab so viele wirklich dicke Leute, so viele Menschen, die weit mehr mit sich herumtrugen als er. War es wirklich so verwerflich, bei einem Meter achtzig einhundert Kilo zu wiegen? Dabei fühlte er sich wohl und körperlich fit. Vielleicht könnte er tatsächlich ein paar Kilo weniger vertragen, aber ab wann würde ihm dieser Rechner im Internet denn Normalgewicht bescheinigen? Er probierte es aus. Als er sah, dass er zwanzig Kilo abnehmen müsste, um als Normalgewichtiger durchzugehen, fluchte er laut. Dr. Watson kam neugierig zu ihm rüber. Schlaicher fiel ein, dass er dem Hund noch gar kein Futter gemacht hatte.

»Magst du ein Leckerchen, Dr. Watson?«, fragte er, und sofort sprang der Basset aufgeregt im Kreis. Schlaicher ging nach unten und machte dem Hund einen besonders tollen Napf, so wie er ihn mochte, mit Trockenfutter, einer halben Dose Feuchtfutter, ein paar Haferflocken und einem Ei. Bei Tieren gab es freiwilliges Verhungern nicht. Dr. Watson liefen lange Sabberfäden die Lefzen herab, und Schlaicher sah dem Tier die Vorfreude auf den vollen Napf an. Irgendwie war er spendabel und legte noch ein Würstchen dazu, das gestern übrig geblieben war. Er stellte den Napf ab, und schon hing der Hund mit dem Kopf und den langen Ohren darin. Schlaicher lächelte.

Er ließ den Internetrechner ermitteln, ab wann ein Mädchen

Untergewicht hatte. Während sein BMI bei über dreißig gelegen hatte, war für Mädchen ein Wert von unter neunzehn nötig, um als nicht mehr normalgewichtig zu gelten. Ab diesem Wert drohten laut der BMI-Information schwere körperliche Schäden. Genauso wie beim starken Übergewicht. Schlaicher tippte auf der Miana-Seite »45 Kilo« ein. Als persönliches Ziel nannte er »40 Kilo«, und ihm schauderte allein bei dem Gedanken.

»Was bedeuten dir Ana und Mia?«, wurde er gefragt. Schlaicher tippte: »Seit ich zwölf bin, habe ich mich nicht im Spiegel ansehen können, ohne zu verzweifeln. Ich war eine fette Kuh. Überall Speck. Eine Schande. Ana hat mir geholfen, dass ich mich besser fühle. Sie ist meine beste Freundin.«

Oh Gott, was für ein Müll, dachte Schlaicher, aber ähnliche Aussagen hatte er in anderen Foren gelesen.

»Wie weit gehst du mit Ana?«, war die nächste Frage.

»Ich würde alles für sie tun«, schrieb er widerstrebend in das leere Feld.

Den ganzen Fragebogen auszufüllen, dauerte über eine Stunde. Schlaicher hatte ein paar Antworten noch einmal geändert, immer wieder auf anderen Pro-Ana-Seiten geschaut und teilweise Informationen von dort in sein Aufnahmeformular eingetragen. Es sollte möglichst echt erscheinen. Allerdings ließ er solche Sachen weg, wie sich selbst die Arme mit Rasierklingen aufschneiden. Das ging doch ein Stück zu weit. Er drückte auf »Bewerbung absenden«. Dadurch öffnete sich ein neues Fenster. Eine Libelle war in der Seitenmitte abgebildet, die fast so aussah wie das Schmuckstück, das Schlageter an der Straße gefunden hatte. Darunter stand: »Liebe Freundin. Vielen Dank, dass du Mitglied bei miana werden möchtest. Du bekommst in den nächsten Tagen eine Mail, in der steht, ob wir dich aufgenommen haben oder nicht. Ana macht uns schön.«

Schlaicher fuhr den Rechner herunter. Er hatte mehr als genug von diesem Tag. Sein Kopf schmerzte, seine Augen brannten, und er konnte Martina nicht erreichen, obwohl er sich doch endlich über seine Gefühle klar geworden war. Sein Magen fühlte sich leer an. Vielleicht sollte er jetzt doch etwas essen.

Kaum hatte er begonnen, sein Brötchen zu schmieren, da klingelte das Telefon. Schlaicher rannte nach oben. Er hoffte, dass Martina anrief, aber es war Schlageter. Die Stimme des Kommissars klang müde.

»Schlaicher, wir haben ein Problem.«

»Was ist los? Ist etwas mit Anna?«

»Ja. Gestern Abend war eine Geldübergabe. Die ist gescheitert, und heute früh haben wir ein Päckchen bekommen, in dem ein Finger von dem Mädchen lag.«

»Was?«, fragte Schlaicher entsetzt.

»Die Typen sind brutaler, als ich dachte.«

»Für fünfzigtausend Euro?« Schlaicher war immer noch sprachlos.

»Außerdem war noch ein Brief dabei, ordentlich aus der Bild-Zeitung ausgeschnittene Buchstaben. Die Lösegeldforderung ist auf zweihunderttausend Euro hochgegangen. Dabei hatten wir alles so gut geplant.«

»Können wir uns treffen? Sie müssen mir das genauer erzählen. Und ich habe auch etwas Neues.«

»Es ist gleich Essenszeit«, sagte Schlaicher. Vielleicht können wir uns irgendwo zusammensetzen. Aber ich habe nur eine Stunde.«

»Soll ich nach Lörrach kommen?«

»Das wäre gut.«

»Was ist passiert«, wollte Schlaicher wissen, kaum dass sie saßen.

»Gestern Abend um zwanzig Uhr gab es einen neuen Anruf der Entführer. Ich rede jetzt im Plural, weil wir mittlerweile sicher sind, dass es mehrere Täter sind.«

»Ich dachte, Sie sind von dem Fall abgezogen?«

»Aber das heißt nicht, dass ich in der Polizeidirektion nicht mitbekomme, was läuft. Und jetzt lassen Sie mich erzählen, Schlaicher.«

»Ja, schon gut.«

Ein junger Kerl mit einer schwarzen Schürze kam zu ihnen an den Tisch und brachte die Karte.

»Nicht nötig«, sagte Schlageter. »Zweimal Schnitzel mit Pommes und Salat. Und zwei Apfelschorlen.«

»Wie Sie wünschen«, sagte der Mann und drehte sofort wieder um.

»Ist das Schnitzel hier besonders gut?«, fragte Schlaicher.

»Ist okay. Ich wollte nur nicht, dass der Typ jetzt ständig kommt. Also: Die Entführer riefen an. Wir waren natürlich in der Leitung, aber die Zeit reichte nicht, um den Anruf gleich zurückzuverfolgen. Wie wir mittlerweile wissen, kam er aus einer Telefonzelle in Rheinfelden.«

»Der gleiche Mann?«

»Dieselbe Stimme, wieder verzerrt. Wir scheinen es mit Profis zu tun zu haben. Die Übergabe sollte durch Irene Kiefer durchgeführt werden, das ist die Mitarbeiterin von Schmid.«

Schlaicher nickte.

»Sie sollte das Geld in eine Plastiktüte stecken und umgehend mit Schmids Wagen nach Hägelberg fahren. Zur ›Schönen Aussicht‹, kennen Sie die?«

Schlaicher kannte die »Schöne Aussicht«. Hägelberg war ein Ortsteil von Steinen und lag von Maulburg aus gesehen auf der anderen Seite der Wiese. Im Hauptort bog man ab und fuhr dann noch etwa einen Kilometer den Berg hoch, bis man das Sackgassendorf erreichte. Es gab nur diese eine Straße, denn Hägelberg war hinten von Wald umgeben. Viele kleine Wege führten hindurch, und Schlaicher hatte sich einmal mit Lars und Dr. Watson fast verlaufen, zumindest hatten sie das schon befürchtet. Aber es gingen dort an schönen Tagen recht viele Leute spazieren. Unter anderem auch wegen der tatsächlich schönen Aussicht, dem Übersichtspunkt über das Wiesental. Bei klarem Wetter konnte man sogar die Alpen in einer langen Kette über den Horizont verlaufen sehen.

»Die Stimme sagte, neben dem Eingang im Gestrüpp sei ein Funkgerät versteckt. Das sollte Irene Kiefer nehmen und dann den Anweisungen folgen.«

»Die sie wahrscheinlich tiefer in den Wald geführt haben«, schätzte Schlaicher.

»Langsam. Der Typ hat vorgegeben, dass wir nur zwanzig Minuten Zeit haben. Eine Katastrophe. Von Malewski ist kaum dazu gekommen, Irene Kiefer einen Standortsender zuzustecken.«

»Sie haben sie verwanzt?« Schlaicher riss die Augen auf.

»Ich habe gar nichts. Sie brauchen mir keine Vorwürfe zu machen. Aber wir sind die Polizei. Wir müssen eine Tat verfolgen. Die Soko hat sofort alle Straßen überwachen lassen, ein Hubschrauber stand bereit, wir haben Posten an alle Wege geschickt, wo jemand aus dem Wald rauskommen konnte. Aber das ist ein riesiges Gebiet, und wir hatten keine Ahnung, wohin Irene Kiefer gelotst werden würde.«

»Konnten Sie das Funkgerät nicht einfach abhören?«

»Moment.« Schlaicher hielt inne und wartete, bis der junge Kellner ihnen ohne Kommentar zwei Gläser Apfelschorle hinstellte. Erst als er wieder weg war, erzählte er weiter.

»Wir wollten natürlich den Funk mithören, aber die haben ein digitales Funkgerät verwendet. Die Dinger sind abhörsicher.«

»Frau Kiefer war also pünktlich da?«

»Nicht ganz. Sie war zwei Minuten zu spät, aber sie hat das Funkgerät gefunden und wurde in den Wald gelotst.«

»Die Frau muss ja ungeheure Angst gehabt haben.«

»Hatte sie auch. Sie hat aber eingewilligt, das zu machen. Sonst hätten wir eine Beamtin verkleiden müssen, aber dafür hat die Zeit gefehlt.«

Schlaicher staunte. Das klang wie in einem Krimi. Er trank einen Schluck und hörte weiter zu.

»Irgendwie haben die aber wohl etwas mitbekommen von unserer Aktion. Der letzte Funkspruch lautete: ›Das war's.‹ Und ab dann blieb es still.«

»Sie meinen, dass jemand gesehen hat, dass Sie Irene Kiefer gefolgt sind.«

Schlageter nickte. »Darum gehen wir auch mit an Sicherheit grenzender Wahrscheinlichkeit davon aus, dass es sich um mehrere Täter handelt. Denn sicherlich war einer im Wald, und mindestens eine andere Person hat irgendwo geschaut, ob Polizei in die Nähe kommt.«

»Sie haben davon gesprochen, dass Annas Finger …« Schlaicher konnte es nicht aussprechen.

Wieder nickte Schlageter. Er sah sehr müde aus. »In einer Reihensiedlung in Efringen-Kirchen wurde heute früh um sechs Uhr ein Paket im Garten gefunden. Der Mann, der auf dem Weg zur Arbeit war, hat es aufgemacht und darin den Finger in einer Plastiktüte und einen Brief an uns gefunden. Sie haben ihr den kleinen Finger der rechten Hand abgeschnitten. Wahrscheinlich mit einer Rosenschere.«

Beide saßen schweigend da. Von den anderen Tischen drang fröhliches Lachen zu ihnen, Gespräche, das Geklapper von Besteck. Im Hintergrund lief beruhigende Musik, die Schlaicher erst jetzt wahrnahm.

»In dem Brief stand, dass die Entführer das Lösegeld erhöhen?«, fragte Schlaicher, der den Gedanken an die Schmerzen und die Angst des kranken Mädchens in der Stille an seinem Tisch nicht länger ertragen konnte.

»Ja. Und dass wir beim nächsten Mal ihren Kopf bekommen, wenn wir uns nicht raushalten.«

»Dann müssen Sie das tun! Es wird doch irgendwelche Möglichkeiten geben, die Schweine später zu erwischen, wenn Anna erst einmal in Sicherheit ist.« Schlaicher war lauter geworden, als er beabsichtigt hatte. Die Leute am Tisch nebenan schauten zu ihnen herüber.

Der Kommissar winkte ihm zu, sich zu beruhigen. »Die gibt es. Das LKA hat mit von Malewski und seinen Leuten eine Spezialtruppe geschickt. Das sind Polizisten, die besonders im Bereich von Entführungen und Geiselnahmen geschult sind. Wir haben die Geldscheine registriert, und in der Tüte war ein Miniatursender versteckt. Wir hätten auch so herausgefunden, wo das Geld ist.«

»Und warum ist von Malewski dann so ein Risiko eingegangen?«

»An erster Stelle steht in unserer Arbeit der Opferschutz. Aber wir sind auch verpflichtet, die Täter zu verfolgen. Und wir haben es mit sehr ausgefuchsten Tätern zu tun. Es ist, als würden sie jeden unserer Schritte kennen.«

Schlaicher dachte kurz nach. »Meinen Sie, es gibt jemanden bei Ihnen, der mit den Entführern zusammenarbeitet?«

»Ach Quatsch. So etwas gibt es nur im Fernsehen. Ich glaube eher, dass die Täter im direkten Umfeld der Schmids zu suchen sind. Von Malewski lässt jetzt die Nachbarn befragen, und wenn es noch lange dauert, kann es sein, dass auch Engel einen Besuch bekommt. Ich finde es sowieso sehr erstaunlich, dass er sich bei der ganzen Geschichte so zurückhält.«

Der Kellner brachte das Essen. Zwei riesige Schnitzel lappten über den Tellerrand, auf der anderen Seite lag ein Berg Pommes, der Salat allerdings war im Vergleich zu den sonstigen Massen eher spärlich zu nennen.

»Sie haben gesagt, dass Sie etwas herausgefunden haben«, sagte Schlageter zwischen zwei scheckkartengroß abgeschnittenen Schnitzelstücken.

Schlaicher merkte schon jetzt, wie ihm das Thema Magersucht den Appetit verdarb. Als er dem Kommissar davon erzählte, wurde dessen Spaß am Essen ebenfalls deutlich gedämpft. Bei dem Thema Erbrechen legte Schlageter das Besteck auf den erst halb leer gegessenen Teller. »Mir wird schlecht, glaube ich.« Tatsächlich sah er etwas fahl aus.

»Mir ist es genauso gegangen«, sagte Schlaicher mitfühlend und legte auch sein Besteck hin.

»In was für einer Welt leben wir eigentlich«, murmelte Schlageter. »Wissen Sie, wenn Sie seit vierzig Jahren nur mit Verbrechen zu tun haben, nur mit Leuten, die denken, sie stünden über dem Gesetz, oder armen Teufeln, denen es so dreckig geht, dass das Überleben wichtiger wird als das Gesetz, dann wollen Sie irgendwann nicht mehr.«

»Sie sind nicht gerne bei der Polizei?«

»Ich liebe meinen Beruf, Schlaicher. Ich bin zur Polizei, weil ich die Welt etwas besser machen wollte. Aber Sie bekommen von dem Guten kaum etwas mit, denn sobald ein Verbrechen aufgeklärt ist, hängen Sie schon wieder in der Tretmühle. Dann ist schon das nächste Verbrechen da. Ich kann nur reagieren. Jemand ruft mich an, sagt mir, dass es ein Verbrechen gegeben hat, und ich renne los. Ich fasse den Schuldigen, und schon wieder klingelt das Telefon. Ich habe langsam das Gefühl, dass die Welt eher schlechter als besser wird. Mit jedem Verbrecher, den ich fange, scheinen zwei neue dazuzukommen.« Schlageter schüttelte müde den Kopf. »Aber dass sich Mädchen zu Tode hungern wollen, das ist doch wirklich krank.«

»Ich habe noch etwas anderes. Schmid hat sich vorgestern mit zwei Leuten getroffen. In Maulburg am Waldparkplatz. Und gestern habe ich herausgefunden, dass es Russen sind. Ein Mann und eine Frau.«

»Und damit kommen Sie mir erst jetzt?« Schlageter klang wütend.

»Es hat sich nicht ergeben«, sagte Schlaicher, und das war die reine Wahrheit. »Kann sein, dass es gar nichts zu bedeuten hat, aber vielleicht sind die beiden in die Sache verwickelt. Der Kerl sah jedenfalls so aus, als hätte er keine Skrupel, einem Mädchen einen Finger abzuschneiden.«

»Russen geben sich nicht mit fünfzigtausend Euro ab.«

»Immerhin wollen sie jetzt zweihunderttausend«, entgegnete Schlaicher.

»Aber erst, nachdem die erste Übergabe schiefgelaufen ist. Ich werde Schmid fragen, was das für Leute sind. Was wissen Sie sonst noch über sie?«

»Sie kommen aus Hamburg. Zumindest hat ihr Auto ein Hamburger Kennzeichen.«

»Ein Hamburger Kennzeichen. Das kann ebenso gut zu einer Autovermietung gehören.«

»Das würde erklären, warum die Dame an der Rezeption mit der Angabe nichts anfangen konnte.« Schlaicher erzählte Schlageter von der zufälligen Begegnung im Gewerbegebiet und seinem späteren Besuch in dem Hotel.

»Und ich habe gedacht, wir arbeiten zusammen«, sagte Schlageter mit enttäuschtem Tonfall. »Aber Sie recherchieren doch wieder, ohne sich mit mir abzusprechen. Warten wir ab, was Schmid dazu sagt.«

»Hat es Ihnen nicht geschmeckt?« Der junge Mann war wie aus dem Nichts an ihrem Tisch aufgetaucht.

»Verdammt, wir wollen nur ein bisschen Ruhe!«, schimpfte Schlageter, und die Bedienung verschwand schnell wieder.

»Mit Ihnen fällt man aber auch überall negativ auf«, sagte

Schlaicher augenzwinkernd, doch Schlageter nahm das für bare Münze.

»Das hat meine Frau auch immer gesagt.«

»Ihre Frau? Ich wusste gar nicht, dass Sie verheiratet sind.«

»Wir haben uns vor zwanzig Jahren getrennt. Nach der Geschichte mit Engels Tochter. Ich habe Mist gebaut damals und mir das bis heute nicht verziehen.«

»Sie wollten mir sowieso noch erzählen, was damals war.«

»Wollte ich, Schlaicher, wollte ich. Aber im richtigen Moment. Nur habe ich das Gefühl, es gibt keinen richtigen Moment für so etwas. Ich mache es also kurz.«

Schlaicher schaute ihn erwartungsvoll an. Einen Teil der Geschichte hatte er ja schon von Engel gehört. Jetzt war er neugierig, wie das aus Schlageters Sicht aussah.

»Es war ein Freitag im Mai. Eine ziemlich ruhige Zeit damals. Wir hatten in der Inspektion für Kapitalverbrechen erst vor ein paar Wochen einen neuen Kollegen bekommen. Frisch von der Polizeischule. Er hieß Alexander von Malewski.« Schlageter machte eine Pause, aber Schlaicher zog nur die Augenbrauen hoch. Er war zu gespannt, wie es weitergehen würde.

»Von Malewski war von Anfang an ein intriganter, unangenehmer Mensch. Ein Schwabe mit reichen Eltern in Stuttgart. Großes Gehabe und nichts dahinter. Er hat gleich gesagt, dass Lörrach als sein erster Dienstort nur eine kurzfristige Sache sein würde. Auf so etwas stehen wir hier nicht, wenn die Schwaben uns ganz deutlich machen wollen, dass wir Provinz sind.«

Schlaicher nickte bestätigend.

»An dem Tag, als das Mädchen verschwand, hatte sich von Malewski krankgemeldet. Mir war das ursprünglich ganz recht so. Es schien nämlich ein ruhiger Tag zu werden, und diesen Typ dabeizuhaben, war ziemlich nervig. Er wusste alles besser, hat sich in Sachen eingemischt, die ihn nichts angingen, und er hatte ständig so eine blöde Kamera dabei. Aber dann kam der Anruf von den Kollegen, dass in Wieslet ein Mädchen verschwunden war. Ich habe bei von Malewski angerufen und ihm gesagt, dass ich ihn brauche, wenn es irgendwie geht. Er hat zweimal gehustet und gnädigst zugestimmt, nach Wieslet zu fahren. Er wohnte damals in Tegernau, das ist nur ein paar Kilometer weg. Wir haben uns da getroffen, und außer dass er ein paarmal gehustet hat, schien er topfit.«

Schlageter trank einen Schluck. Schlaicher sagte ungeduldig: »So umständlich kenne ich Sie ja gar nicht. Jetzt erzählen Sie endlich weiter.«

Der Kommissar funkelte ihn kurz an, fing sich aber schnell wieder. »Mir fällt es nicht sonderlich leicht, davon zu sprechen. Während ich mit Engels gesprochen habe – der alte Wirrkopf war damals noch verheiratet –, hat von Malewski sich in der Nachbarschaft umgehört. Das Mädchen war einfach so verschwunden. Niemand hatte irgendwas gesehen, niemand hatte etwas gehört oder bemerkt. Wir haben fast die ganze Nacht durchgearbeitet und am nächsten Morgen sehr früh wieder angefangen. Ich war gerade auf dem Weg in den Feierabend, als ich von den Kollegen angefunkt wurde. Eine Frau war kurz zuvor mit ihrem Hund im Hofener Wald unterwegs gewesen. Plötzlich ist ihr Hund weggelaufen, und sie ist ihm hinterher und hat ein Auto gesehen, wo keines hingehörte. Dazu einen Mann und ein schlafendes Kind, wie sie sagte. Das war ihr so unheimlich, dass sie weggelaufen ist, um die Polizei zu rufen.

Ich bin sofort umgedreht und auch in den Wald rein. Es wurde schon dunkel, und ich kannte mich nicht sonderlich gut aus, aber ich hatte mir genau beschreiben lassen, wo ich hinmusste, und dann habe ich den Hund bellen gehört.«

Schlageter schaute ins Leere. Schlaicher sah, wie der Kellner immer wieder zu ihnen rüberschaute und sich wohl fragte, wann er abräumen konnte und was der dicke alte Mann wohl zu erzählen haben mochte.

»Warum sind Sie da alleine hin? Kam Ihnen niemand zu Hilfe?«

»Das war vor zwanzig Jahren. Ich war einfach am schnellsten da. Ein Streifenwagen war auch unterwegs, aber ich konnte nicht auf die Kollegen warten. Es ging darum, ein Mädchen zu retten. Sie war als schlafend beschrieben worden. Das konnte viel bedeuten. Sie konnte tot sein, aber auch betäubt oder ohnmächtig. Man sagt normalerweise, dass jemand schläft, wenn man gesehen hat, dass sich die Person bewegt oder atmet. Ich glaube, die Frau damals konnte sich einfach nicht vorstellen, dass da jemand im Wald war und ein totes Mädchen auf dem Boden liegen hatte, das er verbuddeln wollte.«

»Engel meinte, er wisse nicht, ob seine Tochter noch lebt«, ging Schlaicher dazwischen.

»Wir haben nie erfahren, ob es sich bei dem Kind um Engels kleine Tochter gehandelt hat. Als ich näher kam, rannte ein Hund auf mich zu, eine riesige Bestie. Ich hatte es noch nie so sehr mit Hunden, ich bin als Kind zweimal gebissen worden, wissen Sie, das kann man jemandem nicht einfach so abtrainieren. Das Vieh sprang auf mich zu. Ich trat nach ihm, weil ich Angst hatte, und traf ihn am Kopf. Der Hund flog etwas weg, aber ich war nicht stark genug gewesen. Es dauerte keine Sekunde, da hatte er sich in meinen Unterschenkel verbissen. Noch während ich schrie, hörte ich, dass vielleicht fünfzig Meter weiter vorn ein Wagen angelassen wurde. Ich habe dem Hund mit meiner Dienstwaffe auf den Kopf geschlagen. Die Schmerzen im Bein können Sie sich gar nicht vorstellen, es ist, als würde man bei lebendigem Leib zerfleischt werden. Der Hund ließ von mir ab, ich feuerte in die Luft, und dann war er weg.« Schlageter schauderte bei dem Gedanken an das Erlebte.

Schlaicher verstand jetzt langsam, warum der Kommissar fast hysterisch auf Hunde – sogar auf Dr. Watson – reagierte. Der Basset war zwar niedrig gebaut, aber trotzdem ein langer, schwerer Hund von dreiunddreißig Kilo. Und als er noch kleiner gewesen war, hatte der dominante Dr. Watson tatsächlich ein paarmal versucht, Chef ihres winzigen Rudels zu werden. Er hatte dann immer geknurrt und die Zähne gefletscht. Große, spitze Zähne, die Schlaicher schon ein bisschen Respekt eingeflößt hatten. Aber er hatte gewusst, dass er den Hund damit nicht durchkommen lassen durfte. Er hatte sich auf ihn geworfen und ihm das Maul mit beiden Händen zugehalten, bis der Basset gewimmert hatte. Und das hatte manchmal durchaus ein paar Minuten gedauert. Jedes Mal war Dr. Watson nach dem Kampf besonders brav gewesen, und nach dem vielleicht zehnten Mal hatte er es ganz aufgegeben. Wer das Herrchen war und wer der Hund, war ab dem Zeitpunkt unbestritten. Wenn Schlageter aber schon als Kind gebissen worden war und dann noch eine solche Erfahrung gemacht hatte, mochte das seine Reaktion auf Hunde erklären. Mitarbeiter einer Polizeihundestaffel hätte er jedenfalls nicht werden können.

»Und was haben Sie sonst noch dort vorgefunden?«

»Ein Loch, groß genug, um ein Kind darin zu vergraben«, antwortete der Kommissar. »Wenn man eins und eins zusammenzählte, dann war klar, dass Engels Tochter nicht mehr lebte. Aber mit Sicherheit konnten wir das nie sagen.«

»Entschuldigung«, sagte der junge Mann, der sich doch wieder an ihren Tisch getraut hatte. »Darf ich jetzt vielleicht abräumen?«

»Packen Sie das Fleisch ein. Schlaicher, Ihr Hund mag doch Schnitzel, oder?«

Auch wenn die gerade gehörte Geschichte Schlageters Angst vor Hunden erklärte, blieb trotzdem noch seine große Abneigung gegen von Malewski, die Schlaicher nicht verstand. Er fragte den Kommissar danach, als sie getrennt bezahlt hatten.

»Von Malewski hat mich danach angeschwärzt. Er hat alles gemacht, was seine Karriere gefördert hat. Und darum hat er mir eine Dienstaufsichtsbeschwerde angehängt, weil ich angeblich grobe Ermittlungsfehler gemacht hätte. Als er zwei Monate später eine freie Stelle beim Landeskriminalamt in Stuttgart angeboten bekam, hieß es, dass sein Vater die Finger im Spiel gehabt hatte, weil der mit einem der Chefs bekannt war. Ich habe den Tag gefeiert, an dem ich diesen Blödmann endlich los war! Dabei hat er mir noch ein wirklich übles ›Abschiedsgeschenk‹ gemacht. Er hat an seinem letzten Tag ein Foto von mir im Revier aufgehängt. Das hatte er gemacht, als ich aus dem Wald gekommen war. Ich habe die Hose ausgezogen, weil ich die Wunden anschauen musste, und er hat mich fotografiert, wie ich ohne Hose mit blutendem Bein auf dem Boden sitze.«

»Das ist ja furchtbar.«

»Das Schlimmste war, dass meine Unterhose nicht richtig saß. Auf dem Bild hing etwas sehr Delikates heraus.« Schlageter war die Sache offenbar auch jetzt noch unangenehm. Er senkte den Blick und spielte mit dem Kerzenhalter auf dem Tisch.

»Hat er dafür keinen Ärger bekommen?«

»Schlaicher, so etwas gilt als Scherz unter Polizisten. Wenn ich ihn angezeigt hätte, hätte das auch nicht viel gebracht. So war er weg und die Sache ein paar Wochen später vergessen.«

Nach einer kleinen Pause fragte Schlaicher: »Und Ihre Frau?«

»Mensch, Schlaicher, Sie gönnen mir heute wohl kein Stückchen Privatsphäre. Sagen wir es so: Ich habe nach der Geschichte ein bisschen viel getrunken. Ich war depressiv und schlecht gelaunt, und Frauen mögen das einfach nicht so, wenn das länger dauert. Wobei ich ganz ehrlich sagen muss, dass es sowieso nicht mehr so ganz stimmte zwischen uns. Schon länger. Es war das Beste, dass wir uns getrennt haben.«

»Jetzt sagen Sie bloß noch, dass Sie auch Kinder haben.«

Schlageter musste lachen. »Nein, Kinder habe ich keine. Zumindest nicht, dass ich wüsste.«

»Und wie geht es jetzt weiter?«, fragte Schlaicher, als sie das Restaurant verließen. Sie spazierten durch die Lörracher Innenstadt, am Burghof vorbei in Richtung Polizeidirektion.

»Von Malewski ist damit beschäftigt, die nächste Geldübergabe vorzubereiten. Das heißt, er muss erst einmal einhundertfünfzigtausend Euro auftreiben und die ganzen Scheine registrieren lassen. Vielleicht lässt sich die Spezialeinheit ja auch noch was Schönes einfallen. Auf jeden Fall hoffe ich, dass er dem Mädchen zuliebe die direkte Konfrontation mit den Entführern scheut, solange die Anna noch haben. Und wenn sie frei ist, dann hoffe ich, dass er den Schweinen Feuer unterm Hintern macht!«

Zwei Stunden später, nachdem er noch ein paarmal vergeblich versucht hatte, Martina zu erreichen, ging Schlaicher mit Dr. Watson am Wiesenparkplatz spazieren. Er wählte den steilen Weg, von dem aus er Schmid und die beiden Russen gesehen hatte. Diesmal machte er nicht halt, sondern ging weiter und ließ Dr. Watson von der Leine los. Der blieb immer mal wieder etwas zurück und kam von hinten herangaloppiert, wenn er dachte, sein Herrchen sei schon zu weit vorne. Fast eine Stunde lang gingen sie bergauf, ohne einer einzigen Person zu begegnen, obwohl unten fast alle Parkplätze besetzt waren. Schlaichers Kopf war ganz leer, während er seine Lungen mit der kühlen Luft des Waldes vollpumpte und trotzdem von der Anstrengung des ständigen Anstiegs schwitzte. Er machte nur eine einzige kurze Rast an einem alten Brunnen, an dem er Dr. Watson trinken ließ, was der Basset auch sehr ausgiebig nutzte. Dem Hund hing die Zunge seitlich aus dem Maul. Und sie wurde noch länger, wenn sie aus dem kühlen Schatten in die pralle Sonne kamen. Aber nach dem Brunnen blieb es schattig, und beide, Herrchen und Hund, nahmen die letzte steile Steigung in Angriff, die sie auf ein Plateau brachte. Von dort gingen sie auf der anderen Bergseite gleich wieder hinab.

Schlaicher setzte seine Schritte mit fast schlafwandlerischer Gleichmäßigkeit. Es war nahezu eine Meditation des Gehens, ein rechter Schritt, ein linker Schritt, rechts, links, rechts, links. Schon nach ein paar Metern nahm er die Umgebung kaum noch bewusst wahr. Seine Gedanken lösten sich und trieben dahin. Es war, als würde er mehrere Gedankenspuren gleichzeitig verfolgen, die alle in unterschiedliche Richtungen führten. Eine davon war Martina. Er dachte an ihr erstes Aufeinandertreffen in dem Lörracher Kaufhaus, in dem er als Testdieb und sie als echte Ladendiebin ihren »Besorgungen« nachgingen. Er hatte sie später in der Textilfabrik der Webers in Schopfheim wiedergetroffen und sie überredet, ihm bei seinem Auftrag zu helfen, Jacken aus dem Betrieb zu stehlen. Dass sie dabei über einen Mord gestolpert waren, hatte sie nur näher zusammengebracht. Schlaicher hatte sie schließlich als seine Assistentin angestellt. Bald schon war es ihm fast natürlich vorgekommen, dass Martina mit ihm und Lars zusammen frühstückte, wenn sie morgens zur Arbeit kam. Er schätzte ihre Ideen für Diebstähle und ihre Chuzpe, mit der sie selbst aus kniffligen Situationen stets unbeschadet herausgekommen war. Anders als er in seinem zweiten Fall vor drei Monaten. Und nachdem er am ganzen Körper zerschunden war, eine Rippe gebrochen hatte und sich kaum noch bewegen durfte, war sie es gewesen, die sich hingebungsvoll um ihn gekümmert hatte. Während des Prozesses gegen seine Peiniger, zumindest gegen die, die noch lebten, war sie kaum von seiner Seite gewichen. Manchmal hatte er sie sogar wegschicken müssen, damit sie die Diebeszüge ausführte, die er selbst nicht mehr erledigen konnte. Damit hatte sie seine Firma gerettet, und wenn er es sich recht überlegte, dann hatte er das als selbstverständlich hingenommen.

Dr. Watson war zu weit zurückgeblieben. Schlaicher löste sich aus dem Takt seiner Schritte und wartete darauf, dass der Basset um die letzte Ecke biegen würde. Dr. Watson mochte ein sturer Dickkopf sein, der stets seine Einzelgängermentalität betonte, aber sobald er sein Herrchen nicht mehr sah, wurde ihm doch ein bisschen bange. Dann lief er, damit er sich wieder sicher fühlen konnte, gerade so weit, dass er wieder in Sichtweite war. Als der Basset auftauchte und sah, dass Schlaicher auf ihn wartete, war das Zeichen genug für ihn, sofort abzubremsen und jedes einzelne Grasbüschel ausgiebig zu beschnuppern, um dann sein Bein daran zu heben. Dabei hatte der Hund schon so oft gepinkelt auf ihrem Spaziergang, dass Schlaicher bezweifelte, dass er überhaupt noch ein einziges Tröpfchen aus sich herauspressen konnte. Schlaicher drehte sich um und versuchte, seinen Takt von vorhin wieder aufzunehmen. Ja, eigentlich war Dr. Watson genau wie er. Martina hatte auch immer auf ihn gewartet. Wenn er sie dann sah, blieb er stehen. Bis er gestern endlich zu betrunken zum Stehenbleiben gewesen war. Aber er hatte ihr klargemacht, dass er sich als Einzelgänger sah, und nun, da sie um die nächste Ecke verschwunden war, wollte er schnell wieder auf Sichtweite kommen. Wie oft konnte das klappen? Schlaicher wartete immer auf seinen Hund, denn der hatte ihn noch nie verletzt. Aber würde Martina tatsächlich hinter der nächsten Ecke warten und ihn mit offenen Armen empfangen? Schlaicher fürchtete, dass es nicht so sein würde.

Er war immer noch ganz alleine unterwegs, näherte sich jetzt aber einem größeren Weg, der öfter von Wanderern und Spaziergängern genutzt wurde. Leider, denn er fand die Einsamkeit und Ruhe, die ihm so nur der Südschwarzwald bieten konnte, besonders heilsam. Sie brachten ihn auf die richtigen Gedanken. Das Mädchen war also plötzlich weg gewesen. Einfach so, in einem Moment, den die Entführer kaum hätten abpassen können. Jonas hatte nichts mitbekommen, niemanden gesehen, nichts gehört, hatte nur plötzlich festgestellt, dass das Mädchen verschwunden war. Es musste für die Kleine schwierig gewesen sein, mit dem Jungen zu picknicken. Essen war der ständige Feind einer Pro-Mia, wie Schlaicher mittlerweile gelernt hatte. Sie musste den Jungen nett gefunden haben, der sie so spontan zu einem Picknick eingeladen hatte. Sie hatte allerdings kaum etwas gegessen, hatte Jonas gesagt. Aber immerhin etwas. War sie danach in den Wald gelaufen, um sich zu erbrechen, wie es die unseligen Freundinnen auf den Internetseiten empfahlen? Fressanfälle nannten die das. Wobei ein Stückchen Marmeladenbrot in Schlaichers Augen noch kein Fressanfall war. Aber klar, es konnte sein, dass sich ihre »beste Freundin« Ana in dem Augenblick gemeldet hatte, als der Junge verschwunden war, scheinbar weggelaufen vor ihr. Vielleicht hatte sie sich geschämt? Und war weiter weggelaufen? Hatte sich versteckt? Schlaicher fiel ein, was Schmid bei ihrem ersten Aufeinandertreffen erzählt hatte. Anna war böse auf ihren Vater, weil sie nicht zu einem Konzert in Freiburg durfte, sondern stattdessen zu seiner Geburtstagsfeier sollte. Wenn Schlaicher sich an die Geburtstagsfeiern seines Vaters erinnerte, dann bestanden die zum größten Teil aus feistem Essen. Für Anna musste der Gedanke, mit lauter Schinkenhändlern und -produzenten zusammenzusitzen und essen zu müssen, der reine Horror gewesen sein. Also war sie vielleicht wirklich weggelaufen, um all dem zu entkommen?

Schlaicher schüttelte den Kopf. Das war unmöglich. Anna war nicht einfach nur spurlos verschwunden. Andere Menschen hatten sich eingeschaltet, die Geld von ihrem Vater verlangten. Und jetzt hatten sie dem armen Kind einen Finger abgeschnitten.

Dr. Watson kam um die Ecke gestapft, und als er sah, dass sein Herrchen es sich auf einer Bank gemütlich gemacht hatte, trottete er gemächlich näher. Er legte sich etwa zwei Meter von Schlaicher entfernt in ein paar Büschel hohes Gras im Schatten einer Buche. Der Basset schlief sofort ein und schnarchte. Außer dem gleichmäßigen Röcheln hörte Schlaicher die Vögel zwitschern, den Wind, wie er zart das frische Laub wiegte, und ganz im Hintergrund ein sanftes Rauschen, das er bald als die auf der B 317 vorbeifahrenden Autos ausmachte. Er war wieder auf der lauten Seite des Scheinbergs angekommen, und nachdem er den Verkehr einmal bewusst gehört hatte, fiel es ihm schwer, das Geräusch wieder zugunsten der natürlichen Klänge aus seinem Bewusstsein zu verbannen.

Das Schlimmste war, dass er trotz allen Nachdenkens und trotz der Tatsache, dass es ihm gutgetan hatte, seine Gedanken zu sammeln und ruhig, ohne den Zwang schneller Entscheidungen, bündeln zu können, dennoch keine Lösungen gefunden hatte. In Bezug auf Martina war ihm immerhin klar geworden, dass er sie nicht verlieren wollte. Und auch Anna wollte er nicht verlieren, das Mädchen, das er selbst nie getroffen hatte, von dem er aber das Gefühl hatte, sie mittlerweile gut zu kennen.

Aus dem ständigen Brummen der Motoren drang jetzt noch ein Hupen hervor. Schlaicher stand von seiner Bank auf und spürte, wie seine Oberschenkel gegen die erneute Belastung protestierten. Dr. Watson hatte keine Lust zum Aufstehen, weil es seinen kurzen Beinchen wohl ebenso ging. Schlaicher musste ihn an die Leine nehmen, um ihm die nötige Motivation zu verschaffen.

Schlaicher zog den Hund ein paar Minuten später an einer Berner Sennenhündin vorbei bis zu seinem Wagen und hob ihn halb auf den Rücksitz, bevor der Basset gnädigerweise selbst ein wenig nachhalf. Leider hatte die Sonne wohl direkt auf das Auto geschienen, sodass Schlaicher seine Klimaanlage ganz aufdrehen musste. Die sprang aber erst richtig an, als Schlaicher schon daheim vor seinem Haus parkte. In der Garage stand noch der Geldtransporter, den Trefzer morgen wieder in Stuttgart abgeben wollte.

In der Wohnung tappte Dr. Watson als Erstes zu seinem Wassernapf. Auch Schlaicher trank eine halbe Flasche aus, bevor er zum Anrufbeantworter lief, um ihn abzuhören. Die einzige Nachricht war von Schiller, der ihm mitteilte, dass Schlaichers Überfall wohl keine weiteren Komplikationen nach sich gezogen hatte. Das freute Schlaicher zwar, über einen Anruf von Martina wäre er jedoch glücklicher gewesen. Er versuchte es selbst noch mal, aber wieder war nur der Anrufbeantworter dran.

»Martina, bitte, ich muss mit dir sprechen. Es ist wichtig. Es, also, es tut mir leid.«

Ob das jetzt der ideale Spruch gewesen war? Schlaicher bezweifelte es, aber er war gerade zu müde, um sich sonderlich über sich selbst aufzuregen. Er würde einfach den Rest des Tages zu Hause bleiben und warten, bis sie sich bei ihm meldete.

Er ging nach oben auf die Galerie, fuhr seinen Computer hoch und öffnete zunächst seine Mails. Neben mehreren Hinweisen, wie er mehr Spaß am Leben haben könnte, und der Nachricht über die skurrile Erbschaft eines verstorbenen Herrn aus einem »Land in die Karribig«, die ein Banker unbedingt an ihn weitergeben wollte, fanden sich ein paar Newsletter, die er irgendwann einmal abonniert hatte, ohne es wirklich zu wollen, und die Antwort eines größeren Sportartikelladens auf eine geschäftliche Mail, die er bereits vor zwei Wochen an dessen Geschäftsführer geschrieben hatte. Der wünschte jetzt weitere Informationen und fragte an, ob Schlaicher in drei Wochen zu einem Termin kommen könnte. Schlaicher beantwortete die Mail.

Dann ging er auf eine Internetseite, die kostenlose E-Mail-Adressen vergab. Diesen Dienst hatte er in Anspruch genommen, als er bei dem Miana-Teilnahmeformular seine Mail-Adresse angeben musste. In seiner eigentlichen Adresse stand sein voller Name, jetzt hatte er darum noch eine zweite: Nebelkind1@web.de.

Er checkte seinen Posteingang. Tatsächlich war da etwas gekommen. Das Erste war eine Begrüßungsmail von dem Anbieter des Dienstes, wie er schon am Betreff sehen konnte. Die zweite nannte als Absender das Miana-Forum und als Betreff »Deine Bewerbung«.

Schlaicher klickte die Mail an, und es dauerte ein wenig, bis sie angezeigt wurde.

»Hallo, Nebelkind. Toll, dass du zu uns gefunden hast. Ich habe mir deine Bewerbung angeschaut, und wir haben beschlossen, dich aufzunehmen. ***«

Es folgte eine sehr mädchenhaft geschriebene Liste von Vorgaben, an die man sich als Mitglied von Miana halten musste. An erster Stelle stand die Befolgung von Anas Gesetzen. Außerdem wurde ausführlich darauf hingewiesen, dass niemand, der selbst nicht Ana oder Mia war, davon erfahren dürfe. Im Anschluss fand sich eine Anleitung, wie nach jedem Besuch des Forums der Speicher des Rechners von den Spuren der Internetseiten gesäubert werden musste. Kein Wunder, dass Schlaicher bei Annas Rechner nicht hatte herausfinden können, wo sie sich im Internet aufhielt.

Ganz am Ende der Mail stand ein Kennwort, das er nach der ersten Anmeldung in seinem Profil ändern sollte. Die Mail war sofort zu löschen, was Schlaicher nicht tat.

Er rief die Miana-Webseite auf und klickte auf das Feld »Anmeldung«. Dort gab er den Namen »Nebelkind« ein und beim Kennwort die Kombination aus Zahlen und Buchstaben aus der Mail. Und schon war Rainer Maria Schlaicher Mitglied im Club der dünnsten Mädchen.

Die Seite veränderte sich. Plötzlich hatte er eine sehr lange, ausführliche Navigationsleiste vor sich. Im Zentrum der Seite, da, wo vorher noch das Gedicht gestanden hatte, waren Fotos von Mädchen, die so dünn waren, dass mit einem Bildbearbeitungsprogramm nachgeholfen worden sein musste. Dachte er zumindest. Einer der Links hieß Forum, und auf purpurnem Hintergrund war dort eine riesige Baumstruktur zu finden, die die einzelnen Kapitel des Forums beschrieb. Nach der Mail sollte er eigentlich zuerst sein Profil bearbeiten und sich ein neues Passwort besorgen, aber jetzt war er doch zu neugierig. Er fand ein Kapitel, das »Neu bei Miana« hieß. Wieder verschwand kurz das Bild, dann tauchte eine riesige Liste von Forumsbeiträgen auf, die mit einer Überschrift, dem Spitznamen der Schreiberin und der Zahl der Antworten näher definiert wurden. Schlaicher schaute sie kurz durch. Am rechten Rand fand er noch etwas sehr Interessantes, nämlich eine Statistik der Mitglieder. Laut dieser Information hatte das Portal 752 Mitglieder. Darunter stand »Online: 112«. 112 von 752 Mädchen waren also genau jetzt im Moment angemeldet und surften im Forum, schauten sich zur

Inspiration Bilder von spargeldürren Models an oder lasen sich Anas Gesetze durch.

Etwa eine halbe Stunde hatte Schlaicher auf der Seite verbracht, bevor er zum ersten Mal den Namen »Spiegelfee« fand. Das musste Anna sein. Er rief ihr Profil auf und fand dort die Antworten, die sie für ihre Bewerbung gegeben hatte. Dazu noch eine ganze Menge mehr Informationen, unter anderem eine Liste, in die Anna nahezu täglich ihr Gewicht eingetragen hatte. Ein automatisches Rechenprogramm zeigte an, wie der Unterschied zum letzten Eintrag war, zu dem der letzten Woche, dem des vergangenen Monats und dem der Anmeldung. Neben den Zahlen waren farbige Smileys, die je nach Gewichtsveränderung lächelten oder mit heruntergezogenen Mundwinkeln klarmachten, dass sie ihre Anstrengungen zum Abnehmen weiter steigern musste. Anna hatte sich mit 61 Kilo angemeldet. Der letzte Eintrag vom Tag vor ihrer Entführung zeigte 52,2 Kilo an. Dementsprechend lachte das Smiley, das das Gewicht in Relation zum Anmeldegewicht kommentierte. Das Smiley, das den Gewichtsunterschied zum Tag davor kommentierte, war grau und mit einem neutralen Strich, was zeigte, dass sie im Vergleich zum Vortag nichts abgenommen, aber auch nicht zugenommen hatte. Ein rotes, wütend blickendes Smiley hatte sie beim Verhältnis zum letzten Monat: Vor vier Wochen war sie noch dreihundert Gramm leichter gewesen als bei ihrem letzten Eintrag.

Schlaicher schüttelte fassungslos den Kopf über diese Form der Selbstkasteiung. Wenn ein Mädchen sich ständig einredete, zu dick zu sein, dann musste sie diese Statistik doch deprimieren. Schlaicher las Annas alias Spiegelfees Selbstauskunft durch. Als Ziel für ihr Wunschgewicht hatte sie 40 Kilo angegeben. Bei ihren 162 Zentimetern Größe würde das einen Body-Mass-Index von 15,1 ergeben, was, wie Schlaicher mittlerweile wusste, extremes Untergewicht bedeutete und schwere körperliche Schädigungen zur Folge haben konnte.

Etwas weiter unten fand sich eine »Buddylist«, eine Liste von Freunden, die Anna in diesem Portal hatte. Achtundsiebzig Namen, die meisten davon klangen nach Fabelwesen aus einem Fantasyroman über Elfen. Einer davon war nicht nur mit einem Sternchen markiert, was bedeutete, dass es sich um ihren Twin, also die beste Freundin des Mädchens handelte, sondern hatte auch noch die gleichen Initialen wie in Annas Gedicht: »DE« für »Dark Elv«.

Schlaicher klickte diesen Namen an und wechselte so das Profil. Dark Elv war ebenfalls fünfzehn Jahre alt und wog bei einer Körpergröße von 158 Zentimetern beängstigende 48,7 Kilogramm. Unter »Ich komme aus« stand »dem hohen Norden«. Offenbar mussten die besten Freundinnen nicht aus derselben Ecke stammen.

Schlaicher erschrak, als sich plötzlich von alleine ein neues Fenster öffnete. Es war kleiner als der Monitor und bedeckte nur einen kleinen Teil der Seite von Dark Elv. Das Fenster war leer, nur unten gab es eine grau abgesetzte Linie, in der der Cursor blinkte. Dann stand plötzlich mit schwarzer Schrift etwas da:

»Tokio Elfe: Hi. Willkommen!«

Schlaicher erkannte, dass es sich um ein Chatprogramm handelte. Offenbar konnten sich die Mitglieder auf diese Art direkt und zeitgleich miteinander unterhalten.

Schlaicher tippte: »Hi. Ich bin neu hier.«

»Tokio Elfe: Ich weiß. Ich habe dafür gestimmt, dich aufzunehmen.«

Schlaicher fragte sich, ob es sich vielleicht um einen Test handeln könnte. Er versuchte es mit einer Frage.

»Danke. Bist du Ana oder Mia?«

»Tokio Elfe: Ich bin 175/49.«

War das ein Code? Schlaicher verstand es dann doch recht schnell: Diese Mädchen definierten sich wirklich nur über ihr Gewicht. Die Person, mit der er gerade über das Internet redete, wog bei einer Größe von 175 Zentimetern nur 49 Kilo. Oder gab das vor. Allerdings befürchtete er, dass sie die Wahrheit schrieb.

»Wow. Ich schaue mich gerade ein bisschen um. Sehen wir uns noch?«

»Tokio Elfe: Du stehst auf meiner Buddylist. Musst mich eigentlich nur auf deinem Profil bestätigen. CU.«

CU kannte Schlaicher. Das bedeutete »See you«, also »bis später«.

»Danke fürs Willkommen. CU«, tippte er. Kurz danach schloss sich das kleine Fenster wieder von alleine. Wenn es ein Test gewesen war, schien er den bestanden zu haben, denn er konnte sich weiterhin frei auf der Seite bewegen.

Es dauerte vielleicht eine Dreiviertelstunde, bis Schlaicher gelernt hatte, wie diese Internetseite funktionierte. Dabei halfen ihm drei andere Mädchen, die sich kurz nacheinander ebenfalls mit Hilfe des kleinen weißen Fensters bei ihm meldeten, um die neue Hungernde zu begrüßen. Bei einer, die sich »Dragonfly Baby« nannte, also Libellenkind, konnte er ein paar Fragen loswerden und erfuhr, wie man andere Mitglieder auf diese Art und Weise ansprach. Zwischendurch sah er sich Videos mit Thinspirations an. Neben kleinen Filmchen, die aus zusammengestellten Fotos bestanden, gab es auch zahlreiche Aufnahmen, die die Mädchen von sich selbst gemacht hatten. Meist zeigten sie dabei ihre streichholzdürren Ärmchen, den statt wie bei ihm konvex, bei ihnen konkav geformten Bauch, die teilweise nur noch aus Knochen bestehenden Beine oder die hervorstehenden Beckenknochen. Es gab auch einige Rückenansichten, bei denen die Mädchen so standen, dass sich ihre Schulterblätter fast aus dem Körper zu drücken schienen. Schlaicher schaltete die Videos schnell wieder aus. Dann ging er noch mal auf die Seite von Dark Elv.

Schlaicher merkte auf, als er auf der rechten Seite ein kleines, grünes Häkchen hinter dem Begriff »online« fand. Dark Elv, Annas Zwilling, war also auch gerade im Netz.

Schlaicher drückte eine kleine Schaltfläche daneben, und sofort öffnete sich das weiße Fenster.

»Hallo!«, tippte er ein und war überrascht, wie nervös er war. Das war das gleiche Kribbeln in der Magengegend wie wenn er stahl: Lampenfieber. Jetzt musste er eine verdammt gute Rolle spielen. Er wollte unbedingt mehr über Anna herausfinden. Und die einzige Person, die sie in der letzten Zeit genauer gekannt zu haben schien, wenn auch nur über das Internet, war diese Person namens Dark Elv.

»Dark Elv: Hi. Bist neu?«, stand auf einmal unter seiner Kontaktaufnahme.

»Ja.«

»Dark Elv: Dann willkommen. Was suchst du hier?«

»Erst mal thx«, tippte Schlaicher. Die Abkürzung hatte er sich ebenfalls von »Dragonfly Baby« erklären lassen. Sie bedeutete Danke. Dann schrieb er: »Ich habe dich gesucht.«

Es dauerte fast zehn Sekunden, bis sich erneut etwas tat.

»Dark Elv: Mich? Was meinst du? Ich hab schon ‘nen Twin. Kannst du vergessen. Aber kannst mich auf deine Buddylist setzen.«

»Ich kenne deinen Twin«, tippte Schlaicher. Im gleichen Moment hörte er unten den Schlüssel im Schloss.

»Dark Elv: Echt? Oder willst du mich verarschen?«

Dr. Watson hoppelte die Treppe nach unten und wedelte freudig. Lars war nach Hause gekommen.

»Hi, Dad. Ich bin's«, rief er zu ihm hoch.

»Ich kann jetzt nicht«, antwortete Schlaicher und tippte: »Spiegelfee hat Probleme. Ich brauche deine Hilfe.«

»Was machst du denn?«, hörte er seinen Sohn fragen, der wohl Dr. Watson begrüßte. Der Basset bellte ein paarmal.

»Ich bin in so einem Ana-Forum«, sagte Schlaicher, der den Blick nicht von dem kleinen weißen Fenster wandte, auf dem sich immer noch nichts tat.

»Was, echt?« Lars polterte die Treppe hoch. Da endlich tauchte wieder neue Schrift auf:

»Dark Elv: Du verarschst mich doch.«

»Wer ist Dark Elv?«, fragte Lars, der ihm jetzt über die Schulter schaute.

»Das ist ›DE‹. Du weißt schon, von diesem Gedicht.«

»Hey, du entwickelst dich langsam zu einem richtigen Detektiv!«, lobte Lars und klopfte Schlaicher dreimal auf die Schulter. Der überlegte bereits, wie er jetzt weiter vorgehen sollte. Er wollte nicht zu lange warten, denn das Mädchen auf der anderen Seite des Chats konnte jederzeit die Verbindung kappen.

»Dein Twin heißt Anna. Sie wohnt im Südschwarzwald, und ihr Vater hatte gerade Geburtstag.«

Diesmal dauerte es nur Sekunden, bis eine Antwort auftauchte: »Dark Elv: Wer bist du?«

»Willst du es ihr sagen?«, fragte Lars, aber Schlaicher schrieb schon wieder.

»Mein Name ist Rainer Maria Schlaicher. Ich bin schon über vierzig und auf der Suche nach Anna. Sie ist entführt worden.«

»Dark Elv: Was?«

»Ja, ich sage dir die Wahrheit.«

»Dark Elv: Ich glaub dir nicht. Woher weißt du das alles?«

»Ich schreibe die Wahrheit. Bitte hör nicht auf zu reden.«

»Dark Elv: Erzähl.«

Schlaicher tat, wie geheißen, und wunderte sich, wie leicht es doch war, im Internet auf der einen Seite sehr ehrlich zu sein, auf der anderen Seite aber auch wichtige Dinge zu verschweigen. Den Finger erwähnte er nicht, dafür, wie er auf das Forum gestoßen war, und dass Anna seit Tagen in den Händen von Verbrechern war. Das war alles sehr umständlich, weil er immer nur zwei Zeilen ausfüllen konnte und die dann erst abschicken musste, bevor er weiterschreiben konnte. Dark Elv blieb die meiste Zeit sehr ruhig, gab nur ab und zu einen kleinen Kommentar ab, der Schlaicher wissen ließ, dass sie noch da war. Als Schlaicher sie fragte, ob sie irgendetwas über Annas Verschwinden wisse, dauerte es sehr lange, bis die Antwort erschien. So lange, dass Schlaicher schon zwischendurch gefragt hatte: »Noch da?«

Nur eine Sekunde später erschien eine Antwort auf seinem Bildschirm.

»Dark Elv: Wenn du mich verarschst, bringe ich dich um. Anna hat sich abgemeldet.«

»Was heißt das?«, fragte sich Schlaicher laut.

»In manchen Communities muss man sich offiziell abmelden, wenn man einige Zeit nicht da ist, weil man vielleicht in Urlaub fährt und da keinen Zugang zum Internet hat«, erklärte Lars. Er ging zu dem zweiten Stuhl, auf dem sonst meist Martina saß. Als er neben Schlaicher Platz genommen hatte, erschien gerade eine neue Meldung des Mädchens.

»Dark Elv: Sie hat mir gesagt, dass sie ein paar Tage nicht kann.«

»Warum?«

»Dark Elv: Sie hat gemeint, wegen dem Geburtstag von ihrem Daddy.«

»Da wollte sie nicht hin, wegen des Essens, richtig?«

»Dark Elv: Ja.«

»Hat sie gesagt, wo sie hinwollte?«

»Dark Elv: Nein. Sie war voll verbohrt. Sie hat gemeint, dass jemand Bescheid weiß. Was wiegst du?«

Schlaicher staunte über die Frage. Er beantwortete sie allerdings wahrheitsgemäß.

»Dark Elv: Scheiße. Du bist fett.«

»Warum ist das so wichtig?«

»Dark Elv: Du kannst das ja ruhig sein, wenn du willst, aber ich muss es nicht.«

»Wie lange seid ihr zwei schon befreundet?«

»Dark Elv: Wir sind seit drei Monaten Twins. Du weißt ja wohl, was das bedeutet.«

»Ja. Ich habe gedacht, man würde sich alles sagen unter Twins.«

»Dark Elv: Tut man normalerweise auch. Aber Anna war manchmal ein bisschen geheimnisvoll.«

»Wer wusste, dass sie krank ist?«

»Dark Elv: Hat sie nicht gesagt. Geheimnisvoll eben.«

Lars las die Nachrichten mit und sagte dann zu seinem Vater: »Wieso hat sie sich eigentlich abgemeldet? Ich meine, sie konnte doch nicht wissen, dass sie entführt würde.«

»Ich weiß es auch nicht«, sagte Schlaicher. »Vielleicht wollte sie weglaufen, solange der Geburtstag ihres Vater lief. Keine Ahnung.«

Es tauchte eine neue Mitteilung auf: »Dark Elv: Kommt Spiegelfee wieder frei?«

Schlaicher schrieb, dass er es nicht wisse, was immerhin teilweise die Wahrheit war. »Ich hoffe, dass bald wieder alles gut ist«, schrieb er danach. »Das geht aber nur, wenn du auch endlich mit dieser Abnehmsache aufhörst. Ihr wisst gar nicht, was ihr euch damit antut.«

»Dark Elv: Meinst du wirklich, dass wir das nicht wissen?

Weiß ein Alkoholiker nicht, dass es schlecht ist, oder ein Raucher? Ist immer mehr essen nicht auch schädlich?«

Ein paar Sekunden später, noch bevor Schlaicher reagieren konnte, kam die nächste Mittelung: »Dark Elv: Mein letzter Twin ist gestorben. Es war meine beste Freundin aus meiner Schule. Sie hatte einen Herzanfall.«

Schlaicher ließ sich fassungslos in seinen Stuhl zurücksinken.

»So eine Oberscheiße«, stöhnte Lars.

Schlaicher hatte mit dem Mädchen ausgemacht, sich am nächsten Tag wieder zu treffen. Sie hieß Daria, zumindest schrieb sie ihm auf sein Bitten hin diesen Namen. Daria schien sich große Sorgen um ihre Freundin zu machen, auch wenn das durch die kurzen Mitteilungen nicht immer gleich erkennbar war. Sie hatte Schlaicher gebeten, ihr am nächsten Tag zu sagen, was es von Anna Neues gäbe. Der wollte eine Telefonnummer, aber die gab Daria nicht heraus. An sich eine richtige Entscheidung, immerhin hatte er auch seinem Sohn immer eingebläut, Fremden im Internet keine Adressen oder Telefonnummern zu geben, aber er hatte es trotzdem versucht, weil er gehofft hatte, auf diese Weise den richtigen Aufenthaltsort des Mädchens herausfinden zu können. Wenn nicht einmal ihre Eltern von ihrer Krankheit wussten, musste man sich doch irgendwie um das Kind kümmern.

»Dad, du kannst nichts machen. Und wenn du ihren Eltern Bescheid gibst, dann gibt es noch Tausende andere, die trotzdem so weiter machen«, versuchte Lars, ihn zu trösten.

Den Rest des Tages hing Schlaicher seiner depressiven Stimmung nach. Lars wollte noch zu Sarah, was, wie Schlaicher argwöhnte, sicherlich auch mit seiner schlechten Laune zu tun hatte. Aber er konnte sich kaum aufraffen, etwas zu tun. Einmal rief er noch bei Martina an, sprach aber nichts mehr auf den blöden Anrufbeantworter. Er machte irgendwann den Fernseher an, um nicht über diese Frau, über Anna oder Daria nachdenken zu müssen. Bald schlief er vor dem Bildschirm ein.

Das Klingeln des Telefons weckte ihn. Durch das schräge Dachfenster fiel kein Licht mehr, die einzige Helligkeit stammte von dem flackernden Fernseher, in dem ein wunderlicher Kerl mit genauso wunderlichen Figuren im Kreis stand und sich im schlecht gehaltenen Takt eines Trommlers im Hintergrund bewegte. Schlaicher griff nach dem Telefon und drückte die Annehmen-Taste.

»Martina?«

»Nein, Schlaicher. Schlageter hier.« Der Kommissar klang so müde, wie Schlaicher sich fühlte. »Wir haben vor zwanzig Minuten einen neuen Anruf bekommen. Die Geldübergabe steigt heute im Wald vom Rechberg. Fast genauso unzugänglich wie der Hägelberger Wald.«

»Wird sich von Malewski dieses Mal zurückhalten?« Schlaicher war mit einem Schlag hellwach geworden.

»Teilweise ja«, sagte Schlageter nach einer kurzen Pause.

»Was heißt das?«

»Das heißt, dass dieses Mal nur die Geldscheine markiert sind. Wir warten ab, bis Anna frei ist, aber genau das macht mir Kopfschmerzen.«

»Wieso?«

»Ach Schlaicher. Die Typen, die sie haben, sind brutal. Wenn sie die kennt, könnte es dann nicht sein, dass sie Anna nicht freilassen?«

»Daran will ich gar nicht denken.«

»Ich auch nicht, Schlaicher, ich auch nicht.«

»Soll ich hinfahren?«

»Nein, auf gar keinen Fall!« Schlageter war laut geworden. »Das Letzte, was wir gebrauchen können, ist jemand, der uns da in die Quere kommt.«

»Aber es könnte doch einfach jemand im Wald unterwegs sein«, überlegte Schlaicher laut.

»Und es könnte sein, dass die Typen denken, dieser Jemand gehört zu uns. Dann lassen sie die Übergabe wieder platzen. Wollen Sie für den nächsten Finger verantwortlich sein?«

»Wieso haben Sie mich denn dann überhaupt angerufen?«

»Vielleicht muss ich so etwas auch einfach mal loswerden.«

»Sie meinen, Sie wollen sich mit einem Freund unterhalten?«

»Wenn Sie es so ausdrücken wollen ...«

Schlaicher insistierte nicht weiter, fühlte sich aber dem bärbeißigen Kommissar plötzlich näher als je zuvor. Er erzählte ihm von seinem Gespräch mit Daria. Schlageter fand, dass der Name, den sie ihm genannt hatte, durchaus echt sein könnte. Immerhin fingen Daria und Dark Elv mit den gleichen ersten Buchstaben an. Verwundert war Schlageter allerdings darüber, dass Anna sich bei ihrer besten Freundin abgemeldet zu haben schien.

»Irgendwie fehlt trotzdem noch ein Puzzlestück«, sagte er. »Wenn sie selbst wegwollte, dann aber entführt wurde, das wäre schon ein eigenartiger Zufall.«

»Ich habe überlegt, ob sie vielleicht von denselben Leuten festgehalten wird, zu denen sie flüchten wollte. Vielleicht haben die mitbekommen, dass ihre Eltern Geld haben. Ich meine, würde das nicht auch die fünfzigtausend Euro erklären, die sie zuerst gefordert haben?«

»Würde es. Und es würde dafür sprechen, dass es Mitschüler oder direkte Bekannte von ihr sind. Aber ihr wurde ein Finger abgeschnitten. Wir haben es mit Profis zu tun.«

Als Schlageter Profis sagte, gingen Schlaicher wieder die Russen durch den Kopf, die nur ein paar hundert Meter Luftlinie von ihm entfernt im Hotel untergekommen waren.

»Haben Sie mit Schmid über die Russen gesprochen?«

»Ja. Ich habe ihn zur Seite genommen, und er hat gemeint, dass sie geschäftlich da seien. Er wollte sie nicht mit Polizei im Haus empfangen«, sagte Schlageter.

»Also trifft er sich mit ihnen auf einem Grillplatz?«, fragte Schlaicher ungläubig.

»Das hat mich auch gewundert. Schmid hat gemeint, dass der Treffpunkt deren Idee gewesen sei. Warten Sie einen Moment!«

Im Hintergrund hörte Schlaicher das Klingeln des alten Diensttelefons im Büro des Kommissars.

»Schlageter«, sagte er, dann sprach wohl die Person am anderen Ende der Leitung, denn Schlaicher konnte gar nichts hören.

»Ja. Ich fahre gleich los.« Schlaicher bekam mit, dass der Kommissar den Hörer aufwarf und an das andere Telefon zurückkehrte. »Wir kümmern uns morgen früh um Ihre Russen.

Ich komme gegen zehn vorbei, dann können wir das alles noch einmal in Ruhe durchgehen. Wenn Gott uns gnädig ist, haben wir das Mädchen morgen um die Zeit wieder bei uns.«

»Rufen Sie mich an und sagen Sie mir, wie die Geldübergabe gelaufen ist«, sagte Schlaicher, aber ihm antwortete nur das Piepen der unterbrochenen Leitung.

ELF

Schlaicher wurde früh von alleine wach. Er hatte etwas geträumt, konnte sich aber schon jetzt nicht mehr erinnern, was ihn da beschäftigt hatte. Er stand auf und fand draußen Dr. Watson in seinem Körbchen tief schlafend vor. Schlaicher bückte sich zu dem Hund und kraulte ihm das Ohr, das frei lag, aber der Basset schnaufte nur kurz und entzog sich der Liebkosung. Als Schlaicher lockte: »Watson, Gassi«, öffnete er die Augen, aber zu mehr war er nicht zu bewegen. Draußen war es noch stockfinster.

Schlaicher zog sich an und machte sich einen Kaffee, den er viel zu heiß hinunterschüttete. »Watson, Gassi«, sagte er erneut, und jetzt regte sich etwas in dem Weidenkorb. Dr. Watson stand auf, langsam und schwerfällig wie ein alter Mann. Dann reckte er sich ein wenig und ließ sich direkt vor dem Körbchen wieder auf den Boden fallen. Schlaicher ging zur Garderobe und nahm die Leine. Dr. Watson war ein echter Morgenmuffel. Er trottete schwerfällig und recht widerwillig hinter ihm her zur Tür. Schlaicher wollte noch einmal ausgiebig nachdenken. Das hatte auf dem Spazierweg von gestern so gut geklappt, dass er das Morgengassi einfach dorthin verlegen würde. Statt der normalen dreißig Minuten würde er zwar eine Stunde länger unterwegs sein, aber es war noch immer vor sieben, mehr als genug Zeit, um sich später zu duschen und auf den Besuch des Kommissars zu warten. Ihr Gespräch war ihm gestern Abend noch lange durch den Kopf gegangen. Schlageter hatte sich nicht mehr gemeldet. Ob das ein gutes oder ein schlechtes Zeichen war, wusste Schlaicher nicht. Erst nach einer halben Flasche Auggener Schäf Regent, Martinas Lieblingswein, hatte er die nötige Bettschwere gehabt, um schlafen zu gehen. Als Lars nach Hause gekommen war, hatte der nur kurz einen Blick auf Schlaichers desolaten Zustand geworfen und sich mit den Worten verabschiedet: »Ich habe morgen Schule. Ich gehe ins Bett. Sauf nicht so viel.«

Auf dem Rücksitz gab Watson ein zufriedenes Brummen von sich. Wenn Schlaicher mit ihm im Auto fuhr, bedeutete das für den Hund meist einen schönen langen Spaziergang. Negative Erfahrungen, wie etwa die Fahrt zum Tierarzt, vergaßen Bassets zum Glück schnell wieder.

»Du bisch aber frieh draa hüt«, rief Erwin Trefzer über die Straße, als Schlaicher gerade einsteigen wollte.

»Morgen, Erwin«, gab Schlaicher zurück.

»Ich fahr gli de Wage furt. Sag emol, hesch öbbis g'hört vo Stau uff Stuttgart zu?«

»Nein. Aber gute Fahrt.«

Trefzer sah beleidigt aus, dachte Schlaicher, als er die Tür zuschlug. Noch ein Eingeschnappter mehr. Aber immerhin konnte er sich bei seinem Nachbarn sicher sein, dass das nicht lange anhalten würde. Das Gleiche hatte er allerdings bisher auch bei Martina angenommen.

Trefzer verschwand in seiner Scheune. Schlaicher wollte eigentlich noch mal kurz aussteigen, um mit ihm zu reden, dann ließ er es aber doch bleiben. Er startete den Motor und fuhr los. Kaum hatte er die Hauptstraße überquert und das riesige Möbelgeschäft passiert, sah er schon den ersten Polizisten. Dessen Dienstwagen versperrte die Zufahrt zu dem kleinen Weg, der unter der Bundesstraße hindurchführte. Als er dort ankam, winkte der Polizist ihn in die andere Richtung weiter. Aber Schlaicher hielt an und ließ die Scheibe hinunter.

»Was ist denn los? Ich wollte mit meinem Hund spazieren gehen.«

»Das chönne Si vergesse«, sagte der ältere Mann mit starkem alemannischen Einschlag. »Do chunnt hüt am Morge keine duure.«

»Wann kann man denn wieder hierher?«

»Das chaa'n e Wiili duure. Si hänn e Liich in dr Wiese g'funde.«

Benommen drehte Schlaicher um.

Durch seinen Kopf jagten Tausende Gedanken, aber er konnte keinen einzigen davon fassen. Er fuhr in Richtung Schopfheim und bemerkte erst an der Auffahrt zur B 317, dass er falsch war.

Er fuhr dort auf und kam so an dem Abschnitt des Waldparkplatzes vorbei, auf dem Schmid gehalten hatte. Aber auch hier gab es eine Absperrung. Die Zufahrt war verboten. Schlaicher sah durch die Bäume mehrere Polizeiwagen, einen Krankenwagen und viele Leute, einige davon in weißen Kitteln. Niemand bewegte sich sonderlich schnell. Alles lief wie in Zeitlupe ab. Das sicherste Zeichen, dass durch Tempo auch nichts mehr gerettet werden konnte. Dann war er an dem Parkplatz vorbei und fuhr wieder nach Maulburg hinein.

Natürlich, es konnte jemand anderes sein. Wer sagte, dass es Anna war. Vielleicht war jemand unglücklich in die Wiese gestürzt und hatte sich im flachen Wasser den Kopf an einem Stein gestoßen. Ja, so war es sicherlich gewesen.

Als er zurück zum Haus kam, setzte Trefzer in der Durchfahrt zum Hinterhof gerade vorsichtig den Geldtransporter zurück. Schlaicher winkte ihm zu, fuhr aber weiter. Bei der Metzgerei Hug hielt er sich links und bog sofort wieder rechts ab, bis er beim Bauern das Dorf verließ und am Friedhof vorbei dorthin fuhr, wo Anna vor ein paar Tagen verschwunden war. Er parkte, ließ Dr. Watson aus dem Wagen springen und frei laufen, während er langsam bergan ging. Aber schon nach fünfzig Metern drehte er um, was Dr. Watson mit einem ungläubigen Blick kommentierte. Schlaicher ging, von düsteren Gedanken gequält, zurück zum Wagen und wartete da, bis der Hund fünf Minuten später von alleine wieder auftauchte. Jetzt war auch sein Basset enttäuscht von ihm.

Schlageters Stimme auf dem Anrufbeantworter genügte, um Schlaicher wissen zu lassen, dass die Entführung des Wiesleter Mädchens kein gutes Ende genommen hatte.

»Schlaicher, ich weiß nicht, wie ich es sagen soll.« Es folgte eine lange Pause, in der Schlaicher ein Schnäuzen hörte. »Anna ist tot. Ich kann nicht vorbeikommen. Wir haben ein paar Spuren und müssen denen nachgehen. Ich kann erst gegen Nachmittag kommen.«

Schlageter hatte ohne Verabschiedung aufgelegt.

Es gab noch einen zweiten Anruf auf der Maschine, den

Schlaicher aber nicht abspielte. Anna war tot. Das hieß, dass die Geldübergabe nicht glattgelaufen war. Das hieß, dass Schlageter mit seiner Einschätzung von von Malewski recht gehabt hatte. Sicherlich hatte dieser Typ trotz allem versucht, den Entführern mit seinen technischen Kniffen auf die Spur zu kommen. War ihm das Geld wichtiger als das Leben des Mädchens? Schlaicher spürte, wie sich die Anspannung in ihm ein Ventil suchte. Er begann zu weinen und ging in sein Schlafzimmer.

Nachdem er seinen Gefühlen zehn Minuten lang freien Lauf gelassen hatte, beruhigte er sich langsam. Er ging ins Badezimmer, schnäuzte die Nase und wusch sein Gesicht. Seine Augen waren rot und geschwollen. Er hatte helfen wollen, Anna aus der Hand ihrer Entführer zu befreien. Nachdem dies nun endgültig gescheitert war, hoffte er nur, dass die Täter nicht ungeschoren davonkommen würden.

Er ging zum Anrufbeantworter und hörte die zweite Nachricht ab.

»Hallo.« Martinas Stimme. Schlaichers Herz machte einen Satz.

»Du hast ein paarmal bei mir angerufen. Okay, vielleicht sollten wir uns unterhalten. Ich bin noch bei Leo in der Schweiz, komme aber heute Abend gegen neun zu dir. Dann können wir reden. Außerdem brauche ich dringend mein Portemonnaie zurück.« Schlaicher hörte sich ihre Nachricht mehrmals hintereinander an. Obwohl ihre Stimme kühl klang, hoffte er doch, dass sie sich nur bemühte, kühl zu klingen. Zwar hatte sie sich bei Leo, ihrem schwulen Freund, sicher ausgiebig über Schlaicher beschwert, ihn wahrscheinlich sogar zum Teufel gewünscht. Aber sie wollte zu ihm kommen. Das war doch immerhin schon einmal etwas.

»Hey, du bist ja schon wach«, sagte Lars ungläubig, als er aus seinem Zimmer kam. Es war acht Uhr, und er würde sich beeilen müssen, um pünktlich zur Schule zu kommen. Als sein Sohn im Badezimmer verschwunden war, fragte sich Schlaicher, ob er ihm erzählen sollte, dass man Annas Leiche dort gefunden hatte, wo er sich mit Freunden gerne zum Grillen traf, aber er beschloss, dass Lars es noch früh genug erfahren würde.

Schlaicher hatte nach drei Stunden auf der Couch genug vom Zappen, das gegen die trüben Gedanken auch nicht helfen wollte. Er beschloss, Martina heute Abend zu überraschen und für sie zu kochen. Ein Blick in den Kühlschrank offenbarte ihm, dass es ohne einen Gang zum Supermarkt nicht gehen würde.

Beim Metzger war das tote Kind bereits das wichtigste Thema. Zwei ältere Damen unterhielten sich gerade darüber, als Schlaicher eintrat, eine Verkäuferin warf ein »S'isch efange schlimm« ein.

»Weiß mer scho, wie's passiert isch?«, fragte die ältere Dame in einer lilafarbenen Weste.

»Dr Martin het g'sait, d'Polizei het ganz g'heimnisvoll doo«, antwortete die zweite Frau, die sicherlich im gleichen Alter war, aber eine dezentere Bluse in Beige trug.

»S'isch efange schlimm«, sagte wieder die Verkäuferin.

Schlaicher stellte sich in die kleine Schlange. Es blieb ihm nichts anderes übrig, als das Gespräch weiter anzuhören.

»Dr Martin het g'sait, s Maidli haig noo nit lang im Wasser g'lege si chönne.«

»Ach Herrje, dass so öbbis bi uns passiere chaa. Mr mag gar nümme ussem Haus goo.«

»S'isch efange schlimm!«, sagte die Verkäuferin, bevor sie sich mit einem Lächeln an Schlaicher wandte. Der orderte ein halbes Kilo Schweinelende, während die beiden Damen sich weiter unterhielten.

»Sie soll g'würgt worde si, sait dr Martin. Sie het do so Spuure am Hals g'haa.« Die Frau in Beige machte mit beiden Zeigefingern eine Linie um ihren Hals.

»Entschuldigung«, sagte Schlaicher, und die beiden Damen schauten sofort zu ihm herüber. »Ich habe das gerade mitgehört. Ist dieser Martin von der Polizei?«

»Dr Martin, henai«, lachte sie. »Dr Martin isch bi dr Füürwehr. Er isch do gsii un het bim Berge g'hulfe.«

»S'isch efange schlimm!«

Es klingelte um fünf Minuten nach fünf. Schlaicher schnitt gerade den Lauch vor. Dr. Watson, der eben noch mitten in der Küche gelegen hatte, sodass Schlaicher immer über ihn hinwegsteigen musste, war sofort auf und rannte wedelnd zur Tür. Schlaicher wusch sich kurz die Hände und folgte dem Hund. Er drückte auf den Summer und wartete an der offenen Tür. Es war wieder das Schnaufen, das ihm zeigte, wer da kam, und vorsorglich sperrte er den immer noch wedelnden Dr. Watson in sein Schlafzimmer.

»Hallo, Herr Schlageter«, sagte Schlaicher, als der hochrote Kopf des Kommissars auftauchte. Der Kommissar antwortete nicht. Heute trug er eine sehr dunkle, karierte Hose und ein kurzes Hemd in Schwarz, das über seinem dicken Bauch spannte.

Erst als Schlageter in der Wohnung war und Schlaicher die Tür geschlossen hatte, sagte er keuchend: »Hund?«

»Dr. Watson ist in meinem Zimmer«, beruhigte Schlaicher ihn. Er ging mit dem Kommissar in die Küche, wo der sich die Vorbereitungen des Essens ansah, aber kein Wort dazu sagte. Dann ließ er sich erschöpft auf die kleine Holzbank fallen, die knarzende Geräusche von sich gab. Schlaicher setzte sich ihm gegenüber.

»Was für ein Tag«, stöhnte Schlageter.

»Haben Sie eine Spur?«

»Das Mädchen ist tot, das Geld ist weg, und wir haben nichts Neues. Nach der Übergabe gestern waren alle erleichtert, dass es zu keinem weiteren Zwischenfall gekommen ist. Ab da hieß es dann warten. Die Entführer hatten Frau Kiefer ein Schreiben mitgegeben, in dem stand, dass sie Anna in der Nähe eines Telefons freilassen würden. Aber es ist nichts passiert. Wir waren die ganze Nacht wach und haben gewartet. Bis ein Spaziergänger sie heute früh gefunden hat. Ich komme gerade von der Pressekonferenz, bei der von Malewski zwar gesagt hat, wir hätten mehrere Hinweise aus der Bevölkerung, aber in Wirklichkeit haben wir nichts als Schrott. Zumindest sieht es so aus.«

»Das klingt nicht gut.«

Schlageter pustete die Backen auf und ließ die Luft wieder entweichen: »Nein, tut es nicht.«

»Was ist mit den Russen? Haben die etwas damit zu tun?«

Schlageter zog die Stirn in Falten. »Ich glaube nicht. Ich habe natürlich versucht, Schmid danach zu fragen, aber er hat nur geantwortet, dass ich ihn in Ruhe lassen und die Mörder seiner Tochter finden soll. Wenn die Russen die Entführer gewesen wären, dann hätte er doch spätestens heute etwas gesagt.«

»Wie ist sie gestorben?«, fragte Schlaicher, obwohl er im gleichen Moment dachte, es gar nicht wissen zu wollen.

»Sie wurde mit einem Draht erwürgt. Das Mädchen war zuvor gefesselt worden. Wir haben Hämatome an ihren Hand- und Fußgelenken gefunden.«

»Mein Gott.«

»Das können Sie laut sagen. Wo ist Gott nur, wenn man ihn braucht!« Schlaicher wusste darauf keine Antwort, und sie schwiegen einen Moment.

»Ich weiß nicht, aber vielleicht sollte man sich diese Russen doch einmal genauer anschauen«, sagte Schlageter schließlich. »Sie haben gesagt, die wohnen hier in Maulburg im Hotel?«

»Ja, aber viel mehr konnte ich auch nicht herausbekommen, ohne aufzufallen. Ach so, Zimmer 17, hat die Frau gesagt.«

»Geben Sie mir noch ein Glas Wasser, dann können wir los.«

»Wir?«, fragte Schlaicher.

»Natürlich. Immerhin sind wir mittlerweile doch so eine Art Team.«

Schlageter leerte das Glas in einem Zug.

Zum Abend hin war es etwas kühler geworden, aber ein T-Shirt war immer noch angenehm. Sie fuhren mit Schlaichers Wagen, weil Schlageter angeblich nicht mehr viel Benzin hatte, was Schlaicher aber als Ausrede ansah. Denn immerhin hatten sie nur anderthalb Kilometer zu fahren. Der schwarze Geländewagen stand auf dem gleichen Platz wie gestern. Schlaicher parkte direkt daneben. Sie gingen zum Eingang und warteten kurz an der Rezeption. Aus dem Gastraum scholl lautes Lachen, offensichtlich waren die Bediensteten damit beschäftigt, eine Gesellschaft zu bewirten.

»Sie hat Zimmer 17 gesagt. Vielleicht ist es gar nicht schlecht, wenn wir uns nicht anmelden.«

Schlageter nickte, und die beiden stapften die Treppe hoch,

wobei der Kommissar schon nach der vierten Stufe zu schnaufen begann. Schlaicher ging vor und betrat einen Gang, der nach rechts und links führte. Ein Schild zeigte, dass die Zimmer 11 bis 16 auf der linken Seite lagen, rechts ging es zur 17.

»Hier ist es«, sagte Schlaicher, als der Kommissar den Treppenabsatz erreichte. Der blieb ein paar Sekunden stehen, bevor er, noch immer heftig atmend, weiterging. Zwei Türen, an denen sie vorbeiliefen, trugen die Aufschrift »Privat«. Danach ging es noch etwa fünf Meter weiter, bevor sie am Ende des Ganges die Tür mit der Nummer 17 erreichten.

»Und jetzt?«, fragte Schlaicher.

Schlageter klopfte derbe gegen die Tür: »Zimmerservice«, rief er mit seiner brummigen Stimme.

Schlaicher konnte eine Männerstimme etwas auf Russisch sagen hören, dann antwortete ganz leise die Stimme einer Frau. Schlageter pochte wieder gegen die Tür. Dann ging sie auf.

Die Frau vor ihnen war höchstens einen Meter sechzig groß. Sie schaute mit dunklen Augen, die fast so tiefschwarz waren wie ihr Haar, von unten zu den beiden Männern hoch, die vor ihr standen.

»Sie sind nicht vom Hotel«, bemerkte sie, ohne im Geringsten beunruhigt zu klingen. Ihren Akzent konnte man nur schwer heraushören.

»Nein«, gab Schlageter zu und wollte sich an der Frau vorbeidrängen. Die aber blieb fest stehen, und Schlageter bemerkte, dass sie sich nicht auf die Art und Weise überraschen lassen würde.

»Wir wollen uns nur kurz mit Ihnen unterhalten«, sagte Schlaicher. »Es geht um Werner Schmid.«

»Kenne ich nicht«, sagte sie, ohne eine Miene zu verziehen.

»Hören Sie, wir können auch anders«, brummte Kommissar Schlageter, aber Schlaicher zog ihn zurück.

»Ich habe Sie zusammen mit ihm gesehen«, sagte er.

»Wer sind Sie?«

»Mein Name ist Michael Scheich, das ist mein Nachbar Erwin Müller. Wir sind Freunde der Familie.«

»Kommen Sie herein«, sagte sie und trat zur Seite.

Schlaicher ließ Schlageter den Vortritt und nutzte die Gelegenheit, um die Frau unauffällig zu mustern. Sie trug eine eng anliegende dunkle Hose und ein weißes, ärmelloses Rippunterhemd. Die Muskeln unter ihrer gebräunten Haut traten sichtbar hervor. Sie bewegte sich geschmeidig wie eine Katze.

Etwas beunruhigte Schlaicher: Er konnte den Riesen, der mit der Frau hier wohnte, in dem recht großen, zweckmäßig modern eingerichteten Hotelzimmer nicht sehen. Dafür aber hören. Hinter der einzigen anderen Tür im Raum lief die Dusche. Von dort rief eine kratzige Stimme etwas in schnellem Russisch. Die Frau antwortete ebenfalls auf Russisch, und es klang so, als wolle sie ihren Mann beruhigen, was auf Schlaicher den gleichen Effekt hatte.

»Mein Mann«, sagte sie und setzte sich auf einen der beiden hässlich gemusterten Polsterstühle. Schlageter nahm sich den zweiten.

»Warum sagen Sie, Sie seien vom Zimmerservice. So etwas gibt es hier gar nicht«, sagte sie.

Schlageters Wangen färbten sich rot, doch Schlaicher ging nicht darauf ein. »Ich weiß nicht, wer Sie sind, aber ich weiß, dass Sie sich mit Schmid getroffen haben. Worum ging es da?«

»Wenn Sie ein Freund der Familie wären, wüssten Sie das. Oder Sie würden Herrn Schmid selbst fragen. Sie sind von der Polizei.«

»Ja«, sagte Schlageter.

»Nein«, sagte gleichzeitig Schlaicher.

Der Blick der Frau war undurchdringlich. Im Nebenzimmer begann der Mann mit der kratzigen Stimme, unter der Dusche ein sehr falsch klingendes, russisches Lied zu singen.

»Also ich bin nicht von der Polizei«, bekräftigte Schlaicher.

»Dann sollte ich mit Ihnen reden«, wandte sich die Frau an Schlageter. »Ich weiß nicht, was das soll. Wollen Sie unsere Visa überprüfen? Wir haben nichts zu verbergen.«

»Nein, das ist mir doch völlig egal. Wir wollen nur wissen, was Sie mit Schmid zu tun haben. Kennen Sie seine Tochter?«

Die einzige Bewegung im Gesicht der Frau war ein leichtes Zucken ihrer kleinen Nase.

»Nein. Wir haben geschäftlich mit Herrn Schmid zu tun.«
»Und was sind das für Geschäfte?«, hakte Schlageter nach.
»Schinken«, sagte sie. »Werner Schmid ist Lieferant für unsere Firma in Moskau. Schwarzwälder Schinken ist momentan in bestimmten Kreisen sehr beliebt.«
»Und deswegen sind Sie schon seit Tagen hier? Und treffen sich mit ihm auf einem Waldparkplatz?«
»Wir waren selbst überrascht, denn es war sein Wunsch, uns dort zu treffen. Aber das war uns egal, da wir das Geschäftliche mit einem kleinen Urlaub verbinden.« Die Frau stand auf. »Wenn das alles war, dann darf ich annehmen, dass Sie jetzt gehen wollen.«
Schlaicher hatte schon einige Klopse des Kommissars erlebt. Meist war er zu direkt, zu grob, um die entscheidenden Informationen herauszufinden. Diesmal aber schoss Schlageter den Vogel ab.
»Heute früh wurde Werner Schmids Tochter tot aufgefunden. Wo waren Sie heute Nacht?«
Auf ein Geräusch hin sprang die Frau auf, und es dauerte nur den Bruchteil einer Sekunde, bis sie an der Tür war. Schlaicher drehte sich um und sah in ein kleines, schwarzes Loch. Der Riese war aus dem Badezimmer gekommen, allerdings gar nicht nass, sondern vollkommen angezogen. Er hatte eine Pistole mit einem überlangen Lauf in der Hand. Ein Schalldämpfer. Der Blick des Riesen hätte eine wütende Elefantenherde dazu bringen können, sofort panisch umzudrehen, und auf Schlaicher hatte er die gleiche Wirkung.
»Schlaicher, ducken«, rief Schlageter, aber da gab es auch schon ein puffendes Geräusch, und Schlaicher sah, wie der Kommissar zusammenbrach.
»Kein Ton«, fauchte die Frau, die jetzt ebenfalls eine Pistole in der Hand hielt. »Umdrehen.«
Sie hatten Schlageter erschossen. Einfach so, ohne jeden Skrupel. Schlaicher sah fassungslos in den düsteren Lauf und tat wie hypnotisiert, was die Frau befohlen hatte. Er drehte sich um. In dem Moment traf ihn etwas Hartes am Hinterkopf. Schlaicher wollte noch die Hände heben, um an die Stelle zu fassen, aber

seine Arme versagten ihm den Dienst. Seine Beine wurden ganz schwer und knickten ein. Das Letzte, was er spürte, war, dass zwei starke Arme ihn unter den Achseln packten. Dann war alles zu Ende.

Es ruckelte und dröhnte. Wenn das der Himmel sein sollte, dann war er sehr ungemütlich. Und schmerzhaft. Schlaichers Hinterkopf pochte mit jedem Herzschlag. Und im Himmel schlug das Herz doch nicht mehr. Schlaicher öffnete die Augen, aber es blieb vollkommen düster. Er spürte, dass seine Hände und Füße gefesselt waren.

Erst langsam konnte er das dröhnende Geräusch und das Geruckele mit seinen letzten Erinnerungen in Verbindung setzen. Er war in einem Auto, das heißt, er lag gefesselt in einem Kofferraum und die Person, die ihn hier hineingelegt hatte, hatte keine großen Anstrengungen in Bequemlichkeit investiert. Er lag auf etwas Hartem, das ihm bei jeder Bewegung des Wagens in den Rücken stach. Und da fahrende Autos sich meist bewegen, drückte das Ding schon gewaltig. Schlaicher versuchte, an seinen Fesseln zu reißen. Es brachte nichts. Zudem waren die Fesseln an den Hand- und Fußgelenken noch mit einem weiteren Seil miteinander verbunden, sodass er die Arme nicht über den Kopf nehmen konnte.

Das Geruckel wurde stärker. Schlaicher spürte, wie der Wagen durch Schlaglöcher fuhr, und jedes Mal wurde er gegen eine der Kofferraumwände geschlagen. Schlimmer als der körperliche Schmerz waren allerdings die Gedanken, die ihn plagten. Denn gefesselt im Kofferraum des Wagens zweier Russen zu sitzen, die gerade einen Kommissar der Kriminalpolizei erschossen und wahrscheinlich am Tag davor ein Mädchen ermordet hatten, verhieß nichts Gutes. Die Schlaglöcher sprachen dafür, dass er sich auf dem Weg in einen Wald befand. Wie schloss man ein Leben ab? Schlaicher hatte sich schon einmal in der Hand von Mördern befunden. Aber dieses Mal würde es sicherlich nicht in letzter Sekunde einen Mann geben, der aus einer Tür herauskam, um ihn zu befreien. Dieses Mal konnte er nur hoffen, dass ein Förster oder Jäger unterwegs war, denn das Befahren der Waldwege war verboten. Aber die Wälder waren so groß, dass er bezweifelte, dass ihm dieses Glück beschieden sein würde.

Die Fahrt schien ewig zu dauern. Schlaicher kämpfte mit den Tränen. Würde jemand nach ihm suchen? Martina wollte heute Abend vorbeikommen, aber wenn keiner da war, würde sie vielleicht nur wütend nach Hause fahren. Lars übernachtete bei Sarah. Trefzer hatte er wohl für heute vertrieben. Und Schlageter war tot. Seine Kollegen würden nach ihm suchen. Aber niemand wusste, wo er hingegangen war. Egal wie Schlaicher es drehte und wendete, die Sache war aussichtslos. Dass er so kurz vor der Aussprache mit Martina sterben sollte, machte ihn wütend. Er zerrte wieder an den Fesseln, aber die hielten seinen verzweifelten Versuchen stand. Selbst wenn er sie losbekommen hätte, am Ende würden die Russen doch irgendwo in der Einsamkeit anhalten und mit vorgehaltener Pistole den Kofferraum öffnen. Wie hatte Schlageter gesagt: »Ich glaube, wir haben es mit Profis zu tun.«

Aber wie passte das zusammen? Wieso hatte Schmid die beiden nicht erwähnt, nachdem klar war, dass seiner Tochter Schmerzen zugefügt worden waren? Anna war vielleicht wirklich weggelaufen und hatte bei den Russen Unterschlupf gesucht. Die beiden hatten die Chance gewittert, aus der Sache Geld zu machen und sich bei Schmid gemeldet. Nein, denn der kannte sie ja und hätte sich nicht einfach so mit ihnen getroffen. Außerdem, das hatte Schlageter gesagt, hätten Profis mehr als fünfzigtausend Euro verlangt. Das Risiko war doch viel zu groß für eine Summe, für die man sich gerade mal ein besseres Auto kaufen konnte. Und warum hätte Anna ausgerechnet bei den Russen Unterschlupf suchen sollen? Eigentlich war es doch viel naheliegender, dass sie sich zu einer vertrauten Person abgesetzt hatte, statt zu Fremden.

Der Wagen legte sich in eine Kurve und der Weg wurde noch ruckeliger. Je mehr Schlaglöcher, umso tiefer im Wald, dachte sich Schlaicher. Nur andere Menschen würden ihn jetzt noch retten können vor … Bilder aus verschiedenen Filmen gingen ihm durch den Kopf. Der Betonfuß, den die Mafia ihren Widersachern anlegte, bevor sie in einen Fluss geworfen wurden. Kniende Menschen mit einem Pistolenlauf am Kopf, den Moment der Exekution erwartend. Ein Knüppel, der immer wieder auf sein Opfer hinabsauste, bevor es im Wald verscharrt wurde.

Hoffentlich würde Lars das gut verkraften. Er war noch so jung, noch ein halbes Kind, das unbedingt schnell erwachsen werden wollte. Er war stolz auf sein Kind. Manuela würde ihn wieder zu sich nehmen. Martina wäre wieder arbeitslos. Und allein. Er sah ihr süßes Lächeln vor sich, ihre lustigen Augen und ihren wunderschönen Körper, den er einmal hatte lieben dürfen.

Der Wagen hielt einen Moment lang an, bevor er offenbar eine steile Böschung hochfuhr. Schlaicher wurde an die Rückseite des Wagens gepresst, um kurz darauf wieder auf dem Boden des Kofferraums aufzuschlagen. Ganz langsam fuhr der Wagen weiter und blieb dann stehen. Der Motor erstarb. Schlaicher war überrascht, wie ruhig er in diesem Moment wurde. Es war vorbei. Warum kämpfen, wenn der Tod unausweichlich war? Warum dem Ende weinerlich entgegentreten, warum wütend? Wenn er gehen musste, dann wollte er es mit Selbstachtung tun.

Als der Kofferraumdeckel sich öffnete, bemerkte er erst, wie heiß es in seinem sargähnlichen Gefängnis gewesen war. Ein grelles Licht blendete ihn, und jeder Gedanke an Selbstachtung war vergessen, als er sich vor Angst in die Hose pinkelte. Er konnte den warmen, nassen Strahl nicht stoppen. Es war auch egal.

Die kratzige Stimme fluchte auf Russisch. Die Frau antwortete. Dann spürte Schlaicher zwei Hände, die ihn rau und scheinbar ohne Probleme aus dem Kofferraum hievten. Der Mann war wirklich stark. Er ließ Schlaicher einfach auf den Boden fallen, in eine Mischung aus Moos, Gras und alten Blättern. Schlaicher fiel also recht weich.

»Wenn du schreist, wird dich keiner hören. Aber du machst es dir damit nur unnötig schwer«, sagte die Frau.

Als sich seine Augen wieder an die Dunkelheit gewöhnt hatten, sah Schlaicher, dass sie sich tatsächlich im Wald befanden. Viele nicht allzu dicke Bäume standen in einem weiten Rund um eine kleine Lichtung. Er hatte diesen Ort noch nie gesehen. Direkt neben seinem Kopf wurde etwas in die Erde gestoßen. Schlaicher schauderte, als er den Spaten erkannte. Nicht nur, weil er ahnte, wofür dieser gebraucht werden würde, sondern auch, weil der Riese mit seiner Kraft ihm mit dem Spaten einfach den Kopf vom Körper hätte abtrennen können.

»Was habt ihr mit mir vor?«

»Du kannst uns glauben, dass wir das nicht gerne machen. Eigentlich haben wir gedacht, dass wir diese Zeit hinter uns haben, aber ihr lasst uns keine andere Wahl.«

»Wieso keine andere Wahl?«

»Wir haben nichts mit dem Tod des Mädchens zu tun«, sagte die Frau. »Nicht dass das etwas ändern würde, aber ich denke, du solltest das wissen, Polizist.«

»Aber ich bin kein Polizist. Und natürlich ändert das etwas. Warum habt ihr den Kommissar umgebracht, wenn ihr unschuldig seid?«

Die Frau lachte, und auch der Riese fiel in das Lachen ein. Er ging auf sie zu und beugte sich zu ihr herunter. Die beiden küssten sich leidenschaftlich, was die Situation für Schlaicher noch unerträglicher machte.

»Hallo? Ich liege hier auch noch rum!«, rief er. Das Paar hörte auf.

»Richtig«, sagte der Riese mit einem kalten Grinsen im Gesicht.

»Sergej, bind ihn los. Er kann jetzt anfangen zu graben.«

Das war schlecht. Die Aufforderung verstärkte Schlaichers Gewissheit, gleich umgebracht zu werden. Auch dass die Frau den Namen des Mannes genannt hatte, sprach dafür, dass sie nicht vorhatten, ihm nur ein bisschen Angst einzujagen.

Sergej zauberte ein Klappmesser aus seiner Hosentasche und ließ es aufspringen. Er bückte sich zu Schlaicher runter und durchtrennte mit einem gezielten Schnitt das Seil. Dann zerrte er etwas an den beiden losen Enden herum und befreite Schlaicher so von seinen Fesseln. Der blieb regungslos liegen. Denn gleichzeitig hielt die Frau Sergejs Pistole auf ihn gerichtet. Der Schalldämpfer war immer noch vorne aufgeschraubt.

»Das muss nicht sein«, sagte Schlaicher. Aber weder die Frau noch der Mann reagierten auf ihn. Stattdessen half Sergej ihm hoch. Dafür, dass er ihn bald umbringen würde, war der Riese erstaunlich sanft. Als Schlaicher stand, drohte er fast wieder umzufallen, aber Sergej stützte ihn mit einem Arm. Dann reichte er ihm den Spaten.

Da es inzwischen dunkel geworden war, musste einige Zeit vergangen sein, seit er den Schlag auf den Kopf bekommen hatte. Schlaicher hoffte darauf, dass Martina sich Sorgen machen würde. Immerhin wusste sie, dass er an diesem Entführungsfall gearbeitet hatte, und so, wie der zum Gesprächsthema geworden war, hatte sie sicherlich auch schon davon gehört, dass Anna tot war. Würde sie ihn anrufen? Schlaicher versuchte, unauffällig an seiner durchnässten Hosentasche nach seinem Handy zu tasten, aber als er bemerkte, dass es nicht mehr da war, holte die Frau es auch schon aus ihrer Tasche und hielt es ihm unter die Nase.

»Wir sind keine Anfänger«, sagte sie und gab ihrer Stimme dabei einen enttäuschten Tonfall. Als hätte er alleine durch sein Suchen ihren Sinn für Professionalität beleidigt.

»Aber warum ich?«, fragte er.

Sergej drückte ihm den Spaten in die Hand und zog ihn ein Stück weiter auf die Lichtung. Schlaicher sah, dass hinter dem Wagen eine schwarze Steinstele stand, ein Denkmal.

»Wo sind wir hier?«, fragte er, aber Sergej zog ihn nur weiter, hinter das Denkmal, und befahl: »Grab!«

Schlaicher wusste nicht, ob er die Befehlsform nutzte oder das Hauptwort, aber was er zu tun hatte, war ihm klar. Es gab nur eines: Er musste versuchen, Zeit zu gewinnen. Und solange er grub, war er immerhin noch nicht tot.

Schon bei seinem ersten Spatenstich stieß er nach vielleicht zehn Zentimetern auf einen großen Stein. Schlaicher hatte noch nie einen Garten besessen, und sein Vater hatte für schwere Gartenarbeiten immer jemanden gehabt, der ihm dabei half. Er wusste nicht ganz, was er jetzt machen sollte, und hieb den Spaten einfach erneut in den steinigen Boden. Nach und nach gelang es ihm, den Boden zu lockern.

Die beiden Russen standen Händchen haltend am Auto und

beobachteten ihn. Ab und zu flüsterten sie etwas, und Schlaicher hatte das Gefühl, als sei er hier das fünfte Rad am Wagen. Am liebsten hätte er die beiden alleine gelassen. Dann könnten sie ungestört sein. Das musste wohl Galgenhumor sein.

»Wenn ich das hier schon machen muss, dann könnt ihr mir wenigstens erklären, warum ihr das Mädchen entführt habt«, forderte Schlaicher.

Eigentlich hatte er schon keine Antwort mehr erwartet, als die Frau nach einer Weile sagte: »Ich habe es dir doch schon gesagt. Wir haben dem Mädchen nichts getan.«

»Ja, aber wieso sind wir dann hier? Wieso habt ihr uns angegriffen.«

»Nennen wir es eine schlechte Angewohnheit von Sergej. Er hat etwas gegen Polizisten.«

»Wer seid ihr denn überhaupt?«

»Wie gesagt, wir sind Geschäftspartner von Schmid. Oder besser, wir sind Geschäftspartner seines Geschäftspartners.«

»Was wolltet ihr von ihm?«

»Geld, das er uns schuldet. Aber du solltest lieber weitergraben.«

Schlaicher stieß den Spaten ein weiteres Mal in den Boden. Die Steinbrocken störten noch immer sehr. Schlaicher wusste nicht, ob er deshalb froh oder betrübt sein sollte. »Das geht hier nicht. Hier sind überall Steine«, sagte Schlaicher maulig.

»Du bist hier nicht zum Reden, sondern zum Graben«, sagte Sergej unbeeindruckt, und Schlaicher wunderte sich über sich selbst, dass er in dieser Situation noch Widerworte fand. Aber er konnte nicht ruhig bleiben.

»Verdammt noch mal, heute Abend wollte ich der Frau, die ich liebe, meine Gefühle gestehen. Stattdessen habt ihr blöden Russen meinen Freund umgebracht und lasst mich hier mein eigenes Grab schaufeln! Da werde ich wohl wenigstens erfahren dürfen, warum das so passieren muss?« Schlaicher war so laut geworden, dass er einen reuigen Moment lang Sorge hatte, die beiden würden ihn sofort umbringen. Aber stattdessen sprachen sie nur miteinander. Er interessierte sie überhaupt nicht. Schlaicher schmiss die Schaufel zu Boden und ging auf sie zu.

»Bleib da stehen«, sagte die Frau.

»Dann erschieß mich doch!«, schimpfte Schlaicher und ging weiter, ohne auf sie zu hören. Erst als sie die Waffe auf ihn richtete, kehrte die Vernunft zurück, und er blieb stehen.

»Was ist das für eine Frau?«, fragte Sergej und musterte ihn mit wachen Augen.

»Wieso? Wollt ihr sie auch umbringen? Oder ihr Blumen schicken, wenn ihr mich getötet habt?«

Sergej lachte, und die Frau fing an zu kichern, was Schlaicher allerdings auch nicht beruhigte.

»Nein. Wir wollen eigentlich überhaupt niemanden umbringen«, sagte die Frau schließlich. »Nicht dass wir es nicht könnten.« Sie schmiegte sich an den Riesen. »Sergej und ich haben ein paar Jahre als Killer gearbeitet und unseren Job ziemlich gut gemacht. Aber eigentlich wollten wir aufhören.«

»Dann hört verdammt noch mal damit auf! Ihr habt schon Schlageter umgebracht!« Schlaichers Stimme überschlug sich fast. Dass die beiden kuschelnd vor ihm standen, während er selbst um sein Leben bangte, machte ihn rasend. Zu verlieren hatte er jetzt wirklich nichts mehr.

Die Frau verzog das Gesicht. »Der Polizist ist nicht tot«, sagte sie.

»Was? Ich habe doch gesehen, wie er geschossen hat und der Kommissar tot umgefallen ist.« Schlaicher zeigte anklagend auf Sergej.

»Du hast gesehen, wie er umgefallen ist. Aber geschossen habe ich«, sagte die Frau ruhig.

»Natascha hat für solche Fälle gerne Betäubungsspritzen dabei«, fügte Sergej hinzu.

Schlaicher sah ihn mit großen Augen ungläubig an. Dass Schlageter leben sollte, gab ihm ein Gefühl von Hoffnung. Er war so überzeugt gewesen, dass der alte Kommissar aus dem Leben gegangen war, dass er jetzt fast so etwas wie Glück verspürte.

»Wir wollen den Polizisten befragen. Dich brauchen wir nur noch, weil du die Löcher graben musst«, erklärte Natascha.

»Aber ich denke, ihr wollt niemanden mehr umbringen!«

»Wenn wir müssen, dann schon.«

»Aber ihr müsst doch gar nicht«, sagte Schlaicher eifrig. »Ich meine, wir können uns doch unterhalten! Schlageter hat gar nichts gegen euch. Wir sind wirklich nur gekommen, weil ich dieses Treffen mit Schmid beobachtet habe. Und wenn ihr irgendetwas von mir oder auch von Kommissar Schlageter wissen wollt, dann könnt ihr uns doch auch einfach fragen.«

Schlaicher hätte nie gedacht, dass sein Gerede eine solche Wirkung haben könnte. Aber tatsächlich ließ Natascha ihre Waffe sinken und steckte sie sogar in ihren Gürtel. Gut, sie war sicherlich im Kampf erprobter als er und hatte zudem noch einen zwei Meter großen Bären neben sich, der ihn irgendwie an Faxe aus »Wickie und die starken Männer« erinnerte, aber ein Zeichen war es dennoch. Schlaicher hoffte, das es ein gutes Zeichen sein möge.

»Vielen Dank, dass Sie die Waffe wegtun«, sagte er so entgegenkommend wie möglich.

»Bild dir nichts darauf ein«, sagte Sergej. Natascha zeigte keine Regung.

»Du bist verliebt?«, fragte sie.

»Na ja, also, äh.« Schlaicher fühlte sich von der Frage überrumpelt. Er schaute sich um und fragte sich einen Moment, ob irgendwo in diesem Waldstück eine versteckte Kamera zu finden war. »Ja. Ich bin verliebt. Auch wenn ich das ein paar Monate lang nicht begreifen wollte.«

»Wie süß«, sagte Natascha und krabbelte dabei mit ihren Fingern über Sergejs Bauch.

Es folgte ein längeres Gespräch auf Russisch. Schlaicher kam sich immer seltsamer vor, wie er neben dem Denkmal stand, vor sich zwei Menschen, die sich im Arm hielten und in einer fremden, hart klingenden Sprache miteinander turtelten. Sprachen sie darüber, wie sie ihn ermorden sollten? Oder diskutierten sie, ob er am Leben bleiben durfte? Schlaicher überlegte kurz, ob er einfach losrennen sollte. Er musste nur ein paar ungeschützte Meter zurücklegen, bevor der Wald dichter wurde, aber er hatte das Gefühl, dass Natascha die Pistole aus dem Gürtel gezogen haben würde, bevor er auch nur am Waldrand angekommen war. Und auch wenn Sergej gewaltig war, Schlaicher war sich sicher, dass er ihn in kürzester Zeit eingeholt hätte, wenn seine Freundin oder Frau ihn doch verfehlen sollte. Die beiden wirkten einfach zu sicher. Sie zeigten nicht einmal die geringste Nervosität, dass er verschwinden könnte. Schlaicher schaute sich trotzdem um. Das Licht von Sergejs Taschenlampe erhellte die kleine Lichtung nur notdürftig, aber ihr Strahl fiel auf den schwarzen Stein des Denkmals.

Plötzlich erstarb das Gespräch.

»Komm her«, sagte Natascha und winkte ihn heran.

Schlaicher tat, wie sie verlangte. Hatte er die letzte Chance auf eine Flucht vertan?

»Du wolltest wissen, was wir hier machen«, sagte sie. »Wir erzählen es dir.«

»Äh, okay«, brachte Schlaicher als Einziges hervor.

Sergej setzte sich auf den moosigen Waldboden, Natascha tat es ihm gleich.

»Setz dich auch hin«, sagte sie.

Schlaicher schaute an sich herab.

»Darf ich die Hose ausziehen, bitte?«

»Die ist ganz schön nass«, sagte Natascha.

»Warte«, brummte daraufhin Sergej und stand auf, um zum Wagen zu gehen. Schlaicher drehte sich zur Seite, um sich nicht genau vor der Russin auszuziehen.

»Da«, sagte der Riese und hielt Schlaicher eine Stoffhose hin, die ihm sicherlich gleich mehrere Nummern zu groß war. Aber wählerisch konnte er nicht sein, und irgendwie hoffte er, dass Sergej ihm nicht seine Hose brachte, um ihn danach doch zu erschießen. Schlaicher zog die Hose über, aber die rutschte über seine Hüften, sobald er sie losließ. Fast dankbar nahm er von Sergej den Strick entgegen, mit dem er gefesselt war und nutzte ihn als Gürtel. Die feuchten Socken zog er auch noch aus.

»Jetzt setz dich«, befahl Sergej. Schlaicher nahm im Schneidersitz Platz. Hätten sie noch ein Feuer zwischen sich gehabt, hätte man meinen mögen, sie seien hier, um die Nacht ums Lagerfeuer herum Lieder zu singen und Geistergeschichten zu erzählen.

»Wie gut kennst du Werner Schmid?«, fragte Natascha.

»Kaum. Als seine Tochter verschwand, kam der Junge, der mit ihr unterwegs war, zu mir. Er ist ein Freund von meinem Sohn.«

»Du hast ein Kind?«, fragte Sergej.

»Na ja, Kind kann man wohl kaum mehr sagen. Er ist schon sechzehn.«

Sergej nickte wissend. »Erzähl weiter.«

»Ich habe Kommissar Schlageter angerufen. Er ist ein Freund von mir, und er ist mitgekommen, um suchen zu helfen, aber wir haben sie nicht gefunden. Da sind wir zu ihren Eltern gefahren. Schlageter hat gemeint, das sei einer der ersten Schritte, die unternommen werden müssen, wenn jemand verschwindet.«

Wieder nickte Sergej, und Natascha sagte: »Oder wenn jemand untergetaucht ist und du ihn finden willst.«

»Äh, ja, vielleicht«, stotterte Schlaicher. »Auf jeden Fall habe ich Schmid da kurz kennengelernt. Aber das war es auch so ziemlich. Ich habe ihn nur noch einmal gesehen, eher zufällig, und da bin ich ihm nachgefahren und habe mitbekommen, wie er sich mit euch beiden getroffen hat.«

»Du warst der Mann auf dieser Anhöhe!«, stellte Natascha fest.

»Ja«, gab Schlaicher zu.

»Du kannst dich gut verstellen. Ich bin nicht misstrauisch geworden.«

»Äh, danke«, sagte Schlaicher irritiert.

»Schmid hat Schulden bei unserem Auftraggeber«, sagte Natascha jetzt. »Er ist seit Wochen überfällig. Und dabei ist es eine lächerliche Summe. Nur fünfzigtausend Euro.«

»Das ist genau der Betrag, den die Entführer verlangt haben«, sagte Schlaicher überrascht.

Sergej runzelte die Stirn. »Dann hat er das Geld vielleicht doch noch rechtzeitig aufgetrieben, und jemand hat das gemerkt.«

»Warum schuldet er das Geld?«, wollte Schlaicher wissen.

»Er liefert meinem Auftraggeber Schinken. Aber vor zwei Monaten ist seine Lieferung nicht in Moskau angekommen, was unserem Klienten größere Unannehmlichkeiten bereitet hat. Die nächste Lieferung musste er im Voraus bezahlen, aber auch die ist nicht angekommen.«

»Aber das muss doch nicht Schmids Schuld sein«, sagte Schlaicher.

»Natürlich nicht«, gab Sergej zu, aber Natascha sagte: »Schuld ist, wer unserem Klienten Geld schuldet. Er hat keine Ware bekommen, aber bezahlt.«

Sergej nickte. »So, jetzt weißt du, warum wir hier sind.«

»Entschuldigung, aber das kann sich doch niemals rechnen, wegen fünfzigtausend Euro zwei Killer wie euch anzuheuern. Ich meine, hätte es eine Gruppe von Schlägern nicht auch getan?«

»Er ist nicht dumm«, sagte Sergej grinsend.

»Ist er nicht«, stimmte ihm Natascha zu und lächelte verschmitzt. »Wir sind keine Killer mehr«, sagte sie zu Schlaicher. »Sergej und ich haben vor zwei Monaten unseren Job an den Nagel gehängt. Wir haben aber noch Verpflichtungen. In unserem Beruf kann man nicht einfach so aufhören. Wir sind wahrscheinlich billiger als deine Schläger.«

»Aber dann braucht ihr mir doch nichts zu tun! Ich meine, ich will nichts von euch, und ihr wollt nichts von mir, oder?«

»Ganz falsch liegst du da nicht. Aber was sollen wir machen? Sergej ist ein Mann mit Instinkten.« Sie schaute bewundernd zu dem Riesen und warf ihm mit ihren Lippen ein Küsschen hin.

»Dieser Polizist hat mich nervös gemacht«, gab Sergej zu. »Da bin ich ohne das vereinbarte Zeichen von Natascha rausgekommen.«

»Ihr meint, weil du ein bisschen nervös bist, sitzen wir jetzt hier und schaufeln mein Grab?« Die Situation war einfach zu grotesk.

Schlaicher fühlte bereits wieder Wut in sich hochsteigen. Vor allem, da er hier einfach so mit diesen Menschen saß, die sich sicherlich trotz aller Lagerfeueratmosphäre nicht davon abbringen lassen würden, ihn umzubringen. Das hatte er in zu vielen Filmen gesehen, dass so etwas nicht funktionierte.

»Genau das ist der Grund«, bestätigte Natascha und wechselte ein paar Sätze auf Russisch mit Sergej.

»Es ist unfreundlich, sich in einer Sprache zu unterhalten, die einer nicht versteht!«, motzte Schlaicher. Er wunderte sich über seine eigene Dreistigkeit. Aber noch mehr wunderten sich Sergej und Natascha. Sie sahen sich belustigt an und begannen zu lachen.

»Du solltest uns besser in Ruhe beraten lassen, denn wir überlegen gerade, ob wir dich vielleicht doch nicht umbringen sollen.« Natascha hatte scherzhaft drohend die Stimme gehoben.

Schlaicher hielt sofort beide Hände beschwichtigend in die Luft: »Lasst euch Zeit!«

Es fielen noch ein paar russische Sätze, dann verkündete Natascha ihre Entscheidung. »Also gut, wir bringen dich nicht um.«

»Danke!«, stammelte Schlaicher.

»Du brauchst uns nicht zu danken. Wir wollen nicht mehr töten«, sagte Sergej. »Meine kleine Balalaika erwartet unser Kind.«

»Tatsächlich, das ist ... Herzlichen Glückwunsch!« Schlaicher hielt Sergej die Hand hin. Der packte sie und drückte so fest, dass Schlaicher seine Knochen knacken hören konnte. Dann ließ Sergej los, und Schlaicher gratulierte Natascha, die selig lächelte.

»Ihr könnt euch vielleicht vorstellen, dass ich, na ja, nicht unbedingt abwarten möchte, ob ihr es euch doch noch anders überlegt ...«

Die beiden lachten wieder, und Schlaicher fiel in ihr Lachen ein. Es war ein gutes Gefühl, die Spannung loszulassen. Trotzdem blieb ein Rest Angst. Immerhin gab es da noch ein Problem. Natascha rückte auch gleich damit heraus.

»Wie können wir sichergehen, dass uns niemand etwas tun will?«, fragte sie.

»Ich weiß, ihr habt das sicherlich schon oft gehört, aber ich werde niemandem etwas sagen.«

»Das haben wir tatsächlich schon oft gehört«, sagte Sergej. »Warum sollten wir dir glauben?«

»Weil ich euch dankbar bin? Weil ich kein Interesse daran habe, euch noch einmal zu begegnen? Das ist nicht persönlich gemeint.«

»Natürlich nicht«, sagte Natascha ohne jede Spur von Ironie. »Und dein Freund?«

»Das wird ein bisschen schwieriger«, gab Schlaicher zu. Ihnen jetzt zu erzählen, dass Schlageter einfach wäre, wollte er nicht wagen. So kurz vor einer unfassbaren Rettung aus den Klauen des Todes wäre selbst eine noch so kleine Lüge ein immense Dummheit.

»Wirst du ihn dazu bekommen, die Füße stillzuhalten?«

»Wenn es jemanden gibt, der das kann, dann bin ich das«, sagte Schlaicher, und er wusste, dass es die Wahrheit war.

»Dann lass uns fahren. Es wird kühl«, sagte Natascha. Sergej sprang sofort auf und rannte zum Wagen, um eine Jacke für sie zu holen. Natascha zog sie dankbar an.

»Wo sind wir hier überhaupt?«, fragte Schlaicher.

»Im Wald«, antwortete Sergej.

Natascha wies auf das Denkmal und sagte: »Hier ist mein Großonkel begraben.«

»Oh«, machte Schlaicher.

Die Rückfahrt war definitiv angenehmer als die Hinfahrt. Schlaicher saß neben Sergej auf der Rückbank, und der Spaten hatte den Kofferraum wieder für sich alleine. Natascha fuhr über einen überwachsenen Weg, bis sie auf einen größeren Waldweg gelangte, der ewige Zeit geradeaus zu gehen schien. Schlaicher spürte die Schlaglöcher diesmal kaum. Der Ledersitz hielt ihre Wucht ab.

Ihm war klar, dass Sergej nicht zufällig neben ihm saß. Aber genauso klar war ihm auch, dass er nicht einen Finger rühren würde, um dem Riesen etwas zu tun. Selbst wenn er es gekonnt hätte. War das vielleicht dieses Syndrom, von dem man immer wieder hörte? Helsinki-Syndrom hieß es, genau. Das war, wenn eine Geisel oder eine entführte Person Gefühle für ihre Peiniger entwickelte. Schlaicher wusste zwar, dass sein Gefühl Schieflage hatte. Aber er empfand es ein bisschen so, als hätten die beiden sein Leben gerettet. Dabei schien eher ihr Kind sein Leben gerettet zu haben.

»Weißt du, es ist gut, wenn man ein Problem mit Reden beseitigen kann, statt ein vielleicht redendes Problem beseitigen zu müssen.«

Schlaicher dachte kurz über Sergejs Worte nach. In ihnen schwang tatsächlich eine gewisse Genugtuung, aber gleichzeitig auch eine Drohung für die Zukunft mit.

Nach zehn Minuten erreichten sie eine geteerte Straße, die bald einen Bogen machte und an einem Friedhof vorbeiführte. Im Kofferraum hatte er das Gefühl gehabt, mindestens eine Stunde über die Holperstrecke gefahren zu sein.

Bald sah Schlaicher die ersten Häuser, die zuerst vereinzelt standen und dann immer näher zusammenrückten. Es war ein nettes kleines Dorf, aber Schlaicher hatte keine Ahnung, welches. Zumindest musste es ein kleines Dorf sein, denn nachdem sie zweimal links abgebogen waren, waren sie auch schon fast wieder draußen. Sie drosselten das Tempo, als ein dunkelgrüner Volvo vor ihnen auf den Parkplatz vor einer Scheune fuhr und sich sehr langsam in die Lücke zwischen der Hauswand und einem Kleinwagen zwängte. Dann waren sie auch an diesem Hindernis vorbei, und Schlaicher sah auf dem Ortsausgangsschild den Namen »Hägelberg« stehen. Sie fuhren den Berg hinab nach Steinen.

Während der Fahrt fragte Natascha ihn genauer nach Martina. Schlaicher gab gerne Auskunft. Sich Martina vorzustellen, verursachte ein warmes Gefühl in seiner Magengegend. Auch wenn von dort gleichzeitig die profane Nachricht »Hunger« an seinen Kopf gesendet wurde. Kein Wunder. Er hatte noch nichts Richtiges gegessen. Denn das Essen mit Martina hatte er wohl verpasst. Er fragte sich, ob die beiden Russen ihn jetzt seine letzte Chance bei der Frau seines Lebens gekostet haben mochten, aber er fühlte sich gleichzeitig so beschwingt, so lebendig, dass er sich sicher war, dass alles sich zum Guten wenden würde. Wahrscheinlich würde sie durch die Erzählung des Erlebten sogar noch schneller weich werden. Immerhin hatte er in höchster Lebensgefahr geschwebt.

Der Wagen hielt in Maulburg vor dem Hotel. Aus den oberen Stockwerken drang aus wenigen Zimmern Licht, unten war noch etwas mehr los. Man hörte eine Gruppe von Leuten deutsche Volkslieder singen.

Sergej stieg zuerst aus und fasste Schlaicher auf dem Weg zum Hotel unauffällig, aber bestimmt am Arm. Alles hing jetzt davon ab, dass Schlaicher den Kommissar davon überzeugen konnte, seinen Mund zu halten. Mein Gott, was war er froh, dass dem Polizisten nichts passiert war.

Als sie im Zimmer der beiden Russen ankamen, sah das doch wieder etwas anders aus. Schlageter lag, am ganzen Körper mit Klebeband gefesselt, auf dem Boden im Badezimmer. Das Einzige, was er bewegen konnte, waren seine Schweinsäuglein, die er zukniff, als das Licht anging, und die hektisch hin und her zuckten, als er sie wieder aufschlug. Gleich darauf blieben sie an Schlaicher kleben. Ungläubig scannten sie ihn von Kopf bis Fuß, und Schlaicher sah Schlageters Erstaunen, keine Fesselung an ihm erkennen zu können.

Sergej bückte sich zu Schlageter herunter und sagte: »Du machst ein Geräusch, und du bist tot. Dein Freund will mit dir reden. Wenn du ruhig bist, wird dir nichts passieren.«

Schlaicher fragte sich, wie oft er dieses Versprechen wohl schon gebrochen hatte wie das Genick eines seiner Auftragsopfer. Er wollte es sich nicht vorstellen und war froh, als Schlageter nickte. Schlaicher grinste und hob zum Zeichen der Beruhigung seinen Daumen in die Luft.

Sergej nahm dem Kommissar den Knebel ab. Schlageter hustete und spuckte. Sie hatten ihm nur die Nase zum Atmen freigelassen. »Verdammt, Schlaicher. Ihren scheiß Daumen können Sie unten lassen!«, schimpfte er, blieb dabei aber deutlich leiser, als er es sonst gewesen wäre.

»Hören Sie mir zu, Schlageter. Das sind Natascha und Sergej. Sie haben beschlossen, uns nichts zu tun, wenn wir niemandem von ihnen erzählen.«

»Was?« Jetzt war er doch lauter geworden.

»Wir binden Sie jetzt los, und Sie verhalten sich ruhig. Die beiden haben nichts mit der Entführung von Anna zu tun. Sie haben nur ein bisschen überreagiert sozusagen.«

Schlageter war sprachlos. Schlaicher war sich nicht sicher, ob alles so lief, wie er es sich vorgestellt hatte. Denn während Sergej begann, dem Kommissar die Fesseln abzunehmen, hielt Natascha bereits wieder die Pistole in der Hand, wenn sie sie auch nicht direkt auf einen von ihnen gerichtet hielt.

»Sie stehen erst auf, wenn wir es Ihnen sagen. Haben Sie das verstanden?« Schlageter bejahte knurrend.

Sergej riss die verklebten Streifen auseinander. Da, wo sie sich nicht mehr lösen lassen wollten, benutzte er sein Messer, war aber dabei so vorsichtig, dass er Schlageter nicht verletzte. Der stöhnte erst auf, als die Stellen dran waren, an denen das Klebeband seine haarigen Arme bedeckte. Schlaicher sah rote Stellen und kaum noch Haare, als das Klebeband endlich ab war. Aber, das musste er zugeben, der Kommissar hatte sich gut gehalten. Er hatte kein einziges Mal geschrien.

»Stehen Sie jetzt auf. Wir müssen uns unterhalten«, sagte Natascha freundlich, aber die Pistole war noch immer in ihrer Hand.

»Ich möchte Sie nur darauf hinweisen, dass es Sie beide das Leben kosten könnte, wenn Sie etwas Unüberlegtes tun. Wir haben nicht aufgehört, um jetzt noch Ärger zu bekommen.«

»Ex-Killer«, sagte Schlaicher zu Schlageter. »Sie ist schwanger.«

Schlageter schaute ihn nur verständnislos an. Klar, er musste sich genauso fühlen wie Schlaicher vor einer Dreiviertelstunde, als die beiden Russen ihn aufgefordert hatten, sich zu ihnen auf den Waldboden zu setzen. Nur dass sie sich jetzt auf das Bett setzten, während Natascha auf einem der Polsterstühle Platz nahm. Sergej ging zum Schrank und kramte in einem karierten Koffer. Schlaicher musste grinsen. Hatten der Riese und der Kommissar etwa die gleiche Vorliebe für Kariertes?

Sergej brachte eine Flasche Wodka zum Vorschein und füllte drei Wassergläser bis zum Rand. Ein viertes füllte er mit Orangensaft aus der Minibar. Er gab den Saft Natascha und drückte dann sowohl Schlaicher als auch Schlageter ein Glas mit dem klaren Teufelszeug in die Hand.

»Trinkt«, sagte er und leerte mit einem Schluck die Hälfte seines Glases. Schlaicher, der immer noch zu perplex war, um sich über etwas zu wundern, hob das Gas und sagte: »Auf euch, auf euer Kind und auf das Leben!«, worauf Sergej grinsend sein Glas in die Höhe hielt und den Rest austrank. Schlageter nippte nur an seinem Wodka, und Schlaicher schaffte ebenfalls nur einen Schluck. Er hüstelte.

»Was soll das alles?«, fragte Schlageter schließlich misstrauisch.

»Wir lassen euch laufen«, antwortete Sergej und füllte sein Glas auf. Natascha sagte etwas auf Russisch, und ihr Mann stellte das Glas zur Seite. Selbst Profikiller waren nur Männer, dachte Schlaicher.

»Warum haben Sie uns dann überhaupt angegriffen?«, wollte Schlageter wissen, aber Schlaicher sagte sofort: »Das können wir doch später klären. Wir haben das schon durch. Also, ich habe mit den beiden einen Deal gemacht. Die tun uns nichts, und wir tun ihnen nichts. Da gibt es nur einen Haken.«

»Welchen?«

»Wenn Sie nicht mitspielen, werden wir beide in dem Grab landen, das ich im Wald gebuddelt habe.«

»Deshalb sind Sie so dreckig«, bemerkte Schlageter.

Schlaicher schaute an sich herunter. Sergejs Hose hing an ihm wie ein nasser Sack, sein T-Shirt war voller Dreck.

»Ich habe einen Schädel«, sagte Schlageter.

»Das ist das Betäubungsmittel«, meinte Natascha. »Sie werden sich morgen besser fühlen. Was ist? Können wir uns darauf verlassen, dass Sie uns in Ruhe lassen?«

»Ich bin Polizist«, sagte Schlageter, und Schlaicher hätte ihn in diesem Moment ohrfeigen können.

»Was heißt das?«, wollte Natascha wissen. Ihre Stimme klang etwas kühler als zuvor.

»Das heißt, dass ich verpflichtet bin, jeder Straftat nachzugehen. Sie werden uns nicht wirklich laufen lassen. Was ist das für ein blödes Spiel?«

»Mensch, Schlageter!«, schimpfte Schlaicher. »Die wollen uns wirklich gehen lassen! Außerdem ist doch auch gar nichts passiert.«

»Nichts passiert?« Schlageter rieb sich seine Schläfen.

»Ja, nichts passiert, bis auf einen kleinen Schreck. Wir halten das Maul und leben dafür ruhig weiter. Und die beiden haben auch ihre Ruhe.«

Natascha und Sergej wirkten plötzlich etwas nervös, und auch

Schlaicher wurde wieder unruhig. Merkte Schlageter denn nicht, dass es hier um Leben und Tod ging?

»Wenn Sie hier verschwinden, braucht keiner was davon zu erfahren«, brummte der Kommissar endlich unwirsch.

»Ihr seid nicht in der Position, Forderungen zu stellen«, sagte Sergej, aber Natascha nickte.

»Wir werden sowieso nicht länger bleiben, denn wie es aussieht, ist bei Schmid nichts mehr zu holen.«

»Was wollen Sie von ihm?«, fragte Schlageter.

»Das können wir später besprechen«, sagte Schlaicher schnell. »Ich denke, wir sollten uns jetzt langsam auf den Weg machen. Ich war heute Abend eigentlich mit Martina verabredet und hoffe, ich kann das noch geradebiegen.« Er wandte sich Natascha und Sergej zu. »Euch beiden wünsche ich alles Gute. Seid ihr eigentlich schon verheiratet?«

Natascha schaute zu dem Riesen hoch, und der nahm sie in den Arm. »Noch nicht«, sagte er.

Schlaicher konnte es kaum glauben, als die Tür des Hotels hinter ihm ins Schloss fiel. Sie waren raus. Er nahm den Kommissar am Arm und eilte zu seinem Wagen. Erst als beide darin saßen und Schlaicher von innen alle Türen geschlossen hatte, entspannte er sich wieder. Es schüttelte ihn am ganzen Körper. Den Wodka hatte er zwar nur zur Hälfte getrunken, aber er spürte die Wucht des Alkohols.

»Verdammt, das war knapp«, sagte er erleichtert und startete den Wagen.

»Die Russen haben immer noch mein Handy«, sagte Schlageter übellaunig.

»Meins auch, aber wollen Sie wirklich noch mal zurück und die Gefahr eingehen, dass die beiden es sich anders überlegt haben?«

»Nein«, gab Schlageter zu. »Wir rufen von Ihnen aus die Kollegen an.«

Schlaicher bremste so heftig ab, dass beide in ihre Gurte geworfen wurden.

»Nichts werden Sie. Verdammt, können Sie wirklich so blöde

sein? Das sind professionelle Killer. Sie sind es zumindest gewesen. Meinen Sie, dass die sich einfach so fassen lassen? Die werden uns viel eher irgendwann umbringen, wenn sie merken, dass wir unser Wort nicht gehalten haben.«

»Aber ich muss doch etwas tun.«

»Sie sollten Gott auf Knien danken, dass wir aus dieser blöden Situation herausgekommen sind, in die Sie uns reingebracht haben.«

»Ich? Sie wollten doch unbedingt da hin!«

»Aber Sie haben gleich wieder mit ihren fiesen Verhörtaktiken angefangen!«

»Jetzt soll ich schuld sein, dass mir jemand eine ganze Ladung Schlaftabletten in den Hintern geschossen hat?«

»Ich etwa?«

Zusammen mit dem Glück über ihre unerwartete Rettung und der Wirkung des Alkohols passierte inmitten ihres hitzigen Disputs etwas, womit beide nicht gerechnet hätten. Sie begannen schallend zu lachen. Und je mehr Schlageter lachte, umso mehr konnte Schlaicher nicht mehr an sich halten. Wenn er nicht bereits an den Rand gefahren wäre, hätte Schlaicher sicherlich einen Unfall gebaut. Aber wahrscheinlich hätten sich auch darüber ihre Leiber vor Belustigung geschüttelt. Als das Lachen hysterische Formen annahm, hörte Schlageter plötzlich auf.

»Okay. Wir lassen die Russen in Ruhe. Aber ich will alles erfahren, was die Ihnen über den Mord gesagt haben.«

»Sie werden enttäuscht sein«, sagte Schlaicher, noch immer mit einem eingefrorenen Grinsen im Gesicht. Dann fuhr er weiter zu seiner Wohnung.

Es war Viertel nach zwölf, als Schlaicher den Schlüssel in seine Wohnungstür steckte. Aber er funktionierte nicht. Er zog ihn wieder heraus und schaute erst genauer auf den Schlüssel, dann auf das Schloss. Was er entdeckte, machte ihn nicht unbedingt zuversichtlich. Am Schloss waren Spuren von Gewalt zu erkennen. Er versuchte es noch einmal. Von innen kam ein leises Wimmern von Dr. Watson. Dann endlich fand er den Punkt, an dem der Schlüssel griff.

»Hm, was ist denn los?«, fragte Schlageter, der gerade die letzten Stufen nahm, mit einem Blick auf Schlaichers besorgtes Gesicht.

»Ich glaube, jemand hat versucht, bei mir einzubrechen«, sagte Schlaicher und öffnete die Tür. Dr. Watson sprang freudig an ihm hoch. Vielleicht hatte der Basset die Gangster ja in die Flucht geschlagen. Aber dann sah Schlaicher, dass seine Zimmertür offen stand. Die hielt er immer geschlossen, damit Dr. Watson nicht auf sein Bett sprang, um dort gemütlich schlafen und seine Haare verteilen zu können.

»Es war jemand hier drin«, sagte er und eilte an Dr. Watson vorbei in den Wohnbereich. Der große Kleiderschrank stand offen, ein paar Jacken lagen auf dem Boden. Schlaicher lief, drei Stufen auf einmal nehmend, die Treppe hinauf. Hier sah es noch viel schlimmer aus. Die kleinen Schränkchen, die er unter der Dachneigung stehen hatte, waren ausgeleert, alles lag auf dem Boden herum. Da, wo der Computer sein sollte, war nur ein Viereck auf dem Tisch, das etwas weniger verstaubt war, als die Fläche drum herum. Der große Fernseher stand noch da, aber sein DVD-Spieler war weg.

Schlaicher schaute sich weiter in seinem Bürobereich um, während Schlageter unten schimpfte: »Geh weg, husch!« Damit musste er Dr. Watson meinen. Im Regal sah Schlaicher, dass die Münzsammlung, die ihm sein Vater vor fünf Jahren geschenkt hatte, fehlte. Schlaicher hatte das Zeug nie gemocht, aber sein Vater hatte damals gesagt, er solle gut darauf aufpassen. Das sagte der alte Herr nur über Sachen, die nicht billig waren. Sonst schien nichts zu fehlen, aber die Einbrecher hatten für ziemliche Unordnung gesorgt. Zum Glück bewahrte Schlaicher nie Geld in der Wohnung auf. Er ging zur Couch und ließ sich darauf fallen. Aber zu allem Unglück bellte Dr. Watson jetzt auch noch, also gab Schlaicher sich geschlagen und ging wieder nach unten.

Schlageter stand mit dem Rücken an die Küchenzeile gedrängt und hielt einen Stuhl so vor sich, dass alle vier Beine auf den Basset zeigten, der das für ein Spiel hielt und wedelte.

»Tun Sie ihn weg!«, sagte er schwer atmend.

Schlaicher sah, dass die Einbrecher auch in der Küche gewütet hatten, wobei er sich sicher war, dass der ausgeleerte Mülleimer doch eher auf Dr. Watsons Konto ging.

»Stellen Sie den Stuhl weg. Dr. Watson ist doch kein Tiger!« Schlaicher zog den Hund an seinem überschüssigen Nackenfell zur Seite. Schlageter ließ den Stuhl sinken.

»Hier ist wirklich eingebrochen worden«, sagte er.

»Was Sie nicht sagen. Da sollte man gerade umgebracht werden und kommt mit heiler Haut aus der Geschichte raus, nur um dann das hier vorzufinden.«

»Haben Sie große Werte hier?«

»Das Einzige, was wertvoll ist, haben die mitgenommen, eine Münzsammlung von meinem Vater. Aber viel schlimmer ist, dass sie meinen Computer haben.«

»Jetzt tun Sie doch erst einmal den Hund weg.«

»Verdammt, Sie benehmen sich wie ein kleines Kind. Das ist ein Basset. Der tut noch nicht einmal irgendwelchen Einbrechern etwas, die meine Wohnung auseinandernehmen!«

Schlageter entspannte sich ein bisschen.

»Was soll ich jetzt machen?«, fragte Schlaicher ihn.

»Sie ziehen sich jetzt zuerst einmal ordentlich an. Ehrlich gesagt, stinken Sie auch ein bisschen. Vielleicht duschen Sie sich einfach. In der Zwischenzeit telefoniere ich mit den Kollegen wegen des Einbruchs. Ach so, Sie sollten nichts anfassen«, sagte Schlageter. Schlaicher sperrte Dr. Watson in sein Schlafzimmer, und dort fiel ihm Martinas Portemonnaie wieder ein. Er kramte in seinem Nachttisch, und tatsächlich, hier hatten die Einbrecher nicht geschaut. Das Lederetui war noch da. Er schloss den Nachttisch wieder und holte sich frische Kleidung. Dann ging er schnell unter die Dusche.

Bevor die Streife vom Schopfheimer Revier ankam, nahm Schlaicher Kommissar Schlageter noch das Versprechen ab, die beiden Russen nicht zu erwähnen, besser sogar komplett zu vergessen. Schlageter wiederholte zwar dreimal, dass Sergej und Natascha hinter Gitter gehörten, womit er sicherlich recht hatte, aber Schlaicher ließ ihn dennoch schwören. Das Gefühl von Zuneigung gegenüber den beiden hatte sich mittlerweile verflüchtigt. Er würde die nächste Zeit vorsichtig sein. Besonders, wenn er jemanden Russisch sprechen hörte.

Schlageters Präferenz war klar: Der Einbruch, der ja augenscheinlich zu der Serie gehörte, die er gerade bearbeiten musste, interessierte ihn gerade gar nicht. Er quetschte aus Schlaicher lieber jedes Detail über den Aufenthalt im Wald heraus, bis es klingelte.

»Polizei. Sie haben einen Einbruch gemeldet«, sagte eine männliche Stimme durch die Rufanlage. Schlaicher drückte den Summer. Die Beamten aus Schopfheim kamen die Treppe hoch und schauten sehr verwundert, als sie Kommissar Schlageter erkannten, der neben Schlaicher stand.

»Ihr Fall?«, fragte der Ältere mit schütterem Haaransatz.

»Wahrscheinlich ja«, sagte Schlageter und ließ die Kollegen in die Wohnung, um ihren Job zu machen.

Schlaicher atmete zufrieden aus. Der Kommissar schien sein Wort zu halten, was die beiden Russen anging. Als alle weg waren, ging Schlaicher noch einmal mit dem Hund raus und fiel gegen zwei Uhr in einen tiefen, aber unruhigen Schlaf.

ZWÖLF

Schlaichers erste Tat am Morgen war, bei Martina anzurufen. Dieses Mal hörte er wirklich ihre Stimme. Er war so überrascht, nicht den Anrufbeantworter zu erreichen, dass er am liebsten gleich wieder aufgelegt hätte.

»Holzhausen?«

»Ich bin's«, sagte Schlaicher, und sofort prasselte eine Kanonade wilder Beschimpfungen durch den Hörer auf ihn nieder.

»Ich weiß, dass du böse bist. Es tut mir leid. Ich bin gestern entführt worden.«

»Das ist die verdammt blödeste Ausrede, die ich je gehört habe!«, schrie Martina aufgebracht.

»Es ging um den Mord an Anna«, erklärte Schlaicher, der damit bei Martina offenbar einen Nerv getroffen hatte.

»Hast du den Fall gelöst?«

»Nein, ich war auf einer falschen Spur.«

»Und du bist also entführt worden ...« Schlaicher hörte an ihrem zweifelnden Tonfall, dass sie ihm die Geschichte noch nicht recht glauben wollte. Aber immerhin hörte sie ihm jetzt zu und warf ihm keine Beschimpfungen mehr an den Kopf.

»Ja«, sagte er mit Nachdruck. »Und Schlageter auch. Wir waren zusammen bei zwei Russen, die uns ohnmächtig geschlagen haben und dann umbringen wollten.«

»Und dann haben diese beiden Russen euch freundlicherweise laufen gelassen, aber es war zu spät, um mich anzurufen«, ergänzte sie voller Sarkasmus.

»Ja«, sagte Schlaicher kleinlaut.

»Weißt du, es tut mir wirklich leid.« Das klang jetzt sehr ernst. »Das mit uns beiden hätte nie passieren dürfen. Mein Angebot steht: Wenn du damit ein Problem hast, dass ich weiter für dich arbeite, dann kannst du mir kündigen.«

»Nein, das will ich doch gar nicht!«, sagte Schlaicher schnell.

»Dann lass uns diesen blöden Sex einfach vergessen und

schauen, dass wir es wieder hinbekommen, wie vorher zusammenzuarbeiten.«

»Hmm«, machte Schlaicher nur. Wie sollte er die Sache bloß angehen. Scheinbar wollte Martina nichts weiter von ihm. Dabei hatte er doch gerade seine Gefühle für sie entdeckt! Während Schlaicher noch überlegte, interpretierte Martina die Pause als Bestätigung und wechselte das Thema.

»Du bist nicht wirklich entführt worden …«

»Doch, echt. Und während ich weg war, ist bei mir eingebrochen worden. Ist dir irgendwas aufgefallen, als du hier warst?«

»Was, eingebrochen, bei dir? Das muss spätabends gewesen sein. Ich habe mindestens zwanzig Minuten vor dem Haus auf dich gewartet und nichts Ungewöhnliches bemerkt. Das musst du mir alles genauer erzählen. Vor allem das mit diesen Russen.«

Schlaicher jubelte innerlich. Es klang so, als wolle sie sich mit ihm treffen. Er kam sich vor wie ein Schuljunge, der bei einem Mädchen anruft, um es ins Kino einzuladen.

»Soll ich heute Mittag noch mal zu dir kommen?«, fragte Martina.

»Ja, das ist bestens. Wie wäre es mit halb zwei? Dann können wir zusammen was essen.«

»Okay. Halb zwei. Aber diesmal rufst du an, wenn was dazwischen kommt.«

»Hmm. Das wird schwer. Die Russen haben mein Handy.«

Endlich lachte sie wieder.

Bis halb zwei hatte Schlaicher genug Zeit, um noch einmal nach Wieslet zu fahren. Auch wenn Sergej und Natascha mit Annas Entführung und ihrer anschließenden Ermordung nichts zu tun hatten, war es doch durchaus möglich, dass Schmids Kontakte nach Russland nicht ganz sauber waren und es von dieser Seite eine zweite Gruppe gab, die das Geld haben wollte. Schlaicher musste mit ihm reden, auch wenn ihm der Gedanke, den trauernden Eltern gegenüberzutreten, wenig behagte.

Im Briefkasten steckte die Samstagsausgabe der Badischen Zeitung. Schlaicher schaute kurz auf die erste Seite und fand dort eine Meldung über den Fund einer Leiche in Maulburg mit Verweis auf den Lokalteil. Tatsächlich war dort ein großer Artikel mit einem Bild, das die Hilfskräfte von Weitem bei ihrem Einsatz zeigte. Offenbar war Pallok, der Redakteur der Badischen Zeitung, von der Polizei auch nicht bis ganz vorne vorgelassen worden. Der Artikel war mit »Ermordetes Mädchen in Wiese gefunden« überschrieben. Schlaicher las ihn durch und stellte fest, dass die Polizei noch keine wichtigen Sachen an die Presse weitergegeben hatte. Pallok hatte den Mann, der Anna gefunden hatte, aufgetrieben und befragt. Die einzige Polizeiinformation in dem Artikel besagte, dass das fünfzehnjährige Mädchen aus Wieslet Opfer einer Entführung war und nach der Geldübergabe erdrosselt wurde. Von Malewski wurde mehrfach erwähnt, ebenso die Pressestelle der Polizeidirektion Lörrach. Daneben hatte die Zeitung einen Kommentar des Journalisten gedruckt.

Ein Tal trauert

Ein schreckliches Verbrechen überschattet das ganze Wiesental. Der Tod des 15-jährigen Mädchens lässt uns alle in Trauer erstarren. Dabei sind unsere Gedanken in erster Linie bei den Eltern und Angehörigen. Außerdem sind sie bei den Polizisten, die unter Hochdruck daran arbeiten, die Täter zu fassen. Noch gibt es sehr wenige Informationen, um die Ermittlungen nicht zu gefährden. Das kann bedeuten, dass die durch das Landeskriminalamt verstärkte Kriminalpolizei verwertbare Spuren hat, denen sie in Ruhe nachgehen will. Es könnte allerdings auch heißen, dass man noch keine Ermittlungserfolge aufweisen kann. Hoffen wir, dass Ersteres zutrifft. In jedem Fall kann nur ein schneller Erfolg dazu führen, dass die Menschen im Wiesental sich wieder sicher fühlen. Und da dachten wir, die Einbruchsserie der letzten Wochen sei schlimm genug …

Schlaicher ging mit der Zeitung nach draußen, wo er schon von Erwin Trefzer erwartet wurde, der ihn zu sich rüberwinkte. Schlaicher ließ einen zu schnell fahrenden Lkw vorbei und lief dann zu Trefzers Scheune. Die hatte sich in den letzten Tagen nicht sonderlich verändert. Der Pikator 2000 plus schien sich zu einem Ladenhüter zu entwickeln. Die Pakete verstopften die Scheune.

»Das isch eso'n e schrecklichi Sach«, sagte Trefzer.

»Ja. Das arme Mädchen.«

»Hesch scho öbbis uuseg'funde? Bisch du dem Mördr uff dr Spuur?«

»Ich weiß es nicht«, gab Schlaicher zu. »Ich weiß ja noch nicht einmal, ob ich dabei richtig ermittele.«

»Ich hoff, die finde die Sauhünd bald. Und dann mien si si an de Eier uffhängge un ene d'Chuttle'n ussem Ranze risse.«

»Ich glaube, wenn du Richter wärst, hätten wir das unappetitlichste Strafrecht der Welt.«

»Un ich glaub, wenn ich e Richter wär, drno deede so Viecher nit mit e paar Johr G'fängnis drvoochoo. Un drzue noo Freigang!«

Trefzer zog einen Pferdestriegel aus einem Karton unter einem der drei Schreibtische.

»Lueg emol do. Di Hund verliert doch grad so viel Hoor. Dodrmit chaasch en emol abbürschte. Das isch e Massaaschestriegel.«

»Das ist für ein Pferd«, sagte Schlaicher.

»Jo. Aber was für e Ross guet isch, chaa für e Hasch-Papi nit schlecht sii. Se, i gib en dr für drei Euro.«

Schlaicher versuchte, gar nicht auf das Angebot einzugehen.

»Hast du den Wagen wieder gut nach Stuttgart bekommen?«

»Jo, alles paleddi. Uffem Weg haa'n i selle Rosslaade g'seh und Halt gemacht. I haa gli e Palette vo dene Dinger b'sorgt, wil die e liichte Fehler hän. Eine Kischdt haa'n i gli mitg'noo. S'isch zwar e bitzi schwer g'sii im Zug, aber die Waare isch eins A. Ich wird wohl fünf Euro pro Stuck neeh.«

»Okay. Damit du Ruhe gibst. Ich nehme einen.«

Schlaicher kramte fünf Euro aus seinem Portemonnaie und reichte sie seinem Nachbarn. Das war einer der günstigeren Einkäufe bei Trefzer.

»Bei mir ist gestern Abend eingebrochen worden«, sagte er. »Die Nachbarn im Haus wurden bereits von der Polizei befragt, aber niemand hat etwas Auffälliges bemerkt. Dabei muss es doch auffallen, wenn jemand Fremdes einen Computer und einen DVD-Spieler durchs Treppenhaus trägt.

»Ich bii um die halb achti umme do gsii, aber i haa nüt B'sunders g'seh. Doch, waart emol, am halb zehni haa'n i no'n emol usseg'luegt. Do isch e Auto do gsii, wo suscht nit doo isch. Es isch e Franzos gsii.«

»Französisches Kennzeichen?«, fragte Schlaicher.

»Das weiß i nit. Es isch aber e französisch Auto gsii. E Kombi. Ich verwechsle de Pöscho un de Rönno immer.«

»Hast du am Wagen irgendjemanden gesehen?«

»Nai, ich haa jo nit g'nau g'luegt. Wenn ich g'wüsst hätt, dass das Iibrecher sin, no hätt i si g'stoppt.«

»Das ist nett«, sagte Schlaicher.

»Gitt's scho öbbis Neus vo dem Maidli?«

»Nicht viel mehr als heute in der Zeitung steht. Bisher sind alle Spuren ins Leere gelaufen.«

»Du machsch das scho«, sagte Trefzer. »Du hesch d'Mörder no immer kriegt am End.«

Auf dem Weg nach Wieslet war Schlaicher längst nicht so überzeugt von sich wie sein Nachbar. Neben Engel und seiner unheimlichen Sammlung von Intimitäten waren die Schmids jetzt der letzte Faden, den er noch aufnehmen konnte. Er parkte direkt vor dem Haus. Hinten an der großen Scheune stand ein kleiner Kühllaster, auf den gerade eine mit Folie eingewickelte Palette mit mehreren Kisten aufgeladen wurde. Schmid stand in einem weißen Kittel daneben. Auf dem Gabelstapler saß Jörg Bennert. Als der Schlaicher sah, schaute er sofort alarmiert zu seinem Chef. Schmid drehte sich um. Er sah grauenhaft aus: dunkle Ringe unter geröteten Augen in einem bleichen Gesicht. Der große Mann wirkte kleiner, schwächer, verletzlicher als bei ihrem ersten Treffen.

»Was wollen Sie hier?«

»Ich möchte Ihnen sagen, wie leid es mir tut. Können wir uns irgendwo unter vier Augen unterhalten?«

Schmid schien zwar keine Lust dazu zu haben, aber er hatte wohl auch keine Energie zur Widerrede.

»Wir gehen ins Büro«, sagte er und gab Bennert die Anweisung, darauf zu achten, dass die Folie nicht einriss.

»Sie arbeiten schon wieder?«, fragte Schlaicher auf dem Weg zum Haus.

»Meinen Sie, nur blöde herumzusitzen bringt mir mein Kind zurück?«

Schlaicher hatte darauf keine Antwort.

Sie gingen im Haus die Treppe hinunter, die auch zu Annas Zimmer führte. Schmid lief ohne besondere Regung daran vorbei und öffnete die nächste Tür. Das Büro seiner Firma bestand aus einem rund zwanzig Quadratmeter großen, gefliesten Raum mit einer Sitzecke und zwei Schreibtischen. An den Wänden standen mehrere Metallschränke und ein Regal mit Auszeichnungen, die er für seine Ware bekommen hatte. Das einzige Bild, das an der Wand hing, war ein Poster von einem Schwarzwaldmädel mit Bommelhut, das einen Schinken in die Kamera hielt.

An dem vorderen Schreibtisch saß Schmids Assistentin, Irene Kiefer. Sie war es gewesen, die das Risiko der Geldübergabe auf sich genommen hatte. Schlaicher dachte, dass ein Gespräch mit ihr auch nicht schaden könnte.

»Irene, könntest du uns bitte allein lassen?«

Die Frau, die komplett in schwarz gekleidet war und aussah, als habe sie kürzlich noch geweint, nickte und verließ das Büro. Schmid führte Schlaicher zu der Sitzecke und wies ihm einen Platz auf dem Zweisitzer an. »Kaffee?«

»Ja bitte.«

Schmid stellte zwei Tassen unter den sicherlich sündhaft teuren Kaffeevollautomaten, eine Jura, und nach etwas Lärm vom Mahlwerk schossen zwei Strahlen frischen Kaffees in die Tassen. Der Duft verbreitete sich sofort im ganzen Raum.

Schmid stellte Schlaicher den Kaffee hin, ohne zu fragen, ob er Milch oder Zucker wolle. Dann setzte er sich und trank einen Schluck. Schlaicher tat es ihm nach.

»Also, was wollen Sie noch hier?«

»Wie geht es Ihrer Frau?«, fragte Schlaicher.

»Kommen Sie zum Punkt. Wenn Sie sich das nicht selbst vorstellen können, dann weiß ich nicht, warum ich mit Ihnen sprechen sollte.«

»Ich habe gestern Sergej und Natascha kennengelernt.«

»Wer ist das?«

»Ich weiß über alles Bescheid«, sagte Schlaicher, ohne auf die Finte seines Gegenübers zu reagieren.

Schmid stellte seine Tasse ab und lehnte sich nach hinten.

»Wissen Sie, eigentlich ist mir das im Moment so ziemlich das Egalste auf der Welt. Was soll mir Tumjew noch antun? Mich umbringen? Vielleicht wäre das das Beste.«

Tumjew musste der Auftraggeber der beiden sein. »Haben Sie denn nie gedacht, dass die Russen etwas mit Annas Entführung zu tun gehabt haben könnten?«

Schmid schüttelte den Kopf. »Die beiden waren schon seit fast zwei Wochen hier. Schwachsinn, wenn man bedenkt, dass es um fünfzigtausend Euro ging. Tumjew ist mehrfacher Millionär. Die beiden haben mir zwar deutlich zu verstehen gegeben, dass ich das Geld schnell beschaffen soll, aber warum sollten sie, kurz bevor ich habe, was sie wollen, mein Kind entführen? Ich habe sogar mit den beiden darüber geredet. Sie waren einverstanden, als ich ihnen erklärte, warum ich noch mehr Zeit brauche.«

»Das Gespräch am Waldparkplatz.«

»Woher wissen Sie das?«

»Ich war bei diesem Gespräch sozusagen mit dabei. Und gestern habe ich mit den beiden über die ganze Sache gesprochen. Sie haben tatsächlich nichts mit Annas Entführung zu tun. Aber ich wundere mich trotzdem, dass Sie der Polizei nichts davon gesagt haben. Immerhin stand das Leben Ihrer Tochter auf dem Spiel.«

»Und jetzt ist sie tot«, sagte er erregt. »Ich konnte nichts machen, um mein kleines, zartes Mädchen zu beschützen!«

»Warum haben Sie der Polizei nichts von Ihren Geschäften mit diesem Tumjew gesagt?«, beharrte Schlaicher.

»Dass Sie mit diesem Polizisten hier aufgetaucht sind, hat die ganze Sache doch erst kritisch gemacht! Keine Polizei, hat der Entführer gesagt. Und was ist? Ich habe gleich eine ganze Horde im Haus, die mir alle sagen, das wäre das Beste für mein Kind. So eine Scheiße!«

Schlaicher schwieg, bis sich Schmid wieder etwas beruhigt hatte.

»Ich habe mir gedacht, dass die Russen entweder etwas damit zu tun haben und ich dann alles still und heimlich klären kann. Oder dass sie nichts damit zu tun haben und es dann besser für alle wäre, nicht auch noch die Bullen auf sie zu hetzen.«

»Das klingt einleuchtend«, sagte Schlaicher.

»Rauchen Sie?« Schmid holte eine Packung Zigaretten aus der Innentasche seines weißen Kittels.

Schlaicher verneinte.

»Ich habe gestern wieder angefangen«, sagte Schmid und zündete sich die Zigarette mit einem Feuerzeug an.

Schlaicher wechselte das Thema. »Wussten Sie, dass Ihre Tochter magersüchtig war?«

Schmid hatte den Rauch gerade tief in seine Lungen gesogen und bekam einen Hustenanfall.

»Was?«

»Sie hat einem Internetforum angehört, in dem Mädchen sich gegenseitig dazu anstacheln, immer mehr abzunehmen.«

»Das kann nicht sein.«

»Es ist leider so. Ich vermute, dass ihre Krankheit der Grund war, wieso sie nicht bei Ihrer Geburtstagsfeier sein wollte. Sie wollte nicht essen müssen.«

Schmid warf die glimmende Zigarette in seine Kaffeetasse. Es zischte. Er sackte in sich zusammen. »Ich habe das nicht gewusst.«

»Ich habe eine Freundin von Anna gefunden, die ebenfalls in diesem Internetforum ist. Sie hat mir geschrieben, dass es stimmt. Anna war krank. Aber sie hat Sie sehr geliebt.« Schlaicher schluckte.

Schmid saß ihm mit Tränen in den Augen gegenüber und sah fassungslos aus. Wahrscheinlich war das noch gar nicht richtig bei ihm angekommen.

»Ich glaube, Sie brauchen jetzt etwas Zeit für sich. Wenn Sie mehr erfahren wollen, können Sie mich anrufen. Schlaicher in Maulburg. Dürfte ich noch mit Ihrer Assistentin sprechen?«

Schmid kullerten jetzt die Tränen über die Wangen. Er stand

auf, reichte Schlaicher die Hand und drückte kräftig zu. Dann ging er nach draußen. Schlaicher setzte sich wieder.

Irene Kiefer kam eine Minute später in das Büro zurück.

»Was haben Sie ihm gesagt?«, fragte sie besorgt. »Er ist weinend in sein Zimmer gelaufen.«

»Wundert Sie das? Nach allem, was passiert ist?«

»Wer sind Sie eigentlich?«

»Mein Name ist Schlaicher. Ich ermittle privat und wollte von Ihnen hören, wie die beiden Geldübergaben abgelaufen sind. Ich finde es übrigens sehr mutig, dass Sie sich dafür zur Verfügung gestellt haben.«

Die Frau setzte sich auf den gleichen Platz, auf dem eben noch ihr Chef gesessen hatte.

»Meinen Sie etwa, ich hätte kneifen sollen?«, fragte sie angriffslustig.

Schlaicher ging darauf nicht ein. »Sie haben Anna gut gekannt?«

»Sie hat hier unten gewohnt. Wir sind uns oft über den Weg gelaufen. Aber was wollen Sie eigentlich?«

»Erzählen Sie mir, was bei den Geldübergaben passiert ist. Vielleicht gibt es irgendetwas, das Ihnen unwichtig vorgekommen ist, mir aber weiterhilft.«

»Stört es Sie, wenn ich rauche?«

Schlaicher schüttelte den Kopf, aber sie hatte sowieso schon eine Schachtel Reval aus ihrer Kostümjacke gezogen.

»Ich bringe nur zuerst noch die Tasse weg. Einen Moment bitte.« Sie verschwand mit der Tasse, in der Schmids Zigarette steckte, und kehrte nach kurzer Zeit mit einem richtigen Aschenbecher zurück.

»Ich habe vor ein paar Tagen wieder angefangen«, sagte sie. »Bisher war das hier ein Nichtraucherbüro.« Sie zündete sich die Zigarette an und zog hektisch daran. »Was wollen Sie wissen?«

»Erzählen Sie einfach. Von der ersten Geldübergabe an.«

»Also, ich hatte ja mitbekommen, was hier gelaufen ist, und war auch ziemlich besorgt. Ich wollte mir eigentlich«, sie inhalierte wieder kräftig und sprach weiter, während der Rauch aus ihrem Mund drang, »ich wollte mir eigentlich freinehmen, weil ich dachte, dass Werner und Maria sicherlich Ruhe brauchen, aber Werner hat mich gebeten, weiter herzukommen. Es stehen gerade ein paar Auslieferungen an, die dringend abgewickelt werden müssen.«

»Wohin senden Sie den ganzen Schinken eigentlich?«

»Ach, der geht in die ganze Welt. USA, Frankreich, England, eine Menge auch nach Dänemark und in die Schweiz. Langsam spricht sich herum, dass sich ein guter Schwarzwälder nicht vor einem Parma verstecken muss.«

»Und Russland?«

Irene Kiefer schaute ihn verkniffen an. »Ja, auch Russland. Also, soll ich jetzt weitererzählen oder Ihnen die restlichen zwanzig Länder aufzählen, wo wir schon Schinken hingeschickt haben?«

»Erzählen Sie«, bat Schlaicher schnell. Die heftige Reaktion der Frau irritierte ihn. Es stellte sich jedoch schnell heraus, dass sie ihrer Redebereitschaft keinen Abbruch tat.

Irene Kiefers Bericht über die erste, misslungene Geldübergabe entsprach im Wesentlichen dem, was Schlageter ihm darüber erzählt hatte. Die zweite Übergabe war genauso kurzfristig anberaumt worden wie die erste, was der Polizei einige Schwierigkeiten bereitet hatte. Irene Kiefer hatte sich geweigert, beim zweiten Versuch erneut den kleinen GPS-Sender zu tragen. Auch die Schmids hatten sich darüber mit von Malewski in die Haare bekommen. Der abgeschnittene Finger hatte ihnen sehr große Angst gemacht.

Irene Kiefer war auch diesmal zu einem versteckten Funkgerät geordert worden, und es hatte immer mal wieder einen kurzen Funkspruch mit einer Richtungsanweisung gegeben. Ihr Weg hatte sie immer tiefer in den Wald geführt. Einmal hatte sie das Gefühl gehabt, wieder ein Stück zurückzugehen, aber bald jegliche Orientierung verloren. Schlaicher bewunderte die Frau für den Mut, nachts alleine im Wald zu einem Treffpunkt mit brutalen Verbrechern zu gehen. Sie tat das aber als selbstverständlich ab. »Ich wollte doch nicht, dass Anna noch was Schlimmeres passiert«, sagte sie.

Irene Kiefer hatte die Entführer nicht gesehen. Ein kleines blinkendes Licht vor ihr hatte ihr irgendwann den Standort eines zweiten Funkgeräts angezeigt, mit dem die verzerrte Stimme ihr befohlen hatte, im 90-Grad-Winkel nach rechts vom Weg abzubiegen. Sie hatte die Anweisung befolgt, und nach ein paar Metern wurde ihr gesagt, sie solle die Tüte mit dem Geld abstellen. Das hatte sie gemacht und war dann umgedreht.

»Ich bin zuerst noch langsam, dann aber immer schneller gelaufen. Es hat fast eine Stunde gedauert, bis ich aus dem Wald rausgefunden habe. In dieser Zeit habe ich mehr Angst gehabt als vorher. Ich habe überall Tiere gehört, und meine größte Sorge war, dass ich aus Versehen über die Entführer stolpern könnte.«

Sie hatte sich mittlerweile die dritte Zigarette angezündet. »Und, haben Sie eine neue Spur?«

»Ich glaube nicht«, sagte Schlaicher wahrheitsgemäß. »Aber manchmal dauert es ein bisschen, bis sich mir etwas erschließt, das mir erzählt wurde. Ich danke Ihnen für Ihre Zeit.«

Irene Kiefer führte ihn nach oben, vorbei an dem leeren Kinderzimmer. Die Atmosphäre im Haus war gespenstig geworden. Nicht nur wegen der Rauchschwaden, die aus dem Büro waberten. Schlaicher hoffte für die Schmids, dass sie irgendwann wieder zu einem normalen Leben finden würden.

Schmid war nicht bei den Arbeitern, doch Schlaicher folgte seiner Assistentin trotzdem dorthin. Einer der Männer warf Irene Kiefer einen fragenden Blick zu. Sie schloss einen kurzen Moment lang beschwichtigend die Augen und wandte sich dann wieder Schlaicher zu.

»Herr Schlaicher, ich muss mich jetzt wieder um meine Arbeit kümmern. Die Lieferscheine sind noch nicht vollständig, und der Fahrer kann nicht länger warten.«

Sie verabschiedete sich und ging mit dem anderen Mann, den sie Klaus nannte, durch die Metalltür der Scheune. Schlaicher wollte gerade gehen, da kam Jörg Bennert auf ihn zu.

»Nicht dass Sie denken, ich mache das illegal. Das gebe ich alles an. Ich bin doch nur froh, dass ich was tun kann«, sagte er schnell.

Natürlich, Schlaicher hatte sich ja als Kontrolleur der Arge ausgegeben.

»Keine Sorge«, sagte er, »es hat schon seine Richtigkeit. Wo geht die Lieferung denn hin?«

Bennert schien beruhigt. »Moskau«, sagte er lächelnd.

Schlaicher drehte sich um und ging zu seinem Wagen.

Als er gerade rückwärts vom Gelände der Schmids fahren wollte, kam ein roter Kleinwagen aus Richtung Schopfheim und setzte den Blinker, um auf den Hof zu gelangen. Schlaicher erkannte den Fahrer sofort: Stefan Pallok, der Journalist. Pallok hatte kurze Haare und trug noch immer einen Schurrbart. Unter der spitzen Nase waren seine Lippen nur dünne Striche. Schlaicher fuhr wieder vor und parkte auf dem gleichen Platz wie zuvor. Pallok stellte sich neben ihn. Über das Manöver verwundert, schaute er in Schlaichers Wagen und erkannt ihn jetzt auch. Beide stiegen aus.

»Hey, Schlaicher!«, rief Pallok. »Ich hätte mir denken können, dass Sie bei einem Mordfall auch wieder mitmischen.«

»Gar nichts tue ich«, sagte Schlaicher. »Und Sie sollten sich auch lieber bedeckt halten. Die Eltern des Mädchens werden Ihnen kein Wort sagen.«

»Das muss ich leider selbst herausfinden. Sie können mir glauben, dass ich mir auch etwas Schöneres vorstellen kann.«

»Ich hoffe das für Sie.«

»Also, was gibt es Neues?«, fragte Pallok und kramte in seiner Kameratasche herum. Er fingerte einen Block und einen Stift heraus.

»Es gibt gar nichts Neues. Sie haben doch schon das meiste in ihrem Artikel von heute Morgen gebracht.«

»Ja, das meiste. Aber wer der Täter ist, warum sie ermordet wurde, und warum ein Finger fehlte, das weiß ich noch nicht.«

»Sobald Sie Annas Eltern stören, werden die die Polizei rufen. Sie können sich doch wohl vorstellen, dass es ihnen nicht gut geht.«

»Aber Sie haben mit ihnen gesprochen?«

»Ja«, gab Schlaicher zu. »Mit dem Vater.«

»Mit dem Schinkenkönig von Wieslet«, sagte Pallok. »So wird er jedenfalls genannt.«

Schlaicher sah, dass sich eine Gardine in einem Fenster, das zu den Parkplätzen ging, bewegte.

»Ich hatte Herrn Schmid etwas Persönliches zu sagen. Seine Tochter war eine Bekannte meines Sohnes.«

»Die Freundin etwa?«

»Nein, Pallok. Hören Sie, Sie setzen sich jetzt wieder in Ihr Auto und hauen ab, bevor ich die beiden Jungs dazurufe, die da hinten gerade ein paar Tonnen Schinken verladen haben.«

»Sie haben hier doch gar nichts zu sagen.«

»Wie Sie wollen«, sagte Schlaicher und rief nach Bennert. Der schaute schon zusammen mit der wieder aus dem Lager erschienen Irene Kiefer und dem anderen Kerl rüber zu ihnen, während der Fahrer des kleinen Lkw in seine Fahrerkabine stieg und den Motor startete. Bennert kam eilig angelaufen. Es war doch gut, für jemanden eine Respektsperson zu sein. Trotzdem schämte sich Schlaicher ein bisschen, das hier auszunutzen. Auch Irene Kiefer und dieser Klaus bewegten sich jetzt auf sie zu. Als Pallok das sah, hob er beschwichtigend beide Hände.

»Kein Grund, irgendwie handgreiflich zu werden. Dann sagen Sie den Schmids, sie sollen mich doch bitte anrufen.«

Er kramte wieder in der Kameratasche, drückte Schlaicher seine Visitenkarte in die Hand und stieg schnell in seinen Wagen, bevor Schmids Mitarbeiter bei ihnen waren. Noch vor dem Lkw war er vom Hof.

»Entschuldigen Sie die Unannehmlichkeit«, sagte Schlaicher. »Der Kerl ist von der Presse, und ich glaube, dass die Schmids den jetzt als Allerletztes gebrauchen können.«

»Ja. Vielen Dank«, sagte Irene Kiefer und fügte hinzu: »Die Presse können wir wirklich am allerwenigsten gebrauchen.«

»Do sin Sie jo. Ich haa scho'n e Viertelschtund g'waartet. Aber das mien Sie eineweg zahle«, wurde er von einer aufgeregten Frau Biatini empfangen. Die hatte er ganz vergessen. Sie sollte ja heute noch einmal vorbeikommen. Nach dem gestrigen Einbruch war das gar nicht das Schlechteste. Sofern er sie dazu bringen konnte, wirklich etwas aufzuräumen. Dann konnte er selbst das Essen für Martina vorbereiten. Er hatte noch zweieinhalb Stunden dafür Zeit.

»Jaja, kein Problem. Entschuldigung. Ich habe Sie total vergessen«, sagte er. »Kommen Sie.«

Vergessen worden zu sein, schien Frau Biatini nicht zu gefallen. Sie grummelte den ganzen Weg durch das Treppenhaus. Als Schlaicher die Tür aufschloss und Dr. Watson ihn völlig missachtete, Frau Biatini aber mit seiner ganzen Aufmerksamkeit und Freude bedachte, besserte sich ihre Stimmung schlagartig.

»Streicheln Sie ihn nur nicht zu viel. Gestern hat er nämlich nicht aufgepasst.«

»Wieso, was het er denn g'macht?«

»Eben nichts. Das ist ja das Problem. Gestern ist bei mir eingebrochen worden.«

»Was? Das isch jo fascht so schlimm wie die Sach mit dem Maidli! Do muess mr jo Angscht haa, doo in deere Wohnig z'sii.«

»Sie brauchen keine Angst haben. Es ist garantiert keiner von den Einbrechern mehr da.«

»Du armer Hund. Hesch Angst g'haa?«, sagte Biatini und reichte Dr. Watson ein paar der Leckereien, die sie in ihrer Tasche trug.

»Aber es het doch usser ihre Münze nüt groß zum hoole gee.«

»Woher wissen Sie denn von den Münzen?«

»Mi Maa het au soonigi g'haa. Es sin aber schöni Stücker g'sii, wo Sie g'haa hänn.«

»Ja, aber jetzt sind sie weg.«

»Das isch komisch. Sie sin schon de zweite von miine Chunde, wo us'graubt wird.«

Schlaicher horchte auf. Das klang aber eigenartig. »Haben Sie irgendjemandem von meinen Münzen erzählt?«

»Jo, was denke Sie denn? Ich bi doch kei Lafergugge.«

»Sie haben doch bestimmt in der Agentur über den Besuch bei mir berichtet. Vielleicht haben Sie dort jemandem gegenüber etwas erwähnt. Ihrem Chef zum Beispiel?«

»Was soll denn de Vassili dodrmit z'tue haa? Halt emol, doch, geschter bi'n i no döört g'sii und haa'n em verzellt vo de Münze. Aber numme, wil mi Maa so'n e ähnlich wertvolli Sammlig g'haa het.«

»Und der andere, bei dem eingebrochen wurde, hatte auch etwas Wertvolles, was sie Vassili gesagt haben?«

Frau Biatini machte große Augen. »Das isch e ganz Riiche g'sii. Jetzt, wo Si's saage, chaa's si, dass ich em Vassili öbbis g'sait haa.« Sie wurde rot im Gesicht.

»Haben Sie noch so eine Karte von der Perlenkette da?«, fragte Schlaicher. »Die sollten wir der Polizei geben, damit die das überprüfen können.«

Frau Biatini kramte in ihrer Handtasche und holte ein etwas angestoßenes Exemplar hervor. Auf blauem Untergrund war eine weiße Perlenkette abgebildet. In jeder Perle stand ein Buchstabe: P-E-R-L-E-N-K-E-T-T-E. Unten drunter prangte in kleinerer Schrift der Wahlspruch: »Eine Perle auch für Sie!«

Schlaicher wendete die Karte. Auf der Rückseite stand »Vassili Gorojenko, Inhaber«. Schlaicher stutzte, als er die Adresse sah. Die Perlenkette saß im Lörracher Gewerbegebiet Entenbad. Da, wo er auch Sergej und Natascha gesehen hatte.

»Gut, dass Sie da sind, Frau Biatini. Ich muss jetzt noch einmal weg. Aber zuerst muss ich telefonieren.« Den letzten Satz hatte er mehr zu sich selbst gesagt. Er griff nach dem Hörer und wählte Martinas Nummer, aber es ging nur der Anrufbeantworter an.

»Hallo, Martina. Bitte sei nicht böse, wenn ich vielleicht nicht pünktlich da bin. Wenn du vorher zu Hause bist, dann ruf doch sicherheitshalber noch mal an. Ich glaube, ich weiß, wer bei mir eingebrochen hat, und muss mich gleich mit Schlageter treffen. Vielleicht geht aber auch alles ganz schnell. Wenn es nicht klappen sollte, dann bitte ich dich ganz lieb um Entschuldigung. Ich lade dich dann heute Abend zum Essen ein. Du bestimmst, wo, okay?«

Schlaicher legte auf und wählte Schlageters Nummer. Der Kommissar war immerhin da.

»Schlageter, Kripo Lörrach«, knurrte er missmutig in den Hörer.

»Hallo, ich bin's, Schlaicher.«

»Moment. Hellbach, sitzen Sie nicht untätig herum, holen Sie mir gefälligst einen Kaffee.«

»Ja, Chef«, hörte Schlaicher den extrem tiefen Bass von Schlageters Assistenten.

»Und, haben Sie was Neues?«

»Ja, ich glaube schon. Sie hätten Hellbach gar nicht wegschicken müssen, es geht um den Einbruch ...« Er berichtigte sich. »Die Einbrüche. Ich glaube, ich kann Ihnen sagen, wie das läuft.«

»Was? Woher wollen Sie das wissen?«

»Meine Putzfrau hat es mir gesagt. Ich würde sagen, wir treffen uns im Entenbad in, sagen wir, zwanzig Minuten? Ich habe noch keine Beweise, aber ich denke, wir haben eine gute Chance, wenigstens diese Typen zu schnappen.«

»In zwanzig Minuten? Wie soll ich denn da noch meinen Kaffee schaffen?«

Genau zwanzig Minuten später wartete Schlaicher vor Schillers Sicherheitsfirma an seinem Wagen und beobachtete, wie mehrere Geldtransporter eilig ankamen und abfuhren. Klar, an Samstagen war am meisten los. Schlageter kam etwa fünf Minuten zu spät. Schlaicher mochte darauf wetten, dass er seinen Kaffee doch noch in aller Ruhe zu sich genommen hatte.

»So, so, dann wollen wir doch mal schauen, was Sie hier gefunden zu haben glauben«, begrüßte der Kommissar ihn.

»Wie geht es Ihnen?«, wollte Schlaicher zuerst wissen.

»Ach, Sie meinen wegen dieses Betäubungsschusses? Ich habe schlecht geschlafen, aber die Kopfschmerzen sind jetzt weg. Und Ihnen?«

»Die Kopfschmerzen sind noch da. Zumindest ein bisschen. Ich habe eine Beule als Andenken.«

»So, dann hätten wir die Freundlichkeiten ja jetzt hinter uns gebracht. Ihre Putzfrau?«

»Sie haben von der Perlenkette gehört?«

»Mal die Werbung im Radio gehört. Eine Perle auch für Sie.«

»Genau die. Meine Perle arbeitet bei der Perlenkette. Ich bin schon der Zweite ihrer Kunden, der ausgeraubt wurde. Und sie hat mit dem Chef dieses Ladens über meine Wertgegenstände gesprochen.«

»Das klingt in der Tat interessant.«

»Lassen Sie uns reingehen und nachhören, ob an der Sache was dran ist.«

»Wenn da etwas dran ist, dann werde ich Hellbach köpfen. So eine Verbindung hätte er längst finden müssen.«

»Vielleicht war es ja nur eine Quelle, über die die Einbrecher an Informationen gekommen sind«, tippte Schlaicher und machte sich auf den Weg zu dem Bürohaus.

Sie fanden die Klingel mit dem Hinweis auf die zweite Etage. Schlaicher drückte darauf. Nichts passierte.

»Verdammt, es ist Samstag, die haben zu!«, stöhnte er genervt. In dem Moment meldete sich eine weibliche Stimme durch die Sprechanlage.

»Ja?«

»Guten Tag. Ich brauche jemanden, der ab und zu bei meiner Mutter vorbeischaut«, improvisierte Schlaicher.

»Es tut mir leid, wir haben erst am Montag wieder geöffnet. Rufen Sie uns doch an«, sagte die Frauenstimme.

»Moment, warten Sie«, sagte Schlaicher schnell. »Könnten wir kurz hochkommen? Ich würde nur gerne ein Kärtchen mitnehmen.«

»Ausnahmsweise«, kam es aus der Anlage, im gleichen Moment summte die Tür.

Der Eingangsbereich der Perlenkette war großzügig gestaltet. Hinter einer Theke in moderner, heller Holzoptik saß eine junge Frau inmitten eines Dschungels aus Fici Benjamini.

»Guten Tag und herzlich willkommen bei der Perlenkette. Entschuldigen Sie bitte, samstags haben wir normalerweise nicht geöffnet. Hier, unsere Karte. Rufen Sie doch am Montag noch einmal an.« Sie lächelte. Schlaicher war sich sicher, dass sie ihren Job diesem Lächeln zu verdanken hatte. Gleichzeitig klingelte wie aufs Stichwort das Telefon.

»Ich hätte noch eine Frage«, sagte Schlaicher, aber die knapp Dreißigjährige winkte ab.

»Einen Moment bitte«, lächelte sie. »Nehmen Sie doch kurz Platz.« Sie zeigte mit ihren verlängerten Fingernägeln, die mit einem Tigermuster bemalt waren, auf die kleine Sitzgruppe am Fenster.

»Perlenkette, eine Perle auch für Sie. Mein Name ist Isabelle Richter, was kann ich für Sie tun?«

Schlaicher und Schlageter nahmen Platz. Die Sitzecke war nah genug an der Theke, um jedes Wort hören zu können.

»Nein, Herr Gorojenko ist nicht im Haus. Kann ich Ihnen weiterhelfen?«

»Gorojenko ist der Chef?«, fragte Schlageter leise.

»Ja, Vassili Gorojenko heißt er. Wo kann er sein?«

»Egal. Lassen Sie mich ab jetzt reden!«

Die Empfangsdame sprach noch zwei Minuten mit dem Anrufer und versprach, die Information weiterzugeben. Dann legte sie auf und wandte sich wieder ihren Gästen zu.

»Sie wollten eine Betreuung für Ihre Frau Mutter.« Ihr Blick ging von Schlaicher zu Schlageter. »Ihre Frau, nehme ich an.«

Schlageter stand auf. »Pustekuchen. Ich bin von der Kriminalpolizei. Mein Name ist Hanspeter Schlageter.« Mit diesen Worten hielt er ihr seinen Ausweis hin.

Die Dame war sichtlich verwirrt, ihr Lächeln schwand.

»Wo kann ich Ihren Chef finden?«

»Herr Gorojenko ist vor einer Stunde aufgebrochen.«

»Wohin?«

»Zu einem Termin, hat er gesagt.«

»Wohin?«, beharrte Schlageter.

Die junge Frau wirkte ein wenig verängstigt. Schlaicher sagte darum: »Machen Sie sich keine Sorgen. Es handelt sich nur um eine Routineuntersuchung.«

»Ich weiß nicht, wo er hin ist. Normalerweise sagt er mir das immer, aber heute hat er sehr geheimnisvoll getan.«

Schlageter ging zu der Tür, auf der Gorojenkos Name stand.

»Moment, Sie dürfen da doch nicht einfach so rein«, sagte sie.

»Ich bin von der Polizei. Schon vergessen?«, blaffte Schlageter sie an.

»Aber …«

»Sie schauen zu viele Krimiserien. Für so was brauche ich keinen Hausdurchsuchungsbefehl. Darauf wollten Sie doch hinaus.« Er öffnete die Tür.

»Hat Ihr Chef nicht ein Handy, über das wir ihn anrufen können?«, wollte Schlaicher wissen.

»Äh, doch, klar«, sagte sie. Sie nahm den Hörer wieder ab und wählte aus dem Kopf.

»Vorübergehend nicht zu erreichen«, sagte sie noch verwirrter.

»Ich glaube, der Vogel ist ausgeflogen«, rief Schlageter aus dem Nebenzimmer. Schlaicher ging in Richtung Tür. Jetzt ließ auch Isabelle Richter ihren Platz zum ersten Mal im Stich.

»Sonst geht doch wenigstens die Mailbox ran«, sagte sie.

»Er hat sein Handy ausgeschaltet«, sagte Schlaicher, der Schlageter an Gorojenkos Schreibtisch sitzen und die Schubladen durchwühlen sah. Ein Metallschrank stand offen.

»Was machen Sie da?«, rief die Frau empört.

»Hören Sie, es ist Gefahr im Verzug. Warum fehlen in dem Aktenschrank die Buchstaben G und M?«

»Der sollte eigentlich zugeschlossen sein.«

»Offensichtlich hat er nicht abgeschlossen, nachdem er die Ordner rausgeholt hat«, sagte Schlageter.

»Wer hat ihn heute angerufen?«, wollte Schlaicher wissen.

Isabelle Richter stand verloren in der Tür.

»Ich weiß es nicht. Mehrere Leute. Und auf seinem Handy hat es zwischendurch auch mal geklingelt.«

»Und von *wem* wissen Sie, *dass* er mit ihm telefoniert hat? Mensch, Mädchen, lassen Sie sich doch nicht jedes Wort aus der Nase ziehen.«

»Sie müssen auch nicht blöde werden!«, giftete sie zurück.

Während sie ein paar Namen sagte, die Schlaicher nicht kannte, fiel ihm eines der vielen Fotos auf, die an der Wand gegenüber des Schreibtisches hingen. Aus einer ganzen Gruppe von Männern, die im Sonnenschein vor dem Kreml standen, stach ein Gesicht hervor. Der Mann stand in einer hinteren Reihe außen. Er hatte ihn erst heute gesehen. Der Mann hatte gemeinsam mit Jörg Bennert beim Beladen des Lkw geholfen. Der, den Irene Kiefer Klaus genannt hatte.

»Schlageter, kommen Sie mal schnell her«, sagte Schlaicher aufgeregt. Ihm schossen mehrere Gedanken gleichzeitig durch den Kopf. Dann, als der Kommissar zu ihm kam, zeigte er auf das Bild und sagte: »Den Mann kenne ich.«

Die Frau war ebenfalls zu ihnen getreten.

»Das ist Herr Gorojenko mit einigen von seinen Freunden. Ich glaube, das war im letzten Jahr, als er in Moskau war. Der da«, damit zeigte sie auf den Mann, den Schlaicher erkannt hatte, »ist ein guter Freund von ihm, der auch oft hier ist.«

»Wissen Sie, wie er heißt?«

»Klaus.«

»Klaus wer?«, fragte Schlageter mürrisch.

»Klaus Benz. Er wohnt im Haus von Vassili in Weitenau.«

»Ich brauche seine Adresse. Schreiben Sie mir die bitte auf? Und jetzt muss ich kurz telefonieren«, sagte Schlaicher und benutzte Gorojenkos Telefon.

»Schmid«, meldete sich eine schlaffe Männerstimme.

»Herr Schmid, bitte entschuldigen Sie. Schlaicher noch einmal. Ist Klaus Benz noch da?«

»Klaus? Nein. Der ist vor einer Dreiviertelstunde zusammen mit Irene weg. Was wollen Sie denn von ihm?«

»Das kann ich jetzt nicht erklären.«

Schlaicher bedankte sich und legte auf. Langsam ergab alles einen Sinn. Nach und nach setzten sich Puzzlestücke in Schlaichers Kopf zusammen, von denen er nicht einmal gewusst hatte, dass es welche waren.

»Schlageter, kommen Sie. Wir müssen uns beeilen.«

»Was ...«, begann der Kommissar, aber Schlaicher war schon nach unten gelaufen.

DREIZEHN

»Was ist denn«, schnaufte Schlageter, als er in Schlaichers Wagen stieg. Der hatte seinen Vorsprung genutzt, um den Wagen zu wenden, und wartete mit laufendem Motor darauf, losfahren zu können. »Wir müssen sofort nach Weitenau. Ich glaube, dass die Einbrüche und Annas Entführung und Ermordung in direktem Zusammenhang stehen. Ich bin mir noch nicht ganz sicher, aber ich habe so ein Gefühl.«

»Ein Gefühl. Das ist ja super«, sagte Schlageter. »Hätten wir nicht besser mit meinem Wagen fahren sollen?«

Schlaicher bog gerade auf die Straße nach Steinen und hatte zum Glück freie Fahrt. Er beschleunigte auf hundertzwanzig, obwohl hier eigentlich achtzig war.

»Es muss schnell gehen«, sagte Schlaicher. »Sonst sind dieser Gorojenko und seine Komplizen weg. Ich glaube nämlich zu wissen, wo das Diebesgut steckt. In einem Laster nach Moskau.«

»Das ist ja schön und gut, aber in meinem Wagen hätten wir Funk gehabt …«

»Rufen Sie doch mit Ihrem Handy …« Schlaicher unterbrach sich selbst mitten im Satz. Schlageters Handy war genau wie seines noch bei Sergej und Natascha.

»Tolle Idee«, sagte denn auch Schlageter ironisch.

»Sollen wir umdrehen?«, fragte Schlaicher, der gerade in Steinen einfuhr und immerhin auf siebzig Stundenkilometer drosselte.

»Wenn Sie meinen, dass dieser Gorojenko abhauen will, halten wir besser kurz in Weitenau, dann rufe ich von dort aus an.«

Schlaicher fuhr so lange zu schnell, bis ihm ein Wagen vor ihm zwang, langsamer zu machen. Nervös hämmerte er auf seinem Lenkrad herum.

»Jetzt erzählen Sie doch erst mal, was Ihrer Meinung nach hier los ist«, meinte Schlageter, »ich bekomme das nämlich noch nicht zusammen.«

»Es kann doch kein Zufall sein, dass ausgerechnet der Freund von Schmids Assistentin ein Kumpel von Gorojenko ist. Ich sehe das so: Gorojenko konnte über sein Geschäft herausbekommen, ob sich ein Objekt zum Einsteigen lohnt. Er schickt jemanden los, um dort einzubrechen und verhökert dann die Wertsachen. Dieser Klaus hilft ihm vielleicht dabei.«

»Und was ist mit Anna?«

»Irene Kiefer hat mitbekommen, dass Schmid Geld organisiert hat. Vielleicht hat sie sich überlegt, wie man es abgreifen könnte?«

Schlageter überlegte kurz. »Auf jeden Fall würde das erklären, wieso ausgerechnet sie von den Entführern für die Geldübergabe ausgewählt wurde. Das macht Sinn: Sie kannten alle unsere Pläne, alle kleinen Tricks von von Malewski.«

»Allerdings kam die Kiefer mir nicht so vor, als würde sie dem Mädchen einen Finger abschneiden. Vielleicht macht ihr Freund mit Gorojenko gemeinsame Sache und hat sie ohne ihr Wissen als Informationsquelle benutzt.«

»Ich habe das Gefühl«, sagte Schlageter gewichtig, »dass wir bald herausfinden, wie alles zugegangen ist.«

Schlaicher bog in Steinen nach Weitenau ab und hatte jetzt wieder freie Fahrt. Kurz vor Weitenau musste er an ein paar Häusern außerhalb abbremsen, dann sah er das kleine Dorf vor sich. Schlaicher war hier vielleicht zweimal durchgefahren, kannte sich aber nicht wirklich aus.

»Wissen Sie, wo diese Straße Am Hummelberg liegt?«

»Keine Ahnung. Aber Weitenau ist nicht gerade riesig. Wir können ja jemanden fragen.«

Es war niemand zu sehen. Schlaicher und Schlageter fuhren links an einem Bachlauf entlang. Als sie an einer Kreuzung ankamen, wo es nach links zum Vogelpark ging, hielt Schlaicher an. Ein vielleicht zwölfjähriger Junge fuhr da mit dem Fahrrad. Schlaicher ließ die Scheibe hinunter.

»Weißt du, wo Am Hummelberg ist?«, fragte er.

Der Junge schaute sie mit großen Augen an. Dann überlegte er. »Do, und dann döört um de'n Egge.« Er zeigte nach rechts. Schlaicher bedankte sich und fuhr ein Stück weiter, bevor er in der angezeigten Kurve rechts abbog.

»Anhalten!«, kommandierte Schlageter.

»Was ist?«, wollte Schlaicher wissen.

»Sie warten hier, und ich rufe aus dem Haus die Kollegen an.« Er stieg aus und klingelte an der nächsten Tür.

»Fragen Sie, wo er wohnt«, rief ihm Schlaicher durchs Fenster zu, als die Tür sich öffnete und eine etwa vierzigjährige Frau darin erschien.

Schlaicher konnte nicht hören, was er sagte, aber Schlageter kramte seinen Polizeiausweis hervor, und die Frau ließ den Kommissar ein. Schlaicher saß wie auf heißen Kohlen. Mit großer Wahrscheinlichkeit war Gorojenko im Besitz von zweihunderttausend Euro Lösegeld. Außerdem hatte er durch die ganzen Einbrüche zusätzlich eine ziemlich hohe Summe an die Seite geschafft. Schlaicher selbst war vermutlich Zeuge gewesen, wie der letzte Diebesgut-Laster bei Schmids vom Hof fuhr. *Natürlich* würde Gorojenko jetzt abhauen! Wo blieb nur Schlageter? Was konnte so lange dauern?

Als Schlaicher auf die Uhr schaute, waren zu seiner Überraschung erst drei Minuten vergangen. Mit der Fahrt hierher und der runden Dreiviertelstunde, die Gorojenko, Klaus und Irene weg waren, hatten die drei etwas mehr als eine Stunde Vorsprung. Wenn sie, wie Schlaicher hoffte, zunächst noch einmal nach Hause gefahren waren, um die wichtigsten Sachen einzupacken, dann gab es durchaus noch eine Chance, sie anzutreffen.

Jetzt öffnete sich die Tür, und Schlageter kam heraus. Die Frau blieb mit besorgtem Gesichtsausdruck in der Tür stehen.

»Die Straße ganz durch und dann am Ende der Häuser noch ein Stück weiter. Da ist ein älterer Hof und schräg gegenüber das Haus von Gorojenko«, sagte Schlageter außer Atem.

Schlaicher gab Gas.

»Fahren Sie auf den Hof«, befahl Schlageter, der ebenso wie Schlaicher die beiden Autos vor Gorojenkos Haus gesehen hatte. Es sah etwas schäbig aus, wie ein Fertighaus aus den Siebzigern, an dem zu lange nichts gemacht worden war. Der eine Wagen davor war ein silberner Mercedes, der andere ein alter Renault Kombi.

»So einen Wagen hat Trefzer gestern vor meinem Haus gesehen«, sagte Schlaicher und fuhr auf den Hof des bäuerlichen Anwesens. Neben einer dichten Weißdornhecke stellte er den Wagen ab.

»Was sollen wir jetzt machen?«, fragte Schlaicher, als sie ausgestiegen waren.

»Wir teilen uns auf.« Schlageter beobachtete mit zusammengekniffenen Augen das Grundstück auf der anderen Straßenseite. »Ich komme von hinten, und Sie gehen direkt zum Haus. Schauen Sie, ob Sie etwas bemerken. Aber denken Sie dran: Keinen Unsinn machen, bevor die Verstärkung kommt. Außerdem wissen wir nicht hundertprozentig, ob wir nicht einer falschen Spur aufsitzen.«

»Okay«, sagte Schlaicher und ging los, während Schlageter, die Hecke als Sichtschutz nutzend, ein Stück auf den Bauernhof zustapfte und in einer Lücke im Gesträuch verschwand, um ungesehen über die Straße und hinter das andere Haus zu gelangen.

Schlaicher ging gerade um die Hecke herum, als er ein Knurren hörte. Er drehte sich um, und ein riesiger weißer Hund kam auf ihn zugerannt. Das dicke, schmutzige Fell ließ den Hund noch größer erscheinen, als er ohnehin schon war. Er sah aus wie ein schmutziger Eisbär. Ein Kuvasz vermutlich. Das Vieh sprang auf Schlaicher zu und machte etwa zwei Meter von ihm entfernt Halt. Das Knurren schien den ganzen Leib des Hundes zu erfüllen.

»Ich gehe ja schon«, sagte Schlaicher möglichst ruhig. »Es ist alles gut. Feiner Hund.«

Er ging einen Schritt rückwärts, und das Knurren wurde leiser. Noch ein Schritt. Der Hund regte sich nicht.

»Was ist los?«, hörte Schlaicher den Kommissar fragen, der wieder aus der Hecke trat. Als er den Hund sah, blieb er wie angewurzelt stehen. Das Tier drehte den großen Kopf langsam in Schlageters Richtung. Offensichtlich gehörte der Kuvasz zu dem Bauernhof. Schlaicher war schon so gut wie vom Hof herunter, aber Schlageter noch richtig darauf. Und deutlich näher an dem Gebäude. Der Hund folgte seinem Instinkt, den Feind anzugehen, der sein Revier am meisten bedrohte, und rannte mit einem tiefen Beller auf Schlageter zu. Schlaicher sah, wie der Kommissar zur Tür des Bauernhofs sprintete, schneller, als er ihn sich je hatte bewegen sehen. Gleichzeitig hörte Schlaicher einen schrillen Schrei aus dem anderen Haus dringen.

Was sollte er tun? Er war sich sicher, dass der Hund Schlageter nicht wirklich etwas tun würde. Aber dass es bei Gorojenko, Klaus Benz und Irene Kiefer keine weitere Gewalttat geben würde, war nicht so sicher. Er rannte los. Mit ein paar Schritten war er über die kleine Straße, noch wenige Meter trennten ihn von dem Haus. Schlaicher hörte durch ein offenes, etwas über seiner Kopfhöhe gelegenes Fenster einen russischen Fluch.

»Hör uff, loss si sii!«, rief eine tiefe Stimme. Aber erneut schrie die Frauenstimme auf, die Schlaicher als die von Irene Kiefer erkannte. Er musste klingeln. Aber was dann? Sollte er hier einfach abwarten, bis die Verstärkung kam? Das würde sicherlich noch zehn bis fünfzehn Minuten dauern, wenn nicht zufällig schon eine Streife in der Nähe gewesen war, als Schlageter anrief.

»Du hättest das nicht tun müssen«, rief Irene Kiefer weinend. »Sie hätte schon nichts gesagt!«

»Halt's Maul. Das braucht nicht jeder zu hören!«

»He, so schwätzesch nit mit ere.«

»Ich rede mit ihr, wie es mir gefällt. Verdammt, was hat denn wieder dieser verdammte Köter!«

Der letzte Satz bezog sich auf das anhaltende, aggressive Bellen des Kuvasz. Sehen konnte man ihn von hier aus nicht. Die Hecke schützte den Hund und Schlageter vor den Blicken. Schlaicher duckte sich unter das Fenster, das kurz darauf scheppernd geschlossen wurde. Er hörte zwar weiterhin Stimmen, konnte sie aber nicht mehr verstehen. Offenbar waren die Fenster nicht aus den Siebzigern. Aber der Streit war heftig. Das bekam er auch so mit.

Schlaicher gab seine Stellung auf und eilte um das Haus herum. Er blieb nah an der Hauswand und duckte sich unter jedem Fenster, obwohl er eigentlich so unter ihnen hätte durchgehen können. Der kalte Schweiß auf seiner Stirn tropfte ihm in die Augen. An der Rückseite des Hauses entdeckte er ein kleines

Gartentor, das zu einem Stück ordentlich gepflegten Rasens führte. Schlaicher stieg über das Tor, weil er ein mögliches Knarren vermeiden wollte. Die Terrassentür stand einen kleinen Spalt offen. Wenn er hineinkäme, würde er besser hören, was sie sagten, worüber sie sich stritten. Schlaicher schob die Tür vorsichtig auf und betrat ein helles Wohnzimmer, in dem teuer aussehende Möbelstücke standen, die zum Äußeren des Hauses nicht passten. Eine weitere Tür stand ebenfalls einen Spalt weit geöffnet, und Schlaicher schob auch diese langsam auf. Er atmete auf. Sie machte kein Geräusch. Vom Flur gingen drei weitere Türen ab, deren obere Hälften mit Riffelglas versehen waren. Durch eine drangen die Geräusche des Streits zu ihm durch.

»Jetz längt's«, hörte Schlaicher einen Mann deutlich sagen. Das musste nach dem alemannischen Klang Klaus Benz sein. Gleichzeitig schrie die Frau auf, und Benz rief: »Hör uff mit dem Schiißdreck!«

»Ihr rührt euch nicht, sonst muss ich euch erschießen.«

»Ich haa denkt, mir wäre Fründ.«

»Sind wir auch, Klaus. Sonst hätte ich das nicht mit dir durchgezogen. Also zwing mich besser nicht, unsere Freundschaft zu vergessen. Setz dich.«

Es war für einen Moment still. Schlaicher hörte jemanden wütend auftreten und vernahm Schritte, die plötzlich stoppten.

»Klaus, du Arsch!«, schrie Irene Kiefer.

»Jetz halt endlich emol d'Schnuure, Hueresieche nomol iine!«, schrie der Beschimpfte zurück.

»Ihr sollt still sein!«, befahl Gorojenko. Die beiden gehorchten.

»Was hast du jetzt vor?«, fragte Irene Kiefer nach mehreren Sekunden, die Schlaicher ewig vorkamen. Mit dem Handrücken wischte er sich den Schweiß von der Stirn. Er fühlte sich plötzlich ganz klar. Er war im Haus des Mörders, und der schien eine Waffe in der Hand zu haben. Wenn sie ihn hier draußen erwischten, hätte er nichts zu lachen. Obwohl er eine ähnliche Situation erst gestern erlebt hatte, war er sich doch sicher, diesmal nicht durch ein wenig Gequatsche aus der Sache rauszukommen. Gorojenko schien noch weniger Skrupel zu kennen als das russische

Killerpärchen. Am besten schlich er wieder zurück. Die Polizei würde bald kommen, sollten sich die drei doch inzwischen gegenseitig erschießen. Was ging ihn das alles an? Sicherheitshalber schaute er sich um, ob er irgendetwas fand, das er als Waffe benutzen konnte. Das Problem war nur, dass es hier nichts dergleichen gab. Schlaicher fand einzig eine hässliche Porzellanfigur, eine viel zu bunt bemalte Wildente. Sollte er die werfen? Besser als nichts. Er nahm die Figur in die Hand, und allein das gab ihm ein besseres Gefühl.

»… notwendig, dass ich sicher sein kann«, sagte Gorojenko gerade.

»Wenn du uns abduesch, drno sin alli hinter dir her, glaub mr sell!« Das war Klaus Benz.

Gorojenko lachte. »Sie sind es schon jetzt, wie es aussieht.« Schlaicher wollte gerade den Rückzug antreten, da brach die Hölle los. Ein Geräusch wie das gestern, als Schlageter angeschossen wurde, ein schriller Schrei, ein Stöhnen, Schritte.

Schlaicher zögerte nicht und riss die Tür auf. Hätte er nur eine Sekunde nachgedacht, wäre die Tür zu geblieben, aber er reagierte aus einem Reflex heraus. So war die Überraschung auf seiner Seite. In dem ganzen Chaos nahm er zuerst Gorojenko wahr, der, etwas größer als Schlaicher, mit dem Rücken zu ihm stand. Klaus Benz sah er auf einem Sofa kauern. Auf dem Boden davor erkannte er Blutspritzer. Irene Kiefer schrie erneut, als sie Schlaicher erblickte. Der hob die Ente, eilte näher, aber Gorojenko drehte sich schon um. Schlaicher blieb nur, die Ente zu werfen. Wie in Zeitlupe sah er die Ente Millimeter für Millimeter auf Gorojenkos Kopf zufliegen. Der drehte sich weiter um und hob die Waffe, dann ging wieder alles ganz schnell. Die Ente zerschellte neben Klaus Benz auf dem gefliesten Boden, ein Schuss löste sich, und die Fensterscheibe zerbarst. Der Schuss hallte in Schlaichers Ohren wider, aber im selben Moment erkannte er, dass das ein Trugschluss sein musste, dass der Schuss aus Gorojenkos Pistole kommen musste. Etwas zischte an Schlaichers Ohr vorbei und biss ihn, während die Kiefer nur immer hysterischer schrie. Gorojenko brüllte, aber seine Pistole lag plötzlich auf dem Boden. Er sprang auf Schlaicher zu und schubste ihn zur Seite.

Dann rannte er aus dem Zimmer durch die Tür. Schlaicher wurde schwindlig. Er ging zu Boden.

»Polizei! Sie sind umstellt! Kommen Sie mit erhobenen Armen heraus!« Die Stimme kam von draußen und gehörte Kommissar Schlageter. Schlaicher setzte sich auf und lehnte den Oberkörper gegen eine Wand. Er musste grinsen, als ihm klar wurde, dass Schlageter allein sie niemals hätte umzingeln können. Er befühlte sein schmerzendes Ohr. Er blutete stark, aber das war jetzt nicht wichtig. Entscheidender war, dass sich Irene Kiefer auf dem Boden umschaute. Schlaicher entdeckte die Pistole im selben Moment wie sie. Er schnellte hervor und grapschte danach. Gleichzeitig warf sich auch Irene Kiefer auf die Waffe und zog ebenfalls daran.

»Du Arsch! Lass los!«, brüllte sie schrill, aber Schlaicher hatte den Griff in der Hand und sie nur den Schalldämpfer. Sie rutschte ab und fiel nach hinten, blieb neben Klaus Benz auf dem Boden liegen, der wimmernd eine Hand auf seinen rechten Oberarm presste.

Schlaicher stand auf und rief: »Schlageter, ich habe die Lage unter Kontrolle!«

»Machen Sie sofort die Tür auf«, rief der Kommissar durch das kaputte Fenster.

Schlaicher ging mit vorgehaltener Pistole auf Irene Kiefer zu. Die weinte jetzt und kauerte bei ihrem Freund. Schlaicher zog sie am Arm hoch.

»Zur Tür«, befahl er und wunderte sich selbst über seine feste Stimme. Lag das etwa an diesem kalten Stück Metall in seiner Hand? Am liebsten hätte er die Pistole sofort weggeschleudert.

Irene Kiefer stolperte vor in den Flur, öffnete eine weitere Tür und ging wie ferngesteuert zum Eingang. Draußen stand tatsächlich kein Einsatzkommando, sondern nur der dicke, alte, schnaubende Kommissar, dem der Schweiß in Tropfen von der Stirn bis zum Kinn lief.

»Habe ich getroffen?«, fragte Schlageter atemlos.

»Na ja«, sagte Schlaicher und zog Irene Kiefer wieder aus der Tür, damit der Kommissar eintreten konnte.

»Aus dem Winkel konnte ich gar nicht treffen. Aber ich musste doch was tun!« Schlageter schüttelte den Kopf und sah wirklich geknickt aus. Er sah Schlaicher an. »Sie bluten!«

»Ich weiß, aber ich glaube, es ist nur ein Streifschuss. Jetzt kommen Sie rein, da drin ist noch einer. Gorojenko ist abgehauen.«

»Verdammt. Dann waren wir hier also wirklich richtig. Ich hoffe, die Kollegen kommen gleich.«

Sobald Schlageter durch die Tür war, ließ Schlaicher die Pistole fallen.

»Klaus braucht einen Arzt«, sagte die weinende Irene Kiefer.

»Wo ist das Telefon?«, fragte Schlageter. Sie gingen zurück in die Stube, wo es schwerfiel, nicht in Scherben oder Blutspritzer zu treten. Schlaichers Ohr pochte wie wild, aber die Blutung schien schon nachzulassen. Offensichtlich war es gar nicht so leicht, mit einer Pistole zu treffen. Sowohl er als auch Klaus Benz, der sich mittlerweile auf den Sessel hochgearbeitet hatte, waren von der Kugel nur gestreift worden. Wie hatte seine Großmutter immer bei Beinahe-Unfällen gesagt: »Gar nicht auszudenken, wenn es nur ein paar Zentimeter nebendran gewesen wäre …« Er wäre dann im schlimmsten Fall tot, im besten Fall gar nicht getroffen worden.

»Schlageter, Kripo Lörrach. Verdammt noch mal, wo bleibt die Verstärkung?«, bellte der Kommissar ins Telefon. »Schicken Sie einen Arzt, wir haben hier zwei Verletzte. Und einen Flüchtigen, Vassili Gorojenko. Sofort zur Fahndung ausschreiben.« Schlageter hängte ein.

Irene Kiefer hockte sich neben ihren Freund und weinte leise vor sich hin, während sie seinen Arm versorgte. »Sie müssen etwas tun. Klaus hat Schmerzen«, klagte sie in Schlageters Richtung.

»Sie haben hier gar keine Forderungen zu stellen!«, schimpfte Schlageter barsch. »Ein hilfloses Mädchen einfach so umzubringen!«

»Wir waren es nicht«, protestierte Irene Kiefer. Gleichzeitig sagte Benz: »Miir sin's nit g'sii!«

»Aber Sie waren maßgeblich daran beteiligt«, sagte Schlaicher und beider Protest erstarb sofort. Schlageter ging zu einem anderen Sessel und ließ sich hineinfallen. Seine Pistole legte er auf den Schoß, um mit beiden Händen den Schweiß aus seinem Gesicht zu wischen. Die feuchten Hände trocknete er an der Armlehne.

»Wieso haben Sie das nur getan?«, wollte Schlaicher wissen, der noch stand.

»Vassili hat uns überredet«, sagte Irene.

Der Kopf der hässlichen Keramikente hatte den Aufprall unbeschadet überstanden. Er lag so, dass es wirkte, als sähe ihn ein aufgemaltes Auge vorwurfsvoll an.

»Wie haben Sie es gemacht? Wir sind die ganze Zeit davon ausgegangen, dass der Entführer jemand sein musste, den sie kennt. Aber wie ist es genau abgelaufen? Haben Sie sie in Maulburg abgeholt?«

»Dodrmit hett das ganze Desaschter jo aag'fange!«, sagte Benz, der langsam immer bleicher im Gesicht wurde.

»Anna ist freiwillig zu uns gekommen«, sagte Irene.

»Und hat sich, verdammt noch mal, wahrscheinlich auch selbst den Finger abgeschnitten, was?«, platzte es aus Schlageter heraus.

Schlaicher ging zu der kaputten Ente und kickte den Kopf zur Seite, der neben Schlageters Sessel liegen blieb.

»Das waren wir nicht. Wir wollten doch nicht, dass ihr etwas passiert!« Als sie »wollten« sagte, überschlug sich ihre Stimme.

Schlaicher ermahnte sich selbst zur Ruhe. »Ich habe Sie gefragt, wie Sie sie entführt haben. Erzählen Sie schon!«

»Sotte mr nit ehnder mit eme Aawalt schwätze?«, fragte Benz.

Irene schüttelte den Kopf. »Wir wollten Anna nichts Böses«, wiederholte sie. »Sie sollte uns nur helfen, zu ein bisschen Geld zu kommen.«

Sie schloss die Augen und atmete tief ein und aus. Dann setzte sie sich im Schneidersitz auf den Boden. »Ich erzähle Ihnen alles«, sagte sie und wischte sich mit der Hand über das Gesicht.

»Werner hat bei seinem Handel mit einem Russen eine Bauchlandung hingelegt. Eine Ladung seines Schinkens ist nicht angekommen.«

»Ja, das wissen wir längst. Kommen Sie zum Punkt!«, forderte Schlageter. Irene Kiefer schaute überrascht.

»Sie wissen auch, wo der Schinken gelandet ist?«

»Nein. Vielleicht ist die Ladung doch angekommen, und der Russe hat nur vorgegeben sie nicht erhalten zu haben«, schätzte Schlageter.

Schlaicher hatte eine andere Idee, die er vorbrachte, als Irene Kiefer den Kopf schüttelte. »Sie haben die Ladung aus irgendeinem Grund umgeleitet.«

»Fast. Die Lieferung wurde in Russland von einem Bekannten von Gorojenko abgefangen. Allerdings hatte der Lkw nur teilweise Schinken transportiert. Darunter waren die wertvollen Sachen aus den Einbrüchen versteckt.«

»Und um sie da reinzukriegen brauchte Gorojenko Sie beide.«

»Ich haa die Sache usstuscht, wenn ammig suscht niemerts do g'sii isch«, stimmte Benz zu. »Wenn mir euch das alles verzelle, kriege mir dann e Strafminderig? Vo wege guter Führung?«

»Dann dürfen Sie uns wirklich nichts verheimlichen«, sagte Schlaicher, bevor Schlageter den beiden erklären konnte, eine solche Zusage nicht geben zu können. Sie mussten jetzt alles erfahren, vielleicht würde ihnen das helfen, den flüchtigen Gorojenko zu finden. Sonderlich weit konnte er ohne Auto ja noch nicht gekommen sein. Aber wenn er doch einen Weg fand, sich einen fahrbaren Untersatz zu beschaffen, würden ein paar Informationen nicht schaden.

»De Vassili het Kontakte mit dr russische Mafia g'haa. Die hänn die Ladig abg'fange«, sagte Benz fast eifrig.

»Schmid hatte also ein Problem. Sein Schinken war weg und die Lieferung nicht bezahlt«, fasste Schlaicher zusammen. »War er denn nicht irgendwie versichert?«

»Offensichtlich nicht«, sagte Irene Kiefer, deren herbes Gesicht noch länger geworden war. »Ich glaube, dass er einen Teil seiner Einnahmen an der Steuer vorbeischleusen wollte.«

»Das müssen die Kollegen von der Wirtschaft klären«, meinte Schlageter. Er holte einen kleinen Block hervor und machte sich Notizen.

»Was hat das alles mit Anna zu tun?«, wollte Schlaicher wissen, der sich ertappte, wie er nervös mit dem Bein wippte.

»Ich sage es Ihnen ja«, meinte Irene Kiefer. »Die zweite Lieferung kam ebenfalls nicht an, aber Werner hatte gedacht, dieses Mal schlauer zu sein, und das Geld im Voraus kassiert. Bloß hatte er dadurch ein neues Problem. Er musste nämlich nicht nur seine Verluste ausgleichen, sondern auch dem Russen sein Geld zurückzahlen. Denn schon einen Tag nach dem geplatzten Liefertermin standen zwei Russen in Schmids Büro.«

»Sergej und Natascha«, sagte Schlaicher in Schlageters Richtung.

»Ich weiß nicht, wie sie heißen. Aber es waren ein Mann und eine Frau. Ich habe zwar nicht mitbekommen, was die von Werner wollten, konnte mir aber doch einen Reim darauf machen, als Werner anfing, sich Geld zu borgen.«

»Woher wissen Sie das?«, fragte der Kommissar.

»Ich habe seine Mails durchgeschaut. In einer bat er einen Freund um Geld.«

»Und da sind Sie auf die Idee gekommen, ihm das gleich wieder abzuluchsen? Nachdem Sie ihn überhaupt erst in den Schlamassel reingeritten hatten? Er hat gesagt, Sie würden fast zur Familie gehören!« Schlaicher war empört. »In Annas Mails haben Sie ebenfalls rumgeschnüffelt, oder?«

Die Frau nickte betroffen und schaute beschämt zu Boden.

»Mir hänn mit em Vassili drüber g'schproche, und dä het die Idee g'haa.«

»Was war es? Was wussten Sie über Anna?«

»Sie wollte weglaufen. Zu irgendeiner Band auf ein Konzert an dem Tag, an dem ihr Vater sein Geburtstagsfest geben wollte«, sagte Irene Kiefer leise.

»Nein, das war es nicht!«, trumpfte Schlaicher auf. »Sie haben erfahren, dass Anna magersüchtig war. Was haben Sie gemacht? In ihrem Zimmer spioniert?«

Irene schaute auf. »Wie das klingt. Ich bin eigentlich nicht so eine.«

»Nur, wenn Sie irgendeinen Vorteil daraus ziehen können, oder? Was haben Sie gemacht? Anna erpresst?«

»Nein«, rief sie, dann drangen wieder erste Tränen aus ihren Augen. »Ich habe sie vor einiger Zeit beim Erbrechen erwischt. Ich musste ihr versprechen, ihren Eltern nichts zu sagen.«

»De Vassili het d'Idee g'haa, d'Anna z'entfiehre, zum am Schmid si Gel z'choo. Die Irene het numme probiert, drfür z'soorge, dass dem Maidli nüt passiert.«

Schlageter schaltete sich in das Gespräch ein: »Sie haben sie erpresst oder überredet oder was auch immer, damit sie so tut, als wäre sie entführt worden.«

»Damit sie nicht zu dem Geburtstagsessen ihres Vaters musste«, fügte Schlaicher an.

Irene Kiefer und Klaus Benz nickten. Benz sah mittlerweile richtig fahl aus, und Schlaicher machte sich Sorgen, dass der Mann gleich umkippen könnte.

»Helfen Sie mir mal«, sagte er zu Irene Kiefer. »Ich glaube, wir sollten ihn hinlegen.«

Die Frau stand schnell auf und fragte ihren Freund besorgt, wie es ihm gehe. »Du bist so bleich.«

»Nur e bitzeli sürmelig«, sagte der, aber er ließ sich von ihr und Schlaicher aufhelfen und dann zu Boden legen. Schlaicher drehte den Sessel so, dass er Benz' angewinkelte Beine auf die Sitzfläche legen konnte. Wo blieb eigentlich die Polizei? Und wo der Krankenwagen?

»Ist es so besser?«, fragte Schlageter, der nicht aus seinem Sessel aufgestanden war, aber immerhin unterstützend schaute. Irene Kiefer nahm die Beine ihres Freundes und setzte sich auf den Sessel. Die Füße legte sie sich auf den Schoß.

»Also, Sie haben Anna erpresst und Angst bekommen, dass sie etwas erzählen wird. Darum musste sie sterben.«

»Nein, so war es nicht. Sie wollte niemandem etwas sagen, aber als die erste Geldübergabe schiefgelaufen ist, sind bei Vassili die Sicherungen durchgebrannt. Er meinte, das sei alles ihre Schuld gewesen, weil sie zu spät gekommen ist. Sie hätte pünktlich nach der Schule zu uns kommen sollen, Vassili hätte Werner angerufen, und die ganze Sache wäre ohne Polizei abgelaufen, aber Anna kam zu spät.«

»Sie hatte sich mit einem Jungen getroffen.«

»Ja, das hat sie mir erzählt. Ich hatte dafür auch Verständnis«, sagte Irene Kiefer schnell. »Ich meine, sie hat gesagt, dass sie gar nicht gemerkt hat, wie schnell die Zeit rumging. Und schlussendlich hat sie ihr Versprechen ja gehalten. Nur eben später als verabredet.«

»Wie ist sie hierhergekommen? Das hier war doch der Treffpunkt, oder?«

»Das dumme Ding ist getrampt! Sie hat sich bis zum Vogelpark bringen lassen und ist dann über die Felder hergelaufen. Wir wussten erst mal gar nicht, was wir machen sollten, haben lange diskutiert, ob das Ganze zu riskant geworden war, aber Vassili hat es trotzdem durchgezogen. Und wir hatten Angst. Wir haben doch viel zu tief dringesteckt.«

»Sie tun mir ja so leid«, sagte Schlaicher ironisch, aber Irene Kiefer ließ sich jetzt nicht mehr vom Reden abbringen.

»Als ich wieder bei Schmid war und mitbekommen habe, dass Sie da waren, war es zu spät, um die Sache abzublasen. Aber ich habe mit Anna geredet, und sie hat geschworen, niemandem etwas zu sagen. Vassili hat gemeint, dass alles klappen würde, weil ich ja sozusagen ein Maulwurf war. Ich wusste, dass dieser von Malewski uns mit der Geldübergabe verarschen wollte.«

»Wo haben Sie Anna festgehalten?«, wollte Schlaicher wissen.

»Sie war im Keller. Unten gibt's ein Schlafzimmer und ein Klo. Beides ohne Fenster. Am Anfang war sie ja noch freiwillig da. Sie hat die ganze Zeit von dieser Band geschwärmt, die sie sich in Freiburg anschauen wollte. Später hat Vassili sie da eingesperrt. Als er dann die Sache mit ihrem Finger …« Irene Kiefer konnte nicht weitersprechen. Sie hielt ihren eigenen kleinen Finger fest, und ihr Blick schweifte entsetzt in die Ferne.

»Wann haben Sie beschlossen, sie zu töten?«

»Gar nit«, schaltete sich Klaus Benz in das Gespräch ein. »Mir hänn das nit wölle!«

Schlaicher nahm in der Ferne ein Geräusch wahr. Als es schnell lauter wurde, erkannte er darin ein Martinshorn. Schlageter steckte den Block weg, nahm die Pistole vom Schoß und stand auf. Die Waffe steckte er ein.

»Jetzt ist es vorbei. Sie sind beide verhaftet wegen Diebstahl, Schmuggel, Entführung, Erpressung und Beihilfe am Mord an Anna Schmid. Sie brauchen jetzt einen guten Anwalt.«

VIERZEHN

Die Beamten, die als Erste das Haus betraten, bekamen von Schlageter ein Donnerwetter zu hören. Ihm war unbegreiflich, dass es so lange hatte dauern können, bis jemand gekommen war, aber als Schlaicher auf die Uhr schaute, stellte er fest, dass gar nicht so viel Zeit vergangen war.

»Gorojenko ist hinten raus. Schaut mal, ob ihr was finden könnt!«

Es dauerte nicht lange, bis eine stattliche Zahl von Polizeiwagen vor dem Haus stand. Irene Kiefer war bereits in einem Streifenwagen nach Lörrach unterwegs, und Klaus Benz wurde von der Besatzung des Krankenwagens versorgt.

Schlaicher und Schlageter waren nach draußen gegangen und standen nun vor dem Haus.

»Oh Gott«, stöhnte der Kommissar. »Da kommt die Plage ja!«

Ein Polizeibeamter in Uniform grinste, als er den Blick des Kommissars verfolgte und von Malewskis dunkle Karosse vorfahren sah.

»Was gibt es da zu grinsen?«, bellte Schlageter. Der Mann ging schnell weiter.

»Jetzt kriegen Sie sich mal wieder ein«, forderte Schlaicher. »Der kann doch auch nichts dafür, dass Ihnen Ihr Lieblingsfeind vorgesetzt wurde.«

»Ach verdammt! Ich bin so sauer, wie das mit dem armen Mädchen gelaufen ist. Und ich hatte gehofft, wir könnten Anna retten und dabei vielleicht gleich noch den Mörder von Engels Tochter festsetzen!«

»Sieht nicht so aus«, sagte Schlaicher.

»Schlageter! Was soll das?«, brüllte von Malewski, als er und sein ebenfalls schwarz gekleideter Kollege nahe genug gekommen waren. In der Hand hatte er ein futuristisch anmutendes Handy, das er noch immer an sein Ohr hielt.

»Der Fall ist gelöst«, sagte Schlageter. Schlaicher bemerkte, dass der Kommissar sich bemühte, gleichgültig zu klingen.

»Berichten Sie. Und dann kann ich Ihnen sagen, dass Sie ein Dienstaufsichtsverfahren an den Hals bekommen, das sich gewaschen hat. Was machen Sie eigentlich hier, Schlaicher?«

»Ich bin verwundet«, sagte Schlaicher gespielt wehleidig und zeigte auf sein Ohr, das mit dem ganzen Blut schlimmer aussah, als es war.

»Kann sich, verdammt noch mal, jemand um den Mann hier kümmern?«, brüllte von Malewski in die wuselnde Menge von Polizisten. Sechs Streifenwagen und zwei Einsatzwagen standen an der kleinen Straße. Genug, um ein ganzes Heer von Einbrechern und Entführern hochzunehmen.

Eine junge Frau kam mit einem Verbandskasten auf Schlaicher zu und führte ihn zu einem der Einsatzwagen. Schlageter wollte ihnen hinterher, aber von Malewski stoppte ihn. Schlaicher hörte nicht mehr viel von dem, was der LKA-Mann dem Kommissar zu sagen hatte, auf jeden Fall klang es nicht freundlich. Er selbst hatte Glück: Statt von den LKA-Männern in die Mangel genommen zu werden, begleitete ihn eine junge, gut aussehende Sanitäterin fürsorglich zu einem Einsatzwagen und verarztete ihn.

Die junge Frau ging mit Schlaichers Ohr sehr behutsam um. Mit dem anderen hörte er den Fahrer des Wagens Zahlenkombinationen ins Funkgerät sagen. Die Antwort war so verrauscht, dass Schlaicher sie nicht verstand. Gleichzeitig redete die junge Frau auf ihn ein. Schlaicher gab ihr keine Antwort. Durch die Scheibe sah er Schlageter mit von Malewski reden. Der alte Kommissar wütete.

»Wenn Sie Glück haben, bleibt noch nicht einmal eine Narbe«, sagte die Frau.

»Darf ich jetzt wieder raus?«, fragte Schlaicher.

»Sie bleiben jetzt am besten hier sitzen«, meinte sie fürsorglich, aber bestimmt. Das war in Ordnung. Denn für Schlaicher war die Situation genauso schwer wegzustecken wie für den Kommissar.

»Schlaicher«, sagte eine bekannte Stimme. Es war Kommissar Schlageter, der, indem er durch die Schiebetür des Wagens stieg, diesen zum Wackeln brachte. »Sie sehen furchtbar aus.«

»Danke schön. Sie auch«, sagte Schlaicher grinsend.

Schlageters dünnes Resthaar klebte an seiner Glatze. Sein Hemd hatte deutliche Schweißränder unter den Armen und v-förmig an seinem Brustbereich.

»Sie haben mir das Leben gerettet«, sagte Schlaicher. »Habe ich mich dafür schon bedankt?«

»Kein Wort.« Der Kommissar grinste ebenfalls.

»Sie haben sich mit von Malewski gestritten.«

Schlageters Miene wurde finster. »Wissen Sie, was das Schwein gesagt hat? Es wäre ein Wunder, dass ich es überhaupt zu Ihnen reingeschafft habe.«

»Wieso? Weil Sie so dick sind?«

»Ach Quatsch!«, schimpfte Schlageter. »Von Malewski wollte wissen, wieso Sie drin waren und ich nicht. Ich habe ihm von dem Hund erzählt.« Er wies zum Fenster hinaus, wo das große weiße Tier an der Grenze zu dem Bauernhof saß und jeden anknurrte, der zu nahe kam. »Dann hat er gesagt, es sei ein Wunder, dass ich es bei meiner Angst überhaupt noch zu Ihnen ins Haus geschafft habe. Sie könnten dankbar sein, dass dieser Hund wenigstens weiß und nicht schwarz gewesen ist, denn dann hätte ich mich sicher gar nicht vom Fleck bewegt. Er hält mir immer noch vor, was vor zwanzig Jahren passiert ist!«

»Können wir jetzt hier verschwinden? Ich möchte mir das alles nicht länger antun. Außerdem hatte ich eine Verabredung, zu der ich jetzt schon wieder zu spät komme. Irgendwann kann ich das nicht mehr gutmachen. Dann kann ich Martina vergessen.«

»Ist es so ernst zwischen Ihnen und Ihrer Assistentin?«

»Ach was!«, wehrte Schlaicher ab. Leben gerettet oder nicht, er musste vor dem Kommissar nicht sein Seelenleben ausbreiten.

Der Einzige, der sich außer Dr. Watson in der Wohnung aufhielt, war Lars, wie Schlaicher an der Musik aus dessen Zimmer hörte. Er klopfte.

»Ja?«

»Ich bin's, kann ich rein?«

»Ja.«

Schlaicher ging, gefolgt von seinem Basset, in Lars' Zimmer.

Der saß vor seinem Computer und chattete, was Schlaicher an Dark Elv erinnerte, der er auch nicht zum verabredeten Zeitpunkt geantwortet hatte.

»Du siehst fertig aus«, sagte er.

Lars drehte sich zu ihm um. Es machte den Eindruck, als habe er vor Kurzem noch geweint. Jetzt sprang er von seinem Stuhl auf.

»Was ist denn mit dir?«

»Ich bin angeschossen worden«, sagte Schlaicher und fügte beim Anblick von Lars' Gesichtsausdruck schnell hinzu: »Nur ein Streifschuss. Ich habe Glück gehabt.«

Lars kam zu ihm und nahm ihn in den Arm. Schlaicher war gerührt. Das kam bei seinem Sohn – bei Sechzehnjährigen allgemein – selten genug vor.

»Wer hat das gemacht?«, fragte Lars.

»Der gleiche Kerl, der Anna umgebracht hat«, sagte Schlaicher. »Wegen ihr bist du auch so traurig, oder?«

Lars nickte. »Ich verstehe das nicht.«

»Ich weiß zwar jetzt, warum es passiert ist, aber wie jemand so etwas tun kann, ist mir auch völlig unbegreiflich.« Schlaicher setzte sich auf das ungemachte Bett. Lars nahm sehr nah neben ihm Platz.

»Wir haben uns länger nicht richtig gesehen«, sagte Schlaicher.

»Ich war viel bei Sarah. Die hat das Ganze auch ganz schön mitgenommen. Ich konnte die depressive Stimmung nicht mehr aushalten.«

»Hier bei mir?«

»Hmm. Aber seit sie erfahren hat, dass Anna tot ist …«

»Dir geht es schlecht, egal wo du bist, was?«

»Kann man so sagen.«

»Weißt du, mir geht es auch nicht viel anders. Wenn du wüsstest, was mir gestern und heute alles passiert ist! Aber immerhin haben wir jetzt den Mörder.«

»Wer ist der Arsch?«, wollte Lars sofort wissen.

»Du kennst ihn nicht.«

»Wie heißt er? Vielleicht kenne ich ihn doch.«

»Es waren wohl insgesamt drei Entführer. Die waren auch für den Einbruch hier verantwortlich.«

»Hä? Einbruch? Hab ich was verpasst?«

»Ach so, ja, hast du. Gestern Nacht ist hier eingebrochen worden. Dein Zimmer war auch total durchwühlt.« Schlaicher sah sich um und wunderte sich, dass alles so sauber ausschaute.

»Da liegt ein Zettel von Frau Biatini in der Küche. Sie schreibt, sie hätte alles aufgeräumt. Ich war schon total sauer, weil nichts mehr da ist, wo ich es hingelegt habe.«

»Oh. Da hat sie dir eine Menge Arbeit abgenommen. Du hast Glück gehabt, deinen Computer haben sie stehen gelassen, meiner ist weg.«

»Dann haben die Typen wenigstens nicht den besseren Computer bekommen«, sagte Lars. Tatsächlich sah Lars' große, alte Kiste nicht so aus, als würden Einbrecher sich dafür interessieren. Dabei war sein Innenleben bedeutend teurer als das von Schlaichers Rechner.

»Und dieselben Typen haben Anna getötet?«

»Ich weiß nicht, ob die noch extra jemanden angestellt haben, der die Einbrüche gemacht hat, aber zumindest waren die drei die Drahtzieher.«

»Was hat denn Anna damit zu tun?« Lars berichtigte sich selbst: »Hatte.«

»Es ging um Geld. Und eigentlich noch nicht mal um viel Geld. Sie haben Anna überredet, bei einer fingierten Entführung mitzumachen. Offenbar ist dieser Gorojenko mit den Einbrüchen nicht schnell genug an Geld gekommen. Oder er bekam den Hals nicht voll.«

»Du meinst, sie hat sich freiwillig entführen lassen?«

»Sie ist aus freien Stücken zu den Entführern gegangen«, erklärte Schlaicher den feinen Unterschied. »Aber eine Bekannte hat mit ein bisschen Druck nachgeholfen.«

»Verstehe ich nicht«, sagte Lars kopfschüttelnd.

»Schlageter wird gleich noch mal vorbeikommen. Vielleicht erzählt er mir dann auch noch etwas Neues.«

»Der? Nie!«

»Wir haben die letzten Tage eine Menge zusammen durchgemacht. Vielleicht hat das seine Meinung über mich etwas geändert.«

»Eher fängt der an, mit Dr. Watson zu schmusen.«

Das auf Lars' Schreibtisch liegende Telefon klingelte. Lars stand auf und nahm das Gespräch an. »Hi, Sarah«, sagte er.

Schlaicher verließ das Zimmer. In der Küche fand er den Zettel von Eva Biatini.

»So geht es nicht!«, begann der Brief. »Erst vergessen Sie mich, und dann kommen Sie nicht wieder. Ich werde Ihnen das Geld beim nächsten Mal nicht erlassen, wenn Sie das gedacht haben. Dafür habe ich wirklich viel mehr geputzt und aufgeräumt, als ich gemusst hätte. Biatini. PS: Die Frau Holzhausen war da und hat nach Ihnen gefragt.«

Eine Perle auch für Sie, ging Schlaicher durch den Kopf. Für den Haushalt war die Biatini zwar nur bedingt geeignet, und ihre Freundlichkeit ließ definitiv zu wünschen übrig, aber immerhin hatte sie unwissentlich geholfen, Annas Mörder zu fassen. Dass das ausgerechnet ihr Chef war und sie jetzt ihren Status als Perle der Perlenkette verlieren würde, tat ihm leid für sie.

Lars kam aus seinem Zimmer in die Küche. Er sah nicht glücklich aus.

»Was ist los?«, fragte Schlaicher.

»Ich glaube, ich muss doch noch mal zu Sarah. Sie hat gerade angerufen, und es geht ihr echt nicht gut.«

»Vielleicht solltest du das wirklich tun«, sagte Schlaicher. »Es ist wichtig, dass man jemanden zum Trösten hat.«

Lars zog sich seine Schuhe an, während Schlaicher das Telefon aus seinem Zimmer holte.

»Was ist eigentlich mit dir und Martina?«, wollte Lars wissen.

»Wieso, es ist doch alles in Ordnung.«

»Wenn du das so sagst, dann ist gar nichts in Ordnung. Ich kenne dich mittlerweile. Tschüss. Ich komme nachher wieder.«

War es so offensichtlich, dass es zwischen ihm und Martina nicht so lief, wie er es sich wünschte? Wahrscheinlich schon. Sie hatte ihm unmissverständlich zu verstehen gegeben, dass sie doch nichts von ihm wollte. Schlaicher nahm sich vor, dies zu respektieren, bevor er ihre Nummer wählte. Und hoffte, dass sie überhaupt mit ihm sprechen würde, nachdem er sie wieder versetzt hatte. Wenn sie nämlich hier gewesen war, wie Eva Biatini in ihrem Brief geschrieben hatte, dann war sie sicherlich in einer Stimmung gefahren, die nichts Gutes verhieß.

Es dauerte nur drei Klingelgeräusche, bis sie abnahm.

»Hallo, Rainer, bist du es?« Schlaicher atmete aus. Sie klang nicht wütend, sondern eher besorgt.

»Ja. Es tut mir so leid. Ich wollte dich wirklich nicht schon wieder versetzen.«

»Was war denn los? Du hast so geheimnisvoll getan.«

»Schlageter und ich haben eben den oder besser die Mörder überführt.«

»Was? Wer war es denn?«

»Weißt du was, das erzähle ich dir, wenn du da bist.«

Sie hatte zugesagt zu kommen! Schlaichers Herz hatte einen Sprung gemacht. Sie war ihm nicht böse, sie wollte zu ihm kommen, und er konnte ihr hier seine Gefühle gestehen. Die fünfzehn Minuten, die sie sicherlich brauchen würde, nutzte er, um sich das angetrocknete Blut abzuwaschen und sich frisch zu machen. Er rasierte sich auch noch schnell und zog sich saubere Klamotten an. Gerade hatte er sein Hemd zugeknöpft, als es klingelte.

Als sie oben ankam, war er in so guter Stimmung, dass er sie mit einem Kuss auf die Wange begrüßte, während Dr. Watson sie mit der Nase anstupste, ihn endlich auch zu beachten.

»Hallo, Rainer«, sagte Martina überrascht und blickte ihm tief in die Augen.

»Hallo, also, das war nur so eine Begrüßung. Ich freue mich halt, dich zu sehen.«

Sie lächelte und kniete sich zu Dr. Watson, der sich sofort auf den Boden warf und einmal um die eigene Achse drehte, bevor er wieder aufsprang und sich am Hals kraulen ließ.

»So, so, eine Begrüßung«, sagte sie dann.

»Komm doch rein.« Schlaicher zog sie in die Küche.

»Was ist mit deinem Ohr?«, fragte sie ihn besorgt.

»Du wirst es nicht glauben, aber ich bin angeschossen worden. Magst du einen Wein?«

Sie winkte heftig ab. »Angeschossen?«

»Setz dich doch.«

Sie setzte sich.

»Vielleicht etwas anderes? Ich habe noch Bier da.«

»Verdammt, jetzt hör endlich damit auf!« Die nächsten drei Worte betonte sie alle gleich stark: »Was war los?«

Schlaicher setzte sich zu ihr. Ja, vielleicht sollte er das zuerst erklären. Martina schüttelte immer wieder ungläubig den Kopf, während er berichtete. Schlaicher tat das so sprunghaft, dass Martina mehrmals nachfragen musste, um die Zusammenhänge zu verstehen.

»Das arme Mädchen«, sagte sie, und Tränen traten ihr in die Augen.

Schlaicher griff tröstend nach ihrer Hand. Für eine Sekunde hielt er sie, dann entzog sich Martina seiner Berührung. »Rainer, ich wollte auch noch etwas mit dir besprechen.«

Schlaicher saß mit angezogenen Schultern da. »Ja?«

»Ich habe nachgedacht. Weißt du, das mit uns, also, es war sehr schön …«

»Ja, richtig«, ging Schlaicher eifrig dazwischen.

»… aber ich denke, ich kann damit leben, dass wir weiterhin gute Freunde sind. Es ist wahrscheinlich am besten so. Ich mag nur nicht mehr so ein blödes Gefühl haben, wenn ich zu dir komme.«

Das lief etwas anders für Schlaicher, als er es zu Beginn ihrer Rede erhofft hatte.

»Ich will dir also noch einmal vorschlagen, dass wir das einfach als eine einmalige Sache abschreiben. Es hat uns Spaß gemacht, aber es wird nie mehr passieren. Wir sind Freunde, okay?

»Äh, ja, Freunde«, stotterte Schlaicher wie gelähmt.

»Dann kannst du mir jetzt vielleicht mein Portemonnaie wiedergeben? Dann ist wieder alles beim Alten. Ich habe die letzten Tage alles mit Kreditkarte zahlen müssen.

Martina blieb noch eine Stunde, bevor sie nach Hause fuhr. Schlaicher war etwas perplex, aber er war sich sicher, dass es besser war, ihrem Wunsch nachzukommen, als jetzt zu insistieren. Er wollte sie nicht schon wieder verletzen. Und tatsächlich war die Stunde dann noch sehr nett gewesen. Martina hatte von ihren neuen Ideen für eine Diebstahltechnik gesprochen, sie hatten gelacht, und schließlich hatte Schlaicher sie, wieder mit einem Küsschen auf die Wange, verabschiedet.

»Äh, sag mal, hast du eine neue Frisur?«, fragte er, als sie schon an der Treppe war.

»Nein!«

Er machte ein zerknirschtes Gesicht und nahm sich vor, die Sache mit den Komplimenten in Zukunft etwas sensibler anzugehen.

FÜNFZEHN

Der Sonntag, den Schlaicher zu Hause mit Dr. Watson und zeitweise auch Lars und Sarah verbracht hatte, barg noch eine weitere Enttäuschung. Als Schlaicher sich – da sein Computer ja gestohlen war – an den seines Sohnes setzte, um Dark Elv vom Tod ihres Twins zu berichten, funktionierte seine Anmeldung nicht mehr. Sein Zugang zu der Miana-Seite war gesperrt worden.

Nach einem grüblerischen Abend begann der Montag, als sei nie etwas Besonderes passiert. Martina war am frühen Morgen vorbeigekommen, hatte Brötchen mitgebracht und war nach dem Frühstück zu einem Diebeszug in die Schweiz aufgebrochen. Schlaicher hatte seine Mails von Lars' Computer aus abgerufen. Eine war von dem Geschäftsführer des Sportartikelladens, der ihn bat, doch früher zu einem Gesprächstermin zu kommen als ursprünglich besprochen. Schlaicher begann im Internet die Recherche über den Betrieb und machte sich an ein erstes schriftliches Standardangebot, dem er ein paar Extras hinzufügte, die ihm Geld bringen würden, aber vom Kunden meist nicht gebucht wurden.

Es klingelte, und Dr. Watson gab ein tiefes Bellen von sich. Das altbekannte Schnaufen von Kommissar Schlageter erwartete ihn, als er die Tür öffnete. Als der Kommissar um die Ecke kam, sah Schlaicher, dass er eine schwere Plastiktüte bei sich trug.

»Watson, bleib!«, befahl Schlaicher und wollte den sich freuenden Hund bereits wegsperren, als Schlageter schnaufte: »Nicht nötig. Hmmmmph, er tut mir ja wohl, hmmmmph, hoffentlich nichts.«

Schlaicher ließ Dr. Watson überrascht los. Der tapste nach vorne zur Tür, wo der Kommissar versuchte, sich von dem Treppenaufstieg zu erholen. Schlageter blickte zwar etwas misstrauisch auf den schwarzen Basset, zuckte aber nicht zurück, wie er es sonst immer getan hatte.

»Man darf ihnen nur nicht zeigen, dass man Angst hat«, sagte er.

Dr. Watson schnupperte an der beige-schwarz karierten Hose des Kommissars und drehte sich um. Gemächlich tapste er in die Wohnung zurück, an Schlaicher vorbei, und ließ sich schließlich fast erschöpft wirkend auf den gefliesten Boden nieder, wo er kurz darauf einschlief.

»Was ist denn mit Ihnen los?«, fragte Schlaicher.

»Geben Sie mir erst einmal ein Wasser. Wenn Sie wüssten, wie ich diese Hitze hasse!«

Schlaicher ließ Schlageter eintreten, und beide stiegen über den selig schnarchenden Hund. Schlaicher ganz selbstverständlich, Schlageter mit einem großen Schritt und einem Blick zurück, als er das Hindernis überwunden hatte. Er lächelte.

Sie gingen in die Küche, Schlaicher goss zwei Gläser Wasser ein. Schlageter leerte sein Glas, ohne abzusetzen.

»Noch eins, bitte«, sagte er und ließ sich auf die Bank fallen, nachdem er die Plastiktüte auf einen Stuhl gelegt hatte. Das zweite Glas trank er nur halb aus. Er versuchte vergeblich, einen Rülpser zu unterdrücken. »Entschuldigung.«

»Wegen mir brauchen Sie sich nicht zu entschuldigen. Haben Sie Gorojenko?«

Schlageter richtete sich etwas auf. »Noch nicht«, sagte er. »Aber er ist bundesweit zur Fahndung ausgeschrieben. Es ist nur noch eine Frage der Zeit. Es gibt aber trotzdem etwas Neues.«

»Sie haben Ihre Angst vor Hunden überwunden?«, tippte Schlaicher.

Schlageter wirkte tatsächlich ein bisschen stolz. Er sah aus wie ein kleiner Junge, der beim Spaziergang im Wald über einen gefällten Baum balanciert war, ohne zu fallen.

»Wissen Sie, es war ein gutes Gefühl, diesem knurrenden Köter auf dem Bauernhof zu zeigen, wer der Überlegene ist.«

»Wie haben Sie das gemacht?«

»Willenskraft, Schlaicher, pure Willenskraft. Und dazu das hier.« Damit zeigte er auf sein Gesicht und verzog es zu einer wütenden Grimasse. »Beeindruckend, nicht?«

»Äh, ja«, antwortete Schlaicher.

Wahrscheinlich war der Kuvasz nach dieser Karikatur eines

wütenden Gesichts weggelaufen, um sich irgendwo zu kugeln vor Lachen.

»Womit bewiesen wäre, dass der Mensch weit über dem Tier steht.«

»Wenn Sie meinen. Soll ich Ihnen noch einmal nachschenken?«

»Nein, nein. Schon gut. Sie haben es ja recht angenehm hier drin.«

»Was wollen Sie eigentlich? Nur Ihren Blick noch mal ausprobieren?«

Schlageter lachte. »Ich habe gedacht, dass Sie vielleicht ein bisschen neugierig darauf sind, was wir noch alles herausgefunden haben. Sie waren ja immerhin auch ein wenig an der Aufklärung der Sache beteiligt.«

»Das ist nett.«

»Ja, oder? Also, wir haben die Geständnisse von diesem Benz und seiner Freundin. Es ist wirklich so gewesen, dass die beiden mit Gorojenko die Einbrüche geplant haben. Ah, da fällt mir etwas ein.« Er nahm die Tüte und leerte sie vorsichtig auf den Tisch. Es war die Münzsammlung, die die Einbrecher mitgenommen hatten.

»Wo haben Sie die her?«, fragte Schlaicher und nahm das wertvolle, aber ungeliebte, in braunes Leder eingebundene Sammelwerk in die Hand. Er schlug irgendwo auf, und glitzernde Silbermünzen strahlten ihn an.

»Das Diebesgut war in der Schinkenladung versteckt. Wie Irene Kiefer es gesagt hat. Wir haben den Lieferwagen abgefangen, und ich war so frei, das Buch an mich zu nehmen. Ihren Computer habe ich auch dabei. Der ist unten im Wagen.«

»Echt? Wieso haben Sie ihn nicht gleich raufgebracht?«

»Das können Sie ja gleich erledigen.«

»Und der DVD-Spieler?«

»Jetzt übertreiben Sie es mal nicht mit Ihren Ansprüchen. Der bleibt bis zur Auswertung der Spuren als Beweismittel bei uns. Wahrscheinlich können Sie ihn am Mittwoch abholen.«

»Wie viel Zeug war denn in der Ladung versteckt?«

»Gar nicht mal so wenig. Gorojenko hatte Schulden bei seinen Mafia-Freunden, wie Benz ausgesagt hat. So ist er auf die Idee mit den Einbrüchen gekommen. Wie wir bei der Empfangsdame im Geschäft herausbekommen haben, waren auch zwei Russen schon mehrmals da.«

»Sergej und Natascha?«, rief Schlaicher.

»Stimmt genau. Zumindest trifft die Beschreibung auf sie zu.«

»Die beiden hatten gesagt, sie müssten noch ein paar ›Gefallen‹ tun, bevor sie ganz aussteigen könnten. Schulden eintreiben gehört wohl dazu«, überlegte Schlaicher.

»Wie es aussieht, waren sie bei Gorojenko etwas rabiater als bei Schmid. Gorojenko hatte zwar schon ein paar Lieferungen Diebesgut rübergeschickt, war aber wohl immer noch enorm im Rückstand. Darum ist er mit Benz und dessen Freundin auf die Idee gekommen, sich das Geld von Schmid unter den Nagel zu reißen.«

»Aber es hat nicht so funktioniert, wie er es sich vorgestellt hatte«, meinte Schlaicher. Der Gedanke an das tote Mädchen versetzte ihm einen Stich.

»Sein Plan war gut. Mit der Kiefer als Geldbotin wusste er, dass wir etwas im Schilde führten. Ihm war wohl sowieso klar, dass eine lebende Anna ein zu großes Risiko war, darum hat er ihr den Finger abgeschnitten und die Lösegeldsumme erhöht. Die zweihunderttausend waren allerdings gut doppelt so viel, wie er an seine Mafiafreunde zurückzuzahlen hatte. Wir gehen davon aus, dass er in Russland untertauchen will.«

Schlaicher schüttelte den Kopf. »Mir ist das alles zu viel. Dieses scheiß Geld. Deswegen bringt man doch kein junges Mädchen um!«

»Leider doch, Schlaicher, leider doch.«

»Und alles nur, weil Anna mit ihrem neuen Freund weggegangen ist.«

»Ich weiß nicht, ob Gorojenko sie hätte laufen lassen, wenn die Polizei nicht eingeschaltet worden wäre. Benz und Kiefer sind davon ausgegangen, aber das macht ihre Rolle in der Geschichte auch nicht besser.«

»Ist Ihr von Malewski denn wieder verschwunden?«

»Das ist nicht mein von Malewski. Aber ja, er ist weg. Zurück nach Stuttgart, wo er sich wahrscheinlich bei seinem Chef eine Belobigung dafür abholt, den Fall geklärt zu haben. Dabei war ich das. Äh, wir.«

»Danke für das Wir. Aber freuen Sie sich doch, Sie sind ihn wieder los.«

Schlageter trank sein Wasserglas leer. »Ein Bier würde mir jetzt auch nicht schaden. Und dazu ein schöner Elsässer Wurstsalat. Was meinen Sie, sollen wir etwas essen gehen?«

Sie saßen in einem Biergarten in Brombach. Die Sonne schien weiterhin so unnachgiebig, dass die Radiomoderatoren bereits von einer unnatürlichen Hitzewelle sprachen. Die Freibadbetreiber allerdings machten das Geschäft ihres Lebens, und vor den Eisdielen standen die Leute Schlange. Auch im Biergarten waren für einen Montagmittag erstaunlich viele Plätze belegt. Sie saßen im Halbschatten einiger Kastanien, Dr. Watson lag unter dem Tisch, und Schlageter schaute nur ab und zu prüfend nach unten. Der Wurstsalat hatte genau die richtige Säure, das Bier die richtige Temperatur und das Bauernbrot die richtige Konsistenz. Wenn ihr Gespräch nicht immer wieder auf das tote Mädchen gekommen wäre, dann hätte es ein richtig schöner Nachmittag sein können, dachte sich Schlaicher. Als zwischendurch Schlageters Handy klingelte und der Kommissar bei dem kurzen Gespräch ein ernstes Gesicht bekam, war ihm klar, dass es keine Chance geben würde, ein erquicklicheres Thema zu finden.

»Sie sind sich ganz sicher, Hellbach?«, fragte Schlageter. »Okay. Wir schauen uns das später an.« Er legte auf, ohne sich von seinem Assistenten zu verabschieden.

»Was ist?«

»Die Spurensicherung hat in Gorojenkos Stube zwei Einschüsse gefunden«, sagte der Kommissar perplex. »Eine Patrone konnte eindeutig meiner Dienstwaffe zugeordnet werden, die andere stammt mit an Sicherheit grenzender Wahrscheinlichkeit von einer Dragunov.« Dabei schaute er Schlaicher an, als sage das alles.

»Und was bedeutet das?«

»Das ist ein russisches Scharfschützengewehr.«

»Aber Gorojenko hatte doch nur eine Pistole«, stellte Schlaicher fest.

»Richtig«, sagte der Kommissar. »Der hatte eine Walther PPK. Anderes Kaliber. Aus Gorojenkos Pistole ist kein Schuss abgegeben worden. Aber seine Waffe ist getroffen worden.«

Schlaicher verstand jetzt gar nichts mehr. »Und was bedeutet das?«

»Ganz einfach, lieber Schlaicher. Die Verletzung an Ihrem Ohr haben sie von einer Kugel, die von außerhalb des Hauses abgegeben wurde. Von jemandem, der sich mit russischen Scharfschützengewehren auskennt.«

»Sie meinen Sergej und Natascha?« Schlaicher war fassungslos.

Schlageter dagegen nickte.

»Aber …«

»Die beiden waren hinter Gorojenko her. Unsere Ballistiker haben herausgefunden, dass der Schuss vom Gelände des Bauernhofs abgegeben wurde. Aber Sergej hat nicht getroffen«, sagte Schlageter nachdenklich.

»Mir kam Sergej nicht vor wie jemand, der mit einem Scharfschützengewehr nicht umgehen kann. Vielleicht wollte er Gorojenko nicht töten, sondern nur verhindern, dass er auf mich schießt.«

Der Kommissar überlegte kurz. »Mag sein. Dann jedenfalls war der Schuss brillant. Und Sie müssten ziemlichen Eindruck auf die beiden gemacht haben. Sie hätten auch auf Sie schießen können.«

»Die Gelegenheit hätten sie doch im Wald schon gehabt. Nein, ich glaube, dieses Mal haben sie mir wirklich das Leben gerettet. Und Gorojenko deshalb nicht erschossen, weil das nicht ihr Job war. So muss er sich weiter bemühen, das Geld für ihre Auftraggeber zu besorgen.« Schlaicher wusste nicht, ob das so stimmte, aber der Gedanke, dass die beiden ihm helfen wollten, tat gut.

»Sie kommen ja mit Dr. Watson mittlerweile richtig gut aus«, sagte Schlaicher, um das Thema zu wechseln. Der schwarze Basset lag jetzt lang ausgestreckt unter dem Tisch und berührte mit seiner Schnauze fast Schlageters Fuß.

»Wissen Sie, ganz leicht fällt es mir noch nicht. Aber irgendwie war das Erlebnis auf dem Bauernhof hilfreich. Ich habe mir den Bauern übrigens am Samstag noch geschnappt, als er von seinen Feldern zurückkam. So eine Bestie darf er nicht einfach frei herumlaufen lassen. Wobei Ihr Dr. Watson ja wirklich ganz nett ist. Wissen Sie, ich habe das noch nie jemandem gesagt, aber am schlimmsten ist meine Angst vor schwarzen Hunden.«

»Wieso?«

»Der Hund, der mich damals angefallen hat, als ich zu dem Auto im Wald gerufen wurde, war schwarz. Ich habe noch nie jemandem davon erzählt.«

»Wieso nicht?«

»Wodde Sie no öbbis?«, fragte die Bedienung, die schon zwei neue Bier in der Hand trug.

»Stellen Sie sie hin«, sagte Schlageter und trank einen großen Schluck, wobei ihm Schaum am Bart hängen blieb.

Als die Kellnerin weg war, nahm Schlaicher den Faden wieder auf. »Warum haben Sie nie jemandem erzählt, dass der Hund schwarz war?«

»Von Malewski war ein richtiger Scherzbold, wenn es auf meine Kosten ging. Ich habe Ihnen ja schon von dem einen Foto erzählt, das er aufgehängt hat.«

Schlaicher verkniff sich ein Grinsen. »Das Gehängebild.«

»Jetzt hören Sie auf, sich auch noch lustig zu machen!«, schimpfte Schlageter. »Das war nicht das erste Foto, das er von mir gemacht und aufgehängt hat. Ich habe damals noch an einem anderen Fall gearbeitet. Es ging um Drogenschmuggel. Wir haben die Kerle auch gefasst und in einem Kohlenkeller in Lörrach ihr Versteck gefunden. War ziemlich groß in den Zeitungen. Ich war selbst im Keller, und um es kurz zu machen: Ich bin völlig schwarz rausgekommen, weil ich unten in die Kohlen gefallen bin. Kaum war ich draußen, hat dieser blöde von Malewski auch schon abgedrückt. Als das Bild hing, hatte ich eine Zeit lang den Spitznamen ›Der schwarze Mann‹. Sie wissen schon: ›Wer hat Angst vorm schwarzen Mann?‹ Sogar der Polizeidirektor hat mich damit aufgezogen. Ich weiß, heute klingt das nicht sonderlich schlimm, aber es wurden ständig Scherze gemacht wie ›Schlageter arbeitet schwarz‹ oder ›Schwarzfahrer‹ oder so. Als das mit dem Hund passiert ist, habe ich allen gesagt, er sein braun gewesen, einfach um nicht noch mehr Scherze in die Richtung hören zu müssen. Meine Angst besteht vor allem bei schwarzen Hunden. Irgendwie ist das auch auf andere Farben übergegangen, und …«

»Moment!«

Schlageter stoppte und schaute leicht verärgert auf Schlaicher, der sich vorgebeugt und die Hand gehoben hatte.

»Wann haben Sie das erste Mal zugegeben, dass der Hund schwarz war?«

»He, was soll das, Schlaicher?«

»Antworten Sie!«

Schlageter, der sonst nur selbst diesen Befehl brüllte, schaute Schlaicher verwirrt an. »Eben gerade. Ich habe es vorher nie jemandem gesagt.«

»Sind Sie sicher?«, fragte Schlaicher, dem langsam die Bedeutung dessen, was ihm durch den Kopf ging, bewusst wurde. Er beugte sich noch weiter vor und warf dabei sein Glas um, das vom Tisch fiel und auf dem Boden zerbarst.

»Was machen Sie denn da?«, fragte Schlageter.

»Sie haben es *doch* schon einmal gesagt.«

»Nein, verdammt. Spinnen Sie?«

Die Kellnerin, die gleich gekommen war, um zu schauen, was an ihrem Tisch vor sich ging, bemerkte die Scherben und ging ins Lokal, um etwas zu holen, womit sie die scharfen Glasscherben entfernen konnte.

»Sie haben es von Malewski gesagt!«, sagte Schlaicher und pochte mit dem Zeigefinger auf den Tisch.

»Nein, habe ich nicht. Was ist denn daran so wichtig?«

»Am Samstag als von Malewski kam, haben Sie mit ihm gestritten. Sie haben mir erzählt, was er Ihnen gesagt hat.«

»Ja, dass er nicht gedacht hätte, dass ich Ihnen hätte helfen können. Wegen diesem Riesenköter. Auch wenn er diesmal weiß statt schwarz …« Schlageters Bewegungen froren ein. Schlaicher sah förmlich, wie es in seinem Hirn arbeitete.

»Haben Sie es ihm gesagt?«, hakte Schlaicher erregt nach.

»Nein, nie, kein Sterbenswörtchen.«

Schlaicher sah Schlageter in die Augen. »Wer konnte sonst wissen, dass der Hund vor zwanzig Jahren schwarz war?«

»Sie meinen, nur der Entführer selbst?« Schlageter war immer noch ganz steif.

Als die Kellnerin kam, sagten beide gleichzeitig: »Jetzt nicht!« Das kam so konzentriert, dass die arme Frau sofort wieder umdrehte.

»Aber, das würde ja bedeuten ...«

»Sie haben doch gesagt, dass er in der Nähe von Wieslet gewohnt hat.«

»Ja. In Tegernau.«

»Also ist er auf seinem Weg zur Arbeit immer durch Wieslet gefahren. Er hat Melanie zumindest vom Sehen kennen können.«

Schlageter bewegte sich wieder. Er lehnte sich in seinen Stuhl zurück und schloss die Augen.

»Er hat gesagt, dass dieser Hund wenigstens weiß und nicht schwarz gewesen ist, wie vor zwanzig Jahren«, wiederholte er leise.

»Es könnte natürlich auch sein, dass er sich gar nicht mehr an die Farbe erinnern konnte, die Sie gesagt haben. Dass er das mit dem Schwarz nur mit Ihnen als schwarzem Mann in Verbindung gebracht hat.«

»Er hatte sich krankgemeldet, als das Mädchen verschwand. Und er war krankgemeldet, als ich zu dem Hund gerufen wurde. Aber dann war er doch da. Ich habe mir nie richtig Gedanken darüber gemacht. Ich meine, er ist ein Schweinehund, aber so etwas? Kommen Sie, Schlaicher. Wir müssen in mein Büro!«

Schlaicher und Schlageter verabschiedeten sich von der Kellnerin mit einem hohen Trinkgeld, dann fuhren sie in Schlaichers Wagen nach Lörrach. Schlageter ging die gesamte Fahrt nicht auf Schlaichers Fragen ein und lotste ihn auf den Parkplatz der Polizeidirektion.

»Ah, der Herr Schlaicher«, brummte Schlageters Assistent, ein fast zwei Meter großer, dürrer Mann mit einer erstaunlich tiefen Bassstimme.

»Hellbach. Suchen Sie mir die Akte Melanie Engel raus.«

»Melanie Engel, das war das verschwundene Mädchen im Mai 1991?«

Schlaicher hatte eigentlich nie wirklich daran geglaubt, dass Hellbach ein fotografisches Gedächtnis hatte, wie Schlageter schon mehrfach betont hatte, aber die Schnelligkeit seines Erinnerungsvermögens überraschte Schlaicher jetzt doch.

»Da muss ich im alten Archiv wühlen. Wozu brauchen Sie denn die Akte, Chef?«

»Fragen Sie nicht, beeilen Sie sich. Wie lange brauchen Sie?«

»Bestimmt eine halbe Stunde«, antwortete der Bass.

»Sie haben fünfzehn Minuten!«

Hellbach eilte los. Schlageter setzte sich an seinen Schreibtisch, der auch zu der Zeit, als Engels Tochter verschwand, schon an der gleichen Stelle gestanden haben musste. Die Zahl der schmutzigen Kaffeebecher, die sich neben dem mit einer Kunststofffolie verhangenen Computermonitor stapelte, war seit Schlaichers letztem Besuch noch gewachsen.

»Setzen Sie sich!«, sagte Schlageter und wies auf einen Metallstuhl mit einer mit dunkelbraunem Stoff bezogenen Sitzfläche. Schlaicher kam dem Wunsch des Kommissars nach.

»Jetzt sagen Sie endlich, was wir hier wollen!«

»Gleich, Schlaicher, gleich. Ich muss nur etwas suchen.«

Schlageter griff unter die Sitzfläche seines Bürostuhls und ließ sich so weit hinunter, wie der Stuhl es erlaubte. Dann öffnete er das unterste Fach seines Rollcontainers und holte einen riesigen Stapel Papier und leere Schokoriegelpapierchen hervor. Auf einem konnte Schlaicher »Raider« lesen.

»Mein Gott, Schlageter! Das Zeug muss ja uralt sein. Raider heißt doch schon seit bestimmt zehn Jahren anders.«

»Keine Ahnung, wie lange. Hier habe ich einfach ein bisschen altes Zeug. Ich kann mich so schlecht davon trennen. Ah, hier ist es.«

Schlageter zog ein Foto hervor und schaute grimmig darauf. »Wenn ich ein falsches Wort von Ihnen höre, dann buchte ich Sie ein!«, drohte er, bevor er Schlaicher das Bild reichte. Ein sehr viel jüngerer Kommissar mit vollem Haar und dem gleichen Bart wie heute, aber bedeutend schlankerem Körper, saß ohne Hosen an ein Auto gelehnt und schaute sich die Wunden an seinen breit auseinander gehaltenen Beinen an. Tatsächlich sah man sofort, dass seine Rippunterhose nicht so saß, wie sie sollte. Sie hätte ihm vielleicht heute gepasst, aber früher war sie viel zu weit gewesen, und was da herausschaute, wollte Schlaicher sich gar nicht genauer ansehen.

»Sagen Sie nichts, sondern schauen Sie!«

»Ich habe gar nicht vor, etwas zu sagen.«

»Sehen Sie das Auto?«

»Nein.«

»Die Reifen, Mann, jetzt stellen Sie sich nicht so an. Die Reifen!«

»Was ist damit?«

»Punkt eins: Sie sind schmutzig, Punkt zwei: Das ist von Malewskis Wagen – schauen Sie, man sieht noch ein Stück vom Nummernschild –, und Punkt drei«, damit zeigte er Schlaicher triumphierend seine rechte Hand mit drei erhobenen Fingern: »Wir haben in der Akte die Reifenspuren des Wagens, der an der Grabstelle im Wald abgestellt war, mit dem schlafenden Kind daneben.«

Schlageter stockte. Sein Gesicht verlor jede Farbe. »Verdammt, wenn von Malewski es war und dann zu dem Waldparkplatz gekommen ist, muss das Kind ja noch im Wagen gewesen sein. Ich glaube, mir wird schlecht.«

Als Hellbach eine knappe Viertelstunde später mit Staub auf seiner schwarzen Hose aus dem Archiv zurückkehrte, trug er mehrere Aktenordner unter dem Arm. Einen weiteren hatte er so zwischen Kinn und Brust geklemmt, dass er die Augen nach oben rollen musste, um nach vorne blicken zu können.

»Da, ich hab's«, sagte er. Schlaicher war aufgesprungen und befreite ihn von den Ordnern, für die Schlageter mit einer schiebenden Bewegung Platz auf seinem Schreibtisch machte.

»Oh, Sie haben noch eine Raider-Verpackung«, bemerkte Hellbach. »Ich hoffe, den Inhalt haben Sie nicht eben gegessen. Raider heißt doch schon seit 1991 anders.«

Schlageter schüttelte den Kopf. »Meinen Sie, ich fresse so altes Zeug?«

1991 stand auch auf dem Ordner, den Schlaicher vor sich liegen hatte. Das Jahr, in dem Melanie Engel verschwunden war. Schlageter nahm sich einen anderen Ordner vor, und Hellbach stand daneben und wollte wissen, was sie denn eigentlich suchten, zumal Schlaicher als Nichtamtsperson in einen ungelösten Fall keinen Einblick haben dürfe.

»Setzen Sie sich, Hellbach«, befahl der Kommissar, »und helfen Sie suchen. Wir brauchen das Profil von dem Wagen, der damals im Hofener Wald von einer Zeugin gesichtet wurde.

Schlaichers Ordner beschäftigte sich mit dem Umfeld des Mädchens. Er fand Zeugenaussagen, Befragungen, auch eine von Utzmann, eine Vielzahl von Aktennotizen, aber kein Reifenprofil. Auch Schlageter pfefferte seinen Ordner bald in die Ecke, was Hellbach mit einem kritischen Blick quittierte, aber er sagte nichts.

Schlaicher nahm sich den nächsten Ordner vor. Noch mehr Befragungsprotokolle, Berichte, Stellungnahmen, dann eine Notiz über die Eltern des Mädchens: »Gerd Engel, Vater des Mädchens, beginnt Befragungen auf eigene Faust. Beschwerden über sein Verhalten gingen von verschiedenen Nachbarn ein.« Schlaicher blätterte weiter, bevor er die einzelnen Namen zu lesen bekam.

Dann kam ein zusammengefaltetes Blatt in DIN-A3. Schlaicher öffnete es und stieß sofort aus: »Ich habe es!«

Der Kommissar ließ seinen Ordner los und sprang von seinem mittlerweile wieder hoch gestellten Stuhl auf. Auch Hellbach erhob sich und kam um den Tisch herum. Vor Schlaicher lag eine mit Kohlestift durchgedrückte Reifenspur.

»Verdächtiges Fahrzeug, Hofener Wald, Juni 03, 1991, 205/80 R16 104T, Michelin-Profil«.

»Das ist es«, rief Schlageter und nahm Schlaicher den Ordner ab, um damit zu seinem Platz zu gehen. »Verdammt. Es passt!«, rief er. »Dieses miese Schwein!«

»Von wem reden Sie denn überhaupt, Chef?«

»Von Malewski! Diese eklige, kleine Ratte.«

EPILOG

Fünf Tage waren vergangen, seit Schlaicher und Schlageter Gorojenkos Haus »gestürmt« hatten. Drei Tage, seit sie darauf gekommen waren, dass von Malewski etwas mit dem Verschwinden von Engels Tochter Melanie zu tun haben könnte. Schlaicher hatte die Zeit recht ruhig verbracht, nachdenklich zu Hause, vor allem, als das Wetter am Montagabend mit einem starken Gewitter ebensolche Abkühlung und noch stärkeren Dauerregen gebracht hatte. Die Spaziergänge mit Dr. Watson waren kurz und nass, und selbst tagsüber musste man das Licht anlassen. Schlaicher war von kurzen Hosen und T-Shirt wieder zu einem leichten Pullover über Jeans gewechselt.

Lars und Sarah waren in der Schule in die Vorbereitungen für Annas Trauerfeier eingebunden gewesen. Gestern war sie beerdigt worden. Ein furchtbarer Tag, dessen Wetter dem traurigen Anlass gerecht wurde. Schlaicher hatte sich am Rand gehalten und war nicht zu den Schmids vorgegangen, aber Werner Schmid war nach der Beerdigung zu ihm gekommen, um kurz mit ihm zu reden. Zu seiner unendlichen Trauer um sein Kind war noch die Enttäuschung und bittere Wut über seine beiden Angestellten hinzugekommen. Er hatte Schlaicher gedankt, dass er die Verantwortlichen gefunden hatte, und war dann wieder zu seiner Frau zurückgegangen.

Jetzt setzte er gerade den letzten Punkt unter seinen Bericht über den Überfall auf den Geldtransporter, den er morgen bei Schiller abgeben wollte, als das Telefon klingelte.

»Schlaicher, wie geht es Ihnen?«, fragte die Stimme von Kommissar Schlageter.

»Geht so«, sagte Schlaicher. »Sie waren nicht auf der Beerdigung«, stellte er dann fest.

»Ich wollte kommen, Schlaicher, aber ich konnte nicht. Das Verfahren gegen von Malewski läuft, er bestreitet zwar alles, aber wir haben mittlerweile noch ein paar andere Indizien gefunden.

Ich war gestern in Stuttgart, um das weitere Vorgehen mit den Kollegen vom LKA zu besprechen. Von Malewski ist jedenfalls schon einmal vom Dienst suspendiert und hat Hausarrest.«

»Das sind ja gute Neuigkeiten«, sagte Schlaicher matt.

»Und es gibt noch mehr. Eben bin ich von der Bundespolizei angerufen worden. Gorojenko ist gefasst.«

»Echt?«, fragte Schlaicher jetzt mit etwas mehr Elan.

»Ja, er hat versucht, sich über die polnische Grenze abzusetzen. Die Kollegen haben ihn überprüft, und als er gemerkt hat, dass es eng wird, hat er einen Beamten angeschossen, bevor er selbst eine Kugel in den Arm bekommen hat.«

»Ich hoffe, es war nicht noch ein Streifschuss.«

»Bei dem Kollegen zum Glück schon, aber bei Gorojenko sollte man es eher einen Durchschuss nennen. In seinem Wagen wurden hundertachtzigtausend Euro und zwei weitere Waffen sichergestellt. Trotzdem leugnet er alles. Aber das wird ihm nichts nützen.«

Das war wirklich eine gute Nachricht. Es war gut zu wissen, dass Annas Mörder nicht ungeschoren davonkam.

»Danke für die Neuigkeiten«, sagte Schlaicher.

»Eine habe ich noch. Sie haben mich doch gebeten, die Telefonnummer von dieser Daria herauszubekommen. Ich habe sie.«

Schlaicher notierte sich die Nummer, die Schlageter über »ein paar Anfragen« und die Informationen, die Schlaicher über das Mädchen hatte, herausgefunden hatte. Sozusagen als Dank für die Mithilfe und ein bisschen auch dafür, mutmaßte Schlaicher, dass eben diese Mithilfe wieder einmal nicht der Presse gegenüber erwähnt worden war. Schlaicher war das nur recht, aber Schlageter schien deswegen ein schlechtes Gewissen zu haben. Schlaichers Bitte hatte er darum sehr ernst genommen und alle Hebel in Bewegung gesetzt, auch wenn das in seinem Fall wahrscheinlich bedeutete, dass Hellbach die Überstunden hatte machen müssen.

»So, ich hoffe, ich konnte Ihnen ein bisschen helfen. Ich habe jetzt gleich einen Telefontermin mit der Staatsanwaltschaft. Vielleicht können wir uns ja irgendwann mal wieder auf ein Bier in Brombach treffen.«

»Warum nicht«, sagte Schlaicher und legte auf.

Sein nächstes Telefonat fiel ihm deutlich schwerer. Er hatte die vergangenen Tage oft darüber nachgedacht, ob er Daria damit wirklich helfen würde. Aber sie einfach zu vergessen, sie hilflos zu lassen, bis sie eines Tages verhungert wäre, konnte er seinem Gewissen nicht anlasten. Er wählte die Nummer, die er eben bekommen hatte.

»Tiedmann?« Eine Frau war am Apparat.

»Guten Tag. Mein Name ist Rainer Maria Schlaicher. Ich möchte gerne die Mutter von Daria sprechen. Sind Sie das?«

»Ja, was ist denn?«

Frau Tiedmann fiel aus allen Wolken, als Schlaicher ihr von der Bewegung erzählte, der ihre Tochter angehörte. Daria war erst vierzehn Jahre alt, ein richtiges Kind, das zwar in finanziell gut situiertem Haus, aber ohne einen Vater aufwuchs. Die Mutter war beruflich viel unterwegs, und es war ein glücklicher Zufall, dass Schlaicher sie während ihres Urlaubes zu Hause erwischt hatte. Sie gab zu, dass ihre Tochter sehr dünn sei, aber von einer Essstörung habe sie nichts gewusst. Einmal war sie kurz davor aufzulegen, aber dann fing sie an zu weinen.

»Ich habe im Internet recherchiert«, sagte Schlaicher. »Es gibt eine Seite von der Bundeszentrale für gesundheitliche Aufklärung. Da können Sie sich informieren und auch Beratungsstellen und Therapiezentren finden.« Schlaicher nannte ihr die Adresse und ließ Daria ausrichten, dass er Anna zwar nicht hatte helfen können, aber unbedingt wollte, dass Daria lebte und gesund wurde. »Ich wünsche Ihnen und Ihrer Tochter alles Gute.«

Das Leben ging weiter. Am Abend kamen Lars und Sarah, und zum ersten Mal seit einer Woche schienen sie wieder etwas gelöster zu sein. Die Gespräche wurden wieder lustiger, und Sarahs Lachen steckte auch Schlaicher an. Später klingelte auch noch Martina.

»Hallo. Ich habe gedacht, ich schaue mal einfach so vorbei«, sagte sie, nachdem sie Dr. Watson mit ausgiebigem Kraulen bedacht hatte. Sie setzten sich in die Küche und tranken ein Glas Rotwein, sprachen über die Erlebnisse der letzten Zeit, ohne dabei ihre gemeinsame Nacht zu erwähnen, und ein bisschen war es so wie früher. Sie drückte ihn kurz, bevor sie ein paar Stunden später wieder ging.

»Äh, Martina«, begann Schlaicher, als sie schon am Treppenabsatz war.

Sie drehte sich um. »Ja?«

»Mir gefällt dein neuer Pullover.«

»Das hast du gemerkt? Danke schön.« Ihr Gesicht wurde etwas rot, bevor sie die Treppe hinabging.

Am nächsten Morgen weckte ihn das Telefon. Es war – wie konnte es früh am Morgen anders sein – Schlageter.

»Stellen Sie sich vor, von Malewski hat es zugegeben. Er hat Melanie Engel 1991 entführt und nach einem Missbrauch ermordet. Von Malewski!«

»Er hat also gestanden?«

»Die Kollegen vom LKA haben bei einer Durchsuchung im Haus seiner Eltern Fotos von dem Mädchen gefunden. In einer Kiste auf dem Dachboden in einer abgeschlossenen Geldkassette. Das Schwein hat es wirklich getan. Er hat uns auch gesagt, wo er die Leiche verscharrt hat. Die Spurensicherung hat sie eben gefunden. Heute Nacht ist von Malewski festgenommen worden und sitzt jetzt in Untersuchungshaft. Ich wollte Ihnen das nur sagen!«

»Weiß Engel schon davon?«

Schlageters fast begeisterter Tonfall änderte sich sofort.

»Nein. Und es würde mir, ehrlich gesagt, auch ganz schön schwerfallen, es ihm zu sagen. Vielleicht könnten Sie …«

»Ja, ich mache das. Ich glaube auch, dass es besser ist, als wenn Sie da aufkreuzen.«

Schlageter dankte ihm, und Schlaicher rief gleich darauf bei Eva Biatini an, von der er seit dem Ende der Perlenkette nichts mehr gehört hatte.

»Biatini?«

»Schlaicher hier«, sagte er.

»Wege Ihne isch die Perlekette zue. Hätt ich doch nur gli g'sait, dass ich mit Ihrem Drecklaade nüt z'tue haa will, Sie …«

»Können Sie heute kommen? Können Sie meine Perle sein?«, ging Schlaicher dazwischen.

»Vo Ihne haa'n i sowieso no Geld z'guet. Wo Sie einfach so verschwinde, wie'n Ene 's g'fallt!«

»Ich weiß. Heute bekommen Sie das Geld vom letzten Mal und das von diesem Mal im Voraus. Sie wissen doch, ›Eine Perle‹ ...«

»Ächt?«, unterbrach sie ihn, dann vervollständigte sie seinen Satz: »Eine Perle auch für Sie.«

»Haben Sie sich schon Mal darüber Gedanken gemacht, mit den anderen Mitarbeitern selbst eine Perlenkette aufzumachen? Der Name ist ja jetzt bekannt.«

»Ach, das chönne mir doch gar nit.«

»Wieso?«

Eva Biatini dachte nach: »Jo, warum eigendlich nit.«

»Wenn Sie hier sind, müssen Sie unbedingt mit der Frau meines Nachbarn Erwin sprechen. Die war auch eine Perle.«

»Ich chumm gli«, sagte sie und legte auf, bevor Schlaicher etwas erwidern konnte.

Schlaicher klingelte diesmal gleich bei Elisabeth Wängler. Die war heute nicht mumifiziert, sondern schien einen klaren Tag zu haben.

»Wo isch denn de Lassie?«, wollte sie wissen. Schlaicher erklärte ihr, dass er nur zu Engel wolle und sie ließ ihn ein. »De Engel isch doo. Das isch e feine Maa.«

Schlaicher ging durch die gedrängt stehenden Schuhmassen zur Treppe und klopfte oben an Engels Tür.

»Ich bin's, Engel, machen Sie auf! Schlaicher.«

Die Tür öffnete sich einen Spalt, und Gerd Engels wirrer Bart schaute als Erstes durch die Öffnung. Dann machte er weiter auf und bemerkte: »Sie haben den Mörder von Anna gefunden.«

»Ja, haben wir. Darf ich reinkommen?«

Engels Zimmer war unverändert. Es roch nach verbranntem Käse. Ein leerer Teller mit Krümeln ließ darauf schließen, dass er gerade gegessen hatte.

Engel setzte sich auf seinen Stuhl. »Und ich hatte gedacht, dass es eine Verbindung zu meiner Melanie gibt«, schrie er plötzlich.

»Beruhigen Sie sich«, forderte Schlaicher. »Wir haben auch den Mörder Ihrer Tochter gefunden.«

Eigentlich hatte Schlaicher nicht vorgehabt, so plötzlich damit herauszukommen, aber jetzt war es geschehen. Engel war schlagartig still. Sein Mund öffnete sich, aber seine Stimme versagte.

»Es tut mir leid«, sagte Schlaicher.

»Den Mörder, haben Sie gesagt. Melanie lebt also nicht mehr.«

»Nein.«

»Wer war es?« Engel zuckte vor Anspannung.

»Es war niemand von hier. Er heißt von Malewski, der gleiche Mann ...« Schlaicher konnte nicht zu Ende reden. Engel war aufgesprungen und nahm das Nächstbeste, was ihm in die Finger kam. Es war der krümelige Teller, den er mit aller Kraft gegen die Tür donnerte, wo er zerschellte.

»Der?« Engels Gesicht war zu einer wütenden Fratze geworden.

»Schlageter hat ihn überführt. Ihre Tochter war bereits tot, als sie von der Zeugin im Wald gesehen wurde.«

Engel begann zu weinen.

Schlaicher blieb noch eine halbe Stunde bei ihm. Engels Tränen flossen lange. Er hörte erst auf zu weinen, als Schlaicher ihm erzählte, was er von den Ermittlungen gegen von Malewski wusste. »Ich muss mit Schlageter sprechen«, waren seine letzten Worte, bevor er Schlaicher bat, ihn allein zu lassen. Schlaicher hatte das respektiert. Ein normales Leben würde Engel sicher nicht mehr führen können. Aber hoffentlich würde er dennoch bald Ruhe finden.

Als Schlaicher nach Hause kam, stand ein schmutziger Nissan vor seiner Tür. Der Fahrer allerdings stand auf der anderen Straßenseite unter dem Vordach seines Nachbarn Erwin Trefzer. Es war Harry Mbene. Beide winkten ihm freudig zu.

»Erwin, Harry«, rief Schlaicher und ging zu ihnen hinüber.

»Doo, de Härri isch choo!«, sagte Trefzer überflüssigerweise.

»Rainer. Weißt du, es ist komisch gelaufen mit die Telefon.«

»Ich weiß. Hast du Ärger bekommen?«

»Trouble, ich? Nein. Ich mich möchte entschuldigen, dass du bekommt hast Ärga. Weil ich gemacht habe Fehler.«

»Ist ja gut. Es hat alles geklappt. Aber was war eigentlich los?«

»Chef ist gekommt und haben mich zu andere Platz gebracht, to work. Ich müsst warten, bis Chef wieder weg war. Aber er ist nicht gegangen. Aber dann kam Trouble, Ärga, wegen die kaputt Verbindung. Harry sagt: Lass mich schauen! Und repariert Verbindung. Jetzt Harry bekommt mehr Geld!« Harry setzte sein breitestes Grinsen auf. »Jetzt ich kann schauen, ob ich finde eine schöne Frau und habe viele Kinder mit ihr.«

»Das freut mich«, sagte Schlaicher und drückte dem Schwarzen die Hand.

»Un mi au. Dr Härri het gli scho öbbis vo sinem Geld bi mir aag'legt. I haa nämlich grad Babyschtrambler iinekriegt. Du bruusch allweg keini, oder?«

»Das wäre ja noch schöner. Und nimm Harry nicht so viel Geld ab, Erwin!«

»Alles Sonderpriis, du chennsch mi doch.«

»Eben.«

Harry fuhr bald wieder, während Trefzer Schlaicher ein Kirschwasser einschenkte. Er ließ sich alles über den doppelten Mordfall erzählen und legte seine alemannische Vorstellung von Gerechtigkeit sehr greifbar dar.

»Doo hesch aber e aaschtrengendi Zit hinter dir.«

»Das kannst du laut sagen. Ich könnte echt einmal Urlaub gebrauchen.«

»Guet, dass du das saisch. Mi Schwooger, de Brueder vo miinere Helga, dä het do z'Schönau e Reiseg'sellschaft. Am End wär das emol öbbis für dii.«

»Was macht der denn für Reisen?«, fragte Schlaicher zweifelnd.

»In die ganzi Welt, Rainer, in die ganzi Welt.«

»Na ja, vielleicht kann ich mir das ja mal überlegen. Wie heißt der Laden denn?«

»Ganz klar: Alemanne-Tours!«

Lars war mittlerweile zu Hause und erwartete Schlaicher zusammen mit Dr. Watson und einem schuhkartongroßen Paket.

»Hat vorhin ein Bote vorbeigebracht. Ich hab für dich unterschrieben«, sagte Lars.

Es gab keinen Absender. Schlaicher holte eine Schere und öffnete die Klebebandstreifen, die um den Karton gewickelt waren. Als er die Klappe hochdrückte, lag darin ein großes Stück eingeschweißter Schwarzwälder Schinken neben einer Flasche Wodka. Dazu eine Karte mit einem kitschigen Storch, der ein Bündel im Schnabel hielt. Schlaicher drehte sie um und musste grinsen. Nur ein einziger Satz stand da: »Viele Grüße, Natascha und Sergej«.

ENDE

Nachbemerkung:

»Anas Brief« existiert wirklich. Er ist im Gegensatz zu den Figuren und Handlungen in diesem Roman keine Fiktion, sondern in diversen Abwandlungen auf zahlreichen Internetseiten zu finden.

Danksagung

Dass Schlaicher sein drittes Abenteuer im Südschwarzwald erleben durfte, verdanke ich in erster Linie Ihnen, meinen zahlreichen treuen Lesern, denen ich herzlich danken möchte.
Ein ganz besonderer Dank geht auch diesmal an meine liebe Frau Daniela Bianca für ihre ungemeine Hilfe und freundschaftliche Kritik. Ohne sie wäre der »Schwarzwälder Schinken« nicht rechtzeitig genießbar gewesen.
Bei den alemannischen Passagen hat mir erneut Bernhard Vallentin unter die Arme gegriffen und den südbadischen Charakteren in wirklicher Geduldsarbeit echtes Leben eingehaucht.

Mein weiterer Dank geht an:
Joachim Langanky von der Pressestelle der Polizeidirektion Lörrach, den ich mit unzähligen Fragen zur Polizeiarbeit und kriminellen Machenschaften löchern durfte,
Ludwig Bauer, der im Segerhof köstlichen Schwarzwälder Schinken herstellt,
Marit Obsen für ihre großen Mühen beim sehr treffenden Lektorat,
Willi Gierok, der dem ersten Kapitel sein Placet gegeben und dann so lange geduldig auf den Rest gewartet hat,
Thimo, der mir in der heißen Schreibphase viele andere Arbeiten abgenommen hat,
all die Menschen, die mich bewusst oder unbewusst unterstützt oder inspiriert haben,
und, nicht zu vergessen, den echten Dr. Watson, dessen beruhigendes Schnarchen mir hilft, in Schlaichers Welt einzutauchen.

Ralf H. Dorweiler
MORD AUF ALEMANNISCH
Broschur, 224 Seiten
ISBN 978-3-89705-470-7

»Ein locker und leicht zu lesender Krimi.«
Badische Zeitung

»Detailreich und lebensnah.« Die Oberbadische

Ralf H. Dorweiler
EIN TEUFEL ZU VIEL
Broschur, 256 Seiten
ISBN 978-3-89705-518-6

»Vergnügliche Krimikost.«
Dreisamtäler

»Eine unterhaltsame Krimilektüre.« Badische Zeitung